北京第二外国语学院 2023 年度学术著作出版经费资助

中国现代小说在英语世界的经典化译介

以『企鹅经典』丛书为例

钱梦涵 著

Translation and Canonization
of Modern Chinese Fiction
in the English–Speaking World

A Case Analysis of Penguin Classics

社会科学文献出版社
SOCIAL SCIENCES ACADEMIC PRESS (CHINA)

前　言

20世纪60年代，张爱玲在美国高校发表演讲，她谈及由于林纾等人的翻译，哈葛德（Haggard）成为20世纪初中国最伟大的西方作家（Chang，2015：491）。但在英语文学史上，哈葛德并非声名显赫的大文豪。有趣的是，在21世纪初的英语世界，张爱玲本人也由本土官方文学史中较为边缘的作家，变身为与鲁迅并驾齐驱的中国现代文学经典作家代表。在中外翻译史上，类似案例并不乏见。由于各国文学观念、文化传统、意识形态迥异，某些国内公认的经典在异域却无人问津；某些在本土籍籍无名的作家或作品，却能在海外获得不朽之名。这体现出"自塑"经典与"他塑"经典的差异，即民族文学经典化与翻译文学经典化的不同路径，也促使我们从翻译视角追问"何为经典"、"何以经典"、经典如何"自塑"与"他塑"等问题。

近年来，中国文学对外译介已成为翻译研究的热点话题，经典化译介研究（或翻译文学经典化研究）侧重考察在海外跻身"经典"行列的中国文学作品，并探索跨文化"经典"形成的原因、过程与方式，可被视为译介学研究的重要组成部分。

"企鹅经典"是英语文学界具有经典建构功能的丛书之一，也是中国文学在英语世界经典化的重要途径，为我们研究中国文学的经典化译介提供了合适的切入点。本书以本质主义与建构主义相结合的经典观为基础，采用文内与文外、微观透视与宏观阐释相结合的研究设计，探讨入选英国"企鹅经典"丛书的中国现代小说在英语世界的经典化过程，考察各经典建构主体（译者、出版社、评论家、学者、高校与普通读者）如何通过文本选材、翻译、编辑、评论、学术研究与教学等方式参与中国文学作品意义与价值生产，以构建作品的"经典性"，并揭示制约经典化译介过程的宏观社会文化因素与世界文学权力运作机制。同时，探讨海外经典化译介模式对中国文学外译实践的启示。

本书结论主要有以下几点。第一，翻译是经典化机制的核心，因为它是连接经典稳定性和相对性的重要纽带，凸显了经典化过程中本质主义与建构主义因素之间的辩证张力。第二，翻译文学作品的经典价值并非作者或译者个人灵感与创造力的反映，而是目的语社会网络中一系列文化行动者共同参与、多重协商的复杂结果。第三，翻译文学经典化过程受制于目的语地区意识形态等宏观社会文化因素，尤其是西方集体文化心理中的两种东方主义观念，同时也受制于世界文学权力结构与运作方式，这些导致经典化过程"因果相生""福祸相依"。第四，在经典化译介过程中，中西文化并非截然对立，中国译者、出版商、学术界须不懈努力、通力协作，这将有助于推动中西文化的双向互动、翻译—经典—翻译的良性循环，打破世界文学西方一元论，实现开放多元的世界文学景观。

本书以"企鹅经典"丛书为例，探讨中国现代小说在英语世界的经典化译介，有助于揭示翻译文学经典的复杂构因、经典化过程的内外机制，并促进对"西方中心主义"经典观的反思，推动世界文学多元性文学价值理念的形成。此外，有助于我们从他者视角反观自身，思考中国本土外译模式与海外译介模式之得失，从作品选材、翻译、编辑、阐释等方面为国内译介主体的外译实践提供参考，在坚守中华文化立场的基础上尊重外国读者的需求，助力中国文学作品进入世界文学经典体系。

钱梦涵

2024 年 5 月于北京

目　录

第一章
绪论

　　本章分三部分，旨在为后续章节提供必要的背景知识与文献资料。首先，概述本书的选题缘起与理论、实践意义；其次，梳理国内外学界对经典化译介问题的研究，在此基础上确定此话题尚待拓展的空间；最后，介绍本书的研究对象、问题、方法和思路。

第一节　选题缘起与研究意义

一　选题缘起

　　文学经典的形成、建构、解构与重构一直是文学、文化研究的核心话题。随着全球化进程的深入，对经典问题的探讨已不可避免地进入跨文化的广阔场域。因而在翻译学界，经典化译介问题也逐渐引起关注。与传统译介研究有所不同，经典化译介研究并不仅仅描述译文的传播情况与影响，更侧重于分析译本成为经典的原因与方式，试图"以点带面，通过分析某一经典译本的形成过程，探讨翻译经典的一般建构过程并重点发掘主流诗学、意识形态、赞助人等对经典化的助推作用，从而使我们从经典译作本体之外了解其经典建构的影响因素"（于辉、宋学智，2014：133）。

　　此外，从中译外角度开展的经典化译介研究是中国文学外译研究的重要组成部分，它所探讨的是中国文学作品的翻译在异域之邦成为经典的原因和过程，以便剖析由海外译者、出版社、赞助人为主导的中国文学对外译介模式。中译外经典化译介研究有利于我们从他者视角审视本土译介模式，考察"他塑"经典和"自塑"经典的差异，在不同观点的交流中反观自身、丰富自身。正如许钧（2021：70）所言，中国文学外译研究不仅要回答中国文学如何"走出去"，更要回答如何"走进去"。但从目前来看，国内研究大多从主观视角出发探讨对外译介的模式与效果，对哪些作品被英语世界接受并成为经典、进入对方主流文化体系的调查尚未深入开展。

另外，当前世界文学研究的迅速发展提供了一大良机，使中国文学经典有望成为世界文学经典的组成部分（张隆溪、刘泰然，2020：23）。中国文学作品如何进入世界文学经典体系？这需要我们深入分析民族文学经典化和翻译文学经典化的不同路径，应对不同民族文化、文学传统、审美标准差异带来的挑战。因此，有必要重视经典化译介研究，探讨中国文学作品在英语世界或世界文学语境中经典化的原因、过程、具体方式与宏观制约因素等问题。

不少学者指出，权威的严肃文学出版社或其丛书、选本在经典建构中起重要作用（洪子诚，2003：35；Lefevere，2004：20；Sapiro，2016：143）。"企鹅经典"丛书是我们系统研究中国文学作品海外经典化译介的一个合适切入点。该丛书由企鹅图书于1946年创办，专注于出版世界各国经典名著。与企鹅图书出版的一般文学作品不同，"企鹅经典"丛书的入选标准极为严格，已被公认为20世纪英语世界中最强大的一股教育力量，有"图书界的奥斯卡"之称。英国著名小说家与文学批评家戴维·洛奇（David Lodge）曾表示："'企鹅'与'经典'这两个词已紧紧绑在一起，不可分离，就像马和车厢、梅赛德斯和奔驰。在我还是大学教师时，我总是指定企鹅版本的经典小说作为我的课程用书。"[①] 著名汉学家蓝诗玲（Julia Lovell）也将"企鹅经典"视为英语文学界具有经典建构功能的丛书之一（Lovell，2005）。可见，"企鹅经典"丛书是外国文学作品在英语世界经典化的重要途径。从建构主义角度看，入选图书是被译语地区权威出版机构经典化后形成的广义的"经典"

---

① 参见"企鹅经典"官网（http://www.penguinclassics.com.cn/about_penguin_classics/）。

作品。分析这些作品的共同特征能使我们一探英语世界文学系统的经典形成机制，考察某些中国文学作品成为异域文学经典的原因。

根据笔者的整理数据，"企鹅经典"丛书共收入 39 部中国文学译本，涉及 35 部中国文学作品（集）。此处应注意"企鹅文库"（Penguin Books）系列与"企鹅经典"（Penguin Classics）丛书的区别：截至 2023 年 6 月，"企鹅经典"丛书并未收录过任何一部中国当代文学作品，无论是诺贝尔文学奖得主莫言的小说，还是曾打破版权收购纪录的《狼图腾》，均隶属于"企鹅文库"系列，未被收入"企鹅经典"丛书。此前被中国媒体广泛宣传入选该丛书的麦家小说《解密》亦如是。[①] 从文本类别看，我们可将入选作品分为四类。

（1）中国哲学典籍与文化古籍：《论语》《孟子》《大学·中庸》《尚书》《易经》《道德经》《庄子》《墨子》《孙子兵法》《山海经》《蒙古秘史》。

（2）中国古典文学作品：小说 5 部，《红楼梦》《西游记》《聊斋志异》《浮生六记》《三国演义》；诗歌 6 部，《李白、杜甫诗集》《王维诗集》《王维、李白与杜甫诗集》《晚唐诗》《楚辞》《玉台新咏》；元曲 1 部，《元杂剧六部》。

（3）中国近、现代文学作品：小说（集）9 部，张爱玲的《倾城之恋》《色，戒》《半生缘》《红玫瑰与白玫瑰》《留情》、钱锺书的《围城》、鲁迅的《阿 Q 正传及其他中国故事：鲁迅小说全集》、老舍的《二马》《猫城记》；散文集 1 部，梁启超的《饮冰室文集》[②]。

（4）两部文选：白芝（Cyril Birch）的《中国文学选集：从早期至 14 世纪》（*Anthology of Chinese Literature: From Earliest Times to the Fourteenth Century*）与鲍吾刚（Wolfgang Bauer）、傅海波（Herbert Franke）合编的《金匮　二千年中国短篇小说选》（*The Golden Casket: Chinese Novellas of Two Millennia*）。

由于西方学界对中国古典文学与现当代文学的评价迥异，这两类文学在英语世界的境遇大相径庭，应当被分别讨论，加之篇幅所限，故本书集中探

讨"企鹅经典"丛书收录的中国现代小说的经典化译介，分析经典化过程的内在与外部机制，以及海外经典化译介对中国文学、文化传播的启示。

二　研究意义

（一）理论意义

在中国文学外译研究中，相比其他经典建构者，出版社在文学译介与经典化过程中的作用尚未得到充分、系统的考察，对海外出版社丛书的研究更为稀缺。[①] 本书对"企鹅经典"译介模式进行考察，有助于凸显出版社丛书编辑、译者在经典化过程中的作用，揭示翻译文学经典的复杂构因，以及经典化过程的内在和外部机制。

此外，在翻译研究出现"文化转向"后，各人文社会学科也相继出现翻译学转向，或借用翻译理论研究本学科领域的问题，或基于本学科视角研究翻译问题，学科之间的交融互通日益深入。事实上，经典化译介研究本身便具有跨学科性质，它不仅能搭建起学科间交融互通的桥梁，为中国现当代文学、比较文学与世界文学、形象学、社会学等学科提供新的研究视角，也能反哺翻译研究，丰富现有翻译学理论，实现描写与理论翻译研究的循环互动。

（1）采用经典化视角讨论中国文学外译问题，有助于更深刻地理解翻译、经典与世界文学的关系，揭示翻译在跨国文学、文化资本交换与世界文学经典建构中的重要作用，同时反思"西方中心主义"经典观对中国文学外译的影响，重审世界文学"普遍性""文学性""现代性"等标准，质疑、挑战西方强势文学批评与翻译研究话语，促进本土翻译话语体系构建与世界文学生态中多元性文学价值理念的形成。

---

① 萨皮罗（Sapiro）（2016）对法国著名出版社伽利玛（Gallimard）的外国文学经典化译介进行了考察。王建开（2020）和汪宝荣（2022）的专著分别对国内出版社和西方出版社参与的中国文学译介和传播模式进行了分析。在出版社丛书或刊物方面，耿强（2010）、郑晔（2012）、许多和许钧（2015）、葛文峰（2018）分别对"熊猫丛书"、《中国文学》、"大中华文库"、香港《译丛》进行了深入探讨。殷丽（2017）对"大中华文库"与英国"企鹅经典"丛书的翻译理念和封面设计进行了比较分析。但上述研究的对象多为国家出版机构旗下丛书或刊物，较少涉及海外出版社丛书。

（2）将翻译研究与形象学、社会学研究相结合。前者关注西方集体文化心理中的东方主义观念如何制约海外出版社对中国文学的经典化译介，并调查经典化过程中折射出的海外中国文学和文化形象；后者阐释世界文学场的文化资本分配与权力运作对经典化译介的制约。同时，本书从经典化视角出发，揭示翻译在中国国家形象建构和文化资本交换中发挥的作用，可为形象学和社会学研究提供跨文化分析视角与素材。

（3）有利于从他者视角反思当前的中国现当代文学批评话语，丰富并拓展中国现当代文学世界性与现代性研究。众所周知，中国现当代文学具有浓厚的现代性、世界性与全球性特征，20世纪中国文学实际上是一个日益走向现代性进而走向世界的过程（王宁，2007：198）。中国传统的比较文学或比较文化研究倾向于使用"中/西"二元论来阐释中国文学与世界文学的关系，而西方学者则偏好用体现"西方中心主义"思想的"影响/接受"模式或"中心/边缘"模式来解释世界文学的生产机制，但此类观点未能客观表述中国文学的本质及其与世界文学的互动。具体来说，经典化译介研究对中国现当代文学研究的意义在于：结合他者视角阐释中国现当代文学的现代性含义[①]、世界性表现方式[②]，揭示中国文学在世界文学格局中的定位与作用、构建新的世界文学史[③]，以及彰显翻译

---

① 王宁（2002：34）指出，"现代性"是一个通过翻译引进的西方学术话语，在中国经历了理论的旅行，因而中国现代文学有着独特的现代性表现形式：一种不同于自己的古代传统同时又与西方现代主义与后现代主义文学有一定差异的独特传统，而这种独特的"现代性"正是翻译造成的。可见，理解中国文学的现代性，离不开对西方视角下文学现代性观念的考察。

② 陈思和（2006：11）指出，世界性因素是20世纪中国文学的一个基本特点，它包括作家的世界意识、世界眼界以及世界性的知识结构，也包括作品的艺术风格、思想内容和各种来自"世界"的构成因素。这些世界性因素在入选作品中均有不同程度的体现。

③ 在西方新建构学派的影响下，国内比较文学学者开始积极重新审视中国文学与世界文学的关系。李庆本（2014：66）提出构建新的世界文学观，认为文化旅行不是二元对立，而是呈环形结构，是一种双向变异，即使是在强势文化与弱势文化之间，文化传播中的影响也是双向的。王宁（2014：4-16）也指出，一方面，中国文学受到的外来影响是不可否认的，但中国现当代文学中也有作家的主观能动阐释及创造性转化；另一方面，中国文学与文化也对世界文学与文化产生了不可忽视的影响。将中国文学置于世界文学语境中考察，有助于对世界文学概念的建构与重构，重新绘制世界文学版图。方汉文（2014：89）通过评价《诺顿世界文学选集》内的中国文学作品，指出改变以西方为主导的世界文学史、推进"世界文学史新构建"的重要意义。经典化译介研究有助于借助西方文学批评反思本土文学理论，在坚守中华文化立场的基础上挖掘本土理论的独特贡献，从而在世界文学语境中找准自身定位，彰显中国文学的地位。

对于推动中国文学世界性与全球性扩展的意义等。

（二）实践意义

经典化译介研究的实践意义主要体现在两个层面。

第一层为对外翻译实践意义。探讨中国文学作品在海外的经典化机制，其目的归根结底是为中国文化"走出去"和"走进去"寻找有效途径。本书有助于从他者视角反观自身，思考中国本土外译模式和海外译介模式之得失，从选材、翻译、副文本编辑等方面为国内译介主体的外译实践提供参考，如探索多元译者模式、加强中外出版合作等，在坚守中华文化立场的基础上尊重外国读者的需求，助力中国文学作品进入世界文学经典体系。

第二层为民族文学与文化实践意义。在后现代全球化时期，世界文学版图正在被重新绘制，每一个民族都面临在世界文学格局中找准自身定位的艰巨使命。经典化译介是一个"偏见"与"洞见"并存的过程，但无论是"偏见"还是"洞见"最终都能使我们受益。通过分析经典化译介过程中的"偏见"和误识，我们将得以审视甚至质疑既定的"西方中心主义""英语中心主义"文学经典观，揭露所谓"成功译介"背后的代价与损失。而海外主体在推动中国文学经典化过程中的"洞见"可能会揭示出隐藏在原作品中的未经发现的新内涵，这将有利于我们反思中国本土的文学研究与文学批评，理解中国现当代文学的现代性、世界性及其与世界文学的关系，使中国文学进一步走向世界，获得与西方文学平等的身份，进而构建新的世界文学格局，在中西文学对话、互识、互补的基础上促进新中国文学经典的生成，重新塑造中国文学与文化形象。正如朱徽（2007：28）所言，研究中译外经典化历程对打破强弱势文化之间交流的失衡状态，挑战"欧洲中心主义"，实现不同文化之间的平等交流有重大意义。同样，研究外国作家与作品在中国的译介对跨文化交流与民族文化构建的意义也十分重大。通过探索国内原有文学空间对于异域文化经典的认同方式，我们可以对本土文学产生新的理解，进而做出内部秩序调整，并由此催生新的创作，导致新经典的诞生，甚至"改变整个民族文化的格局和趋向"（宋炳辉，2008：63）。

更重要的是，经典化译介研究能够引发对中国翻译理论贡献的思考。经济全球化一方面导致了文化的趋同性，另一方面也带来了文化的多样性。近年来，"西方中心主义"思维模式正日益受到挑战，对中国翻译史和中国翻译理论的挖掘正成为我国，甚至是国际翻译研究的一大主流（罗选民、张健，2003：46；陈水平，2014：85）。王宁（2006a：74）认为，要实现中国翻译研究的全球化目标，我们必须找到与西方学者共同感兴趣的话题，使用从西方借来的批评与理论话语与他们进行交流，这种西方话语在我们使用的过程中与本土批评与理论话语融为一体，进而产生新的意义，反过来影响我们的西方同行。这一观点充分说明了经典化译介研究的优势。经典形成机制往往反映的是某一特定的世界观或社会政治实践，也反映出作品源语地区与译语地区的权力关系，因而外国文学在中国的经典化过程与中国文学在海外的经典化路径必定有差异。这种差异性为建立中国特色翻译理论创造了可能，为中西翻译学界对话提供了机会，也凸显了推动中国翻译研究全球化与国际化的必要性。中国文学作品在海外经典建构的各个阶段无不渗透着西方强有力的价值体系与批评话语，我们就这个话题与西方学者进行对话，能引发对现有西方翻译理论的反思，以抵抗西方翻译研究领域的强势话语，促进本土翻译话语体系建构，推动多元性文学价值理念和标准的形成。

第二节　经典化译介研究述评

一　国外研究

本雅明（Benjamin）的"来世生命"说等早期翻译理念初步揭示了翻译的经典化作用（Benjamin，1923/2012：76–77）。自 20 世纪七八十年代起，在翻译研究"文化转向"和美国"经典论战"的影响下，西方经典化译介研究日渐深入，主要内容可分为以下几类。

（一）翻译与经典的关系研究

《比较文学与世界文学评论》（*Neohelicon*）期刊主编彼得·海伊度（Péter Hajdu）认为，在过去几十年，经典和翻译的话题均引起过激烈讨论，但两者之间的关系尚未得到细致研究（Hajdu，2004：35）。他在自己的论文中指出，高质量翻译对经典的形成大有裨益。从长远的角度看，一部真正的经典需要在某一文化语境内发挥生产力（productive force）的作用，"如果这部作品能在学术生活中被发表、编辑、评论、阅读、解释、教授、讨论，能在舞台上演绎并获得点评，就能保持它的生产力，否则迟早会失去经典之位。而大部分上述活动都以一部优秀的翻译为前提"（Hajdu，2004：37）。

A. 利亚内里（A. Lianeri）和 V. 扎伊科（V. Zajko）主编的《翻译与经典：文化历史中的身份变化》（*Translation & The Classic: Identity Change in the History of Culture*）收录了多位学者对经典化译介问题的研究，从文化、历史和意识形态三个角度揭示了翻译与经典的关系。全书的中心思想在于："翻译是我们探讨何为文学经典的起点。经典的永恒不衰依赖于翻译实践，翻译赋予经典作品时代的烙印，也帮助经典突破时代的局限。"（Lianeri & Zajko，2008：1）在书中，劳伦斯·韦努蒂（Lawrence Venuti）的论文《翻译、阐释与经典的形成》（Translation, Interpretation, Canon Formation）揭示了翻译与经典之间的双向互动：一方面，翻译不仅是一部作品内在价值的有力证明，也扩大了该作品的价值，激活译语文化语境内与其有关的各种宣传与评论活动，使其最终成为经典；另一方面，经典的生成也凸显了翻译的价值，突出其重塑民族文学与文化的作用。韦努蒂强调，影响一部作品地位的并非文本内在价值，而是接受地区的文化与社会环境，因此"经典"概念并非评判作品内在优劣的委婉语，它应当被理解为一种价值观的体现，一种对文本的解读方式（Venuti，2008：27-29）。

另一部以经典化译介为主题的论文集《翻译、经典及其不满：译本与对译本的颠覆》（*Translation, the Canon and its Discontents: Version and Subversion*) 于 2017 年出版，重点探讨翻译和其他多种改写形式如何推动经典的形成、修订、动摇与颠覆。此书同样强调翻译和经典的双向互动——不仅翻译对经典有颠覆作用，反之亦然——以及这种互动的文化意义，例如它如何巩固或挑战政治身份、国家身份和审美标准。选集中的论文考察了翻译行为的颠覆作用，这种颠覆产生的结果不一定是积极的，其也有可能引发"不满"（discontents），如某些由政治压迫导致的归化翻译和强制性改编现象。这种"不满"是政治、社会和审美因素激烈互动的必然结果（Gomes，2017：1-2）。

（二）翻译文学经典生产机制研究

埃文 – 佐哈尔（Even-Zohar）的多元系统论为我们理解翻译文学经典化机制提供了重要启示。该理论借鉴什克洛夫斯基（Shklovsky）的观点，将"经典化"解释为"被一个文化里的统治阶层视为合乎正统的文学规范和作品（包括模式和文本），其最突出的产品被社会保存下来，成为历史遗产的一部分"（Even-Zohar，1990a：15）。这一定义具有鲜明的建构主义特质。同时他解释了经典化与非经典化之间的张力：在任何社会中，经典化形式库都面临非经典化形式库的竞争与挑战，正是这种张力推动着系统的演进。他还认为，经典性有"静态经典性"（static canonicity）与"动态经典性"（dynamic canonicity）之分，前者指静态的文本层面的经典性，后者使"一个文学模式进入系统的形式库，从而被确立为该系统的一种能产原则"，相对于作为制成品存在的静态经典文本，涉及"动态经典性"的经典化过程才能真正制造经典（Even-Zohar，1990a：19）。

苏珊·巴斯奈特（Susan Bassnett）认为，翻译研究与文化研究的一大联系在于，两者都对"文学经典"概念发起了挑战。她以莎士比亚与荷马作品的经典化过程为例，指出文本的跨文化传播绝不仅仅源于其假定的固有审美价值。翻译研究与文化研究要求我们将作品置于一定的历史文化语境中，考察文学审美标准以外的经典化因素，以及经典建构背后的权力关系与文本生产机制（Bassnett，2001：126、134-135）。

安德烈·勒菲弗尔（André Lefevere）的经典化译介研究更具体地剖

析了翻译文学经典形成的原因与方式。他在改写理论中指出，翻译文学作品的地位由两大因素决定：一是译者的意识形态，无论这种意识形态是自发性的，还是赞助人强加的；二是译语环境的主流诗学形态。此外，在论述赞助人系统时，他强调了有影响力的学术、出版及高等教育机构在推动作品经典化中的不同作用：学术与出版机构负责筛选经典，而高等教育机构通过选择这些文本作为大学教科书保持经典作品的生命力（Lefevere，2004：19-22、42）。在他的论文《翻译和经典建构：美国戏剧九十年》（Translation and Canon Formation: Nine Decades of Drama in the United States）中，勒菲弗尔指出，美国戏剧选集编纂在诗学和意识形态上趋于保守，且在选材上有"西方中心主义"倾向，偏好英语和法语戏剧。他认为，"有人阅读选集是出于教育目的，有人则是出于兴趣或好奇之心，选集试图将自己作为经典呈现给这些读者"，这种经典化权力不容小觑，但这种改写形式很少得到研究者的关注（Lefevere，1996：140）。在另一篇论文《同化贝托尔特·布莱希特》（Acculturating Bertolt Brecht）中，勒菲弗尔通过考察德国戏剧作家布莱希特英译本的接受情况，指出翻译、文学批评和参考文献等多种改写形式的"有效结合、相互补充和相互冲突，能成功塑造某一作家在英语世界的经典地位……也能将其完全排除于经典行列之外"（Lefevere，2001：109）。

经典化译介背后的权力关系也是重要的研究内容。铁木志科（Tymoczko）和博佐维奇（Bozovic）的研究恰好向我们展现了经典化译介过程中，强势文化对弱势文化传统的压制和操控，以及弱势文化对强势文化传统的颠覆或改造。

铁木志科从后殖民主义理论视角出发，在文本细读的基础上探讨了使爱尔兰英雄传说跻身欧洲文学经典行列的三种策略：简化与通俗化策略、文体改写策略以及跨行翻译策略。这些翻译策略反映出经典化翻译背后的诗学和权力冲突，揭示出弱势文化对强势文化的屈从。同时，她提出翻译文学经典对译语地区文学创作也会产生影响，点明爱尔兰诗歌翻译对欧洲经典诗学的改造作用（Tymoczko，1999：101-106）。

博佐维奇的论文分析了纳博科夫（Nabokov）的经典化翻译策略。纳博科夫将普希金（Pushkin）的小说《叶甫盖尼·奥涅金》（*Eugene Onegin*）译为英文，并故意使用高度直译的手法和不自然的表达，在翻译中引入日渐式微的俄国文学传统，去对抗以英美为中心的现代主义文学经典。纳博科夫通过这种翻译策略表达了他对英美文学精英的不满，其对世界文学经典进行重新定义，以挑战英语和英美文学在世界文学经典中的霸权地位（Bozovic，2018）。

（三）民族文学经典化译介的案例研究

翻译文学经典生产机制与译语地区的意识形态、诗学形态、社会经济关系密不可分，因而不同地区、涉及不同语种作品的经典化译介模式也并非完全一致。

斯蒂文·托托西·德·让普泰内克（S. Tötösy de Zepetnek）的论文《加拿大经典化与翻译：一项案例研究》（Canonization and Translation in Canada: A Case Study）以加拿大文学系统中的少数民族文学为例，发现经典化译介过程有赖于不同层面机制的相互作用，除具体翻译策略外，译本地位还受到出版业、译语政治环境与副文本的操控（Tötösy de Zepetnek，1988：97）。

S. 吉莱斯皮（S. Gillespie）和 D. 霍普金斯（D. Hopkins）主编的《牛津英语文学翻译史》（*The Oxford History of Literary Translation in English*）第三卷通过大量史料梳理，指明翻译——不仅包括从外语到英语的语际翻译，也包括从古英语到现代英语的语内翻译——促进了英语文学经典的生成，也影响着"经典"概念的流变与发展（Gillespie，2005：7-20）。同时吉莱斯皮强调，译者、书商与读者的互动在英语文学经典化的过程中也功不可没（Gillespie & Wilson，2005：38-54）。

A. 谢梅年科（A. Semenenko）的博士学位论文《哈姆雷特符号：〈哈姆雷特〉的俄语翻译与文学经典建构》（Hamlet the Sign: Russian Translations of *Hamlet* and Literary Canon Formation）突出了该作品在俄经典化过程中，俄戏剧界与影视表演界发挥的重要作用。作者认为，文学经典化的必要前提是该作品能以非文本的形式呈现给读者（Semenenko，2007）。

M. 艾默里希（M. Emmerich）的专著《〈源氏物语〉：翻译、经典化与世界文学》（*The Tale of Genji: Translation, Canonization, and World Literature*）从历时角度探讨了《源氏物语》两个世纪以来的经典变迁。在译介过程中，《源氏物语》演化为众多的替代文本，包括合卷本、现代日语译本、英译本等，这促进了该作品的广泛传播。这一漫长的"替代"史不仅是作品被经典化的标志，也是它被经典化的方式（Emmerich，2013）。

（四）世界文学经典化问题研究

与"经典"概念一样，学界对"世界文学"的定义也并不一致，有时甚至相互冲突。根据不同语境及研究者的学术立场，它的含义有以下几种：（1）"西方文学经典"的代名词；（2）所有不属于西方文学范畴的外国文学作品（类似"world music"的用法）；（3）世界上所有文学作品的统称；（4）世界各国名著的合集；（5）一种研究对象。有人将其视为文学多元的象征，也有人认为它预示着一种现代化势力，使文学日趋单一化、同质化（Helgesson & Vermeulen，2016：4-5）。

大卫·达姆罗什（David Damrosch）的世界文学理论揭示了翻译在"世界文学"概念界定和意义建构中的作用，将世界文学理解为"所有在本土民族或语言边界之外，以翻译或源语形式流通的文学作品"（Damrosch，2003：4）。在其2003年的专著《什么是世界文学》（*What Is World Literature*）中，他提出了著名的"世界文学"三层定义：（1）世界文学是对民族文学的一种椭圆形折射；（2）世界文学是在翻译中有所增益的文学；（3）世界文学不是一系列经典作品的集合，而是一种阅读模式，一种与读者自身时空之外世界进行超然交往的方式（Damrosch，2003：281）。第一层定义强调世界文学并非对原作品的直接反映，而是同时融合源语与译语语言、文化特征，是两者"斡旋"的产物，因而源语与译语文化构成了世界文学椭圆形空间的双重焦点。第二层定义强调翻译赋予世界文学意义的多样性与再生性，使其获得在异域重生的第二次生命。第三层定义指出世界文学的实现形式，只有当不同民族的文学作品在读者的脑海中产生共鸣与互动时，世界文学才完全被激活。与此同时，我们在阅读世界文学时并不完全从源语语境出发，而是与之保持一定的距离，并结合我们自身产生新的认识。

尽管达姆罗什认为世界文学不是一系列经典作品的集合，但不可否认，"翻译文学经典"是"世界文学"含义的重要部分，在某些研究中甚至可以混用。它们的共同之处在于都依赖翻译实现文化迁移并在翻译中有所获益，都是源语与译语语言、文化圆满调和的产物，以及都在目的语社会文化语境中得到认可与重视。

此外，由于目前英语在世界语言中的统治地位，以及英语文学系统在世界文学空间中的中心位置，许多民族文学英译过程中的经典化问题，本质上就是世界文学经典化问题。因此，将经典化译介过程置于世界文学空间中考察，分析世界文学权力结构与运作机制对译本生产、翻译、消费和传播的影响，也是经典化译介研究的重要内容。

帕斯卡·卡萨诺瓦（Pascale Casanova）的著作《文学世界共和国》（*The World Republic of Letters*，2004）颇具影响力，她通过借鉴沃勒斯坦（Wallerstein）的现代世界体系理论与布迪厄（Bourdieu）的社会学理论，提出了世界文学结构的中心—边缘模式，揭示了由文学资本不平等分配导致的世界文学权力机制。世界文学经济体系揭示了处于边缘位置的民族文学在经典化过程中所遭遇的认可路径：它暗示对中国等第三世界国家的作家而言，只有依靠符合西方意识形态与诗学形态的译本与评论，其作品才有可能成为世界文学经典。

劳伦斯·韦努蒂的论文《翻译研究与世界文学》（Translation Studies and World Literature）指出，"没有翻译，'世界文学'概念便无法界定"（Venuti，2013：193）。翻译为文学文本的国际接受创造了条件，因而在世界文学的生产中发挥着不可或缺的作用。作者认为，为了更好地理解翻译对世界文学生产机制的影响，我们必须考察译语地区的翻译建构外国文学经典的方式，以及译者对作品的改写与阐释。在研究方法上则必须将文本细读与弗兰克·莫莱蒂（Franco Moretti）提出的"远距离阅读"（distant reading）相结合，探索经典形成与文本阐释方式的关系，只有这样才能得出更深刻、更有意义的结论。以意大利地区的美国文学作品翻译为例，作者发现在意大利被经典化的美国文学作品大多为现实主义与文化特殊题材小说，导致这一现象的原因有三：意大利出版社的商业利益、意大利读者长期树立的美国文化印象，以及现实主义叙事对大众的吸引力。接着他揭示出这些作品的两大翻译倾向，一是正式化与过度解释倾向，二是夸张化与戏剧化倾向，这些翻译策略推动了新一代的意大利犯罪小说创作。因此作者提出，翻译文学经典的形成往往依赖于某些一以贯之的翻译策略，并将对译语地区文学传统产生决定性影响（Venuti，2013：193-208）。

二　国内研究

在国内，对经典化译介问题的探讨最先出现在少数比较文学著作中，如乐黛云主编的"中国文学在国外"丛书（1990~1992）、钟玲的《美国诗与中国梦》（2003）等。这些大多是对经典化译介问题的片段式分析，论述并不深入。在翻译学界，专门以经典化译介为题的研究也不多，以论文为主，专著数量较少[1]，涉及的内容主要包括以下几方面。

（一）翻译与经典的关系研究

刘军平（2002）指出，文学之所以成为经典是因为翻译的作用，翻译对一国文学经典起推动作用。这种推动作用主要体现在两个方面。首先，由于译者的创造性翻译，许多原本默默无闻的作家与作品被推上神

---

[1]　国内目前出版的经典化译介研究专著有：宋学智《翻译文学经典的影响与接受》（2006）、陈橙《文选编译与经典重构——宇文所安的〈诺顿中国文选〉研究》（2012）、傅守祥等《外国文学经典生成与传播研究》（2019）、胡安江《寒山诗：文本旅行与经典建构》（2011/2021）、张丹丹《英语世界〈红楼梦〉经典化历程多维研究》（2021）。

坛，成为经典；对于那些在源语国已经得到认可、处于中心地位的作品，它们的生命力也得到大大增强，得以在异域延续辉煌。其次，翻译文学经典作品能有力推动译语国家的文学创作，从译作中引入的陌生语言与文学范式将催生更多民族文学经典作品。谢天振（2016）在《翻译文学：经典是如何炼成的》一文中突出强调了重译行为对于作品经典化的推动作用："要成为翻译文学的经典作品，要经得起不同时代翻译家们的'创造性叛逆'……一部作品如果在不同的时代能够不断吸引翻译家们对它进行翻译，推出新译本，这就意味着这部作品具有历久弥新的艺术魅力，这本身就为它的译本成为翻译文学的经典提供了一个基本条件。"不过，该文也指出，质量上乘的译本，不一定能使作品经典化，还要看原作的思想文学价值和译本是否满足接受语境的社会需求。罗选民（2019）从文化记忆理论角度，强调了集体文化记忆在翻译研究和实践中的重要性。从个体的角度谈，好的译作可以给读者带来愉悦，但这不能促进经典的形成，只有当翻译行为能够形成集体文化记忆时，翻译经典才能产生。因此，我们要采用"大翻译"思路，"强调各类翻译之间的互动性和建构性，旨在建立一种深层的集体文化记忆，通过模仿、改写、重译、改编等手段，将文学作品经典化、全球化"（罗选民，2019：99）。

（二）对"翻译文学经典"概念的研究

国内文学理论界试图强调"经典"概念本身包含的张力与辩证关系，分析本质主义与建构主义因素在经典化过程中的共同作用（童庆炳、陶东风，2007）。因此，国内翻译学者在对"翻译文学经典"与"经典化"概念的解读上，也试图打破本质主义与建构主义的二元对立，并不偏重于本质主义或建构主义某一方面，而是试图剖析"经典"概念本身所包含的辩证张力。其中最具代表性的是查明建（2004：87）对"翻译文学经典"的定义：一是指翻译文学史上杰出的译作；二是指翻译过来的世界文学名著；三是指在译语文化语境中被"经典化"了的外国文学（翻译文学）作品。在这一组定义中，前两条分别侧重于译文和原文的经典性，强调翻译文学经典的内在审美价值，而最后一条强调经典形成的外部因素，指出接受文本的社会环境对作品经典地位的影响。换句话说，前两条说的是大写的、狭义的"经典"，而后一条则是小写的、广义的"经典"，两者反映的是不同的经典观。同样，宋学智（2015：24）在回答"何谓翻译文学经典"的问题时，指出"翻译文学经典"概念必须阐明译作在译语文化语境中，"既具有长久的文学审美价值又具有普遍的社会现实价值"，两者或显或隐，但缺一不可。

（三）翻译文学经典的特征研究

国内学者在这方面的研究大多集中在翻译文本视角，体现了从本质主义视角对译本审美价值的考察成果，例如，宋学智（2015）认为，"文学性间性"和"文化性间性"是翻译文学经典的独特品质，因为翻译文学经典既是两个民族文学性的二元整合，也是两个民族文化性的二元整合，融合了源语民族与译语民族双方的文学特色与文化印迹。于辉、宋学智（2014）指出翻译经典的互文性特征，阐明翻译经典文本不仅在微观语言层面与原作及译语语言产生互文关系，也会在宏观层面与译语环境中的评论研究性文本、文学文本、社会文本构成互文网络。王恩科（2011）着力探索翻译文学经典区别于民族文学经典的独特性，指出翻译文学经典的非唯一性、变动性、时代性和译者作用的独特性，即同一原作会有多个译本，其会表现出不同的语言风格、时代特征，并且这些特征离不开译者的作用。事实上，翻译文学经典的非唯一性、变动性和时代性揭示的是经典的历史相对性。经典的地位并不是一成不变的，文学系统中充满了"经典"与"非经典"作品的斗争，充满了不同时代不同译本对经典地位的争夺。

（四）经典化译介案例研究

国内学者通过对寒山诗（区鉷、胡安江，2008；胡安江，2021）、英译汉诗（程章灿，2007；朱徽，2007）、《红楼梦》（江帆，2011）、《倾城之恋》（张丹丹、刘泽权，2020）等进行个案分析，发掘、探索各种经典构因，涉及因素如表1-1所示。

表 1-1　国内翻译文学经典化研究中的经典构成因素分析

文内因素	原文审美价值
文外因素	译者的翻译策略、重译、译文修订
	出版社的编辑策略、图书的版本流变、翻译出版市场结构
	主流媒体、学者和普通读者的书评或学术评论，文学奖项，文学史集，工具书，词典，百科全书
	教育机构的课程设置、教科书选材
	影视改编、戏剧表演
	宏观社会文化因素（译语文化诗学传统、政治意识形态）

　　国内学者对翻译文学经典构因的理解有以下几大特点。首先，内部与外部研究相结合。对经典化过程中的文内与文外因素、文学与文化分析并重。大多数学者都认识到原文审美自律与社会文化因素的辩证关系。这意味着大多数研究均采取建构主义与本质主义经典观相结合的视角，全面、多元、辩证地看待译本的经典化。例如，卢玉玲（2005：181）在考察《牛虻》在中国的经典化之路时，批评了那种只从文外层面揭示超文学因素对文本名声传播操控的研究方法，认为这种单向解读使得研究变成了"失却血肉、不堪一击的'政治骨头'"。胡安江（2008：95-96）以寒山诗在美国的经典化为例，探讨了权力关系对经典化机制的影响，指出译语文化体系中的经典建构必须同时考虑翻译文本审美价值、意识形态、赞助人，以及译者有意的共时性与本土化解读。在其专著《寒山诗：文本旅行与经典建构》中，他补充道，比起"意识形态"和"赞助人"这两个文外因素，文本审美价值在翻译文学经典化过程中的作用是"微乎其微"的，甚至文本审美价值的鉴定也受制于这两大文外因素（胡安江，2021：60）。这一观点明确指出了本质主义和建构主义因素在经典化过程中的渗透和纠缠。

　　其次，国内研究对翻译文学经典化机制的理解日益丰富、深入，不断深入挖掘参与经典化过程的行为主体，试图展现翻译文学经典建构的复杂性与多样性。以文学批评体系为例，国内学者将研究对象进一步细分，具体内容包括以严肃学术期刊、文学奖项、文学史、文学选集、工具书、词典、百科全书为媒介的文学批评，以及外国作家在文学创作中对译文的吸收与运用等，可谓面面俱到，挖掘出不少过往研究者关注甚少的经典化途径。例如，廖七一（2004）以胡适译诗为例，指出经典的建构离不开反对势力的参与，体现了经典化与非经典化文化之间的张力和经典化过程的动态性。陈橙（2012：v）的专著《文选编译与经典重构——宇文所安的〈诺顿中国文选〉研究》指出"文选编撰向来是最明显也最有效的经典建构形式之一"。其他经典建构方式，如版本流变（曾洪伟，2015）、文学评论（王逊佳，2019）、国际文学奖项（覃江华，2020）等也得到了探讨。

最后，重视翻译在经典化机制中的核心作用。从翻译角度对经典作品文本价值的考察是翻译文学经典化与民族文学经典化研究的一大区别。无论是外译中还是中译外研究，大多数学者都认识到翻译策略与译者主体性在译文"二度确认"过程中的关键作用。在中译外研究中，对翻译策略的关注尤其突出。例如，路斯琪、高方（2020：56）分析了儒莲法译《道德经》的经典生成路径，指出该译本的经典性来源于译本宝贵的"忠实"品格，这体现在两个方面——"翻译技巧层面的翻译策略和翻译动机层面的文化态度"。张丹丹、刘泽权（2020）的研究显示，金凯筠（Karen S. Kingsbury）通过调整句子结构，选择短小、精悍的实意词，巧妙使用词语搭配等方式对《倾城之恋》初版译文进行了修订，促成了译本的经典化。

综上所述，国内学界已就经典化译介机制达成某些共识。（1）翻译作品的经典建构中，翻译的作用与译者的主体性不可忽视。（2）经典形成过程是本质主义与建构主义的辩证统一：一方面，经典是历史的、人为的，作品的经典性并不仅仅源于其先天美学品质，也深受诗学与政治意识形态操控；另一方面，经典具有一定的稳定性，相较于民族文学经典，翻译文学经典有其自身不可替代的独特性。

三 小结

国外经典化译介研究内容丰富、视角多样，重视对翻译、经典、世界文学三者关系的深入剖析。但西方学者较少直接探讨中国文学作品的经典化译介，同时，缺少对"英语中心主义"或"西方中心主义"经典观与经典化路径的反思。如前所述，一些少数族裔翻译学者开始探索翻译文学与世界文学经典建构背后的权力纠葛，揭示弱势国家文学作品在英语世界经典化过程中遭遇的"认可政治"。然而，要打破西方一元论，建构世界文学多元价值体系，这类研究的数量还远远不够。

国内经典化译介研究同样取得了重要成果，但从研究数量看，经典化译介的专门研究较为稀缺，尤其是中译外案例研究。据统计，2003 年至 2009 年，国内发表的中国文化对外翻译研究数量每一年均过百篇，2010 年以后，每一年均过千篇（吴耀武、花萌，2014）。相比之下，中译外经典化研究数量每年最多不超过 20 篇。

此外，从研究对象看，翻译文学经典化案例分析的对象日益得到拓展，但也存在重复、"扎堆"现象，例如：对《牛虻》《简·爱》《红楼梦》、寒山诗等作品的研究居多；翻译语种以英文为主，鲜有对其他民族，特别是边缘地区作品接受情况的探索；文本类型则集中在小说与古典文学上，对戏剧、诗歌、文论与中国现当代小说的研究较少，缺乏百花齐放的局面；在所涉及的经典建构主体中，对出版机构的关注较少，对海外出版社丛书的研究更是乏见。

从研究方法看，上述研究多为对单一个案的解读，较少有学者对多个作家、作品进行共性分析，探讨使中国文学作品在海外经典化的共同审美特征，总结规律性的选材标准、译介策略、话语逻辑等。从整体上对不同作品或作家的经典化个案进行把握、归纳和总结，可能会得出与此前单一个案解读相异的结论。同时，研究视角尚待拓展。经典化译介研究天然具有跨学科的特质，因此我们需要借鉴社会学、形象学、接受美学、传播学等理论进行多维度、多视角阐释，以发现单一视角下难以注意的问题。

第三节　研究方案

一　研究对象：企鹅与"企鹅经典"

权威的严肃文学出版社或其丛书、选本在经典建构中起重要作用，这一观点已得到不少学者认可（洪子诚，2003：35；Lefevere，2004：20；Sapiro，2016：143）。企鹅图书（以下简称"企鹅"）由英国著名出版人艾伦·莱恩（Allen Lane）于1935年在伦敦创立，1946年推出"企鹅经典"丛书，是英国最重要、读者数量最多的出版社（Wootten & Donaldson，2013：xi）。"企鹅是英国商业生活中最著名、最独特的品牌"，对英国人而言，它与"英国广播公司（BBC）、全民医疗服务制度（NHS）一样，是一个没有对手、无与伦比的垄断者"（Lewis，2005：1）。

企鹅强大的品牌效应与声誉是通过一系列打破传统的标志性事件逐渐确立的。20世纪初，企鹅坚持以一包烟的价格将优质平装版书籍售卖给普通读者，打破了文化精英对优秀文学作品的垄断，开启了世界出版界的重大革命，也奠定了企鹅作为英国文化民主与文化启蒙推手的重要地位。1936年，企鹅克服重重阻碍出版当时被认为"内容不端"的《尤利西斯》（Ulysses），最终使这部文学杰作在英国首次面世。二战期间，群众阅读需求激增促成了企鹅的热销，并使其出版书籍成为部队行军时携带的常用书籍。同时，"企鹅特辑"（Penguin Special）系列的设计与发行推动了英国反法西斯运动与战后重建。1960年，企鹅再次力排众议，出版无删节版《查泰莱夫人的情人》（Lady Chatterley's Lover），并不惜与政府对簿公堂。企鹅的最终胜诉有力推进了英国的出版自由。通过不断推陈出新，捕捉时代精神，并将文化责任与经济利益相结合，企鹅在英语世界文化场域积累了丰富的象征资本与文化资本，其地位与影响力逐渐超越商业出版社的范畴，成为影响英国教育、文化与政治生活的重要机构。可以说，"企鹅图书的历史就是现代英国历史的关键部分"，也是"整个英语世界社会、文化、教育、娱乐历史中的主旋律"，其文

化与社会影响力可比肩 BBC 与英国艺术委员会（Arts Council England）
（Cannadine，2013：99、105）。

企鹅旗下的"企鹅经典"丛书为读者提供最全面的世界文学书库，在
英语文学经典化过程中扮演关键角色，也是英语文学教学中的重要力量，
代表着一代人所倡导的文学标准与典范。现任"企鹅经典"丛书编辑的
亨利·艾略特（Henry Eliot）认为，入选该丛书的作品有三点共性：文学
价值高、历史影响力大与持久的名声（Eliot，2018：ix）。此外，对于英
语世界的普通读者而言，"企鹅经典"丛书中的外国文学作品篇目往往构
成这些作品所代表的文学与文化形象。英国教授、学者安德鲁·桑德斯
（Andrew Sanders）曾表示，"'企鹅经典'选材考究、译笔精湛，囊括从古
至今的世界文学佳作，在很大程度上影响着［他］对非英语文学的认识"。
不过他也承认，"企鹅经典"最早引入的外国文学以法国、意大利、德国作
品为主，带有明显的"欧洲中心主义"倾向，但它所收录的翻译作品数量
与范围远远超过当时大多数欧洲语言出版社所提供的译本（Sanders，2013：
111、114）。

现在我们所知的"企鹅经典"丛书由早期四个系列合并而成，分别
为：原始的"企鹅经典"图书，以 1946 年 E. V. 里乌（E. V. Rieu）翻
译的《奥德赛》（*The Odyssey*）译本为标志；1966 年创立的"企鹅英国
文学书库"（Penguin English Library）系列，旨在为读者提供完整、准
确的英国文学文本，1985 年并入"企鹅经典"；1968 年创立的"鹈鹕经
典"（Pelican Classics）系列，包括以哲学、宗教、科学、历史、政治或
经济学为主题的非文学经典作品；1981 年创立的"企鹅美国文学书库"
（Penguin American Library）系列，负责出版《瓦尔登湖》《最后的莫西
干人》《野性的呼唤》等美国文学经典作品。①

近年来，"企鹅经典"丛书进一步扩充内容，不时引入其他企鹅系列
的图书，并依据不同标准进行有效整合，相继推出以 20 世纪小说为主的
企鹅"现代经典"（Modern Classics）系列，以短篇小说为主的"迷你现

---

① 参见企鹅官网（http://www.penguin.com/static/html/classics/history.php）。除特别注明
外，本节引文皆出于此。

代经典"（Mini Modern Classics）系列，以侧重剧情描写的悬疑、爱情小说为主的"红色经典"（Red Classics）系列，以及为纪念企鹅创立 80 周年出版的企鹅"小黑书经典"（Little Black Classics）系列等。

本书研究的中国现代文学小说译本，除《阿 Q 正传及其他中国故事：鲁迅小说全集》以外，大多属于企鹅"现代经典"系列。这一丛书系列于 1961 年由托尼·戈德温（Tony Godwin）创立，共出版过 600 多位作家的 1800 多部作品，其中包括 48 位诺贝尔文学奖得主的作品，旨在"为大众提供最优秀的现代文学作品。尤其是人们听说过但现已绝版或难以获取的作品、近期才被认可为经典的作品，以及曾经出现在旧版企鹅小说封面上的作品"（Eliot，2021：ix）。

如今企鹅的地位虽然已不及 20 世纪 30~60 年代这一黄金时期，但它在英语读书界的地位依然不可撼动。2013 年，企鹅与兰登书屋合并，改名为企鹅兰登①，成为世界上最大的商业出版社之一，出版过 80 多位诺贝尔文学奖得主或世界知名作家的作品，这位出版巨头在英语文学经典化领域依旧实力强劲。此外，"企鹅经典"是英语读者最丰富、全面的世界文学书库，迄今共出版了近 2000 部作品。除小说与诗歌外，出版范围还包括哲学、神学、政治学、历史学、游记与传记等多个类别，在致力于将欧洲文学作品"一网打尽"的同时，逐步引入非西方作家与女性作家的经典作品。企鹅编辑认为，当今世界充斥着异常扭曲的价值观，许多国家与民族处于战火的煎熬或是不安定的和平中，因而翻译文学经典的价值不可估量，它们能令读者"欣赏与理解那些使我们产生分歧的关键差异，意识到那些使我们紧紧相连的普遍真理"（Eliot，2018：xv）。除了在世界文学中挖掘同与异的文化互动，"企鹅经典"还致力于揭示古与今的联系，它的另一特色在于建立系统的版本更迭机制，其根据时代思潮的演变不断更新原有图书的评论与副文本，令历史的文本与当代社会发生对话，不断刷新读者对"经典"概念的认识。对于"企鹅经典"采取的选材、翻译与编辑策略，本书将在后续章节中做进一步探析。

---

① 本书出于叙述方便，统称为"企鹅"。

本书集中探讨"企鹅经典"丛书中的中国现代小说在英语世界的经典化译介，涉及 9 部译本，具体信息如表 1-2 所示。

表 1-2　"企鹅经典"丛书中的中国现代小说

书名	作者	译者	出版日期
Fortress Besieged（《围城》）	Qian Zhongshu（钱锺书）	Jeanne Kelly, Nathan K. Mao（珍妮·凯利、茅国权）	2006 年 4 月 27 日
Love in a Fallen City（《倾城之恋》）	Eileen Chang（张爱玲）	Karen S. Kingsbury（金凯筠）	2007 年 12 月 6 日
Lust, Caution（《色，戒》）	Eileen Chang（张爱玲）	Julia Lovell, Karen S. Kingsbury, Janet Ng, Janice Wickeri, Simon Patton, Eva Hung（蓝诗玲、金凯筠、伍梅芳、魏贞恺、西敏、孔慧怡）	2007 年 12 月 6 日
The Real Story of Ah-Q and Other Tales of China: The Complete Fiction of Lu Xun（《阿 Q 正传及其他中国故事：鲁迅小说全集》）	Lu Xun（鲁迅）	Julia Lovell（蓝诗玲）	2009 年 10 月 29 日
Red Rose, White Rose（《红玫瑰与白玫瑰》）	Eileen Chang（张爱玲）	Karen S. Kingsbury（金凯筠）	2011 年 2 月 15 日
Mr Ma and Son（《二马》）	Lao She（老舍）	William Dolby（杜为廉）	2013 年 7 月 1 日
Cat Country（《猫城记》）	Lao She（老舍）	William A. Lyell（威廉·莱尔）	2013 年 8 月 1 日
Traces of Love（《留情》）	Eileen Chang（张爱玲）	Eva Hung（孔慧怡）	2014 年 3 月 6 日
Half a Lifelong Romance（《半生缘》）	Eileen Chang（张爱玲）	Karen S. Kingsbury（金凯筠）	2014 年 7 月 31 日

注：莫言、苏童等中国当代作家的小说属于"企鹅文库"系列，未被收入"企鹅经典"丛书。关于麦家小说《解密》是否被选入"企鹅经典"，见本书第五章第三节。

二　研究问题

本书提出的主要研究问题如下。

（1）哪些中国现代小说入选"企鹅经典"丛书？入选作品体现出哪些共同特征？它们在中国本土文学批评体系中有怎样的地位与代表性？中国现代文学的"他塑经典"和"自塑经典"是否存在差异？

（2）中国现代小说在英语世界的经典化是得益于文本的先天美学本质，还是得益于译语地区经典建构者与社会文化因素的推动？

（3）哪些经典建构主体参与了"企鹅经典"丛书中的中国现代小说的经典化译介，采取了何种经典化方式或策略，各主体之间是否互相影响或存在冲突，译者在整个过程中的作用是什么？

（4）经典化译介过程的宏观影响因素有哪些？它如何体现"文学世界共和国"（Casanova，2004）所揭示的世界文学权力结构、运作方式与"认可政治"？

（5）"企鹅经典"丛书中的中国现代小说的经典化译介过程是否存在偏见和误识，背后的原因是什么？

（6）中国文学海外经典化译介机制对国内文学批评与中学外传实践有何启示？如何在坚守中华文化立场的基础上改善中国文学外译的效果？

三　研究方法和思路

本书以本质主义与建构主义相结合的经典观为基础，采用文内与文外、微观透视与宏观阐释相结合的研究设计，探讨入选英国"企鹅经典"丛书的中国现代小说在英语世界的经典化过程，考察各经典建构主体（译者、出版社、评论家、学者、高校和普通读者）如何通过文本选材、翻译、编辑与评论策略参与中国文学作品价值生产，构建作品的"经典性"，揭示经典化译介过程的内部和外部制约因素。同时，探讨该丛书的经典化译介模式对中国文学外译的影响与启示。

（一）研究方法

1. 描述性研究法

描述性翻译研究不为翻译实践设立规范性准则，或对翻译文本进行价值性判断，而是将研究对象当作语际传递中既成的文学现象和文化现象，对其进行相对客观的观察、描写和解释。图里（Toury）认为，如果要对翻译进行穷尽的、合理的解释，就必须进行"语境还原"，将翻译放回到其特定的译语文化、历史和社会语境中，分析其与所在语境的互动关系，对翻译的过程、产物和功能进行解释（Toury，2012：23）。本书采用描述性研究法，探讨入选"企鹅经典"丛书的中国现代文学作品在英语世界经典化的过程、方式和宏观制约因素，分析译者、出版社、评论家等经典建构主体的经典化译介策略，以及这一经典化过程对中国文学、文化传播的影响。

2. 文本细读法

第一，通过对入选"企鹅经典"丛书的中国现代文学作品原文文本的分析，探索该丛书的文本选材依据，揭示原作审美价值的经典化作用；第二，通过对同一作品不同译本的对比细读，分析"企鹅经典"丛书的译本选材倾向，尤其关注企鹅版译本如何通过较为忠实、完整的译文传达原作的核心美学价值，促成中国文学作品的内部经典化；第三，通过对译文文本的分析，考察经典化过程中的翻译和编辑策略，揭示翻译在经典化机制中的关键作用。

3. 文献研究法

本书涉及的文献主要有："企鹅经典"丛书译者与编辑访谈、报道材料，丛书官方书目、图书介绍信息与宣传资料等，以了解丛书选材、翻译与编辑工作的基本理念；联合国教科文组织"翻译索引"（Index Translationum）数据库、美国罗切斯特大学翻译图书出版数据库"百分之三"（Three Percent）等数据库中的海外中国文学出版数据，以了解中国现代文学在英语世界的出版情况；英美主流媒体对该丛书中国文学译本的书评、译评等，以分析书评中的叙事策略和话语逻辑；关于该丛书中国文学译本的选集、论文、专著等，以考察文学批评在经典化译介过程中的具体作用。

4. 整体分析法

已有研究大多是针对单一作品或作家的经典化个案分析。本书以"企鹅经典"丛书中国现代小说译本为考察范围，对不同作品 / 作家的经典化个案从整体上进行把握、归纳和总结，探讨中国文学作品在英语世界经典化过程中共通或相近的选材、翻译、编辑策略和话语逻辑，有助于揭示经典化译介过程的整体特点或一般规律。

5. 跨学科研究法

本书借鉴翻译学、中国文学、比较文学与世界文学、形象学与社会学相关理论知识研究经典化译介问题，以揭示单一视角下难以注意的现象或问题，促进不同学科的互补共赢。例如，借助社会学中的文化生产场理论，既可以为本质主义和建构主义经典观辩证结合的研究视角提供理论支撑，也可以阐释世界文学场的文化资本分配与权力运作对经典化译介的影响。借助跨文化形象学理论，可探究西方集体文化心理中的东方主义观念如何制约海外出版社对中国文学作品的经典化译介。

6. 微观透视与宏观阐释结合

本书从微观角度描述"企鹅经典"丛书如何通过选材、翻译和编辑策略对译本进行内部经典化，揭示经典化译介过程的内在机制；同时，将经典化过程置于译语地区宏观社会文化语境和世界文学生产场域中考察，从宏观角度分析译语地区政治、社会、文化因素和世界文学权力结构对经典化过程的制约，从而揭示经典化译介过程的外部机制。

（二）研究思路

本书由八章组成。第一章主要阐释选题缘起与研究的理论和实践意义，并对国内外经典化译介研究进行概述，进而设计研究对象、问题、方法与思路。由于企鹅及其"企鹅经典"丛书在英语文化与文学场中已积累大量象征资本，这赋予其文学经典建构的特权，它成为经典化译介研究的一个合适观测点。

第二章重点介绍西方文学研究自 20 世纪 70 年代以来出现的"经典论战",对核心概念进行释义,阐述不同经典观的基本立场和观点,并在此基础上确立本质主义与建构主义辩证结合的研究视角。此外,本章通过对中国翻译史上经典化案例的简单回顾,对翻译与跨国文学经典、民族文学经典和世界文学经典的关系进行了初步探索。

第三章考察"企鹅经典"中国现代小说译本的内部经典化过程:(1)通过考察该丛书对中国现代小说的原文选材,分析入选作品共通、相近的美学质素,探讨使中国文学作品在英语世界经典化的艺术品质;(2)通过分析丛书的译本选择,探析丛书如何通过完整、忠实的译本再现原作的核心审美价值;(3)分析译者如何使用具体翻译策略,创造译文审美价值。本章试图从本质主义视角考察原文和译文审美价值在经典化过程中的作用。但需要注意的是,丛书对原文审美价值的挖掘,以及对译文审美价值的创造通常是编辑和译者顺应译语地区主流诗学和意识形态的结果,因而也体现了丛书对作品"经典性"的人为建构。

第四章考察"企鹅经典"中国现代小说译本的外部经典化过程:探讨英语世界出版社、主流媒体、学者、高校和普通读者等经典建构主体如何通过深度编辑、书评、学术研究、教案设计、课程设置等方式参与中国现代文学作品意义和价值生产,构建相关作家或作品的"经典性"。本章主要从建构主义视角分析各经典建构主体的具体经典化译介策略。

在案例分析的基础上,本书的第五、第六章总结中国现代文学海外经典化机制的两大特征:一是因果相生,二是福祸相依。(1)所谓因果相生,是指各经典建构主体相互依存、彼此渗透,形成受社会文化因素制约的系统性机制。各经典建构主体在话语逻辑、词汇体系与经典化策略方面体现出一定程度的连贯性与延续性。探究这种连贯性与延续性的原因,需要将经典化过程置于英语世界宏观社会文化语境和"文学世界共和国"中进行考察,分析两种东方主义观念和世界文学权力结构对经典化译介的影响。(2)所谓福祸相依,是指在海外经典化过程中洞见与偏见并存,各阶段均存在误读现象,这也正是经典化过程"因果相生"

导致的后果之一。

　　第七章归纳经典化译介研究对中学外传的启示，从文本选择、翻译主体与策略、出版渠道、学术视野四个层面比较海外经典化译介模式与中国本土译介模式的区别，思考如何在坚持民族文学、文化自信和自觉的基础上改善译介效果，为中国现代文学外译实践提供参考。

　　第八章总结本书的主要发现，指出研究的缺陷与不足，并展望后续研究的探索方向。

第二章

关于文学经典化问题的论争

本章主要讨论西方文学研究界自 20 世纪 70 年代以来出现的"经典论战"（Canon War）。在第一节中，本书首先从词源学角度回顾"经典"概念在中西文化中的含义及演变过程，继而分别概述本质主义与建构主义经典观及其代表人物，具体内容涉及对"经典"、"文学史经典"、"经典化"（canonization）、"翻译文学经典"等概念的阐释，并在此基础上介绍经典的分类、鉴定方法与维度，为两种经典观辩证结合的研究视角提供理论依据。第二节通过回顾中国翻译史上重要的经典化案例，重点阐释了翻译在跨国文学、民族文学和世界文学经典化过程中发挥的作用，揭示了与本书相关的三个核心概念（"翻译"、"经典"和"世界文学"）之间的互动关系。

第一节　核心概念释义

一　"经典"词义辨析

关于经典的论争由来已久，对于该如何给"经典"概念下一个定义，学界至今未能达成统一意见。

许慎（1963：199）《说文解字》释曰，"典，五帝之书也，从册，在
丌上，尊阁之也"，突出了"典"的崇高地位。"经"的本义是织物的纵
线，与"纬"相对，后又指南北向的常规性道路，引申为关于日常行为
的义理、法制和原则（周晓琳，2019：2）。又据章炳麟的考证，"经"可
指编织书简的丝带，因而成为书卷、书籍的代称。古人的文字著述有经、
史、子、集之分，"经"为各类著作之首（张隆溪，2005：178）。汉武
帝"独尊儒术"之后，"经"多用来指代儒家思想群籍。《文心雕龙》云，
"经也者，恒久之至道，不刊之鸿教也"（刘勰，1981：18），强调经典
的经久不衰，亦揭示了经典的示范、教化作用。在现代汉语中，据《现
代汉语词典》的界定，"经典"的名词形式包含世俗与宗教经典两种含
义：一指"传统的具有权威性的著作"，二指"各宗教宣扬教义的根本性
著作"。

与"经典"概念相关的英文单词有"classic"与"canon"。"classic"
最早出现在古罗马作家格利乌斯（Gellius）的著作中，表示"高级的、
上等的"之义。该词一度被用来修饰所有古希腊语、拉丁语作品，因为
人们认为与现代语言相比，以古希腊语、拉丁语创作的古典作品本身便
具有一流审美价值。《牛津英语大词典》的释义也显示，"classic"作为名
词使用时，表示"被广泛认可的一流作家或作品，尤指以及最早被用来
指代希腊语、拉丁语作家或作品"。"classic"作为形容词使用时，则表
示"一流的、最高等级的、最重要的"，一般被认为代表"某种典范、标
准或先驱"。

"canon"一词源自希腊语单词"Kanon"，原义指某种测量杆或目录，
因而演变出两种使用"经典"概念的方式：以标准存在的经典（canon
as rule）和以书单存在的经典（canon as list）。"canon"曾指代被宗
教权力机构确立为权威正统"圣经"真本的《希伯来圣经》与《新约》
（Abrams & Harpham，2014：40），后来它也可指代世俗经典，表示那些
由某一作家创作，并受到学者、批评家、教师认可的重要文学作品。在
现代英语中，如《牛津英语大词典》所示，"canon"依然可以表示"一
种用作衡量尺度的法律、规则、宗旨或标准"，或表示"被认可为正统、

受到广泛尊崇的作品"，与"伪经"或"伪作"相对。其中既包括宗教性著作（尤指基督教著作），如"the biblical canon"，也包括那些"被认定为真正由某一作家创作的著作集"，如"Shakespearean canon"。但在文学批评中，"canon"特指那些"长期被认为最重要、拥有最高创作水准与永恒价值，因而值得研究的作品"。

虽然"classic"和"canon"的含义有别：前者多表"传统的、古典的"之义，后者则常与宗教文本关联。但在现代英语中，"classic"与"canon"皆可指代受到广泛认可、具有杰出审美价值的优秀文学作品，因而在某些情况下可以混用，表达中文中的"经典"概念。

结合中英语言文化对"经典"的释义及其含义的变迁，我们可以归纳出"经典"概念的几个关键维度："经典"必须是权威的、具有杰出审美价值的代表性作品；"经典"同时也是一种尺度，可作为衡量其他作品优劣的标准。此外，这些释义也暗示，"经典"的确立需要相关权力机构的认可与批准。

二 两种经典观

20世纪70年代以来，"经典"概念开始广泛出现在文学批评中，并逐渐成为文学研究的核心问题之一。"经典"概念含义的演变通常与社会文化变革密不可分。20世纪后三十年，美国知识界面临前所未有的冲突与分裂。越战引起的极化现象使"文化论战"（Culture War）愈演愈烈，见证了不同学派对于政治、社会现实、国家文化等问题的激烈争辩（George & Huyn，2009：9）。90年代，"经典论战"又成为美国高校教育改革的一部分。从某种程度上说，文学领域的"经典论战"可被视为西方更广泛意识形态斗争（如多元文化主义争论、平权运动等）的副产品。

传统的经典观以本质主义与普遍主义为主，肯定"经典"有内在的本质规定、固有的美学与艺术价值，强调"经典"的永恒性。持这类观点的学者大多为人文主义或美学理想主义者，他们往往从自身所探讨的经典文本出发，阐释文学经典的标准与性质，坚持以对文本的形式主义解读挖掘作品超民族、超历史的普遍价值。代表观点有塞缪尔·约翰逊（Samuel Johnson）提出的"准确表现普遍性"（just representations of general nature）（Johnson，2009：355）、T. S. 艾略特（T. S. Eliot）的"成熟心智"（a mature mind）标准（Eliot，2009：54）、哈罗德·布鲁姆（Harold Bloom）的"陌生性"（strangeness）标准（Bloom，1994：3）、马修·阿诺德（Matthew Arnold）的"高度庄重"（high seriousness）标准（Arnold，1896：19）等。

本质主义经典观的支持者试图从作品本身的审美风貌中寻找经典文本的"先天本质"。但事实上他们未能制定出一套客观的、放之四海而皆准的经典理论，因为任何经典标准的提出都有赖于一定的文化与历史语境。此外，本质主义经典观往往强调经典的权威性、规范性与教化作用，带有一定的精英主义与文学乌托邦主义色彩，因而在实践中缺乏适用性，显得抽象、难以把握，有可能滑入主观主义的陷阱。

20 世纪七八十年代，在后现代主义与解构主义思潮的影响下，文化研究者开始从种族、性别、阶级等角度对"欧洲白种男性"主导的传统经典观与精英主义文学理论发起猛烈抨击，认为经典不过是一种权力建构，是占支配地位的社会利益团体强制推行其价值观的统治工具。1981年，由莱斯利·菲尔德（Leslie A. Fielder）与休斯顿·贝克（Huston Baker Jr.）主编的经典研究文集题为《英语文学：打开经典》（*English Literature: Opening up the Canon*），研究内容从经典的美学形式与特征转向经典形成过程中的社会、政治与经济势力，如探索批评家如何通过文学研究机制构建经典，或文学机构如何通过经典建构控制文学研究与教学。后殖民主义者、女性主义者与马克思主义者更是将"去经典化"运动视为政治运动的一部分，希冀打破保守主义者所尊崇的经典标准，使之承认黑人、女性、少数民族等边缘化群体的利益与文化成就，从而获得权利平等与政治解放。另一部分学者则从打破文学的"等级制度"与"精英主义"角度出发，倡导克服高雅艺术对通俗艺术的歧视，将电影、电视剧、流行文学等纳入经典之列。极端的建构主义经典观完全否认经典的内在价值，其僵硬、虚无、悲观的论点以及对社会的简单化理解引发了传统文学研究者的强烈不满。有学者认为，权力控制论与阴谋论的最大漏洞在于没有哪一种权威能够超越时代，使不同环境、不同社会中的读者认定同一部作品的经典地位（张隆溪，2005：190）。

当然，文化研究并不是铁板一块，建构主义者对于传统经典观的批判思路也不乏启发性，文化研究打开了更多解读伟大作品方法的新门户，为传统文学研究增加了活力。在建构主义视角下，人们开始关注经典与权力的互谋，阐释经典作品的历史性、民族性与阶级性，强调作品的经典地位是由各种社会、文化、历史因素共同建构的。例如，芭芭拉·史密斯（Babara Smith）指出，人们常言经典的一大特点是它能久经时间的考验，但这一检验机制是通过学校、图书馆、剧院、博物馆、出版社、颁奖委员会等各种文化机构运作的，留存于世的经典往往是那些符合其典型需求与利益的作品。因此，时间的检验机制存在固有的偏见，这些偏见随着时间不断积累、日益深化（Smith，1988：51）。约翰·纪洛里（John Guillory）在他里程碑式的著作《文化资本：论文学经典的建构》（*Cultural Capital: The Problem of Literary Canon Formation*）中主张把经典建构的问题当作文化资本形成与分配的问题加以理解，更具体地说，就是将之当作文学生产和消费方式的获取途径来理解（Guillory，1993）。

与"canon"一词相同，"canonization"原本也是宗教词语，它代表天主教中一套将已死之人封圣的官方仪式，其含义更接近于"consecration"。在文学研究中，"canonization"通常被译为"经典化"或"经典建构"，指将某一作家或作品确立为经典的过程。同理，将某作家或作品从经典中除名的过程为"去经典化"（de-canonization）。这两个词语充分暗示了经典的人为性——"经典"的盛名背后总是存在某种权力机制、某种程序的运作；同时，它们也揭示了经典的历史性：由于不同时代文学思潮或意识形态的更迭，某一作家或作品的声望总是会在历史中反复沉浮，不断地经历"经典化"与"去经典化"。

由于经典是历史的、相对的，"文学史经典"这一概念应运而生。那些公认度不高，只在特殊历史背景下被认可为"经典"，而不再被当下文学批评主流所重视的作品，被称为"文学史经典"，如"文革"时期创作的样板戏、红色经典等。这些作品的影响力局限在某一历史阶段，与那些久经验证的文学经典尚有距离。然而，严格意义上，不存在任何拥有永恒、绝对"经典价值"的作品，"文学史经典"与"文学经典"的区别不过是作品公认度与影响力是否持久的侧面写照。

　　尽管学界对"经典"的定义、标准、构因等问题尚未达成共识，但不可否认，长达数十年的"经典论战"已彻底改写了"经典"的词源学含义。它不再是一个指涉权威文学作品、极具宗教意味的词语，而是与权力、政治、意识形态等议题紧密相连。越来越多的研究者承认，"经典"不是一个静止僵化的概念，不能被视作一系列固定作品的集合，而是历史的、相对的、多义的，经典的形成有赖于社会文化因素的有序推动。佛克马（Fokkema）将这种经典的相对性阐释得十分明确：经典有自己的时间、空间与社会维度。因而在讨论一部经典时，必须明确这是"谁的经典"——是什么机构赋予该文本经典地位；以及这是"什么层次的经典"，因为经典的僵化程度是不同的，有严格与宽松之别（佛克马，2007：18）。

　　本质主义与建构主义经典观的并存预示着"经典"概念本身的矛盾与两面性，因而恰好为这两种对立范式的和解提供了空间，使其在揭示经典问题上呈现出同样强大的阐释能力。在异说纷起的"经典论战"中，一部分学者开始分析经典形成机制中两者的对立统一，试图摆脱文学内部、外部二分法的困境。例如，布迪厄认为，注重形式主义解读的文学内部研究试图从文本自身寻找对作品的终极解释，或承认某种"非历史性本质"的存在，忽略了文本背后复杂的社会关系网络，即审美价值本身便是社会与历史建构的产物；而强调社会条件的外部研究忽略了符号产品生产、流通与消费的客观条件，将文化产品理解为社会团体或阶级世界观的简单反映，否认了文学实践的相对自治与特殊逻辑。布迪厄试图克服这种虚假的二元对立，将两种研究范式的优点统摄于文化生产场的理论框架中。社会、经济等外部因素对文学的影响必须通过文学场自身的结构变化才能实现（转引自 Johnson，1993：11）。从内部视角看，经典延续着场域的历史，承载着文学惯例的压力；从外部视角看，经典又体现着符号斗争的维度，体现着文化生产场内部各种位置空间的博弈与协商关系，也体现着文化生产场域与其他场域间的互动关系，经典即这两种历史契合的产物（朱国华，2006：46）。根据布迪厄的文化生产场理论，本质主义与建构主义经典观能顺利达成和解，经典化机制成为他律与自律的结合，经典的形成源于非文本因素与内在审美价值的张力与动态关系。事实上，该理论暗示，正是不同经典观的对峙与碰撞构成了文化生产场的动态变化。

国内学者从中国本土的经典化实践出发，也同样重视经典形成机制的辩证法。童庆炳和陶东风认为，经典形成的过程中既有"他律"，也有"自律"。经典的形成是一个相当复杂的过程，因而我们在研究中不应陷入绝对的本质主义或建构主义经典观，而要在两者之间"保持一种张力，具体考察经典建构过程中两者的作用方式"（童庆炳、陶东风，2007：5）。王宁（2007：200）指出，"经典"概念具有文学与文化的双重含义，提倡文学研究者与文化研究者消除对立，进行平等对话，使两者进行整合，将文学文本放入广阔的文化语境中："文学的文化阐释方向是我们走出文学研究与文化研究之二元对立的必然之路。"

全球化的发展打破了文学研究的国别疆界，对文学经典的探讨逐渐拓展到跨文化领域。如前所述，国内学者在本质主义与建构主义结合的基础上对"翻译文学经典"进行了界定。其中，查明建（2004：87）的三层定义较为全面：翻译文学经典可以指翻译史上的杰作、外国名著的翻译、在译语语境中被"经典化"了的作品。这三层定义分别强调译本的审美价值、原作的审美价值，以及经典形成的社会文化或意识形态因素。前两者对应本质主义经典观，后者则偏重建构主义经典观。

本书中的"经典"概念也采取本质主义与建构主义相结合的理论视角。但在研究开展之前，我们必须意识到民族文学与翻译文学经典化机制的区别。"经典一经翻译，它的语言与文学本性将彻底改变，它在源语文化中所获得的价值也将发生改变。"（Venuti，2008：28）显然，决定原作品与翻译作品经典化的因素是不尽相同的，因而就翻译文学而言，本质主义与建构主义视角下的经典化制约因素也应当另行考量。从本质主义角度看，翻译文学的经典地位不仅源于原文本身的审美力量，也源于译文的艺术价值，离不开译者的改写与创造性；从建构主义角度看，翻译文学经典是由译语地区多种文化行动者合力构建的。在原作品内在美学质量的基础上，译者进行文本选择并完成翻译，随后译文经历“中心偏移”并接受译语环境的“二度确认”，在当地各种文外因素的推动下，翻译文学经典才最终形成。

三　经典的分类、鉴定与维度

为揭示“经典”概念的灵活性与相对性，阿拉斯泰尔·福勒（Alastair Fowler）将“经典”分为六类。（1）官方经典（official canon）：地位相当稳定的经典，通常由教育机构、赞助机构、新闻机构确立，具有规范性。（2）私人经典（personal canon）：读者个人熟悉并认为有价值的作品，有时会偏离官方经典范畴。（3）潜在经典（potential canon）：最广义的经典，包括所有作家创作出的作品，可能因为出版条件、手稿传播、审查制度等无法获取。（4）可获取的经典（accessible canon）：潜在经典中通过索引目录可获取的部分。（5）选择性经典（selective canon）：可获取的经典经过进一步系统性筛选后确立的经典，如学校制定的课程书单。（6）批评性经典（critical canon）：在有影响力的期刊中反复讨论研究的作品（Fowler，1979：98-99）。可见，“经典”一词的含义总是指向无尽的可能性和不确定性，人们获取经典的方式及经典的来源、地位、意义与功能有差异，需要具体辨别。

达姆罗什则从世界文学角度对经典作家进行分类。他认为文学研究已进入后经典化时代，如同在后工业化时期，旧式工业依然占据着大部分市场份额一样，在后经典化时期，莎士比亚（Shakespeare）、华兹华斯（Wordsworth）、乔伊斯（Joyce）等传统经典作家的地位依然牢不可破。世界文学经典已由主流作家与非主流作家组成的双层结构进化为三层结构。（1）超经典（hypercanon）：老牌主流作家，固守并日益拓展自身领地。（2）反经典（countercanon）：次要、反叛的非通用语作家，或强势语言中创作非主流文学的作家。（3）影子经典（shadow canon）：逐渐退出研究者与读者记忆的传统非主流作家（Damrosch，2006：45）。以上分类进一步说明，"经典"概念并没有单一的明确所指，确立经典的机构、方式不同，经典的功能、地位、公认度与影响力也会有所区别。

尽管人们在"经典"的定义与内部标准问题上尚无定论，但经典是可以凭借文外因素被发现或鉴定的。显然，对于一部翻译文学作品是否成为经典，必须在译语语境中考察。根据国内外相关论述①，综合考虑影响文学经典的各种外部因素，我们可以归纳出翻译文学经典的标志或认证标准。

（1）从翻译环节看：是否在海外有长期的译介史，拥有不同时代译者的重译本。

（2）从出版环节看：是否被收入海外权威文学出版社的经典丛书系列，如"牛津世界名著"（Oxford World's Classics）、"哈佛经典"（Harvard Classics）丛书等，是否有一定的重版率。

（3）从流传价值看：是否在海外文学市场上具有广泛及长久的影响力，是否在海外图书馆中有一定的馆藏数量、借阅数量和引用数量。

（4）从评论体系看：是否进入西方学术评论体系，有一定的评论数量，并被西方文学创作者接受；是否在海外主流媒体评论中引起热议，如《纽约时报》（*The New York Times*）年度书单等；是否被编入权威文学选集或文学史，如《诺顿世界文学选集》（*The Norton Anthology of World Literature*）、《哥伦比亚中国现代文学选集》（*The Columbia Anthology of Modern Chinese Literature*）等；是否在海外获得主流文学奖项。

（5）从教育机构看：是否作为教学用书进入海外大学的中国文学课程教案，成为教材或参考书。

应当承认，以上几项标准不仅是判断翻译文本是否成为经典的标准，

---

① 国内外有关认定文学经典的研究，参见佛克马和蚁布思（Ibsch）《文学研究与文化参与》（*The Study of Literature and Cultural Participation*，2000）、樊星《当代文学经典：如何认定，怎样判别》（2014）等。

实质上也是经典传播与解读的方式与途径，更是推动翻译作品经典化的主要手段，体现出经典标准不可避免的相对性和人为性。也就是说，"经典"的形成取决于人们对文本的解释以及赋予文本的价值，受当时当地的文化、社会、历史语境的影响。

从以上鉴定经典的方法看，尽管同为翻译文学经典，其层次与涉及的主体也各不相同。因此，我们必须阐明本书中经典作品的空间、时间以及社会维度。正如佛克马（2007：18）所言，经典的僵化程度是不同的，有一些经典是严格的，如学校等教育机构指定的选本，有一些则相对宽松，如文学史上提到或出版社提供的文本。因此，本书所讨论的"企鹅经典"作品也有自己的社会地理文化坐标，只在具体的社会地理文化范围内有效。表2-1列出了入选"企鹅经典"丛书的中国现代文学作品"经典性"的维度，意在强调：在本书中，这些作品被视作小写而非大写的"经典"，是特定群体或机构出于自身利益建构的"经典"，而非普遍意义上的"经典"。换言之，本书所讨论的并非自给自足的"canonical texts"，而是"canonized texts"，并且是被权威出版机构通过丛书——"企鹅经典"丛书建构为经典的文本，这是由本质主义与建构主义相结合的视角，即经典形成机制的辩证法决定的。

表2-1　入选"企鹅经典"丛书的中国现代文学作品"经典性"的维度

什么层次的经典？	
空间维度	英语世界
时间维度	21世纪初[*]
社会维度（经典的僵化程度）	相对宽松[**]
谁的经典？	
经典的主体	企鹅
经典的客体	普通读者

　[*] 从第一本入选"企鹅经典"丛书的中国现代文学作品《围城》的出版时间（2006年）算起。

　[**] 佛克马（2007：18）认为，经典的僵化程度一部分取决于确认经典的机构和权威，一部分取决于持接受或拒绝态度的读者群。学校用于教育的选本相对严格，文学史或批评史上提到的选本则较为宽松，由出版社和书店提供的选本则更为宽松。

第二节　翻译、经典和世界文学

翻译是经典永恒性与相对性之间的纽带，是连接经典的内部研究与外部研究的重要媒介。一方面，翻译实现并巩固了文学经典的稳定性、普遍性与超时空性。英国著名文学批评家克默德（Kermode）认为，"我们之所以称某些作品为'经典'，是因为它们拥有某种恒久不变的内在素质，也拥有一种开放性，使自身适应无限变化的情境并永葆生机"（Kermode，1975：44）。这种"无限变化的情境"必然也包括异域的语言文化空间。一部文学经典，因为它描绘了超越民族、文化差异的人类共通情感与心理结构，或因为它蕴含着深刻丰富的意味、多重的话语声调、广阔的言说空间，得以跨越语言和文化的樊篱，经受住不同诗学传统与意识形态的冲刷，在译语文学空间依然保持强韧的生命力，强化着它原本的经典地位。这体现了经典的"自律"和文本审美风貌在经典化过程中的作用，而这种作用离不开翻译的助力，离不开译者对原文文学性的再现与对译文文学性的创造。

但与此同时，翻译也体现了建构主义因素在经典化过程中的作用。翻译并非在真空中进行，译者、编辑和学者对原文审美价值的挖掘，以及对译文审美价值的创造通常是顺应译语地区主流诗学和意识形态的结果，因而也体现了他们对作品"经典性"的人为建构。从文本选择、翻译、编辑、出版到文学批评，翻译文学经典化过程的每个阶段都渗透着译语地区政治、文化、经济或社会因素的影响，也受到世界文学空间权力关系的制约。可以说，翻译本身便是一种经典建构行为，凸显翻译的民族性、时代性与相对性。某些翻译文学经典的经典地位和价值只在特定的空间、时间和社会维度中有效。

由此可见，从翻译视角切入文学经典问题，能更好地揭示文本美学和社会文化因素在经典化过程中的合力。更确切地说，翻译是连接文学经典"自律"和"他律"的重要力量，因为译语地区诗学传统与意识形态无法直接作用于原文文本，需要通过出版商、学者、高校和普通读者的译介策略施加影响。而这些经典建构主体对译本的阐释与评价又必须以译者对作品审美价值的再现与创造为基础，因而翻译提供了连接文本内部经典化与外部经典化的媒介，使译语地区社会文化因素在翻译文本中找到了可以利用的诗学价值。

近年来，翻译在经典化机制中的核心作用得到了重视（刘军平，2002；王宁，2009；谢天振，2016；罗选民，2019），但对经典化译介问题的讨论依旧不多，翻译与经典化的关系尚未得到细致分析（Hajdu，2004：35；Brems，2019：54）。下文将从跨国文学经典、民族文学经典和世界文学经典三个角度，探讨翻译、经典与世界文学的互动关系。

一　翻译与跨国文学经典

翻译与经典的关系，首先体现于翻译在跨国文学经典建构中的重要作用。周国平（2021：36）认为，"名著是在名译之后诞生的"。没有朱生豪、傅雷、叶君健等翻译家杰出的译本，莎士比亚、巴尔扎克、安徒生等外国文豪便无法在中国获得持久的声名。无独有偶，法国作家莫里斯·布朗肖（Maurice Blanchot）也说过，"经典作品只存活于翻译中"（Blanchot，1990：84）。在经典原作艺术价值的基础上，译者通过创造性的翻译，赋予译本新的审美风貌，使其在译语文化语境中"投胎转世"，获得新的、延续的生命。由于翻译文学经典是原作者和译者合力打造的成果，它也成为源语民族文学性和译语民族文学性和谐交融的典范，使得原作的文学性超越国别和文化语境，形成了翻译文学经典的独特品质——"文学性间性"（interliterariness）（查明建，2011：8；宋学智，2015：26）。从本质主义视角看，这种"文学性间性"是一国文学经典在域外获得"经典性"的重要原因。

埃兹拉·庞德（Ezra Pound）的汉诗英译是体现翻译文学经典"文学性间性"的典型案例。1915年，庞德出版了译作集《华夏集》（*Cathay*），该书收录了他对中国古典诗歌的创造性英译。他所翻译的李白诗作《长干行》（*The River Merchant's Wife: A Letter*）舍弃了汉诗的节奏音韵，以自由体形式再现原诗中的丰富意象，虽在形式、典故上有所损失，却有效传达了汉诗特有的美学形态和深邃意境，展现出有别于西方传统诗歌的艺术魅力。例如，他将"门前迟行迹，一一生绿苔。苔深不能扫，落叶秋风早。八月蝴蝶来，双飞西园草"译为"You dragged your feet when you went out. / By the gate now, the moss is grown, the different mosses, / Too deep to clear them away! / The leaves fall early this autumn, in wind. / The paired butterflies are already yellow with August / Over the grass in the West garden"，再现原诗中多个意象的叠加碰撞，表现了汉诗情景交融的艺术境界，简练含蓄又不失细腻地再现了思妇的盼归之心。为凸显汉诗独特的意象风格，庞德甚至大胆省略了某些连接词，在一定程度上实现了译诗的陌生性（strangeness）效果，而陌生性正是文学经典原创性的重要标志（Bloom, 1994：3）。同时，译诗也承袭了英诗独有的戏剧性独白（dramatic monologue）传统，尤其是戏剧性书信体独白诗形式，凸显了诗歌的对话性，以塑造人物形象，透析女主人公的内心世界。例如，他将"低头向暗壁，千唤不一回"译为"Lowering my head, I looked at the wall. / Called to, a thousand times, I never looked back"，将"感此伤妾心，坐愁红颜老"译为"They hurt me. I grow older"，以简洁的短句、清新质朴的口语刻画了少女娇俏羞怯的语气和自然率真的性格。庞德的译诗巧妙融合了李白简洁凝练、意象鲜明的诗风与西方戏剧性独白传统，也为其实践意象派创作理念提供了文本场所，同时与中西诗学审美实现了互文，造就了翻译文学经典的基本品质——"文学性间性"。

荣之颖（A. J. Palandri）（1966：291）认为，如果不是庞德的译文，"这些中国古代的经典对西方而言仍然是遥不可及的"。庞德的《长干行》译文被收入奥斯卡·威廉斯（Oscar Williams）主编的《袖珍本现代诗》（*A Pocket Book of Modern Verse*，1954）。这部诗集收入的作品大多为20世纪经典英语诗歌，而庞德译作是其中唯一的译诗。其后，这篇译作先后被收入《理解诗歌》（*Understanding Poetry*，1976）、《诺顿美国文学选集》（*Norton Anthology of American Literature*，1979）、《美国诗歌五十年》（*Fifty Years of American Poetry*，1984）等权威文学选集。由此可见，这篇译作已被视为英语文学创作，被认可为英语世界的文学经典，而不仅仅是英语世界的"中国"文学经典。

此外，翻译文学的"经典性"还在反复的重译中不断重构、再生，打开广阔的言说空间，展现出愈加深厚复杂的意味。谢天振（2016）指出，翻译文学经典要经得起不同时代的翻译家的"创造性叛逆"，这是翻译文学经典形成的一个基本条件。"企鹅经典"丛书收入的中国文化典籍或古典文学作品大多具有长久的英语译介史，已通过多次重译、重版在英语世界获得稳定的经典地位，积累了一定的文化资本，如《论语》《道德经》《孙子兵法》《红楼梦》《浮生六记》等。

在翻译文学经典化的种种案例中，特别值得注意的是在某些源语文学系统中处于边缘位置的"非经典"作品，经过复杂的译介过程，在译语文学系统中被建构为经典。

张爱玲20世纪60年代曾在美国大学发表关于翻译和东西方文化关系的演讲，她提到由于林纾的翻译，哈葛德（Haggard）成了中国20世纪初最有名的西方作家（Chang，2015：491），但在英语文学系统中，哈葛德并非声名卓著。有趣的是，在21世纪初，张爱玲本人也是借助翻译从本国"非经典"作家变身英语世界经典作家的典型案例，为我们揭示出民族文学经典化与翻译文学经典化的不同路径。此外，在中国文学史上罕有人问津的寒山诗曾在20世纪中期的美国跻身经典行列。据钟玲（2003：37-38）的分析，加里·斯奈德（Gary Snyder）对寒山诗进行了创意英译，并在著名的"六画廊"（Six Gallery）诗歌朗诵会上诵读了自己的译文。1965年，寒山诗入选白芝主编的《中国文学选集》，这本选集由知名的丛树出版社（Grove Press）刊行，成为美国大学中国文学课程最常用的教材。在中国文学史上众多诗歌选集中缺席的寒山一跃成为美国诗坛的主流诗人。由此，钟玲（2003：44）总结了中国诗歌在美国经典化的几大推动力量：（1）英文文字驾驭能力强的美国诗人或译者将中国诗歌译为优美感人的英文诗章；（2）重要的英文选集将这些英译诗歌选入，视之为具有经典地位的英文创作；（3）美国批评家和汉学家奠定了这些英译诗歌的经典地位；（4）美国诗人倡言其成就及影响力。

尽管在此处，钟玲并未明确点出译语地区历史文化背景和意识形态对中国诗歌英译经典化的影响，但她的分析体现出译语地区赞助人、出版社、评论家等不同文化行动者作为经典建构主体，在翻译文学经典化过程中的协作与配合，这也揭示出翻译在跨国文学经典化过程中的另一大重要功能。近年来，社会翻译学研究的发展凸显了翻译的社会属性，其要求将翻译活动置于社会关系网络中进行考察。"翻译不仅是个人文字功力与译笔评赏的问题而已，还牵涉了各种任务的社会位置和关系（读者、译者、作者、评论者、出版者等）、组织与制度（出版社、出版法令、政治审查等），以及社会过程（书籍翻译生产、行销与阅读的过程）等"（王志弘，2001：14）。可以说，一部作品在被翻译后，便自然被引入了译语地区的社会关系网络，这使得出版社、评论家、学者、高校、读者等重要的文学经典建构主体可以共同参与文本价值生产过程，完成对作品"经典性"的建构。

韦努蒂（Venuti，2008：29、39）进一步指明了翻译与这些经典建构主体在经典化过程中的协作方式："翻译推动经典化的方式是为外国文学文本提供某种阐释，这种阐释在译语学术圈或其他重要的文化机构中正当流行或处于主导地位。"例如，马克·哈曼（Mark Harman）在其 1988年的卡夫卡（Kafka）小说《城堡》（*The Castle*）译本中将主人公 K 塑造为一个精于算计、自私自利之人，这种解读自 20 世纪 60 年代便开始在学术评论中流行。哈曼通过支持这种解读使卡夫卡在英语世界获得了经典之名。

但不可否认的是，翻译也发挥着"去经典化"的作用，它在发现和成就经典的同时，也遮蔽或埋没了某些经典。例如，不合适的翻译策略有可能会损害原作的审美价值，导致作品不能实现经典建构。张爱玲早期的小说自译本过多采取直译、音译手段再现中文习语，并大幅删减原文中的心理描写，导致译文未能传达张氏小说的核心美学特质。这是张爱玲 20 世纪五六十年代迟迟未能打入美国文坛的原因之一。①

---

① 参见本书第三章第一节。

二 翻译与民族文学经典

翻译和经典的关系，还体现在翻译与翻译文学经典对民族文学经典生成的推动作用上。从"经典"的词源学含义看，它本身便代表着文学创作的典范与尺度。"翻译是文学进化的原动力，是创作经典和范例的媒介。"（刘军平，2002：38）众所周知，清末民初的文学翻译加速了中国文化和文学的现代性进程。其中尤为突出的是林纾的贡献，尽管从翻译忠实性的角度看，林纾的翻译有许多谬误，但他的西方文学译本为中国文坛带来了文学语言和观念上的启蒙，为中国现代文学经典的形成奠定了基础。五四时期的文学翻译更是为中国文学带来了脱胎换骨的变化，推动了中国现代文学经典的形成与发展。从鲁迅的《狂人日记》对果戈理（Gogol）同名小说的借鉴，郭沫若、冰心对泰戈尔诗体的模仿，到胡适的《终身大事》对易卜生"社会问题剧"的承袭，无不折射出翻译文学对中国现代文学经典语言技巧、艺术手法和思想主题方面的影响和启发。王宁（2002：35）指出，无论从思想内容还是艺术形式来看，"中国现代作家所受到的影响和得到的创作灵感都更多的是来自外国作家，而非本国的文学传统"。20 世纪 70 年代中国对西方经典文学作品的大规模翻译，尤其是对西方现代派文学的译介，则为中国当代文学提供了新的艺术表现技法，促进了朦胧诗、先锋小说的诞生，成为滋养莫言、余华等当代经典作家文学创作的养料。莫言（1997：237）曾说："我不知道英语的福克纳或西班牙语的马尔克斯是什么感觉，我只知道翻译成汉语的福克纳和马尔克斯是什么感觉，所以从某种意义上说，我受到的其实是翻译家的影响。"因此，与其说莫言的文学创作深受外国文学经典的影响，不如说这种影响更多来自翻译文学经典。

汉诗经典译介至英语世界，也曾促成中美诗学的一段因缘，在格律、意象、主题等方面对美国诗坛产生了巨大而深远的影响。例如，西方意象派诗歌创作便深受中国古典诗歌的启发，在一定程度上借鉴了中国古诗的表现手法，如简洁凝练的叙事、意象的叠加和并置、寓情于景的意境之美等，改革了英美传统诗歌的艺术形式。

这一过程颇能体现埃文 - 佐哈尔所说的"动态经典性"，其使一个文学模式进入系统的形式库，从而被确立为该系统的一种能产原则。埃文 - 佐哈尔认为，相对于"静态经典性"，即一个文本作为制成品被引进文学经典库，涉及"动态经典性"的经典化过程才能真正制造经典，推动文学系统的演进（Even-Zohar，1990a：19）。因此，可以说，翻译文学对译语文学经典生成所起的典范性影响作用，正是翻译文学自身在译语文学系统中被建构为经典的重要原因与标志，也进一步巩固并强化了该作品在译语文化语境中的经典地位。

三　翻译与世界文学经典

在歌德（Goethe）和艾克曼（Eckermann）的谈话中，他曾提及一部"非常精彩"的中国小说。根据歌德对该小说内容的描述，他很有可能阅读的是中国 17 世纪爱情小说《好逑传》的译文。他认为该书与他本人的叙事诗《赫尔曼和多罗泰》（*Hermann and Dorothea*）及英国作家塞缪尔·理查逊（Samuel Richardson）的小说有极大相似之处。但他也发现了一些与西方文学十分迥异的文学手法，如借助典故随时对人物的道德礼仪发表评论、使用自然意象象征性地展现人物性格等。这些发现促使他提出了"世界文学"（Weltliteratur）这一概念："世界文学的时代即将开始，我们所有人都必须努力加速它的到来。"（Goethe，1827/2014：18–21）歌德的"世界文学"概念倡导我们打破民族文学的狭隘性，实现不同民族文学的互证互识、互动互参，为后世的世界文学讨论与研究提供了重要的思想启蒙。此外，歌德也尤为重视翻译对于实现世界文学理想的重要性。他认为原文与译文的关系是"民族与民族之间的关系最为明确的写照，对此，人们必须有所了解……以促进世界文学的发展"（许钧，1991：22）。

21 世纪以来，世界文学研究日益重视翻译对世界文学生成、流通、概念界定与意义建构的作用。例如，达姆罗什明确指出，世界文学是在翻译中有所增益的文学（Damrosch，2003：288）。翻译更是世界文学辩论的焦点之一：艾米丽·阿普特（Emily Apter）在法国解构主义思想的影响下，对"不可译性"进行哲学思辨以凸显文化差异、反思世界文学权力中心（Apter，2013）；韦努蒂和巴斯奈特等人则从翻译实践与批评角度反对过分强调"不可译性"，批判了某些世界文学学者对翻译的简单化认识（Venuti，2016；Bassnett，2019）。

上文提到，与"经典"概念一样，"世界文学"概念的含义并不是固定不变的，也是动态多元的，有时甚至互相抵触。它不仅可以被视为一系列文本，也可以作为一种流通、阅读模式，在今天，甚至演变为一种创作或理论批评实践。不过，有不少学者认为，"世界文学"概念的一个重要含义是指世界各国的经典文学作品（王宁，2009：25；苏源熙、生安锋，2011：2；曹顺庆、齐思原，2017：149）。

如果将世界文学作为世界范围内的经典作品来理解，这便必然涉及经典的标准问题。由于世界文学场文化资本的不平等分配，世界文学空间被划分为中心与边缘地区，存在着潜在的等级体系。中心地区被西方文学占据，其负责制定文学法则，把握着文学经典的尺度和权柄，拥有对经典进行认定的权力；处于边缘地区的民族文学想要成为世界文学经典，为了获取更多的文学资本，必须遵循由西方主导的经典评价标准。对于世界文学的这一"欧洲中心主义"或"西方中心主义"特点的讨论，是世界文学研究的重要议题之一。弗里德里希（Friederich）指出，"世界文学"是一个"专横和傲慢的术语"（a presumptuous and arrogant term），有时甚至仅仅指代北大西洋公约组织国家的文学（Friederich，1960：14-15）。阿特金森（Atkinson）指出，1995 年，美国高校教授的世界文学往往是欧洲文学作品的译文（Atkinson，2006：45）。即便是"世界文学"概念首创者之一的歌德，严格来说也不能算是一个多元文化主义者，因为从他和艾克曼的谈话中可以发现，他将欧洲文学视为世界文学的主体、文学创作的典范："如果我们想要获得一个范本，始终应当去古希腊文学中寻找，对于所有其他的文学我们要用历史的眼光看待，尽可能地取其精华，加以吸收。"（Goethe，1827/2014：20）这说明歌德的"世界文学"概念也带有明显的"西方中心主义"色彩。

卡萨诺瓦在她的重要著作《文学世界共和国》中指出，看似自由平等的文学世界背后掩盖着阶层和暴力，导致了一种独特的文学认可政治和入籍制度。17~18 世纪，巴黎是"世界文学首都"，处于边缘地区的文学作品通过巴黎的祝圣（consecration）——翻译、述评等获得文学价值，从而被"去国籍化"，成为拥有普遍性的世界文学经典。因此，巴黎是进行文学"兑换与交易"的"中央银行"，可以"发放信用额度"。例如，乔伊斯在都柏林一度遭禁，但瓦莱里·拉尔博（Valery Larbaud）的翻译使他的作品在巴黎得到了祝圣，实现了世界化，得以在世界文学空间中占据一席之地，继而又使他在民族文学空间中被发现、认可并确立经典地位，成为其本国的文学大师（Casanova，2004：11、127–128）。

如今，由于英语在世界语言中的统治地位，伦敦和纽约代替巴黎成为"世界文学首都"，因而探讨中国文学作品在英语世界的经典化问题，便无法绕过翻译与世界文学的关系。翻译是文学祝圣的重要方式，也是文学价值的创造者、文学资本斗争的利器，为远离"首都"的作家和作品提供了进入世界文学空间的主要渠道。可以说，卡萨诺瓦对世界文学空间的分析使我们认识到：首先，如果想要成为世界文学经典，处于边缘地区的作品必须翻译成英文，在英语世界获得述评、颂词，并被贴上"普遍性""文学性""现代性"等标签；其次，在"世界文学首都"获得的文学资本能进一步转移到民族文学空间，因而在英语世界获得认可的作品更容易在国内受到好评，获得"文学经典"的美誉。

可见，世界文学的权力结构与运作方式是一股操控翻译文学经典化的重要力量，影响着所有边缘地区文学作品在异域（特别是英语世界）的经典化过程，制约着经典化过程中的文本选材、翻译策略、文学批评中的价值判断和隐蔽的话语逻辑。例如，处于弱势地位的文学译入处于强势地位的文学作品时，为积聚文学资源，往往会引入本国作家陌生的文学形式与实践，通过翻译将该作品在源语地区的文学声誉转移到译语地区；反之，强势文学如果译入一部来自弱势文学的作品，往往会发掘那些符合自身文学类型的文本，赋予该作品文学资本，并对其进行经典建构① （Casanova，2004：134-135；Venuti，2013：194）。

世界文学的权力结构必然导致翻译文学经典化译介中的篡改、误读或曲解。卡萨诺瓦也意识到了世界文学经典化的这一消极后果："给文学作品加官晋爵的历史是一系列误解与误读的漫长历史。"拉尔博的翻译为乔伊斯的作品赋予了世界性意义，但也遭到了爱尔兰作家的抨击，后者认为拉尔博对爱尔兰文学极其无知（Casanova，2004：154）。同样，世界文学中的中国文学与民族文学中的中国文学往往不是一回事，甚至可能相去甚远。在世界文学经典中现身的鲁迅与张爱玲，也必然会展现出与本国文学空间中不同的面目。

在本书第五章第三节中，我们将入选"企鹅经典"丛书的中国现代小说置于世界文学生产场域，探索中国文学译介是否也遵循着文学世界共和国的民族—中心—民族的认可路径，并具体探讨这种认可路径对中国文学创作、翻译和评论产生的影响。

---

① 源语文化和译语文化的强弱关系会影响经典化译介中的选材和翻译策略。但译者对一个民族文化地位的主观认定有时候与客观情况并不一致，这往往也会影响译者的翻译决策。

第三章

"企鹅经典"中国现代小说的内部经典化

本章试图揭示翻译文学经典化过程中的"自律"与"形式美学"。原文审美价值和译文审美价值是翻译文学经典化的基础。因而翻译文学经典是原作者和译者合力匠心打造的成果，离不开作者和译者进行的文内经典化过程。本章第一节通过分析入选作品的共同特征，探讨"企鹅经典"丛书的选材倾向，考察使中国现代文学作品经典化的原文和译文审美质素；第二节探讨"企鹅经典"丛书译者、编辑采用何种翻译策略再现或创造审美价值。需要指出的是，丛书对原文审美价值的挖掘和对译文审美价值的创造也是一种"经典性"建构，体现了经典化过程中本质主义和建构主义因素的互相渗透。

第一节 选者的眼光："企鹅经典"的文本选材

文本选择是海外中国文学经典化的第一步。鲁迅曾写道："选本所显示的，往往并非作者的特色，倒是选者的眼光。"（鲁迅，1935/2005a：436）选本的功能有二：第一，编辑可择取某一文化或流派中具有代表性的作家，使读者"从一个有名的选家，窥见许多有名作家的作品"（鲁迅，1934/2005b：138）；第二，择取某位作家的代表性著作，使读者能够在某一部作品中了解该作者的文学风貌。诚如鲁迅所言，如果选者的眼光不够锐利，其对作品的取舍可能会抹杀作者的真貌。例如古人对陶渊明诗歌的选录将他固定在一个飘逸超然的框架内，忽略了他"刑天舞干戚，猛志固常在"的勇士形象。从这个角度看，海外出版社对外国翻译文学的文本选材也就意义重大，因为海外出版社丛书对文本的取舍往往能框定一种文化的文学形象，影响目的语读者对该国文学传统的整体认知。作为在目的语语境中已积累丰厚象征资本、具有特殊经典化功能的知名丛书，"企鹅经典"能够通过文本取舍奠定某一作品/作家的经典地位，为读者勾勒他者文化的文学形象。英国教授安德鲁·桑德斯表示，"在60年代，'企鹅经典'几乎决定着我对非英语文学的理解"（Sanders，2013：111）。因此，讨论"企鹅经典"编辑的文本选择，分析选者的眼光及其背后的逻辑，是研究入选该丛书的中国现代文学作品经典化不可缺少的一环。

首先，必须明确编辑的选材带有一定的偶然性。商业利益、版权争夺及译本获取等问题时常会影响出版社的取舍。例如，自2007年底起，企鹅接连出版张爱玲的5部作品，这显然离不开李安执导的电影《色，戒》在好莱坞热映的影响，是一种顺应市场需求、追求经济资本的表现。在老舍作品的选材上，笔者曾致信企鹅中国分部主管周海伦（Jo Lusby）女士，询问"企鹅经典"为何选择出版《猫城记》与《二马》，而非该作者其他更知名的作品。周女士回复："我们未能获得《骆驼祥子》等作品的版权，因为目前在英国，他的著作仍受版权保护，现归哈珀·柯林斯所有。我们很乐意出版老舍的任何或所有作品，但由于复杂的版权问题，我们先出版了这两部不太知名的杰作。因为我们认为它们是经典，也能获取版权。这是商业运作的现实问题，而非文学价值高低的问题。"

其次，丛书中的大多数中国文学作品已在西方或英语文学系统中有一定的声誉及译介史，入选"企鹅经典"只是一种经典重构（re-canonization）。这说明"企鹅经典"的原文与译文选材并非编辑的独立决定，而是受译语地区意见网络的影响，最终也将成为此意见网络的组成部分。意见网络将西方文学家、译者、主流媒体、高校等不同行为主体对中国文学的评价含纳其中，使不同形式、层次的意见交织互动，相互指涉、关照，彼此参考、制衡，形成互文甚至是跨文本关系。其中，出版社编辑与评论家的互动尤为紧密，例如"企鹅经典"编辑在编撰现代英语诗集时，明确表示选材的灵感来自《泰晤士报文学增刊》（*Times Literary Supplement*）与《卫报》（*The Guardian*）等权威媒体书评的意见（Wootten，2013：141）。而在决定海外出版书目时，某些不通外语的商业出版社编辑更需要依赖他人的建议及品位。某些承担舆论导向功能、具有极大号召力的意见领袖，如知名汉学家的著作与价值取向将在很大程度上左右出版社对中国文学文本的甄选。

最后，文本选择往往不仅是对作品审美或艺术价值的鉴衡，也与西方或英语文学传统、诗学、意识形态密不可分。这些影响要素也是图里在其翻译规范理论中提到的"翻译政策"（translation policy），决定着某一历史时段被译入某种语言/文化的文本类型（Toury，2012：82）。针对此话题，一些西方学者曾试图通过构建系统性理论，归纳语言/文化权力关系格局下的翻译文本选择机制。根据埃文-佐哈尔的假设，本国多元系统的状况决定翻译选材的标准，当翻译文学处于中心位置时，往往会选择异质性较强，能够革新本国文学形式库的作品；当翻译文学处于边缘位置时，翻译选材通常遵循保守原则，与目标文学业已确立的规范相吻合（Even-Zohar，1990b：47–49）。卡萨诺瓦的论述则更为复杂，她根据源语与译语文化的强弱关系将翻译目的分为四类。（1）当译文由强势语言译入弱势语言，且由后者的译者主导翻译时，翻译是为了积累文学资源，挑战后者现有文学规则，变革本土文学系统。（2）当译文由强势语言译入弱势语言，且由前者的译者主导翻译时，翻译目的是传播大国文学资本，扩大本国语言与文学的国际影响力。（3）当译文由弱势语言译入强势语言，且由后者的译者主导翻译时，翻译是为了迎合本国主流诗学形态与文学传统，以充实文学资本。（4）当译文由弱势语言译入强势语言，且由前者的译者主导翻译时，翻译是前者争取文学地位、使文学作品在域外"神圣化"的过程（Casanova，2004：133–136）。卡萨诺瓦并不关注翻译所遵循的具体策略或规范，但她突出了译者作为主体的文化立场对翻译的影响。换言之，同样是由中文译为英文，翻译过程分别由中国或西方译者主导，翻译的目的也许会南辕北辙，翻译选材与策略因此可能大相径庭。"企鹅经典"中的中国文学翻译，是外国出版社与译者的主动译介，属于第三种情况。其在翻译选材上侧重于贴合强势文化语境中的文学规范与意识形态，这也意味着在企鹅所选择的出版对象中，也许会出现源语文学系统中相对边缘、与源语地区评价主流格格不入的作品。本章试图通过研究入选"企鹅经典"的中国现代小说的共同特征，探讨该丛书的文本选材倾向，以发掘这种选择背后的"翻译政策"。

一 原文选材和原文的审美价值

我们需要讨论的第一个问题是：入选作品在各自作者的所有作品中处于何种地位？在这9部小说（集）中，有些属于其作者公认的代表作，如张爱玲的5部小说（集）《倾城之恋》《色，戒》《红玫瑰与白玫瑰》《留情》《半生缘》、鲁迅的《阿Q正传》、钱锺书的《围城》。也有处于作家作品集中相对边缘地位、在中国明显关注度不足的作品，例如，就国内知名度与影响力而言，《二马》在老舍的小说中只能居于次席，《猫城记》更是一度饱受争议的作品。①

除此之外，我们还须考察入选作家在整个中国本土文学批评体系中处于何种地位。在入选的5位作家中，有中国现代文学史上无可争议的领袖鲁迅、老舍，也有曾经因"资产阶级情调"被现代文学史删除，至今仍处于中国官方文学批评体系中相对边缘位置的张爱玲、钱锺书。20世

---

① 《猫城记》面世不久便招致强烈批判，以致一直很少得到现代文学研究者的关注。20世纪80年代后，《猫城记》一度作为老舍被曲解冷落的作品而受到研究者的重视，但这些文章多集中于其社会批判、文化批判层面，文学视角的研究不多，参见刘大先《论老舍的幻寓小说〈猫城记〉》（2006）；同样，国内文学批评界对《二马》也缺乏足够的重视与深入的研究（沈庆利，1999：112）。

纪 80 年代"重写文学史"后，尽管张、钱等人的文学史地位已得到重新界定，其如今已成为家喻户晓的名作家，甚至在消费时代的商业社会中变身为时尚的"文学偶像"，但翻开任意一本国内通行的官方文学教材或史集，他们依然不是国内现代文学史中的重点人选。张爱玲被认为"视野、格局、选材都极为狭小……缺乏一个大师级作家应有的胸怀与思想"（高旭东，2008：117）；钱锺书则被认为是超一流的学者，"而作为作家的钱锺书只能说是一位优秀作家"（艾朗诺、季进等，2010：113）。但这两位是"企鹅经典"最早引进作品的中国现代作家，其中张爱玲有 5 部作品入选，为所有中国作家之首。

总结入选作品的共性能在一定程度上帮助我们归纳"企鹅经典"的选材标准，判断作品入选的原因。本章将从以下三个方面论述入选作品的特色：（1）个体经验与日常书写；（2）中国经验与"普遍性"价值；（3）政治与审美因素的混生。

（一）从"大历史"到"琐碎历史"：个体经验与日常书写

入选小说在一定程度上皆体现出对个体经验与命运的关注，符合西方人文主义诗学传统。"企鹅经典"在文本选择上偏重个人化叙事而非国族、宏大叙事，强调私人关怀与个体经验，这也是世界文学中频繁出现的主题。佛克马在谈及经典化问题时提到，出版机构、学术机构等体制性机构的支持不足以解释为什么某些作品成为经久不衰、反复阅读的经典。某些在世界文学经典中一再出现的主题或形式特征或许可以提供某种解释，例如作品"对私人生活体验的关注，包括爱与死亡、家庭关系、个人面对外部世界时的两难困境"（Fokkema & Ibsch，2000：39）。

"企鹅经典"译本的导言往往能为我们探寻某一作品的入选原因提供线索。以该丛书最偏爱的张爱玲为例，译者金凯筠在《半生缘》导言中写道：该小说的"主要策略是淡化历史背景，忽略重大历史事件或社会动乱，从而将小说重点放在人物个体、心理与感官上——正是这些生活中的个体经验构成了张爱玲作品的主题"（Kingsbury，2014：x）。蓝诗玲在另一部小说集《色，戒》的后记中也重点强调了这种写作倾向：张爱玲提倡对平凡事物的洞察与审美。她认为描写男女生活琐事，刻画战争与现代化生活中不完美的人如何挣扎、思考与感受，比某些爱国作品"更能真实再现这个时代的荒凉与无常"，"小说家的第一要务是描写这些复杂而具有冲突性的真实个体——他们的困惑、沮丧、失望与自私"（Lovell，2007：155-156）。与当时关注国族命运，以说教、改良为宗旨的五四文学理念不同，张爱玲的小说立足于家庭内闱、世俗琐事、柴米油盐，笔下聚集着一群渺小的俗世男女——公司职员、失婚妇女、学生保姆等，并对他们的日常起居与生存状态进行淋漓尽致的刻画，正是从这些读者们习以为常的人物身上，作者得以深入地挖掘人性。她以男女之爱写人的贪婪与欲望，以母女冲突写道德对人的摧残，而战争与政治只是故事的布景。尽管创作格局偏离了宏大叙事，但其对于人性与人情的发掘与批判超越了许多五四作家（布小继，2013：86）。

更重要的是，导言中所强调的张爱玲小说中的日常生活审美范式，在西方学者看来是张爱玲作品现代性的重要部分，与李欧梵指出的张爱玲笔下"日常生活的现实感"（李欧梵，2019：27）、王德威所说的"卷曲内耗的审美观照"不谋而合，凸显了由"大历史"到"琐碎历史"、从"大说"到"小说"的时代过渡："看多了政权兴替、瞬息京华的现象，张宁可依偎在庸俗的安稳的生活里。"（王德威，2004：22；64）

海外学者认为，这种由国族话语"大叙事"朝私人关怀的转向不仅凸显了作品的"现代性"，也是作者文学天赋与创作水平的体现，能弥补中国同时期作家在人物塑造、心理描写方面的缺陷①。与张爱玲一样，钱锺书作品的特色在于规避重要的历史与政治背景，其通过描写凡人的日常际遇提供对中国社会独具个性的艺术写照。"企鹅经典"译本的后记认为，《围城》"最大的成就是对主人公方鸿渐的塑造"（Mao，

---

① 某些汉学家认为，中国现当代文学存在技术性缺陷，主要表现为人物描写缺乏深度、由故事情节而非人物塑造驱动叙事，具体见葛浩文（Howard Goldblatt）《我的方式》（A Mi Manera，2011）、约翰·厄普代克（John Updike）《苦竹》（Bitter Bamboo，2005）、蔡敏仪（Carolyn Choa）和苏立群（David Su Li-Qun）编《中国当代小说精选》（The Vintage Book of Contemporary Chinese Fiction，2001）。

2006：406），其通过描写方的个人际遇与人际关系刻画出一个平凡、脆弱甚至可鄙的人，覆盖留学、知识分子生态、婚恋等主题，揭露出一个新旧交替的时代中现代人类的生存处境。同理，"日常"也出现在对老舍作品的阐释中。西方学者强调老舍虽然是批判现实主义作家，但他的作品"往往关注日常生活中的具体细节，而非发表关于经济或政治体制的宏大论述"，"明显倾向于描述生活琐碎"与"家庭生活"，小说中充满普通百姓的生活细节——一盘刚出锅的饺子、一双筷子、一家古玩店的内部设计、一辆在北京大街小巷奔走的人力车，这些构成了小说的主料（Lyell，1999：283-284）。安妮·韦查德（Anne Witchard）指出，作者在《二马》中通过描绘"杂货商人、咖啡店店主、水手等小人物的社会与经济生活，展示了伦敦东部莱姆豪斯地区小型华人聚居区的众生相"（Witchard，2014）。夏志清（C. T. Hsia）也认为，老舍对个人命运比对社会力量更加关心（Hsia，1961：165）。

事实上，这种重个体经验与私人生活、反宏大叙事的倾向在"企鹅经典"中的古典文学选材上也有所体现。例如，《浮生六记》尽管艺术成就颇高，但在国内的文学经典地位与知名度远不及《三国演义》《水浒传》等古典名著。此书在海外却有四个英译本，并被许多学校用作教科书。《浮生六记》译者在企鹅版导言中的评论或许能揭示个中缘由："中国传统官方文学对中国普通人的日常生活关注甚少，而沈复在《浮生六记》中对此却有细致描绘。"（Pratt，1983：10）

（二）对话性：中国经验与"普遍性"价值

国内学者一般认为，中国文学对外译介成功的原因在于某一部作品所包含的"'人类性'共同价值与民族文化、本土经验"（张清华，2007：2）、"同与异的对立统一"（宋学智，2015：25）和"文学的全球本土化（glocalization）"（王宁，2006b：33）。简单来说，一部中国小说必须同时具有民族性与"普遍性"，才能赢得西方读者的关注与认可。无独有偶，西方学者也热衷于强调某些中国文学作品的"世界性"意义。乐黛云（1990：42）指出，英语世界中鲁迅研究的新潮流是阐释鲁迅作品为解决世界面临的共同困境提供的宝贵资源。胡志德（Theodore D. Huters）依据西方审美传统（主要是康德的鉴赏判断普遍性理论），指出《围城》以鉴赏问题为叙事中心，突破了夏志清所言的中国现代小说"感时忧国"的特质，体现了该作品的世界性审美（Huters，2010）。老舍小说《二马》的世界性则体现为它融合中西文学资源，以幽默手法"打通中西，向读者呈现出世界性的文学审美"（Mather，2014：1）。

对于中国或其他第三世界国家的作家而言，拥有"世界性"能够为其赢得西方评论界的美誉，也是他们进入世界文学殿堂的入场券。世界文学研究者汤姆森（Thomsen）认为，西方文学经典的范围是相对封闭的，欧洲、北美以外地区的文学作品通常难以进入，而那些成功跻身经典行列的外国作家（如博尔赫斯、马尔克斯、聂鲁达等）的创作均在一定程度上与西方文学、文化有共通之处，"以至于探求一种纯粹的、真实的文化声音已经失去意义，因为在这些作品中，本土（the local）与世界（the global）的关系才是最有趣的"。中国、日本、非英语印度地区与非英联邦非洲地区作家的国际经典化之路尤其艰难（Thomsen，2008：7）。不难发现，在这段话语以及上文某些评论中，"世界的"（the global）与"西方的"（the Western）所指代的内容大抵是相通的。西方学者在论述中常将西方文学传统与"世界性"或"普遍性"等概念挂钩，将"西方"与"世界"等词语混用：外国文学作品只有与西方文学传统在创作主题、题材、手法上有相似之处，才能获得世界文学初选资格。因而这种"普遍性"或"世界性"应当被视为一种西方文学批评中的体制性套话，本质上是西方或欧洲文学模式的代名词，不能与中国作家的世界眼光、人文主义精神直接画上等号，也不能被简单地理解为作品对人类共同经验、共通情感、普遍人性的描绘或揭露。

这种以西方文学为参照的选材倾向在企鹅的出版实践中也能得到验证。周海伦女士表示，对于出版过程很难有一个绝对的解释，选择某一部作品往往只是基于这本书能够顺利销售的"直觉"。即便如此，出版选材也绝非一时随性或心血来潮之举，制约外国作品选材的往往是译语文学与诗学规范。例如，在解释企鹅为何出版王晓方的作品《公务员笔记》，而非该作者更受中国读者欢迎的《驻京办主任》时，她解释这是因为前者"更适合翻译与国际发行，我们觉得作品中的主题、观点和语境能够成功地在英文中旅行"①。在另一则采访中，周海伦进一步解释哪些作品才是"适合翻译"的文本："那些能使读者们身临其境的小说是最适合被翻译的，而那些依赖于巧妙文字游戏的文本则是最困难的。"以近年来博得企鹅青睐的女作家盛可以为例，尽管其作品故事背景与内容是陌生的，"但能够与西方交流，因为它表达的声音是熟悉的，符合西方文学的既有传统"（Zhang，2011）。

不难发现，入选"企鹅经典"的小说在题材上与西方文学均有一定的共通之处。从原文创作的角度看，这有赖于作者的中西学养，也是出于文学变革的时代需求，因而 20 世纪中国文学中的民族性与世界性因素总是水乳相融，如鲁迅小说对西方短篇小说手法、象征主义的改良与吸收，《倾城之恋》对英国爱德华时期小说的借鉴，《半生缘》对美国作家马宽德（Marquand）小说的袭仿，《围城》中无处不在的西方俗语典故与英国流浪汉小说（picaresque novel）风味，《猫城记》中的科幻元素与反乌托邦书写，《二马》中的西方故事背景，等等。另外，西方读者乐于在"一种本质上熟悉、易于理解的"文学作品中，"寻找到一点地方色彩和话题"，一种"舒适的民族风味"（Owen，1990：29）。因而入选作品也体现出对本土文学传统的承继：鲁迅早期短篇小说体现出对中国古典散文传统的吸收；张爱玲小说是对《红楼梦》等清代白话文小说人物设定与写作技巧的模仿；《围城》标志着对《儒林外史》等中国古典讽刺文学的继承与超越；《二马》承袭了唐传奇等中国古典文学的风味；《猫城记》则保留着从《列仙传》《桃花源记》等传统文学延续下来的"仙境"母题，以及清末谴责小说《官场现形记》与《二十年目睹之怪现状》中

---

① Statement from Jo Lusby, Managing Director of Penguin China [EB/OL]. Paper Republic. https://paper-republic.org/news/newsitems/102/.

的讽刺手法，因而与真正意义上的西方科幻小说尚有距离，因为它并不专注科技元素，也不是对未来世界的设计。从积极的意义上讲，这种西方与本土文学元素的融合可被视为一种文本的内在对话性，使作品层次丰富、意义多元、内容开放，充满艺术张力，不拘囿于单一话语与声调，在文本阐释上拥有无尽潜势，因而往往成为西方出版商与读者乐于欣赏的对象。

当然，同与异都是人为建构的结果。在"西方／欧洲中心主义"与英语绝对统治地位的影响下，某些西方学者未能意识到中国现当代文学并非西方模式与中国故事的简单嫁接，也未能理解中国在接受西方影响的同时并未完全割裂本土文学的具体现实。然而，以客观结果论，20世纪中国文学中的西方影响与"世界性因素"增强了作品的对话性，为其成为西方文学经典提供了有利条件。

（三）中国文学中的"反经典"：政治与审美因素的混生

如前所述，企鹅对中国现代小说的选材并非偏离西方文学批评主流的"一己之见"，而是含纳在英语文学界意见网络的整体"共识"中。可以说，夏志清的《中国现代小说史》（*A History of Modern Chinese Fiction*，1961）奠定了张爱玲与钱锺书在西方汉学中的地位，开启了海外"张学""钱学"风潮，至今他们仍是海外中国现代文学研究中的热门甚至必读作家，也是海外出版社所偏爱的人选。在20世纪60年代以前，张、钱被国内文学、史学界拒之门外。夏公在新批评视域下解码中国现代文学作品的审美价值，论证了张爱玲、钱锺书、沈从文、张天翼等人的文学地位，赞美他们对人性的深刻揭示、对意象的经营、写作技巧的娴熟等（Hsia，1961）。新批评的细读法淡化了作品的社会背景、作者的意图及社会地位，将研究焦点从作品的外部转移至"纸面上的文字"上，以作品的实际表现评判优劣。因而夏志清声称他对文学的品鉴只以"文学价值"为原则，致力于"优美作品之发现与品评"（Hsia，1961：vi）。在此方针指导下，他认为许多左派作家因执着于社会改良与政治说教失去了文学品格的鉴赏力，损害了探索现实的真实性（Hsia，1963：

432—433）。

企鹅版张爱玲小说译本的导言同样极力强调入选作品的"非政治性"，试图将其与五四—左翼文学传统撇开，突出作者在创作上的叛逆性，以及作品在文学与审美上的独特性。既如此，"企鹅经典"选取中国现代文学作品时是否全以作品的文学性与审美性为标准？作为左翼文学的领军人物，鲁迅缘何与张、钱等人一同入选？

首先必须认识到，新批评方法作为一种文学研究手段并不是"科学"并超然的。在撰写《中国现代小说史》时，夏志清以政治立场取舍文本，将中国现代文学划分为"左翼和独立派小说"与"共产主义小说"阵营；在《中国现代小说史》序言与结语中，他曾坦陈自己的主要目的"是去批判而非肯定那些关于中国现代小说的共产主义观点"（Hsia，1961：498），以探求一种"不同于左翼与共产党作家所促成的文学传统"（Hsia，1999：xlviii）。可见，夏志清对张、钱等人的推崇并不如其所说，纯粹以作品的美学质素为标尺，而是带有明显的政治考量，体现出政治与美学标准的互相渗透。

通行的中国现代文学教材常常以"鲁郭茅巴老曹，外加丁玲树理赵"为排位格局（张柠，2013：4），这当中大部分是五四—左翼文学传统的代表人物。而西方汉学界对五四时期中国文学的评价一向不高，指责其过分关注道德说教，带有强烈的功利主义和工具论色彩（Duke，1990：201；McDougall，2003：38；Goldblatt，2011：104），只有那些偏离时代主潮、张扬个性的作品才有可能在审美上得到认可。因此，那些在国内格格不入、湮没无闻的作品，在异域却摇身一变，成为抗拒时代潮流的勇者、离经叛道的独行侠，并被贴上"文学性""现代性"的标签，孤独地抗衡着五四—左翼文学传统所勾勒的那个理想主义世界。这似乎与葛浩文所说的"美国人喜欢唱反调的作品"互为映衬（罗屿、葛浩文，2008：121）。

套用达姆罗什的术语解释，西方读者往往偏好中国文学中的"反经典"作品，它们虽然是由中文创作的作品，但在文学题材、叙事或写作手法上不属于当时中国文学以革命现实主义为创作方法的主流。一方面，这种差异是由中西文化对"文学"概念的不同理解导致的。现代西方文学的主流观点认为，文学的审美功能凌驾于交流功能之上，逐渐摒弃了以教育价值、实用功能为重的文学概念，文学不再充当读者的道德导师（Idema & Haft，1997：10）。而中国传统文学观念提倡"文以载道"，重视文学的政治与社会功能，这一观念又在马克思主义哲学的影响下得到强化。另一方面，这种对"反经典"作品的偏好本身也带有某种政治潜台词。蓝诗玲表示，在书封上印上"中国禁书"通常是吸引西方读者最有效的宣传手段，因为英语读书界向来热衷在中国文学作品中寻找政治异见（Lovell，2006：34）。这种政治考量也影响着西方学界对中国作家优劣的评判，正如杜博妮（Bonnie McDougall）所言，"对于西方学者而言，任何在1949年以前支持左翼或在1949年之后与中国政府处于同一阵营的作家都是平庸的政治仆从；而任何在某一阶段曾反对过左翼正统的作家则被视为文学天才"（McDougall，2003：28）。这便不难理解，曾作为中国文学"反经典"代表的张、钱会在西方文学批评界饱受青睐，并成为"企鹅经典"最早引入，同时也是引入作品最多的中国现代作家。

　　老舍的小说《猫城记》与《二马》同样是中国现代文学中的"反经典"作品。尽管企鹅选择这两部作品是因为受制于版权交易，但惯常的政治视角也在其中发挥了作用，其选择绝非一时的随性之举。海外读者对《猫城记》与《二马》并不那么陌生，从作品的译介时间与数量上便可见一斑（见表3-1）。《猫城记》以科学幻想为背景，描绘了一个濒临灭绝的社会，作者对猫国各方面的丑恶行径进行了生动刻画——贪鄙的官僚、愚昧的学者、怯懦无能的军人、无知并以内斗为乐的国民，以象征手法揭露了当时黑暗的中国现实。对海外读者而言，《猫城记》是一部政治意义极强的作品。它的第一个英译本诞生于1964年，正是该小说在中国饱受诘难之时。当时，中美两国正处于剑拔弩张的冷战时期。美国出版商与译者选择译介《猫城记》，并非由于小说具有极高的审美价值，而是出于意识形态需要。事实上，西方学者对《猫城记》文学价值的评论以批评居多，认为它结构松散、风格混乱、讽喻手段不够高明等

（Birch，1961：49；Lyell，1970：xli）。老舍逝世后，他们更是将这部作品视为对作者悲剧命运的预言。在为企鹅版译本撰写的导言中，张彦（Ian Johnson）将这种带有政治性及材料学考虑的文本选择表达得十分明确：尽管老舍已有《骆驼祥子》与《茶馆》等佳作，但《猫城记》是与众不同的，是一部预言性的作品，是"对老舍身边现实情景的神秘描绘"（Johnson，2013：vii）。这种对号入座式的论断不仅是对原作内容及主题的严重曲解，也掩盖了小说杰出讽刺艺术与深刻思想的光辉。

与《猫城记》一样，《二马》同样深刻批判了中国的国民性。《二马》不仅以揭露英国种族歧视为主题，还生动刻画了主人公老马面对外国人的奴才气，以及不思进取、懒惰度日的"中庸"之道，"这种好歹活着的态度是最贱，最没出息的态度，是人类的羞耻"（老舍，2008a：169）。老舍对老马及其"四万万同胞"劣根性的批判与鲁迅的名作《阿Q正传》一样，是洞悉国民精神状态后发出的呐喊，也是一种他责后的自省。在企鹅版译本导言对作品的阐释中，老舍对愚昧国民的失望还有另一层意义：马氏父子的故事最终成为对老舍矛盾人生的写照。蓝诗玲写道："老舍的生与死，与《二马》中那种悲凉的矛盾心理如出一辙……"（Lovell，2013：xvi）与张彦撰写的导言相比，蓝诗玲的导言并未完全忽视《二马》的艺术成就，但也同样存在对作品的过度曲解与政治阐释。

此外，在西方学者眼中，鲁迅及其作品也具有一定程度的"反经典"性。在国内，鲁迅是左翼文坛领袖、文化革命主将、"社会主义现实主义"先驱。以国家官方机构赞助的《中国文学》（英文版）杂志为例，在和鲁迅作品译文一同刊发的评论中，鲁迅是一个"马列主义者"，"肩负着工农大众普通士兵的职责，用马列主义思想武器，扫除工农大众革命、思想和文化前进道路上的障碍"，"在中国共产党的旗帜下积极战斗的战士"（转引自曹培会、滕梅，2016：42）。但在西方，鲁迅常常以一个"反传统者"（iconoclast）的身份出现。鲁迅的反叛性首先体现在他对同时代作家的超越上。有学者认为，他是五四作家中"唯一深刻认识到人生复杂性"的作家，偏离了狭隘的现实主义，以现代、实验性的方式描绘现实，"表达对中国传统文学的质疑"。钱锺书的《围城》在艺术手法上与鲁迅的作品一脉相承，因为两者都对当代社会提出批评性的反讽，以看似反常、混乱的结构联结单个文本成分，形成现代与古典、中国与西方文学的现代综合体（Doleželová-Velingerová，1988：34）。在阐释鲁迅的政治立场时，西方学者也侧重于描写鲁迅与官方政治意识形态的冲突（Lovell，2010）。

从根本上说，丛书对中国现代文学中的"反经典"作品的偏好，清晰地揭示了英语世界对中国官方政治和文学正统的偏见，有力迎合了西方文化中带有意识形态成见的东方主义话语。

对于海外中国现代文学批评中政治与审美的纠葛，本书将在后文进一步阐述。本节的重点在于说明以企鹅为代表的西方经典化机构对于中国现代文学的选材倾向。尽管入选者隶属不同文学流派或文学阵营，但他们大多是以中国"反经典"作家的身份进入世界文学场的，体现出政治和审美标准的相互渗透、杂糅。

二　译文选材和译文的审美价值

从"企鹅经典"丛书中的中国文学译本看，出版社对海外译者的偏好明显。除刘荣恩翻译《元杂剧六部》、江素惠与茅国权（Nathan K. Mao）分别参与润色《浮生六记》与《围城》、孔慧怡参与翻译张爱玲短篇小说集外，其余译者均为外国译者，且大多具有深厚的海外汉学背景。某些中国本土译者所翻译的版本，尽管在中国国内广受好评，却并未被收入"企鹅经典"。例如，在企鹅版推出之前，《西游记》《聊斋志异》《浮生六记》《楚辞》等已有中国译者的译本面世，但一概未得到"企鹅经典"的垂青。现将丛书中的中国现代小说的不同译本（出版于企鹅版译本之前）进行整理（见表3-1），以探讨"企鹅经典"对于不同英译本的选材倾向。

表 3-1 "企鹅经典"中的中国现代小说主要英译本
（粗体为企鹅所选译本）

原作	译本	译者	初版年	出处
《猫城记》	*City of Cats*	James E. Dew（詹姆斯·迪尤）	1964	Center for Chinese Studies, The University of Michigan（密歇根大学中国研究中心）
	Cat County: A Satirical Novel of China in the 1930s	William A. Lyell（威廉·莱尔）	1970	Ohio State University Press（俄亥俄州立大学出版社）
《二马》	*Ma and Son: A Novel by Lao She*	Jean M. James（琼·詹姆斯）	1980	Chinese Materials Center, San Francisco（旧金山中国资料中心）
	The Two Mas	Kenny K. Huang, David Finkelstein（黄庚、冯达微）	1984	Joint Publishing (Hong Kong)（香港三联书店）
	Mr Ma and Son: Two Chinese in London	**William Dolby（杜为廉）**	**1987**	**The British Library（大英图书馆）（未出版译文）**
	Mr Ma & Son: A Sojourn in London	Julie Jimmerson（尤利叶·吉姆逊）	1991	Foreign Languages Press（外文出版社）
《红玫瑰与白玫瑰》（中篇小说，收入"企鹅经典"译文合集《倾城之恋》）	Red Rose and White Rose	Carolyn T. Brown（卡罗琳·布朗）	1978	"Eileen Chang's 'Red Rose and White Rose': A Translation and Afterword", Ph. D. Dissertation, The American University（《张爱玲的〈红玫瑰与白玫瑰〉：翻译及译后记》，美利坚大学博士学位论文）
	Red Rose, White Rose	**Karen S. Kingsbury（金凯筠）**	**2006**	*Love in a Fallen City,* New York Review Books Classics（《倾城之恋》，"纽约书评经典"丛书）

续表

原作	译本	译者	初版年	出处
《倾城之恋》（中篇小说，收入"企鹅经典"译文合集《倾城之恋》）	Love in the Fallen City	Shu-ning Sciban（黄恕宁）	1985	"Eileen Chang's 'Love in the Fallen City': Translation and Analysis", Master's Thesis, The University of Alberta（《张爱玲的〈倾城之恋〉：翻译与分析》，阿尔伯塔大学硕士学位论文）
	Love in a Fallen City	Karen S. Kingsbury（金凯筠）	1996	*Renditions: A Chinese-English Translation Magazine*（《译丛》）
	Love in a Fallen City	**Karen S. Kingsbury（金凯筠）**	**2006**	*Love in a Fallen City, New York Review Books Classics*（《倾城之恋》，"纽约书评经典"丛书）
《沉香屑·第一炉香》（中篇小说，收入"企鹅经典"译文合集《倾城之恋》）	Wei-Lung's Story	Curtis P. Adkins（柯蒂斯·阿德金斯）	1972	"The Short Stories of Chang Ai-ling: A Literary Analysis", Master's Thesis, University of California, Berkeley（《张爱玲的短篇小说：文学分析》，加利福尼亚大学伯克利分校硕士学位论文）
	Aloeswood Incense: The First Brazier	**Karen S. Kingsbury（金凯筠）**	**2006**	*Love in a Fallen City, New York Review Books Classics*（《倾城之恋》，"纽约书评经典"丛书）

续表

原作	译本	译者	初版年	出处
《封锁》 （短篇小说，收入 "企鹅经典"译文 合集《倾城之恋》）	Feng-Suo	Curtis P. Adkins （柯蒂斯·阿德 金斯）	1972	"The Short Stories of Chang Ai-ling: A Literary Analysis"，Master's Thesis, University of California, Berkeley （《张爱玲的短篇小说：文学分析》，加利福尼亚大学伯克利分校硕士学位论文）
	Shutdown	Janet Ng, Janice Wickeri （伍梅芳、魏 贞恺）	1996	*Renditions: A Chinese-English Translation Magazine* （《译丛》）
	Sealed Off	Karen S. Kingsbury （金凯筠）	1995	*The Columbia Anthology of Modern Chinese Literature*, Columbia University Press （《哥伦比亚中国现代文学选集》，哥伦比亚大学出版社）
《金锁记》 （中篇小说，收入 "企鹅经典"译文 合集《倾城之恋》）	The Golden Cangue	Eileen Chang （张爱玲）	1971	*Twentieth-Century Chinese Stories*, Columbia University Press （《20世纪中国短篇小说选》，哥伦比亚大学出版社）
《茉莉香片》 （短篇小说，收入 "企鹅经典"译文 合集《倾城之恋》）	Jasmine Tea	Karen S. Kingsbury （金凯筠）	2006	*Love in a Fallen City*, New York Review Books Classics （《倾城之恋》，"纽约书评经典"丛书）
《色，戒》 （短篇小说，收入 "企鹅经典"译文 合集《色，戒》）	Lust, Caution	Julia Lovell （蓝诗玲）	2007	*Lust, Caution: The Story*, Anchor Books （《色，戒：故事》，"铁锚丛书"）

续表

原作	译本	译者	初版年	出处
《桂花蒸·阿小悲秋》（短篇小说，收入"企鹅经典"译文合集《色，戒》）	Shame, Amah!	Eileen Chang（张爱玲）	1961	*Eight Stories by Chinese Women*, Heritage Press（《中国女作家的八个故事》，传统出版社）
	Steamed Osmanthus Flower: Ah Xiao's Unhappy Autumn	Simon Patton（西敏）	1996	*Traces of Love and Other Stories*, Research Center for Translation, The Chinese University of Hong Kong（《留情与其他小说》，香港中文大学翻译研究中心）
《等》（短篇小说，收入"企鹅经典"译文合集《色，戒》）	Little Finger Up	Eileen Chang（张爱玲）	1961	*New Chinese Stories: Twelve Short Stories by Contemporary Chinese Writers*, Heritage Press（《新中国故事：当代中国的十二篇短篇小说》，传统出版社）
《鸿鸾禧》（短篇小说，收入"企鹅经典"译文合集《色，戒》）	**Great Felicity**	Janet Ng, Janice Wickeri（伍梅芳、魏贞恺）	1996	*Renditions: A Chinese-English Translation Magazine*（《译丛》）
《留情》（短篇小说，收入"企鹅经典"译文合集《色，戒》）	Traces of Love	Eva Hung（孔慧怡）	1996	*Renditions: A Chinese-English Translation Magazine*（《译丛》）
《围城》	*Fortress Besieged*	Jeanne Kelly, Nathan K. Mao（珍妮·凯利、茅国权）	1979/2004	**Indiana University Press / New Directions**（印第安纳大学出版社/新方向出版社）

续表

原作	译本	译者	初版年	出处
鲁迅小说集（仅列出较全的译本）	*Living China: Modern Chinese Short Stories*（《活的中国：现代中国短篇小说选》）	Edgar Snow（埃德加·斯诺）	1936	Reynal and Hitchcock（雷纳尔和希区柯克出版社）
	Ah Q and Others: Selected Stories of Lusin [Lu Hsün]（《阿Q及其他：鲁迅小说选》）	Chi-Chen Wang（王际真）	1941	Columbia University Press（哥伦比亚大学出版社）
	Selected Stories of Lu Hsun（《鲁迅小说选》）	Yang Hsien-yi, Gladys Yang（杨宪益、戴乃迭）	1972	Oriole Editions（黄莺出版社）
	Silent China: Selected Writings of Lu Xun（《无声的中国：鲁迅选集》）	Gladys Yang（戴乃迭）	1973	Oxford University Press（牛津大学出版社）
	The Complete Stories of Lu Xun（《鲁迅小说全集》）	Yang Xianyi, Gladys Yang（杨宪益、戴乃迭）	1981	Indiana University Press（印第安纳大学出版社）
	Diary of a Madman and Other Stories（《狂人日记与其他小说》）	William A. Lyell（威廉·莱尔）	1990	University of Hawaii Press（夏威夷大学出版社）

从表3-1可知，入选"企鹅经典"的9部中国现代小说（集）中，除《围城》《半生缘》和张爱玲的部分中、短篇小说只有唯一一个译本或未有现成译本外，其他均有多个译本可供出版商选择。"企鹅经典"对译本的甄选原则可简单概括为：重视译本的完整性和忠实度，强调再现原作的核心美学价值。

（一）重视译本的完整性和忠实度

所谓完整性，是指译者必须提供原作的全译本，"企鹅经典"不接受明显增删与改写。老舍《猫城记》的首个英译本由詹姆斯·迪尤完成，于1964年在美国洛杉矶出版。适时中美关系剑拔弩张，美国反共情绪达到顶点。为迎合当时西方社会对中国黑暗、腐败现实的刻板想象，译者删除原文 1/3 章节，并在序言中突出叙述者在"猫国"的种种经历与中国社会现实的一一对应，同时删去"大鹰"这一体现爱国主义情怀的关键人物，将作品稀释为了解中国的"社会学材料"。相比之下，"企鹅经典"选择的威廉·莱尔版更为完整、准确、忠实，注重传达原文的文学性，符合该丛书译本选材的一贯标准。

在企鹅版译本出版前，《二马》在英语世界共有四个译本。该作品主要描述一对中国父子的伦敦生活，从中国人的视角展现英国社会对中国的看法。由于特殊的创作设定，在原作中北京方言与伦敦俗语交织成趣。知名老舍研究者安妮·韦查德认为，与其他三个英译本相比，杜为廉版最出色，它重现了当时当地的伦敦语言风貌，因此她将之用作《二马》与其他老舍小说的研究语料（Witchard，2008：174）。同样，企鹅版《二马》的海外书评认为，杜为廉版远胜于之前直译程度较高的译本，"充分展现了老舍原作丰富的文采"（Lozada，2013）。

"企鹅经典"丛书中的 5 部张爱玲小说（集）分别由金凯筠、蓝诗玲、孔慧怡等人翻译，同样是所有海外译本中最完整、系统的译本。在此之前出现的张爱玲短篇小说多为散见于各处的单独译作，收录于《译丛》杂志 1996 年刊或 2000 年孔慧怡主编的《留情与其他小说》(*Traces of Love and Other Stories*) 等翻译集中。其中，《倾城之恋》先由《译丛》杂志刊登，经过译者修改后，又被收入"纽约书评经典"（New York Review Books Classics）丛书中的译文合集，由《纽约书评》(*The New York Review of Books*) 出版部门出版。无论在出版规模上还是在翻译策略上，企鹅版译本都力图实现对旧版译文的系统性整合与完善。在企鹅版导言中，译者金凯筠提到自己在吸收前人译本优势的基础上，试图再现张爱玲原文带给读者的心理与感官体验。在处理中文中常见的习语和比喻时，她竭力以鲜活的英语表达进行替代，而不让它们悄然地消解于译文中……甚至不惜犯下"过度翻译"的错误（Kingsbury，2007a：xvi）。

同样，企鹅对于鲁迅作品译本的遴选，首先也体现出全面性、完整性至上的原则。迄今为止，翻译过鲁迅小说（集）的中外学者共有18人，在外国学者中影响较大、收录作品数量较多的为1936年埃德加·斯诺编译的《活的中国：现代中国短篇小说选》，内含7篇鲁迅小说及作者访谈。威廉·莱尔翻译的《狂人日记与其他小说》于1990年问世，收录《呐喊》与《彷徨》两个合集以及早期文言小说《怀旧》共25篇小说。尽管有珠玉在前，企鹅仍决定邀请蓝诗玲创作新译本。企鹅版是目前最完整的鲁迅小说译本，不仅包括读者比较熟知的《呐喊》与《彷徨》，还收录了《故事新编》及《怀旧》。此外，相比之前的译本，蓝译本的优势在于译文的可读性与当代性。王树槐（2013：69-70）曾借鉴文体学理论对莱尔与蓝诗玲译本进行对比研究，他指出：莱译侧重通过变异再塑鲁迅的语言风格，学术性更强，但在一定程度上损害了阅读的流畅性；蓝译侧重读者接受，运用惯用习语与地道英式话语增强了译本的大众性、娱乐性。此外，蓝诗玲在评价杨氏夫妇译本时表示，对方的"语言有些陈旧，用当代英语翻译是非常有必要的"，这说明企鹅版重视呈现译文语言的现代性与当下性。需要补充的是，强调译本的可读性与非专业读者的需求，这是由企鹅以普通读者为导向的成立理念——以一包烟的价格为普通读者提供优质平装版图书，打破精英主义经典观念，以推动大众文化启蒙、实现文化民主决定的。从这个角度看，与其将企鹅版鲁迅小说集称为一部注重可读性的译本，不如说它是一部平民化的译本，标志着鲁迅作品在英国的传播由学术圈走向民间；同时，它以纯熟地道、生动鲜活的英式英语与莱尔的美语译本区分开来。可以说，企鹅版蓝诗玲译本填补了向新时代英国普通大众介绍鲁迅作品的一个空白。

（二）强调再现原作的核心美学价值

"企鹅经典"不仅重视译本的完整性和忠实度，也致力于在译文中再现小说原作的文学性与核心美学价值。在下文中，笔者将讨论企鹅版中国现代小说译本如何通过传递原作的独特审美质素，为译本在英语世界的"经典性"奠下基石。

1. 张爱玲小说译本

要讨论企鹅版张爱玲小说译本的审美价值，首先离不开对张爱玲自译实践的分析。张爱玲自 1952 年抵达香港后便开始英文创作及自译活动，三年后赴美，试图打入美国文坛。这一时期，她将《等》《桂花蒸·阿小悲秋》《金锁记》等译为英文，但她试图进入英语文坛的努力几度受挫。究其原因，这首先与文本外的社会文化因素有关。张爱玲出走美国之时正值冷战时期，此时的美国文学场受权力场制约，影响了出版商的文本选材。1957 年，张爱玲以《金锁记》为基础写成英文小说 *Pink Tears*，被斯克里布纳、诺顿、克诺夫（Knopf）等大型出版社拒稿。此外，张爱玲小说描绘的中国形象与当时美国大众所期待的形象相去甚远。此前，赛珍珠的《大地》（*The Good Earth*，1931）对乡土中国的描写在一定程度上解构了西方眼中被妖魔化的中国形象，引起了读者对中国人民的认同。同时期在美国走红的韩素音小说也契合"西方知识分子在东方获取精神慰藉与政治乌托邦的普遍倾向"（Buruma，1994：100）。相比之下，张爱玲笔下阴暗的中产阶级社会令西方读者感到失望，打破了他们从田园牧歌式的神秘古国寻求精神救赎的幻想。尽管在 1961 年，夏志清在其重要的批评性专著《中国现代小说史》中盛赞张爱玲小说的艺术成就，但这些作品只能在学术圈内有限地传播，缺乏经典化的群众基础。《金锁记》的另一个译本 *The Rouge of the North* 于 1967 年由英国卡塞尔公司出版，同样反响寥寥。

然而，张爱玲自译小说在英语世界遭受冷遇，与其文本内部的特质也不无关系。目前学术界对张爱玲自译小说的评论有三大主要观点。

第一，某些学者认为，张爱玲自译小说的语言表达不够地道。例如，刘绍铭（2007：111-126）认为张爱玲的英文大体上"优雅别致"，也见文采，但偶有沙石，不符合英文表达习惯。例如，这句"子孙晾衣裳的时候又把灰尘给抖了下来，在黄色的太阳里飞舞着"被译为"The dust that has settled over the strife and strain of lives lived long ago is shaken out and set dancing in the yellow sun"，其中"the strife and strain of lives"不是英语惯用表达，不如"wear and tear"和"the pains and strains"或"the stress and strains"地道通顺。而将"黄色的太阳"直接处理成"the yellow sun"，对于以意象经营闻名的张爱玲，这样的译文难免失之平淡。张爱玲翻译的人物对白听起来也不够自然。《金锁记》中曹七巧说的"（钱）省下来让人家拿出去大把的花"被译为"save it so others can take it out by the handful to spend"。一个土生土长的美国人可能会说"so that others could spend it like there's no tomorrow"。"handful"的用法稍显古旧，令人感觉中国人依然在使用金币形式的货币。刘绍铭认为张爱玲的英文由后天苦修得来，是一种"秀才式英文"（bookish English），缺少了在故事中骂街撒野的能力，因而显得"水土不服"。张爱玲小说的译者金凯筠（2003：213）也曾简单评价过张氏自译小说：张爱玲"在英文写作上的实力无法与其中文作品的篇幅、弹性，以及极尽巧妙安排的语气、押韵相比"，因而张爱玲的英译文无法体现出原作语言的天赋与创造力。

第二，从翻译策略看，不少学者指出，张氏在翻译时常使用直译、音译等手法保留中文习语、称谓语、文化意象或文学手法（陈吉荣，2007：2；游晟、朱建平，2011：48）。在将《金锁记》改写为长篇小说 *The Rouge of the North* 时，张爱玲运用音译加意译的方式将"甜甜蜜蜜"译为"Tien tien mi mi! So sweet on each other!"，将"亲亲热热"译为"Ching ching jurh jurh, billing and cooing"，这种中英语言杂合的文体使译文体现出强烈的陌生化效果，虽然有助于英语读者了解中国语言和人文风俗，但过于频繁的异化处理也给读者的理解造成了一定的困难。李欧梵（2019：123）也认为张爱玲的自译小说充满了"不三不四的成语"，从读者个体文化的立场看，这种写法有利有弊；但从文体的效果看，过多的中文惯用语和谚语影响了流畅的英文写作。

第三，在内容上，张爱玲自译小说体现出一定程度的东方主义色彩。上文提到，战后英语读者渴望从陌生的中国农业文化社会中寻求慰藉，而张爱玲笔下描绘的中产阶级社会偏离了他们所期待的中国文学形象。对此，张爱玲表示："对东方特别喜爱的人，他们所喜欢的往往正是我想拆穿的。"（转引自夏志清，2013：26）这说明她对西方那种乌托邦式的东方主义情结心存抵触。《沉香屑·第一炉香》开篇写葛薇龙初到香港，步入姑妈在香港的华丽住宅白房子，张爱玲通过对这一幕的描绘，隐晦地传达了对类似东方主义情结的不满：

> 山腰里这座白房子是流线形的，几何图案式的构造，类似最摩登的电影院。然而屋顶上却盖了一层仿古的碧色琉璃瓦。玻璃窗也是绿的，配上鸡油黄嵌一道窄红的边框。窗上安着雕花铁栅栏，喷上鸡油黄的漆。屋子四周绕着宽绰的走廊，地下铺着红砖，支着巍峨的两三丈高一排白石圆柱，那却是美国南部早期建筑的遗风。从走廊上的玻璃门里进去是客室，里面是立体化的西式布置，但是也有几件雅俗共赏的中国摆设。炉台上陈列着翡翠鼻烟壶与象牙观音像，沙发前围着斑竹小屏风，可是这一点东方色彩的存在，显然是看在外国朋友们的面上。英国人老远的来看看中国，不能不给点中国给他们瞧瞧。但是这里的中国，是西方人心目中的中国，荒诞、精巧、滑稽。（张爱玲，2019：2）

但张爱玲对那种否定性的、意识形态式的东方主义心理有一定程度的接纳或迎合。据王晓莺（2009：128）的分析，张爱玲在翻译《桂花蒸·阿小悲秋》时，大幅删减主人公阿小丰富的心理活动，呈现缺乏自我表达与思考能力的东方主义女性形象。与此同时，中文标题里的"桂花"代表秋天，"悲秋"则隐含年华不再的忧伤，而英译篇名"Shame, Amah!"抹去了原文中独特的隐喻，直接挪用西方殖民者对阿小揶揄的话语，标题的焦点变成了阿小缺乏反思。这也为该小说的自译文烙上了东方主义印记。

香港学者何杏枫（2018：206）也提到张爱玲对《桂花蒸·阿小悲秋》的翻译存在过度简化的问题，削减了故事的深层含义和文学性。同时，她指出简化后的译文只保留了故事主线，这可能与发表该译文的翻译选集《中国女作家的八个故事》有关。该选集只是介绍性质的小说翻译选集，目的仅在于"为读者提供中国台湾和海外女作家的概括印象，使读者可以在其中找到传统中国人的行为、传统和感受"，这也许影响了张爱玲翻译的方向。

张爱玲的另一篇自译小说 Little Finger Up 是短篇小说《等》的英译文，被收入于 1961 年由传统出版社出版的翻译选集《新中国故事：当代中国的十二篇短篇小说》。除对小说原文进行删减以突出故事主线外，张爱玲对标题进行英译，这同样出现了焦点转移，原文标题"等"贴合故事主题，小说描述了几个病人在诊所里等候时的对话。小说末尾一句"生命自顾自走过去了"，暗示生命是无意义的等待，揭示了"等"字所隐含的乏味和压抑。而"Little Finger Up"是一个代表妾侍的手势，强调的是等候室里的太太皆有妾侍的事实。在英文标题下还配有插图，图中年轻的妾侍正陪伴着年老的丈夫（何杏枫，2018：199）。翻译选集的编者吴鲁芹在序言中表示，读者在入选的某些故事里，会发现鲜明的"中国情调"（Wu，1961：vii）。在这篇自译小说中，张爱玲通过对原文的删减和对标题的改写，将故事焦点转移到中国落后的纳妾陋习上。从某种程度而言，以这种"中国情调"来吸引西方读者或许也是东方主义翻译的一种体现。

张爱玲自译小说所体现的东方主义色彩，无论是他人授意，还是自主为之，都削减了原作中精心构建的隐喻、深刻的人物心理刻画、音韵铿锵的文笔和苍凉的意味，而这些正是夏志清所称道的张氏独特美学的核心。可以说，张爱玲为迎合冷战意识形态与东方主义观念而创作的译文造成了原作艺术价值的失落，使其未能跨越语言与意识形态的樊篱，导致她被英语文坛拒之门外。

相比之下，企鹅版译本更好地传达了张爱玲小说原文的核心审美质素。当然，译者在重现原作美学风貌的过程中，不可避免地融入了译者个人和译语民族的文学性。因此，准确地说，一部翻译文学经典是源语民族文学性与译语民族文学性相互交融的结果。如前所述，这体现了译作的"文学性间性"，是翻译文学经典的独特品质和重要审美价值。

巧妙的比喻、入画的形象、繁复的意象是张爱玲小说的核心美学特质之一。夏志清在《中国现代小说史》中盛赞道："凭张爱玲灵敏的头脑和对感官快感的爱好，她小说里意象丰富，在中国同时代小说家中可以说是首屈一指。"（Hsia，1961：395）企鹅版译者金凯筠多次表现出对小说原作中意象的重视。在《倾城之恋》译本导言中，她表示自己翻译的目的是再现张爱玲原文带给读者的心理与感官体验（Kingsbury，2007a：xvi）。在某次访谈中，金凯筠将文学翻译比为"音乐"和"电影"，这两个比喻也与意象的处理有关："从译语读者的角度看，译者就像一位钢琴师，阅读着读者无法理解的乐谱，并将纸上的音乐符号转化为读者能够欣赏，至少能开始慢慢理解的听觉盛宴。从译者的角度看，文学翻译就是把小说像电影一般投射在脑海中，再将影像元素转化为全新的书面文字。上述比喻与张爱玲小说英译尤其契合，因为在大多数英语读者看来，书面汉语也许就像一首乐谱，布满一系列凌乱的曲线和圆点，而张爱玲小说中又存在着大量影像化的指涉和高度视觉化的场景。仔细研究这两个比喻，我们会发现它们是相辅相成的，并非互不相干。'电影'之喻之所以贴切，是因为文学文本通常充满了视觉和听觉意象，我们可以认为它们存在于文本的'内部'。'音乐'之喻之所以贴切，是因为即便读者闭口不言，也会在内心发出文本的声音，从而听到某些文本的语音特质，它们通常对读者能否获得'良好'的文学体验有着相当大的影响，尽管这种影响是十分微妙的。这种语音体验在很大程度上存在于文本'外部'。因此，文学翻译必须深入原文'内部'，捕捉到所有意象、思想和诸如此类的东西，然后再返回建立另一个'外部'的语言结构，其既能包含和传达这些意象，又能给读者良好的听觉体验。当然，我们的目标不仅是'听起来悦耳'，而且是听起来与原文相似，或者至少类似。"（Esposito，2011）

金凯筠的"音乐"之喻和"电影"之喻强调，文学翻译并不是纯粹的语言转换活动。译者通过自己的主观阐释，将富有艺术性的文学作品传递到另一种语言时，不能丢失原文包含的或潜在的影像与声音素材，必须确保读者在阅读时有良好的视觉和听觉体验。这一翻译理念和企鹅以普通大众为目标群体的出版定位，以及注重译本阅读趣味性的翻译理念也不谋而合。

在企鹅版金凯筠《沉香屑·第一炉香》译文之前，已有 1972 年柯蒂斯·阿德金斯的译文 Wei-Lung's Story，出自其硕士学位论文，但阿德金斯对原文进行了一定的删减，省略了某些关于食物的独特隐喻，而金氏译文几乎完整地保留了原作中丰富的视觉和听觉意象。

原文：

她在南英中学读书，物以稀为贵，倾倒于她的白的，大不乏人；曾经有人下过这样的考语：如果湘粤一带深目削颊的美人是糖醋排骨，上海女人就是粉蒸肉。（张爱玲，2019：3）

金凯筠译文：

Scarcity pushes value up: at Nanying Secondary, her white skin had earned her an untold number of admirers. One time somebody made a wisecrack, saying that if girls from Canton and Hunan, with their deep-set eyes and high cheeks, were sweet-and-sour pork bones, then Shanghai girls were flour-dipped, pork dim sum... (Chang, 2007a: 9)

这一例中，张爱玲以食物喻人，写法别具一格，也引出了薇龙初到华洋混杂的香港时对自我的认知。企鹅版译本将"糖醋排骨"译为"sweet-and-sour pork bones"，将"粉蒸肉"译为"flour-dipped, pork dim sum"。表面上看，这两道中国传统菜名的译法在信息上有所缺失，却重点突出。"pork bones"表现了湘粤美人的深目削颊、飒爽性格，"flour-dipped"则刻画出上海美人肤色白净的特点，颇符合薇龙"鼻子纤瘦、小嘴肥圆"和性格温柔敦厚的形象。但略显遗憾的是，"糖醋排骨"的译文并未直观地体现出菜品的色泽，即薇龙渴望的那种粤东美人健康的橄榄色皮肤。

原文：

薇龙一夜也不曾阖眼，才阖眼便恍惚在那里试衣服，试了一件又一件；毛织品，毛茸茸的像富于挑拨性的爵士舞；厚沉沉的丝绒，像忧郁的古典化的歌剧主题曲；柔滑的软缎，像《蓝色的多瑙河》，凉阴阴地匝着人，流遍了全身。才迷迷糊糊盹了一会，音乐调子一变，又惊醒了。楼下正奏着气急吁吁的伦巴舞曲，薇龙不由想起壁橱里那条紫色电光绸的长裙子，跳起伦巴舞来，一踢一踢，淅沥沙啦响。（张爱玲，2019：17）

金凯筠译文：

Weilong couldn't get to sleep; as soon as she shut her eyes she was trying on clothes, one outfit after another. Woolen things, thick and furry as a perturbing jazz dance; crushed-velvet things, deep and sad as an aria from a Western opera; rich, fine silks, smooth and slippery like "The Blue Danube," coolly enveloping the whole body. She had just fallen into a dazed slumber when the music changed. She woke with a start. The panting thrust of a rumba came from downstairs; and she couldn't help but think of that long electric-purple dress hanging in the closet, and the swish it would make with each dance step. (Chang, 2007a: 29)

张爱玲小说中的比喻和意象不仅用于描写人物、铺排情节，更出现在故事发展的关键时刻，与人物心情呼应。薇龙在姑妈家度过的第一夜就见证了她逐渐滑向纸醉金迷的物欲深渊的开端。张爱玲精妙的比喻跨越了不同感官的界限，令衣服的颜色、布料的触感和乐曲的旋律交织一体，极富动态性，给人以视觉、触觉、听觉上的强烈冲击。企鹅版译本忠实地传达了原文中的意象设计。段落中对"毛织品""丝绒""软缎"三句的处理采用了相似句型，节奏轻快、用词精当。如将"凉阴阴地匝着人，流遍了全身"译为"coolly enveloping the whole body"，简洁又传神，"enveloping"一词巧妙地凸显了薇龙在锦衣华服的诱惑下无法抵挡、心醉神迷的状态。

以 1978 年卡罗琳·布朗的《红玫瑰与白玫瑰》译文 Red Rose and White Rose 与企鹅版译文为例做对比分析，从中也能看出金凯筠在处理小说意象方面付出的匠心。

"张爱玲笔下的人物常常以服装素描出场，最后性情命运又化为衣饰意象。"（许子东，2001：173）《红玫瑰与白玫瑰》便是张爱玲这一意象技巧的集中体现。同时，服饰规则也象征着小说人物对于父权制度的态度与命运。娇蕊以不守规矩的大胆着装挑战着父权社会的行为规则，表面上看是"娶不得的女人"，却充满夺目的生命力；而与娇蕊的"金""绿"相对的则是孟烟郦的"白"，其严装正服而循规蹈矩，表面上看是男人理想的"圣洁的妻"，实际却"空洞白净、永远如此"。张爱玲以这种对照的写法批判了父权社会男性视角下对于女性所架构的错误对立："普通人向来是这样把节烈两个字分开讲的。"

原文：

　　她穿着的一件曳地长袍，是最鲜辣的潮湿的绿色，沾着什么就染绿了。她略略移动了一步，仿佛她刚才所占有的空气上便留着个绿迹子。……那过分刺眼的色调是使人看久了要患色盲症的。（张爱玲，2012b：63）

布朗译文：

She was wearing a long gown which dragged the floor, a gown made of the shiniest moist green, which dyed green anything it touched.

> She moved a small step, leaving, it seemed, a green trace in the space where she had been... If one looked at it for a while, the eye-piercing shade was blinding. (Chang, 1978: 22)

金凯筠译文：

> She was wearing a long dress that trailed on the floor, a dress of such intense, fresh, and wet green that anything it touched turned the same color. When she moved a little, the air was streaked with green... Looked at too long, those eye-popping colors would prove blinding. (Chang, 2007a: 271)

娇蕊每一次登场的服饰，无论是款式还是颜色，都令人印象极深。原文中的"最鲜辣的潮湿的绿色，沾着什么就染绿了"令读者感受到娇蕊对振保的强烈诱惑，更彰显出她旺盛的生命力，因而这绿色显得极富冲击力和动态感。布朗将"她略略移动了一步，仿佛她刚才所占有的空气上便留着个绿迹子"译为"She moved a small step, leaving, it seemed, a green trace in the space where she had been"，而企鹅版译为"When she moved a little, the air was streaked with green"。虽然两者都较为准确地传达了原文的意思，但"streak"一词凸显动作的速度与强度，比"leaving... a green trace"更为突出地体现了绿色的流动性和侵略性。

娇蕊自信、大胆、鲜艳的着装象征着她对追爱的执着与对父权规则的反叛。这一性格也体现在小说中她和振保多年后重逢的一幕中。在勇敢追求爱情的娇蕊面前，振保仿佛从公车的镜面中看到了自己生活的真实处境，他竭力维持的平静表情下是"难堪的妒忌"，居然滔滔地落下泪来，最后只能落荒而逃。

原文：

> 振保道："那姓朱的，你爱他么？"娇蕊点点头，回答他的时候，却是每隔两个字就顿一顿，道："是从你起，我才学会了，怎

样，爱，认真的……爱到底是好的，虽然吃了苦，以后还是要爱的，所以……"

娇蕊笑了一声道："<u>我不过是往前闯，碰到什么就是什么。</u>"（张爱玲，2012b：84-85）

布朗译文：

Chen-pao said, "This Mr. Chu, do you love him?" Chiao-jui nodded. When she answered him, she paused at each phrase. "After loving you—I then learned—how—to love—seriously. Basically love is good. Although I suffered, afterwards I still wanted to love, therefore..."

Chiao-jui smiled and said, "<u>The only thing I could do was to continue living.</u> When I ran into something, then that was it." (Chang, 1978: 60)

金凯筠译文：

"This Mr. Zhu—do you love him?"

Jiaorui nodded. When she answered, her words were interrupted by pauses. "Starting with you...I learned...how to love...to really love. Love is good. Even though I have suffered, I still want to love, and so..."

Jiaorui laughed. "<u>I had to forge ahead somehow.</u> When I ran into something, well, that was it." (Chang, 2007a: 299)

面对振保的问题，娇蕊的回答是"虽然吃了苦，以后还是要爱的"。企鹅版将"我不过是往前闯"译为"I had to forge ahead somehow"，"forge ahead"措辞有力，更好地再现了娇蕊遭受爱情的磨难之后依然勇敢顽强的性格；布朗的译文"The only thing I could do was to continue living"隐隐透出辛酸无奈的口吻，无法体现娇蕊的叛逆性格和生命力。

和娇蕊对照出现的孟烟鹂，是代表男性婚姻理想的"圣洁的妻"，一个贤妻良母式的女人。烟郦的"白"象征着她对男性霸权文化观念的臣服，但她从未得到过丈夫的爱情，在短暂的出轨行为后，烟郦的生活复归沉寂，最终沦为一个麻木、空洞的符号。

原文：

初见面，在人家的客厅里，她立在玻璃门边，穿着灰地橙红条子的绸衫，<u>可是给人的第一印象是笼统的白。</u>（张爱玲，2012b：81）

布朗译文：

At their first meeting, in someone's living room, she was standing beside the glass doors, wearing a thin grey blouse with red-orange stripes. <u>But the first impression she gave was one of indiscriminate white.</u> (Chang, 1978: 52)

金凯筠译文：

They met first in someone's living room. Yanli was standing by a glass door wearing a silk shirt with ruddy orange stripes on a gray background. <u>Zhenbao's immediate impression, however, was of a vague, enveloping whiteness.</u> (Chang, 2007a: 293)

布朗将原文中的"笼统的白"译为"indiscriminate white"。"indiscriminate"有"不加区别的、混杂的"之义，未能准确传达"笼统"一词的深意。结合上文，烟郦虽然身穿灰地橙红条子的绸衫，但这鲜艳的色彩似乎没有给人留下任何印象，被那"笼统的白"所掩盖。企鹅版译文"a vague, enveloping whiteness"较为准确地表达了那种令人窒息的、淹没一切的白色，象征着烟郦没有个性与自我的灵魂。

原文：

……<u>中间露出长长一截白蚕似的身躯。</u>若是在美国，也许可以作很好的草纸广告，可是振保匆匆一瞥，只觉得在家常中有一种污秽，像下雨天头发窠里的感觉，稀湿的，<u>发出蓊郁的人气</u>。（张爱玲，2012b：91）

布朗译文：

> <u>In between appeared her body, like a long white silkworm.</u> If this were the United States, perhaps she could have made a very good toilet paper advertisement. But Chen-pao gave her a hurried glance. She was like some special kind of household dirt, like the inside of a bouffant hairdo on a rainy day — damp, <u>giving forth a thick, human aroma.</u> (Chang, 1978: 71)

金凯筠译文：

> The pajama pants lay piled around her feet, and <u>her long body wavered over them like a white silkworm.</u> In America, the scene would have made an excellent toilet-paper advertisement, but to Zhenbao's hasty glance it was household filth, like a matted wad of hair on a rainy day — damp and <u>giving off a stagnant, stifling, human scent.</u> (Chang, 2007a: 307)

布朗将"蓊郁的人气"译为"a thick, human aroma"。"aroma"多用于表示褒义的"香气"或"风味"，显然不符合振保此刻对烟鹂的"白"产生的"污秽"感，以及这种感受带来的强烈反差效果。企鹅版译文"a stagnant, stifling, human scent"更为稳当。原文将烟鹂比作"长长一截白蚕似的身躯"，企鹅版将其译为"her long body wavered over them like a white silkworm"，动词"waver"用得恰到好处，延续了喻体"白蚕"的动作特点，体现出烟鹂麻木的举动与空虚的心理状态，比布朗的译文更具动态感与表现力。

原文：

第二天起床，振保改过自新，又变了个好人。（张爱玲，2012b：95）

布朗译文：

The next day he got up. Chen-pao had changed into a new self and had become a good man. (Chang, 1978: 77)

金凯筠译文：

The next day Zhenbao rose and reformed his ways. He made a fresh start and went back to being a good man. (Chang, 2007a: 312)

《红玫瑰与白玫瑰》小说开篇便引入了著名的红白玫瑰之喻，其分别代表着父权制度下男性眼中的情欲理想与婚姻理想——在男性霸权话语中，这两者无法共存。男主人公振保遵从传统性别观念准则，抛弃了与自己相爱的"交际花"娇蕊，选择了理想的妻子烟鹂，努力做一个符合社会观念的"好人"。但在与娇蕊重逢、撞破烟鹂出轨后，他意识到本我的压抑与空虚，开始向传统价值观展开了疯狂偏激的报复行为，打破了自己过往的体面形象。在小说的最后，振保似乎在拉扯的两极之间寻得了最终的平衡，他重新承担起旧日的责任，"改过自新，又变了个好人"。振保与传统价值观的最终和解，流露出张爱玲对男权话语之虚伪的讽刺。布朗的译文 "Chen-pao had changed into a new self and had become a good man" 中，"changed into" 并不准确，振保并非真正意义上的改头换面，而是重新与传统旧价值达成了妥协。企鹅版译文 "went back to being a good man" 更能体现原文结尾的深层含义。

刘绍铭（2007：122）指出，相比于叙述文字，张爱玲自译小说中的对白语言显得不够自然，仿若患上了"水土不服"症。下文以1985年黄恕宁版和企鹅版《倾城之恋》译文为例做对比分析，从中可以发现后者更好地保留了小说原文对白简洁凝练、生动鲜活的特点。

原文：

三爷道："你别动不动就拿法律来吓人，法律呀，今天改，明天改，我这天理人情，三纲五常，可是改不了！你生是他家的人，死是他家的鬼，树高千丈，落叶归根——"（张爱玲，2019：161）

黄恕宁译文：

Third Master answered, "Don't always use the law to scare me. Laws are changed every day while the natural feelings and human relationships that I'm talking about are unchangeable. Alive you are a member of their family; dead, you are their ghost. No matter how towering a tree is, its leaves always fall to return to its roots." (Chang, 1985: 77)

金凯筠译文：

"Don't you try to scare us with the law," Third Master warned. "The law is one thing today and another tomorrow. What I'm talking about is the law of family relations, and that never changes! As long as you live you belong to his family, and after you die your ghost will belong to them too! The tree may be a thousand feet tall, but the leaves fall back to the roots." (Chang, 2007a: 113)

白家人劝流苏回夫家奔丧，尽管流苏依法办了离婚手续，但在白家三爷眼里，这依然抵不过"天理人情，三纲五常"的分量。黄恕宁将这八个字译为"natural feelings and human relationships"，企鹅版则将之译为"law of family relations"，相较之下，企鹅版译文更能体现出父权制度下封建礼教对于妇女的约束是一种隐形的律令，甚至凌驾于真正的法律之上。此外，"Laws are changed every day while the natural feelings and human relationships that I'm talking about are unchangeable"和"No matter how towering a tree is, its leaves always fall to return to its roots"

等句稍显冗长，而企鹅版译文更具口语感，句式简短，辅以感叹号的重复使用，体现了白三爷盛气凌人、咄咄逼人的嘴脸。

在表现白流苏和范柳原的人物性格，以及两人以守为攻、暧昧不明的爱情拉锯时，小说对白也发挥着重要作用。相较于黄恕宁的译文，企鹅版译本的处理也更为自然。

原文：

　　流苏道："我待你好一点，坏一点，你又何尝放在心上？"柳原拍手道："这还像句话！话音里仿佛有三分酸意。"流苏掌不住放声笑了起来道："也没有看见你这样的人，死七白咧的要人吃醋！"（张爱玲，2019：186）

黄恕宁译文：

Liu-su answered, "Have you ever cared whether I treat you good or bad?"

Liu-yuan clapped his hands, saying, "Now you are saying something! Your tone seems a little bitter."

Liu-su couldn't help laughing aloud and said, "I've never seen anyone as shameless as you trying to make others jealous!" (Chang, 1985: 126)

金凯筠译文：

"Whether I'm nice to you or not, what difference could it make to you?"

Liuyuan clapped his hands together. "Ah! That's more like it! Now there's just a bit of venom in her voice!"

Liusu had to laugh. "I've never seen anyone like you, so intent on making people jealous!" (Chang, 2007a: 147)

黄恕宁在翻译这段对话时，几乎完全保留了原文中的"道""笑了起来道"等，将其译为"answered""laughing aloud and said"等，且重复多次，读来累赘。值得一提的是，企鹅版《倾城之恋》收入了张爱玲自译的《金锁记》译文 The Golden Cangue，张爱玲将原文中的多处"笑道"保留并译为"said, smiling"。对此，译本编辑在文中添加了脚注："反复提及'said, smiling'（笑道）也许会让读者感到厌烦，但在中国古典小说中，'笑道'是引出对话的惯常表达。张爱玲一向刻苦学习中国古典小说技法，因此她在自己的早期作品中有意复兴了这一用法，遗憾的是，在译文中，'笑道'的英文表达读来并不如原文那般自然。"从编辑的注释可以看出，在英文中反复提及"道""笑道"极可能损害读者的阅读体验。企鹅版金凯筠译文在对话中删除了大部分类似表达，体现出丛书对于译本可读性的重视。

此外，在表现小说的人物性格，以及感情游戏中男女互相试探、暧昧调笑的气氛时，企鹅版译文将"话音里仿佛有三分酸意"译为"Now there's just a bit of venom in her voice!"更能体现原文的戏谑口气，以及范柳原的玩世不恭、油滑与心机。相比之下，黄恕宁的译文以直译为主，如将上述对话译为"Your tone seems a little bitter"，稍显平淡与生硬。企鹅版将"也没有看见你这样的人，死七白咧的要人吃醋！"译为"I've never seen anyone like you, so intent on making people jealous!"译文中的"so intent"体现了白流苏面对感情攻略对象时调笑中略带撒娇的口吻，比黄恕宁的译文"I've never seen anyone as shameless as you trying to make others jealous!"更为自然地表现了人物的心理情感。

在小说《倾城之恋》中，首尾呼应的胡琴声为这个看似团圆的故事奠定了苍凉的基调，揭示了深层次的爱情之悲与命运之悲。在这一点的处理上，企鹅版的表达也更胜一筹。

原文：

……然而白公馆里说："我们用的是老钟，"他们的十点钟是人家的十一点。他们唱歌唱走了板，跟不上生命的胡琴。

> 胡琴咿咿哑哑拉着，在万盏灯的夜晚，拉过来又拉过去，说不
> 尽的苍凉的故事——不问也罢！（张爱玲，2019：160）

黄恕宁译文：

However, the Bais said, "We use the old time." Therefore, what was ten o'clock to them was eleven to others. It was as if the family sang out of tune with the melody of life.

A huqin was squeakily playing in a night full of a myriad of twinkling lights. Its melody busily ran up and down the scale telling such an endless and sorrowful story that it's better not to ask about it! (Chang, 1985: 74)

金凯筠译文：

But the Bai family said: "We go by the old clock." Ten o'clock to them was eleven to everyone else. Their singing was behind the beat; they couldn't keep up with the *huqin* of life.

When the *huqin* wails on a night of ten thousand lamps, the bow slides back and forth, drawing forth a tale too desolate for words—oh! Why go into it? (Chang, 2007a: 111)

两位译者均将"胡琴"音译为"huqin"。企鹅版译文以"wail"一词表现"咿咿哑哑"的琴声，采用拟人手法揭示了小说的悲凉底色。黄恕宁的译文"a night full of a myriad of twinkling lights"在语义上稍显重复，不如企鹅版译文"a night of ten thousand lamps"简洁。相比黄恕宁的译文"Its melody busily ran up and down the scale"，企鹅版译文"the bow slides back and forth"更符合琴弦"拉过来又拉过去"的动作，"drawing forth a tale too desolate for words"让人感受到一个苍凉的故事从琴声中缓缓流淌、娓娓道来的画面感。原文第二句"他们唱歌唱走了板，跟不上生命的胡琴"暗指代表着封建旧制度的白公馆已经落后于时

代。小说后文中也提到流苏自称为"一个穷遗老的女儿"。黄恕宁将此句译为"It was as if the family sang out of tune with the melody of life","out of tune"的意思为"走调、不协调",不够准确；企鹅版译文"Their singing was behind the beat; they couldn't keep up with the *huqin* of life"更契合原文的深层含义。

此外，企鹅版对于称谓语的处理也与黄恕宁有所区别。译者金凯筠认为，"称谓语的翻译是个难题。在几代同堂的中国大家族中，至少在张爱玲描写的传统中国家族里，家人之间很少直呼其名。他们往往用亲属称谓定义彼此，这些亲属称谓隐藏着大量微妙的含义。但在英语文化中，我们不会过于频繁地使用'sister, brother, cousin'等称呼，英文中用来表现家庭关系的亲属称谓也少得多"（Esposito，2011）。

原文：

> 徐太太这样的笼络流苏，被白公馆里的人看在眼里，渐渐的也就对流苏发生了新的兴趣，除了怀疑她之外，又存了三分顾忌，背后叽叽咕咕议论着，当面却不那么指着脸子骂了，偶然也还叫声"六妹"、"六姑"、"六小姐"，只怕她当真嫁到香港的阔人，衣锦荣归，大家总得留个见面的余地，不犯着得罪她。（张爱玲，2019：174）

黄恕宁译文：

> Mrs. Xu still favored Liu-su so, the Bais gradually came to have a renewed interest in her. Besides suspecting her, they also had some misgivings. Behind her back, they would whisper about her; but to her face, they weren't quite as accusatory as before. Once in a while, they would even call her "Sixth Sister," "Sixth Aunt," or "Sixth Miss" because they were afraid that she would really marry a rich Hong Kong man, and, return home in glory one day. They had to protect some face against that possible eventuality offending her wasn't worth the chance. (Chang, 1985: 101)

金凯筠译文：

When the Bai family see Mrs. Xu being so kind to Liusu, they became freshly interested in her. They were still very distrustful, but now they were more cautious, holding long whispered consultations behind Liusu's back instead of spitefully scolding her to her face. Once in a while they even addressed her quite respectfully, thinking that if she really married a rich man in Hong Kong and returned in glory, they'd better be on speaking terms with her. It wouldn't do to offend her. (Chang, 2007a: 130)

由于中国传统文化重名分、讲人伦，中文亲属称谓体系比英语复杂得多。在中文称谓语中，有用数字表示家庭成员排行的做法，如上述译例中的"六妹""六姑""六小姐"。黄恬宁将这些称谓语直译为"Sixth Sister""Sixth Aunt""Sixth Miss"；而企鹅版译文舍形取义，将其译为"they even addressed her quite respectfully"。在译文第一页，黄恬宁以脚注形式向读者解释了中文称谓语的特点和含义，指出"在中国传统家族中，成员以彼此之间的亲属关系和辈分称呼对方"。但在上述译例中，"六妹""六姑""六小姐"不仅表现了白家人对流苏的称呼方式，更暗示了他们对流苏态度的转变，揭示了白家人欺软怕硬的势利嘴脸。企鹅版译文将这一隐含意义表达得更为准确。

2. 老舍小说译本

在《我怎样写〈猫城记〉》一文中，老舍（1935/2013：184）自评这篇小说是一部失败的作品。从技法来看，《猫城记》作为一部讽刺作品，却失掉了他自己"较有把握的幽默"，因而它"象只折了翅的鸟儿"。从思想来看，这部小说"没有积极的主张与建议"，"不能精到的搜出病根，所以只有讽刺的弱点，而没得到它的正当效用"。

国内外学者在对《猫城记》的评价中，部分赞同老舍对该作品的自评，认为它在艺术上成就不高，没有具体的故事，存在结构松散、风格混乱、质量不均衡等问题（李长之，1934；Birch，1961：49；Lyell，

1970：xli）。但也有不少评论指出，《猫城记》的艺术价值不能以一般小说的评判标准去衡量。例如，何官基（K. T. Ho）认为，按西方反乌托邦小说评判标准，《猫城记》是世界反乌托邦小说中的佳作（Ho, 1987：73）。刘大先（2006：118）指出，老舍采用幻寓小说的形式，在《猫城记》中构筑了"恶托邦式寓言模型"，其"不是能用现实主义或浪漫主义来规行矩步的"——长于广度而疏于深度，正是幻寓小说的普遍特点。小说对国民性的批判，表现出作者作为民族文化主义者的主张，并不亚于其他中国的写实主义经典作品。袁良骏（1997：29）也表示，《猫城记》中，老舍通过对猫国的愚昧、腐败进行尖锐辛辣、入木三分的描述，批判了中国的国民劣根性，其讽刺具有深刻性，使其无愧于一篇难得的讽刺杰作，足可与鲁迅的《阿Q正传》相媲美。

前文提到，1964年出版的首个《猫城记》英译本诞生于冷战时期，此时中国对于美国来说既神秘又具有威胁性，美国迫切想了解中国的真实现状（夏天，2012：83）。译语政治场制约了文学场对译本的选材与翻译策略，由于受政治意识形态的影响，译者迪尤对原文进行了去虚构化处理，使得书中对猫国的描写能与中国的现实状况进行对应，迎合了西方社会对中国的刻板印象。迪尤在译本导言中写道："显而易见，《猫城记》是对当代中国的如实写照。"该导言还指出，小说文体混乱，且表达上有很多重复，其讽刺技法也不如西方讽刺作家那般精妙。他在翻译中只保留了原文的2/3。这是因为"中文行文多有重复，为保证英译文的可读性，删减部分内容不会对原文产生影响"。有时他还会更进一步，删去一些"次要情节"和少量"更重要的事件"，因为这些章节对于实现《猫城记》这部讽刺作品的目的并不是最重要的，删去它们有利于改善故事结构（Dew, 1964：vii-viii）。尽管迪尤主要从文体角度对译文中的删减进行了解释，但该策略更多是由他的翻译目的决定的，这也使原作的审美价值产生了毁灭性的损失。

"企鹅经典"选择的是1970年的莱尔译本。小说原文共27章，莱尔也译为27章，完全保留了原文的章节布局，同时给每章添加了通俗易懂的英文标题，以便于读者迅速把握章节的中心内容。尽管莱尔也表示，在很大程度上，《猫城记》的价值在于它记录了20世纪30年代的中国社会，但他也认可了该小说的文学价值（Lyell，1970：xli），因而他在翻译时更完整、忠实地体现了原文的审美深度。下文将对两个译本做对比分析。

原文：

　　我一直的睡下去，若不是被苍蝇咬醒，我也许就那么睡去，睡到永远。原谅我用"苍蝇"这个名词，我并不知道它们的名字；它们的样子实在像小绿蝴蝶，很美，可是行为比苍蝇还讨厌好几倍；多的很，每一抬手就飞起一群绿叶。（老舍，2008b：22）

迪尤译文：

　　If the flies hadn't awakened me, I might have slept on and on, perhaps forever. They looked like little green butterflies, very pretty, but they were many times more bothersome than ordinary flies. Every time I moved my hand they rose in a swarm. (Lao, 1964: 1)

莱尔译文：

　　Had I not been awakened by a fly biting me, I might have gone on sleeping for an eternity. You will have to excuse me for using the word 'fly', for I really don't know what it was called. In appearance, it was like a beautiful little green butterfly; but in action, it was many times worse than a fly. There were millions of them, and every time I raised my hand, it was as though I had occasioned a flurry of little green leaves. (Lao, 2013a: 24)

　　首先，也许是为了增强译本的"真实性"，便于读者将其视为中国社会状况的如实写照，迪尤删去了原文的前四章内容。前四章中，叙述者飞机失事和坠落火星后被猫人绑架的经历离奇怪诞，令人想起乔纳森·斯威夫特（Jonathan Swift）的《格列佛游记》（*Gulliver's Travels*）

等名著，富有科幻小说的探险色彩和悬念感。迪尤直接以叙述者"我"在猫人大蝎家中醒来这一幕开篇，使得具有玄幻传奇特质的超现实主义寓言转变为冷峻的现实主义描写。

迪尤将原文中"原谅我用'苍蝇'这个名词，我并不知道它们的名字"这句话删去，企鹅版译文则如实译出，凸显了原文中空间位移的异域感，增强了故事的陌生化效果。此外，迪尤将"每一抬手就飞起一群绿叶"这一生动别致的比喻也缩减为现实主义的描述"Every time I moved my hand they rose in a swarm"，与企鹅版译文"every time I raised my hand, it was as though I had occasioned a flurry of little green leaves"相比，明显地削弱了小说原文的文学感染力。迪尤对原文的细节性描写进行过滤、删减，使得译文读来更像是新闻类的纪实报告。同时，迪尤为这一段描述添加尾注，通过援引西方媒体对中国的报道，将老舍对猫国的描写与中国某些社会现实状况对号入座，对英语读者的理解过程进行控制、干涉，更是对原文的严重曲解。

两版译文的人物塑造效果同样天壤之别。

原文：

迷林的外边一天到晚站着许多许多参观的人。不，不是参观的，因为他们全闭着眼；鼻子支出多远，闻着那点浓美的叶味；嘴张着，流涎最短的也有二尺来长。稍微有点风的时候，大家全不转身，只用脖子追那股小风，以便吸取风中所含着的香味，好像些雨后的蜗牛轻慢的作着项部运动。偶尔落下一片熟透的大叶，大家虽然闭着眼，可是似乎能用鼻子闻到响声——一片叶子落地的那点响声——立刻全睁开眼，嘴唇一齐吧唧起来；但是大蝎在他们决定过来拾起那片宝贝之前，总是一团毛似的赶到将它捡起来；四围一声怨鬼似的叹息！（老舍，2008b：46）

迪尤译文：

Every day from morning till night big crowds of people stood outside the grove looking at it. No, they weren't "looking," because they all had their eyes closed. They were poking their noses out as far as they could to breathe in the thick fragrance of the leaves. Saliva dribbled from their slack mouths, and every time a leaf fell from a tree — they seemed to be able to sense this with their noses— they all opened their eyes and made as if to move forward, though they knew they couldn't go into the grove. (Lao, 1964: 7)

莱尔译文：

And now every day from dawn until dusk the forest was enclosed by a ring of spectators and yet they weren't really spectators. With eyes closed and noses thrust forward, they all inhaled the rich aroma of the leaves. Their mouths were open and watering so profusely that the shortest string of saliva was a foot long. Whenever a breeze arose, without changing their stance in the slightest, they would crane their necks around and follow it so as to breathe in whatever perfume was contained in the air. They reminded one of snails slowly doing neck exercises after a rain. If by chance a ripe leaf fell from a tree, they would immediately open their eyes, and their mouths would twitch in anticipation. It was almost as though they had perceived the faint sound of the falling leaf with their noses! But before they could gather up enough nerve to go over and pluck up the precious leaf, Scorpion, in a flurry of fur, would beat them to it, and from all sides a cry would go up that sounded very much like the moan of a wronged ghost. (Lao, 2013a: 52)

此例充分展现了老舍的"描写功力"（Wilhelm，1971：362），这一段对猫人们垂涎于迷叶的描写，生动地刻画出猫人愚蠢贪婪的丑态，令人发笑，更体现出震撼人心的讽刺力量。迪尤将具有文学性的修辞和表达几乎完全删除，极大减小了译文反讽的力度。而企鹅版译文完全保留了原文幽默诙谐、夸张滑稽的描写，如将"嘴张着，流涎最短的也有二尺来长"译为"Their mouths were open and watering so profusely that the shortest string of saliva was a foot long"，将"好像些雨后的蜗牛轻慢的作着项部运动"译为"They reminded one of snails slowly doing neck exercises after a rain"，将"四围一声怨鬼似的叹息"译为"from all sides a cry would go up that sounded very much like the moan of a wronged ghost"。此外，"enclose""thrust""crane"等词语有力地凸显了猫人们痴迷于迷叶的急切心情。企鹅版为这一章节所起的小标题为"A Land of Peeping Toms"，意为"偷窥者的国度"，莱尔以"偷窥者"比喻在严加把守的迷林外觊觎的猫人，颇为贴切。

在《猫城记》中，老舍除使用自己最为擅长的幽默手法外，还不时使用充满智慧理性的评论性言语。

原文：

> 将快死去的人还有个回光返照，将快寿终的文明不必是全无喧嚣热闹的。一个文明的灭绝是比一个人的死亡更不自觉的；好似是创造之程已把那毁灭的手指按在文明的头上，好的——就是将死的国中总也有几个好人罢——坏的，全要同归于尽。那几个好的人也许觉出呼吸的紧促，也许已经预备好了绝命书，但是，这几个人的悲吟与那自促死亡的哀乐比起来，好似几个残蝉反抗着狂猛的秋风。
>
> 猫国是热闹的，在这热闹景象中我看见那毁灭的手指，似乎将要剥尽人们的皮肉，使这猫城成个白骨的堆积场。（老舍，2008b：63）

莱尔译文：

> The life of a man, like a candle, seems to glow again with its former brilliance just before going out; similarly, an entire civilisation on the point of extinction is not without a final, ephemeral splendour. And yet there is a difference: a civilisation on the edge of oblivion is

not so conscious of its own imminent demise as is a lone man. It is almost as though the creative process itself had marked the civilisation for extinction so that the good—and there are always a few good people left, even in a country that's about to expire—suffer the same fate as the evil. And perhaps in such a civilisation, the few good people left will begin to experience a certain shortness of breath, will begin to draw up their wills, and will even moan over the impending fate of their civilisation. But their sad cries, matched against the funeral dirge of their own death-bound culture, will be but as the chirps of lingering cicadas against a cruel autumn wind.

And while Cat City was full of life, behind this lively façade one was conscious of a skeletal hand, a hand that seemed ever ready to tear the skin and flesh away from the Cat People to leave nothing but a wasteland of bleached bones. (Lao, 2013a: 71)

《猫城记》通过描写"我"在猫国"恶托邦"的一系列遭遇，对"国民性的种种弱点"进行了深刻讽刺。有学者指出，与那种"挖病根"式的辛辣讽刺不同，老舍对于国民性的反思更为温和幽默、豁达宽厚（迟蕊，2016：126）。在小说原文中，叙述者并不是一个客观冷峻的旁观者，或高高在上的俯视者，而是不时流露出对国民性的反思和忧患意识的人。正如老舍在小说中所言："读历史设若能使我们落泪，那么，眼前摆着一片要断气的文明，是何等伤心的事！"但在迪尤译本中，无论是洞明世事的评论，还是悲天悯人的嗟叹，大多被译者删除，这使此译本沦为西方读者"了解"中国的社会学材料。企鹅版行文流畅，用优美的英文再现了原文语言的表层和深层含义。莱尔将生命的"回光返照"巧译为"The life of a man, like a candle, seems to glow again with its former brilliance just before going out"，借用蜡烛之喻再现了人离世前短暂的兴奋状态。同时，他将"热闹景象"译为"lively façade"，将"毁灭的手指"译为"a skeletal hand"，将"白骨的堆积场"译为"a wasteland of bleached bones"，选词得当，符合语境，又不失原文的生动。此外，企鹅版译文通过适当添加连接词或短语，如"similarly""will even moan over the impending fate of their civilisation"等，确保译文衔接紧密、逻辑连贯、行文流畅，确保了读者良好的阅读体验。

与《猫城记》一样，老舍另一部入选"企鹅经典"的小说《二马》也表达了他的民族之心和爱国情怀。小说首次将中国人置于西方文化背景下书写，展现了中英两国的文化冲突，揭露了旧时代中国人懒惰、怯懦的丑陋习性，批判了英国社会对中国人的种族偏见与歧视。

从艺术成就上说，《二马》展现出作者天才的幽默笔调、诙谐的讽刺手法、细腻的心理和人物描写，以及对世态人情和世俗文化的深入刻画。老舍的小说集平民性与艺术性为一体。如果说，张爱玲的创作是由雅及俗，"经由苍凉的审美观趋向于抒情性浓厚"，老舍的风格便是由俗而雅，"经由幽默的风格而走向'白'——在简明易懂中寻求趣味"。这种由俗而雅的创作风格正是在《二马》中初现端倪的（王锺陵，2021：203）。

由此可见，《二马》的审美价值，首先表现在老舍对白话语言艺术性表现的追求上。下文以尤利叶·吉姆逊译本和企鹅版杜为廉译本为例，分析两个译本对原文审美风格的传译。

原文：

四月中的细雨，忽晴忽落，把空气洗得怪清凉的。嫩树叶儿依然很小，可是处处有些绿意。含羞的春阳只轻轻的，从薄云里探出一些柔和的光线；地上的人影，树影都是很微淡的。野桃花开得最早，淡淡的粉色在风雨里摆动，好像媚弱的小村女，打扮得简单而秀美。（老舍，2008a：278）

吉姆逊译文：

April was a month of capricious weather; the skies switched suddenly from clear to pellets of light rain, and after these spring showers, the air glistened with freshness. The leaves were still tiny and tender but the difference was that now there was a definite sparkle of green. The spring sun coyly, gently crept out from thin clouds and shot a few soft rays of light, projecting soft, weak shadows on the ground of trees, and people. Wild peach blossoms were the first to open; the faint pink petals danced gently in the rainy breeze, like an unadorned country girl, simple yet lovely. (Lao, 1991: 354)

杜为廉译文：

April's fine rain, suddenly coming and going, washed the air clean and fresh. The tender leaves of the trees were still very small, but everywhere there was a hint of green. The shy spring sun ventured a few soft rays from the thin clouds, and the shadows of people and trees on the ground were very pale. The almond blossoms were the first to come out, pale pink and swaying in the breeze like bright-eyed little village girls dressed with simple charm. (Lao, 2013b: 306)

在《我怎样写〈二马〉》一文中，老舍（1935/1990：174–175）提到在描写风景时，他不用"潺""凄凉""幽径""萧条"等词语，而是"用顶俗浅的字另想主意"，"把白话的真正香味烧出来"，"作出一种简单的、有力的、可读的，而且美好的文章"。在这段原文中，老舍以清新简洁的笔触，描绘了伦敦初春美丽、温情的景致，以此衬托出马威沉闷绝望的心情。通过比较吉姆逊译本和企鹅版译本，可以看出后者更好地再现了原文的语言风格。原文第一句"四月中的细雨，忽晴忽落，把空气洗得怪清凉的"简短可爱，节奏轻快。吉姆逊将之译为"April was a month of capricious weather; the skies switched suddenly from clear to pellets of light rain, and after these spring showers, the air glistened with freshness"，虽然在意思上做到了等值，但句子结构和措辞稍显冗余，如"pellets of light rain"和"these spring showers"存在语义重复；第二句中的"but the difference was"和第三句中的"projecting soft, weak shadows on the ground of trees, and people" 的表达较为生硬。相比之下，企鹅版第一句直接以"春雨"起句，译为"April's fine rain, suddenly coming and going, washed the air clean and fresh"，这在形式与内容上都近似原文。除最后一句外，译文整体在句型上较为简短，表达更为朴实、凝练，符合原文语言简洁明快的特点。

原文：

把茶叶筒儿包好，伊牧师愣了一会儿，全身纹丝不动，只是两个黄眼珠慢慢的转了几个圈儿。心里想：白受他的茶叶不带他们出去逛一逛，透着不大和气；再说当着温都太太，总得显一手儿，叫她看看咱这传教的到底与众不同；虽然心里真不喜欢跟着两个中国人在街上走。（老舍，2008a：37）

吉姆逊译文：

After he had wrapped his tea, the Reverend stood numbly as if preoccupied; he rolled his eyes slowly as he thought to himself: "It's not really polite to accept his tea like this and not invite them out for a sightseeing stroll—especially in front of Mrs. Wendell; I really must make a good example—show her that we missionaries aren't like everyone else, even though I don't really relish the idea of being seen in public with Chinese..." (Lao, 1991: 46)

杜为廉译文：

As he finished wrapping, he suddenly froze, his fawny-brown eyes slowly widening. To accept the tea, he thought to himself, and not take the Mas out for a spot of sightseeing...Well, it didn't seem very nice. He really ought to put on a good show in front of Mrs. Wedderburn, let her see what a uniquely virtuous lot missionaries are. Nonetheless, he didn't relish the idea of walking around town with two Chinamen. (Lao, 2013b: 43)

老舍对伊牧师的塑造非常成功，生动刻画了这个英国人高傲自大、自私冷漠、虚伪狭隘的可憎面目。伊牧师在收了老马的礼物后，尽管内心对马氏父子非常鄙夷，却认为还是要尽些地主之谊，否则"透着不大和气"；更重要的是，他要在温都太太面前"显一手儿"，叫她看看自己"这传教的到底与众不同"。吉姆逊将"透着不大和气"译为"It's not really polite"，将"显一手儿"译为"make a good example"，用词偏褒义，描绘出的是一个为人绅士、热心的模范牧师形象。企鹅版则将之译为"Well, it didn't seem very nice"和"put on a good show"。"show"在此段语境中指"an outward display intended to give a false impression"，意为在他人面前故意做出某种举动，给其留下虚假的印象。这表现出伊牧师对父子俩毫无真心，只不过把他们当成作秀和装点名声的工具，揭示了他的虚伪嘴脸。后一句中，杜为廉将"到底与众不同"译为"what a uniquely virtuous lot missionaries are"，这一夸张的语气尽显伊牧师傲慢自得的心理，更加大了对该人物的讽刺力度。

原文：

　　她一面用围裙擦着嘴，一面问他们找谁的坟墓。她走到他们跟前，他们才看出来：她的脸上确是五官俱全，而且两只小眼睛是笑眯眯的；说话的时候露出嘴里只有一个牙，因为没有什么陪衬，这一个牙看着又长又宽，颇有独霸一方的劲儿。（老舍，2008a：55）

吉姆逊译文：

　　She wiped her mouth with her apron as she asked them whose grave they were looking for. It was only when she came right up to them that they could make out that indeed she had a normal face complete with features; moreover her eyes twinkled. When she spoke they could see that she only had a single tooth in her whole mouth, and because it was solitary, it seemed especially large and dominating. (Lao, 1991: 73)

杜为廉译文：

It wasn't until she'd walked right up to them that they realised all parts of her face were intact, and that her eyes were twinkling away merrily. Wiping her mouth with her apron, she asked whose grave they were looking for. As she spoke, it became clear that she had only one tooth, which, being deprived of any company, looked exceptionally large, as if it had made itself sole tyrant of the area by brute force. (Lao, 2013b: 66)

老舍通过漫画化的人物描写，使小说中这个原本毫不起眼的墓地看守给读者留下了深刻的印象。原文中，老舍幽默地写道，老太太的脸从远处看去像一个光溜溜的肉球，近看才发现她"五官俱全"，"一个牙看着又长又宽，颇有独霸一方的劲儿"。读到此处，读者不免会心一笑。"独霸一方"原指恶人霸占某个地方，老舍用它来形容老太太的牙齿，可以被视为一种"降用"修辞，通过语言的超常规搭配产生了突出的喜剧效果，给读者"一些出其不备的刺激与惊异"（老舍，1934/2014：69）。吉姆逊将此译为"it seemed especially large and dominating"，意思准确但平淡无味；企鹅版译文则是"[the tooth] looked exceptionally large, as if it had made itself sole tyrant of the area by brute force"，保留了原文的"降用"修辞和幽默效果。此外，企鹅版译文将"她一面用围裙擦着嘴，一面问他们找谁的坟墓"移至"说话的时候露出嘴里只有一个牙"之前，使译文由"听老太太说话"自然地过渡到对老太太"牙齿"的描写上。译者对语序的调整增强了译文中叙事的连贯性和流畅性。

原文：

马老先生一手托着一筒，对他们说："从北京带来点茶叶。伊牧师一筒，温都太太一筒，不成敬意！"说完把一筒交给伊牧师，那一筒放在钢琴上了；**男女授受不亲，哪能交给温都太太的手里呢！**（老舍，2008a：36）

吉姆逊译文：

　　"I brought a little tea from Beijing. Please Reverend, Mrs. Wendell, take one—it's just a small token." He handed one to the Reverend and placed the other on top of the piano (since he felt too awkward to put it directly into Mrs. Wendell's hand.) (Lao, 1991: 45)

杜为廉译文：

　　"Some tea we've brought with us from Peking. One canister for the Reverend Ely, and one for Mrs. Wedderburn, as small tokens of our respect." He handed one canister to the Reverend Ely, and placed the other on the piano. The Confucian philosopher Mencius says that 'Men and women should not touch when giving or receiving', so there was no question of his personally placing it in Mrs. Wedderburn's hands. (Lao, 2013b: 43)

　　在这一例中，吉姆逊将"男女授受不亲，哪能交给温都太太的手里呢！"译为"since he felt too awkward to put it directly into Mrs. Wendell's hand"，将中文习语略去不译，只交代老马没有直接把茶叶递给温都太太是因为感到"尴尬、不好意思"，但未说明他产生这一心理的原因或文化背景，令人顿觉老马在男女交往中过于羞怯，连递一份礼物也感到难为情。相比之下，企鹅版译文的处理更为妥当。杜为廉在此句中添加了简洁的注释"The Confucian philosopher Mencius says that..."，暗示老马恪守封建伦理道德，是书中老一派中国人的代表。后半句的"there was no question of"体现了他对旧伦理思想的维护，更强化了这一形象。老马身上的这种顽固守旧、不思进取的特点正是老舍在《二马》

中所批判的国民性格中劣性的那部分，也为下文中老马与小马、李子荣等新一代中国人在思想上的冲突埋下了伏笔。

3. 鲁迅小说英译本

鲁迅是中国现代作家的杰出典范。他的小说是思想性与文学性的完美融合，其"表现的深切"和"格式的特别"，两者不可分离，相得益彰（朱栋霖、朱晓进等，2014：64）。一方面，鲁迅借小说启蒙国民、改良社会，将小说作为参与国家现代变革的方式，小说对国民劣根性的批判、对人的复杂精神状况的关注，体现出其思想的深刻。另一方面，鲁迅的小说语言精确省净，个性鲜明，吸收了文言文、白话文与外国语法的优点；小说构型复杂多样、大胆革新，如《狂人日记》的象征格式、《药》的双线叙事结构、《阿Q正传》中的典型塑造等，既有对外国小说的借鉴，又有对中国传统小说技法的承袭。总体来说，鲁迅小说最突出的风格特点是既"热烈"又"冷峻"，用冷静客观的现实主义描写展现对民族、人类的深切关怀（刘勇、邹红，2016：83）。在翻译过程中，鲁迅对中国现代文学的艺术贡献与思想贡献是绝不能被忽视的。

迄今为止，共有18名译者发表、出版过不同数量、不同篇目的鲁迅小说译文。其中杨宪益和戴乃迭、莱尔、蓝诗玲翻译的鲁迅小说集篇目较全，影响较大。目前国内学者对鲁迅小说英译本的分析也不少，从文体学、社会学、视域融合等角度对各译本进行了分析评述（王树槐，2013；王洪涛、王海珠，2018；米亚宁，2020）。由于研究的视角不一，得出的结论也不尽相同。但总体来说，对三个译本的评价各有褒贬。

在海外书评或译评中，对莱尔译本的好评较多。海外学者认为，相比杨戴译本使用的20世纪三四十年代的英式英语，莱尔译本采用美国习语、俚语进行翻译，更利于北美读者的理解和接受。莱尔采用的一些创造性翻译方法，如用现在时翻译《药》等小说以表现故事的电影感，采用古典、伪法语、口语词汇，或斜体形式区分白话文体和文言文体，天才地再现了鲁迅的写作风格（Liu，1989：352；Denton，1993：175；Kowallis，1994：284）。此外，杨戴译本的忠实性和完整性也获得了赞誉（Hegel，1983：171）。蓝译本也获得了一些认可，如华志坚（J.

Wasserstrom）（2009）认为该译本可能是目前最通俗易懂的版本，为鲁迅在中国以外地区获得文学声名提供了迄今为止最好的机会。

以下通过对比鲁迅小说的三个不同译本，重点考察其在传译原文艺术价值方面的表现。

原文：

那时人说：因为伊，这豆腐店的买卖非常好。但这大约因为年龄的关系，我却并未蒙着一毫感化，所以竟完全忘却了。然而圆规很不平，显出鄙夷的神色，……冷笑说：

"忘了？这真是贵人眼高……"

"哪有这事……我……"我惶恐着，站起来说。

"那么，我对你说。迅哥儿，你阔了，搬动又笨重，你还要什么这些破烂木器，让我拿去罢。我们小户人家，用得着。"

"我并没有阔哩。我须卖了这些，再去……"

"阿呀呀，你放了道台了，还说不阔？你现在有三房姨太太；出门便是八抬的大轿，还说不阔？吓，什么都瞒不过我。"（鲁迅，2013：86）

杨戴译文：

In those days people said that, thanks to her, that beancurd shop did very good business. But, probably on account of my age, she had made no impression on me, so that later I forgot her entirely. However, the Compass was extremely indignant and looked at me most contemptuously, ... and smiling sarcastically she said:

"You had forgotten? Naturally I am beneath your notice...."

"Certainly not ... I ... " I answered nervously, getting to my feet.

"Then you listen to me, Master Hsun. You have grown rich, and they are too heavy to move, so you can't possibly want these old pieces of furniture any more. You had better let me take them away.

Poor people like us can do with them."

"I haven't grown rich. I must sell these in order to buy..."

"Oh, come now, you have been made the intendant of a circuit, how can you still say you're not rich? You have three concubines now, and whenever you go out it is in a big sedan-chair with eight bearers. Do you still say you're not rich? Hah! You can't hide anything from me." (Lu, 1972: 84)

莱尔译文：

Back then people used to say that she was the reason the shop did such a surprisingly good business. No doubt because of my tender age, I must have been immune to the alchemy of her charms, for I had forgotten her completely. Thus, "Compasses" was more than a little put out with me. She looked at me with utter disdain...

Her laugh was cold. "Forgot, huh? Case of the higher you go, the snootier you —"

"How could I ever be like that ... why I ... " Completely flustered, I stood up.

"Well in that case, Elder Brother Xun, I'll put it right up front. You're rich now and it's not all that easy to move big, heavy stuff anyway, so why not let me take all this rickety old furniture off your hands. Poor folks like us can still get a lotta use out of it."

"I'm not rich at all. I have to sell this furniture just to —"

"Come off it. I know you're a big official—a Daotai, they say.* And you're gonna stand there and tell me you're not rich? You've got three concubines and an eight-man sedan chair team to carry you around wherever you wanna go. Not rich? Hah! You can't put anything over on me!" (Lu, 1990: 95)

蓝诗玲译文：

Everyone used to say back then that it was thanks to her the bean-curd shop turned over such a tidy profit. But I'd never given her much thought probably because I was still so young—and in time had forgotten her entirely. She gazed on me with aggrieved contempt ...

'Forgotten? Me?' she said, a sarcastic smile on her face. 'Well, aren't we the busy, important one now ...'

'No, no ... nothing of the sort ...' I struggled nervously to my feet.

'As you're so rich and important, Mr Xun, what do you want with all these broken old bits of furniture? You don't want to take them with you—let me take them off your hands. Ordinary people like us—we can still get some use out of them.'

'I'm not rich. We need to sell them so we can buy—'

'What are you talking about? You work for the government—I bet you've three concubines, and travel everywhere in a sedan car with eight carriers. Ha! You won't pull the wool over my eyes.' (Lu, 2009: 74)

《故乡》中的杨二嫂是鲁迅小说中塑造最成功的民间底层人物之一。杨二嫂从一个年轻貌美、能自食其力的"豆腐西施"沦为老年生活穷困、"细脚伶仃的圆规"。可见，尽管封建帝制已被推翻，故乡人的生活和精神状态依旧是日渐潦倒。在以上三个译本中，莱尔的译文"I must have been immune to the alchemy of her charms"最清晰地凸显了杨二嫂昔日的魅力，与现在的她形成了鲜明对照。

在对杨二嫂话语的处理上，杨戴译本的用词比较雅正、语气冷静，如将"这真是贵人眼高"译为"Naturally I am beneath your notice"，将"你还要什么这些破烂木器，让我拿去罢"译为"you can't possibly want these old pieces of furniture any more. You had better let me take them away"，将"什么都瞒不过我"译为"You can't hide anything from me"。相比之下，莱尔和蓝诗玲的译文更口语化，体现了乡村底层群众的话语风格，也揭示了杨二嫂快嘴快舌的直率性格。蓝诗玲的译文"Well, aren't we the busy, important one now"生动地再现了杨二嫂冷嘲热讽的口吻。

同时，蓝译本对"我"的言语处理得也比较妥当。在这场"我"与杨二嫂的初见中，作为现代新型知识分子的"我"本应是话语上的强势方，却在对话中招架不住咄咄逼人的杨二嫂，败下阵来，从"愕然""惶恐"直到无话可说，"默默地站着"。这一鲜明的反差表现了现代知识分子和故乡人在精神世界上的隔膜，鲁迅也从这个角度对现代知识分子的精英身份进行了解构。杨戴译本将"哪有这事……我……"译为"Certainly not ... I ... "，语气坚定沉稳；莱尔则将此句译为"How could I ever be like that ... why I ... "，并将"我并没有阔哩"译为"I'm not rich at all"，颇有气势，情绪上比较激烈。而企鹅版蓝译本的"No, no ... nothing of the sort ... "更明显地体现了"我"的失语状态，加强了"激烈"与"沉闷"、"急促"与"迟缓"两种话语之间的对比，进而揭示了离乡人和故乡人之间的隔阂。

此外，三个译本对"道台"的翻译策略不一。杨戴译本的"you have been made the intendant of a circuit"较为准确地解释了这一官职的意思。蓝诗玲则将之归化为"You work for the government"，最通俗易懂，利于读者理解。莱尔采用音译加注释法，向读者说明"尽管封建制度已被推翻，杨二嫂依旧用清末官名来称呼他"，这一注释有助于揭示小说的主题之一，即展现乡村群体的封闭、愚昧和无知：尽管时代在变，他们的精神世界依旧被落后的封建思想所把控。

原文：

> 但虽然是虫豸，闲人也并不放，仍旧在就近什么地方给他碰了五六个响头，这才<u>心满意足的得胜的走了</u>，<u>他以为阿Q这回可遭了瘟</u>。然而不到十秒钟，阿Q也<u>心满意足的得胜的走了</u>，他觉得他是第一<u>个能够自轻自贱的人，除了"自轻自贱"不算外，余下的就是"第一个"</u>。状元不也是"第一个"么？"你算是什么东西"呢！？
>
> 阿Q<u>以如是等等妙法</u>克服怨敌之后，便愉快的跑到酒店里喝几

碗酒……（鲁迅，2013：7-8）

杨戴译文：

But although he was an insect the idlers would not let him go until they had knocked his head five or six times against something nearby, according to their custom, after which they would <u>walk away satisfied</u> that they had won, confident that this time <u>Ah Q was done for</u>. In less than ten seconds, however, Ah Q would <u>walk away also satisfied</u> that he had won, thinking that he was the "foremost self-belittler," and that <u>after subtracting "self-belittler"</u> what remained was "foremost." Was not <u>the highest successful candidate in the official examination</u> also the "foremost"? "And who do you think you are anyway?"

After employing such <u>cunning devices</u> to get even with his enemies, Ah Q would make his way cheerfully to the wineshop to drink a few bowls of wine ... (Lu, 1972: 99)

莱尔译文：

But even though he was only a "bug", the idlers still wouldn't let him off the hook. In the timehonored fashion, they would seek out the nearest wall and give his head four or five resounding thumps before walking away, <u>fully satisfied and fully victorious</u>—and convinced that *this* time <u>they had done him in once and for all</u>. But before ten seconds were out, Ah Q would also walk away, <u>fully satisfied and fully victorious</u>, for he was convinced that of all the <u>"self-putdown artists"</u> <u>this old world has seen, he was number one.</u> Take away "selfputdown artist" and what did you have left? *Number one*—that's what! What was a *Metropolitan Graduate*? *Number one*—that's all. "Who the hell do these jerks think they are anyway!" Having subdued his foes with such ingenious strategems[①], Ah Q would go happily off to the wineshop and down a few bowls. (Lu, 1990: 111)

蓝诗玲译文：

They would not, and went on to give his head the time-honoured bashing against the nearest hard surface, before swinging off, their hearts again singing with the joys of victory, thinking this time their point had been well and truly made. And yet within ten seconds, Ah-Q had set jubilantly off on his own way. He was now the top self-abaser in China, and once you'd discarded the inconvenient 'self-abaser', you were left with 'top' — 'top' as in 'top in the civil service examinations'. 'Ha! Scum!'

Once Ah-Q's enemies had been trounced by such ingenious means, he would trot happily off to the tavern, down a few bowls of wine... (Lu, 2009: 86)

上述原文选自《阿Q正传》第二章"优胜记略"，主要表现阿Q的精神胜利法，鲁迅通过描述这种弱势生存策略展开了对国民劣根性的深刻批判。从整体来看，蓝译本篇幅最短，语言简洁流畅。译者本人曾表示，"当代中国文学作品，行文往往冗长拖沓，要想译成优美可读的英文，就得把原文处理得更加经济俭省"（转引自汪宝荣，2013：164）。在企鹅版译本中她也强调，"鲁迅频繁和刻意地使用重复手法，这使我的翻译常常受阻。由于中英文学传统存在差异，有时我认为保留这种重复手法会使英语读者感觉不雅或不快，便会进行适当改写"（Lovell，2009a：xlv）。然而在某些情况下，译者对原文中重复内容的省略或改写会损害小说的艺术效果。在这一段中，阿Q因为"过于自尊"被打，第一句中闲人"心满意足的得胜的走了"和第二句中阿Q"心满意足的得胜的走

---

① "strategems"拼写有误，应为"stratagems"。下文采取正确拼法。

了"构成重复的表现手法。两相对照，打人者和被打者都获得了精神上的满足，加强了对阿 Q 自慰自欺心理的讽刺。这种重复修辞在杨戴译本和莱尔译本中都被保留下来，而蓝诗玲选择将其译为不同的表达方式——"their hearts again singing with the joys of victory"和"set jubilantly off on his own way"，客观上削弱了讽刺效果。

不过，蓝译本也不乏出彩之处，如将"他以为阿 Q 这回可遭了瘟"译为"thinking this time their point had been well and truly made"。根据上文，闲人们对阿 Q 穷追猛打，根本原因是不满其通过"儿子打老子"的言语来获得自尊上的补偿。蓝诗玲向读者解释了"这回可遭了瘟"在语境中的真正含义，相比前两版的直译译文"Ah Q was done for"和"they had done him in once and for all"，蓝译本在语义逻辑上更显连贯。此外，蓝诗玲将"除了'自轻自贱'不算外"译为"once you'd discarded the inconvenient 'self-abaser'"，在译文中添加了"inconvenient"一词，暗示阿 Q 为求心理安慰，盲目地将"自轻自贱"作为骄傲的资本，强化了对阿 Q 自欺欺人心态的讽刺。

蓝诗玲和莱尔分别将"阿 Q 以如是等等妙法克服怨敌之后"中的"妙法"译为"ingenious means"和"ingenious stratagems"，较为妥当。尤其是后者使用的"stratagem"在语体上偏正式，属于将重大词语降用为一般词语的手法，再现了原文的讽刺效果。而杨戴译本将"妙法"译为"cunning devices"，"cunning"在多数情况下含有贬义。相较之下，"ingenious"更好地体现了阿 Q 对"自轻自贱"精神胜利法的自得之意。

三个译本对"第一个能够自轻自贱的人"的译法分别是"foremost self-belittler"、"of all the 'self-putdown artists' this old world has seen, he was number one"，以及"top self-abaser"，意思上均比较准确。莱尔译文中使用的"artist"在此句中的意思是"a person who habitually practises a specified reprehensible activity"，即经常从事某种不良活动的人，但也可理解为"艺术家"，更显小说的讽刺之意。

与上一例中的"道台"一样，三个译本对"状元"的处理延续了各自对文化负载词的一贯翻译策略。蓝译本和杨戴译本以归化为主，简洁易懂。莱尔则采用直译加注释的手段,将"状元"的含义准确地解释给英语读者。

原文:

他对人说话,总是满口之乎者也,教人半懂不懂的。……孔乙己一到店,所有喝酒的人便都看着他笑……孔乙己睁大眼睛说,"你怎么这样凭空污人清白……""什么清白?我前天亲眼见你偷了何家的书,吊着打。"孔乙己便涨红了脸,额上的青筋条条绽出,争辩道,"窃书不能算偷……窃书!……读书人的事,能算偷么?"接连便是难懂的话,什么"君子固穷",什么"者乎"之类,引得众人都哄笑起来:店内外充满了快活的空气。(鲁迅,2013:48)

杨戴译文:

He used so many archaisms in his speech, it was impossible to understand half he said.

...

Whenever he came into the shop, everyone would look at him and chuckle.

...

"Why ruin a man's good name groundlessly?" he would ask, opening his eyes wide.

"Pooh, good name indeed! The day before yesterday I saw you with my own eyes being hung up and beaten for stealing books from the Ho family!"

Then Kung would flush, the veins on his forehead standing out as he remonstrated: "Taking a book can't be considered stealing. Taking a book, the affair of a scholar, can't be considered stealing!" Then followed quotations from the classics, like "A gentleman keeps his integrity even in poverty," and a jumble of archaic expressions till everybody was roaring with laughter and the whole tavern was gay. (Lu, 1972: 40)

莱尔译文：

When he talked, he always larded whatever he had to say with *lo, forsooth, verily, nay* and came out with a whole string of such phrases, things that you could half make out, and half couldn't...

...

One day he came to the wineshop and all the regulars, as usual, started to eyeball him and laugh.

...

Kong Yiji opened his eyes wide in indignation and replied, "How dare you, without a shred of evidence, besmirch a man's good name and even—"

"What good name? Wasn't it the day before yesterday I saw you trussed up and beaten with my own eyes?"

Kong's face flushed red and the veins stood out on his temples as he began to defend himself. "The *purloining of volumes,* good sir, cannot be counted as theft. The *purloining of volumes* is, after all, something that falls well within the purview of the scholarly life. How can it be considered mere theft?" Tacked onto that was a whole string of words that were difficult to understand, things like *The gentleman doth stand firm in his poverty*, and *verily* this and *forsooth* that. Everyone roared with laughter. The space within the shop and the space surrounding the shop swelled with joy. (Lu, 1990: 43)

蓝诗玲译文：

His speech was so dusty with classical constructions you could barely understand him.

...

'*Another* scar, Kong Yiji?' the assembled company would laugh the moment he arrived in the tavern.

...

'Groundless calumny ... unimpeachable virtue.' Kong Yiji's eyes would bulge with outrage. 'Well, that's funny, because just the day before yesterday I saw you getting strung up and beaten for stealing a book from the Hos.' Kong's face would flush scarlet, the veins on his forehead throbbing in the heat of discomfort. 'Stealing books is no crime! Is scholarship theft?' he would argue back, illustrating his point with a perplexing smatter of archaisms: poverty and learning, 'oft twixt by jowl', etcetera, etcetera. At which everyone inside (and outside) the tavern would collapse with mirth. Kong Yiji truly brought with him the gift of laughter. (Lu, 2009: 33)

如前所述，鲁迅小说的语言中杂糅着不同文体，这种文体间的转换往往具有重要的主题意义。如《狂人日记》以文白同体的形式，构建了两套不同的叙事话语，揭示了两个价值世界的对立。小说《孔乙己》同样体现出文白相间的特点，通过描写孔乙己"满口之乎者也"生动刻画了社会过渡时期旧时代下层知识分子的迂腐形象。由于现代英语中并不存在现成的古典和口语语体的区分（Kowallis，1994：284），译者在翻译时只能另辟蹊径去处理。在杨戴译本中，这种文体或语域间的转换不是特别明显，其在翻译孔乙己的语言时主要采用意译法，例如将"总是满口之乎者也"译为"used so many archaisms in his speech"，将"什么'者乎'之类"译为"a jumble of archaic expressions"。莱尔和蓝诗玲则选择使用英文中的古旧语言，如"*verily* this and *forsooth* that"和"oft twixt by jowl"，直接再现孔乙己话语中的文言风格，以复制原文中那种"教人半懂不懂"的感受。除此之外，莱尔创造性地使用斜体对这种文体进行标记，以强化读者对语体差异的认识。

　　此外，对于孔乙己那句家喻户晓的辩驳"窃书不能算偷"，三个译本的处理方法也不一。杨戴将之译为"Taking a book can't be considered stealing"。尽管"taking"在语体上与"窃书"并不吻合，但巧妙地体现了孔乙己淡化"偷书"羞耻感的心理，在语境中取得了与原文相似的效果。莱尔将之译为"The *purloining of volumes*, good sir, cannot be counted as theft"，采用正式语体，并以斜体标记"窃书"，以再现原文的"高语域"文体。蓝诗玲对原文进行了简化处理，其译文"Stealing books is no crime!"在一定程度上能体现原文的意思，也降低了英语读者理解的难度。但在小说中，孔乙己用文言词"窃"替代口语词"偷"，以咬文嚼字的方式为自己辩解，将"窃书"的读书人和普通的偷盗者对立起来，一方面展现了他的迂腐形象和自命清高、自欺欺人的心态；另一方面暗示了他作为"读书人"的价值观与实际生存际遇的错位，揭示了封建社会知识分子的悲剧命运。蓝译本未能体现"窃书"和"偷书"的对立及其隐含意义，因而在人物描写和主题表达的效果上打了折扣。

　　总体来说，三个译本各有千秋。虽然蓝译本存在某些误译，其简洁易懂的语言与鲁迅原文拗涩的文风也不尽相符，有可能削弱了原文的讽刺意义（寇志明，2013：39），因而在准确性与学术深度上不及杨戴译本和莱尔译本，但必须承认，其注重译本可读性与阅读体验的翻译策略与企鹅的出版理念最为契合。与"企鹅经典"中的其他中国现代文学译本不同，企鹅并未从已有的鲁迅小说译本中择一出版，而是邀请蓝诗玲创作新译本。这一方面可能是受到了版权问题的影响，另一方面也说明此前的译本并不完全符合企鹅的翻译理念。蓝译本是在企鹅的主动委托和译者个人的主观意愿下完成的，其翻译策略与企鹅的出版理念和目标受众自然密不可分。译者本人表示，其译本针对的是英语世界的普通读者，甚至是那些不了解中国的人。"此前的鲁迅小说英译本要么由中国大陆的出版社出版，要么由西方的学术出版社推出，难以触及普通读者群"，而企鹅版译本能帮助鲁迅小说进入西方图书的主流销售渠道，走向学术圈专业读者以外的大众群体（汪宝荣，2013）。从这个角度来看，我们或许可以理解"企鹅经典"选择重译鲁迅小说的初衷。

4. 钱锺书《围城》英译本

与入选"企鹅经典"的其他作品不同，企鹅版《围城》英译本是该小说目前唯一的英译本，由珍妮·凯利与茅国权合作翻译完成，由前者翻译初稿，后者负责校阅润色。该译本此前先后由美国印第安纳大学出版社和新方向出版社出版。国内外学者对《围城》英译本的研究众多，其在评价上毁誉参半。一方面，译本对于原文艺术风格、人物个性化语言的传译较为成功，总体上展现了原作的魅力，译本中添加的导言和注释也很有帮助（Hegel，1980；Palandri，1980；郑云菲、孟庆升，2013）；另一方面，由于《围城》含有大量中西隐喻典故，涉笔成趣，以极高超的语言技巧展现了作者的机智与博学，对译者而言难度极大，译本存在着一定程度的讹误和疏漏之处，如褒贬不当、语言歧义、分寸失当、表达不够地道等问题，某些中文中特有的语言修辞和幽默效果在翻译中也荡然无存（Hu，1982；李悦，2005；王磊，2007；戈玲玲、何元建，2012）。孙艺风（1995：31）认为，"译文没能很好地反映出原作所特有的学者的睿智与逗乐的童趣"。

尽管有上述缺点，但该译本整体上较好地传达了原文的审美和文学价值，在语言艺术和性格刻画方面的处理上也不乏巧思。参见如下几例。

原文：

    高松年身为校长，对学校里三院十系的学问，样样都<u>通</u>——这个"通"就像"火车畅通"，"肠胃通顺"的"通"，几句门面话从耳朵里进去直通到嘴里出来，一点不在脑子里停留。（钱锺书，1980：245）

译文：

... Kao Sung-nien, as president, was '<u>fluent</u>' in the disciplines of all three colleges and all ten departments of the school. '<u>Fluent', that is, in the sense of flowing smoothly, as in 'the free flow of trains' or 'a smooth intestinal flow</u>'. A few 'brief remarks' would go in through the ears and <u>flow directly out of the mouth without stopping for a</u>

moment in the brain. (Qian, 2006: 269)

"通"既有"精通、通晓"之义，形容人的博识，又可指"畅通"，即"没有堵塞，可以通过"。钱锺书使用这一双关语，幽默地揭示高松年名不符实，并无真才实学。译文未使用双关修辞，而是使用"fluent"和"flow"进行替代，以表现原文中"通"字所表达的双关含义。"fluent"与"flow"能产生头韵的语音效果，且意义相近。译者通过添加"'Fluent', that is, in the sense of flowing smoothly"清晰地建构了两者的语义关联，形成了严密的语义衔接。"'fluent' in the disciplines of all"指通晓各门学问，"the free flow of trains"和"a smooth intestinal flow"分别表达"火车畅通"与"肠胃通顺"，最后的"flow directly out of the mouth without stopping for a moment in the brain"用来翻译"直通到嘴里出来，一点不在脑子里停留"，一气呵成，令人恍然大悟，英语读者也能体会到原文的幽默效果。

原文：

鸿渐要去叫辛楣，孙小姐说她刚从辛楣那儿来，政治系的教授们在开座谈会呢，满屋子的烟，她瞧人多有事，就没有坐下。

方鸿渐笑道："政治家聚在一起，当然是乌烟瘴气。"（钱锺书，1980：199）

译文：

Hung-chien was about to get Hsin-mei, but she said she had just come from Hsin-mei's place, that the professors in the Political Science Department were holding a conference there, and the room was filled with smoke. When she saw that they were all busy, she did not sit down.

Fang Hung-chien said with a grin, 'Whenever politicians congregate, there's bound to be heavy pollution.' (Qian, 2006: 219)

上述译例是借由"烟"字实现的意义双关。孙小姐说的"烟"指香烟的烟气（"smoke"），方鸿渐便趁机以"乌烟瘴气"调侃政治系教授们开会的场面。此处的"烟"不仅指室内空气污浊、烟气环绕的物理环境，更指政治家聚会时的高谈阔论是一种精神上的污染，暗含着辛辣的讽刺。这也符合方鸿渐对政治家一贯的嘲讽态度，正呼应他在初见唐小姐时想到的那句"许多女人的大眼睛只像政治家讲的大话，大而无当"。译者将"乌烟瘴气"译为"heavy pollution"，这与上文中的"the room was filled with smoke"形成了语义关联，也较准确地把握了该双关语表达的隐含意义。

《围城》中的某些修辞效果由双声、字序颠倒等多种方式实现，参考以下几例。

原文：

中国是世界上最提倡科学的国家，没有旁的国度肯这样给科学家大官做的。**外国科学进步，中国科学家进爵**。（钱锺书，1980：190）

译文：

China is the greatest promoter of science of any country in the world; no other governmental body is so willing to offer high posts to scientists. As Western science moves forward, Chinese scientists move upward. (Qian, 2006: 209)

钱锺书通过"进步"和"进爵"的对比，讽刺某些科学家不专注科研，反倒追求"升官进爵""行政治人"的功利心态。译者分别以"move forward"和"move upward"译之，模拟了原文中"进步"和"进爵"的双声修辞。尽管"move upward"本身并不能准确、清晰地表达出"进爵"的含义，但英语读者结合上下文的细节性阐释，还是能体会到原文的意思和幽默效果。

原文：

　　第二位汪太太过了门没<u>生孩子，只生病。在家养病反把这病养家了</u>，不肯离开她，所以她终年娇弱得很，愈使她的半老丈夫由怜而怕。（钱锺书，1980：229）

译文：

　　Since being installed in her new home, the second Mrs. Wang had not <u>given birth</u> but merely <u>taken sick. She had begun by nursing her illness at home only to end up making a home for her illness.</u> It would never leave her, and she remained quite weak and delicate all year round, which made her middle-aged husband go from pity to fear. (Qian, 2006: 251)

　　原文中的"生孩子"和"生病"分别被译为"given birth"和"taken sick"，并不违反英文的词语搭配规则，动词"given"和"taken"意义相反，再现了原文中利用多义字"生"取得的幽默效果。此外，"在家养病"中的"家养病"和"把这病养家了"中的"病养家"字序颠倒，饶有风趣。译者将之分别译为两个与"home"相关的英文表达"nursing her illness at home"和"making a home for her illness"，表意准确，也颇具诙谐逗趣之感。

原文：

　　鸿渐情感像个漩涡。自己没牵到，可以放心。但听说孙小姐和旁人好，又刺心难受。<u>自己并未爱上孙小姐，何以不愿她跟陆子潇要好？孙小姐有她的可爱，不过她娇媚得不稳固，娇媚得勉强，不是真实的美丽。脾气当然讨人喜欢——这全是辛楣不好，开玩笑开得自己心里种了根。</u>（钱锺书，1980：243）

译文：

　　Hung-chien's emotions were like a whirlpool. **He** hadn't been dragged in himself, and so **he** could relax, but when **he** heard that Miss Sun was close to someone else, it stung **him** painfully. *I'm not in love with Miss Sun, so why should I object to her being on close terms with Lu Tzu-hsiao? Miss Sun is cute in her own way, but her charm is unnatural and contrived and she isn't a true beauty. Of course, she does have a likeable disposition. It's all Hsin-mei's fault, because his joking put ideas in my head*. (Qian, 2006: 267)

申丹（2002：13）指出，文学翻译中的人称转换有重要的文体价值与主题意义。由于叙述形式改变后，人物的内心想法具有主观性和不可靠性，叙述形式的改变有助于体现人物特有的情感，对于人物塑造有重要意义。上述译例体现出企鹅版译本对叙事角度的调整。原文是对方鸿渐心理活动的描写，暗示了他对孙小姐的情感变化。译文自第三句起转入了自由直接引语，不再使用第三人称"he"，转而采用第一人称"I"，前者是对人物冷淡平静的客观化描述，后者转为人物内心的主观想法描写，更直接、生动地展现出方鸿渐对自我情感的质询，也凸显了他不安焦虑的心情，以及瞻前顾后、优柔寡断的性格，产生了更突出的情感效果。同时，为缓和这种由人称转变带来的不协调感，译者将这段心理描写改为斜体形式，使得译文的叙事角度转换更为平顺自然。

综合以上分析，能发现"企鹅经典"在选材上注重译本的完整性和忠实度，并强调译本对原作核心审美价值的传达。本书将在下一节讨论"企鹅经典"在推进作品经典化进程中的具体翻译策略。

第二节 "三位一体"："企鹅经典"的翻译策略

翻译研究经历"文化转向"之后，翻译不再被视为机械的语言转换活动，译者的主体性、创造性得到充分重视。由于源语与目的语语言文化存在差异，译者对原文的操纵和改写在所难免，因而原文的形式特征并非原封不动地被转移至另一种诗学与意识形态语境中。翻译不是对原文意义的复制与延续，而是创生与重构。正如韦努蒂所言，"经典一经翻译，它的语言与文学本性将彻底改变，它在源语文化中所获得的价值也将发生改变"（Venuti，2008：28）。这也意味着，单靠原文的艺术与美学深度，一国经典无法在漂洋过海后依然立于不朽之地，译文文本的审美价值同样是翻译文学经典化重要的美学基础。

翻译与经典的关系是双向、互利互惠的。在第二章第二节中，我们已探讨过翻译对于跨国文学、民族文学与世界文学经典化的关键作用。卡萨诺瓦认为，翻译是文学作家或作品被"神圣化"（consecration）的主要工具，它也是边缘化作家与作品竞争世界文学中心地位的重要武器（Casanova，2004：133）。简单来说，翻译的经典建构功能主要体现在两方面。首先，通过翻译，文学作品的价值在异域得到延续，其被赋予来世生命，这使得对文本的阐释不断循环、再生，打开了广阔的言说空间，它因此跻身经典行列。可以说，当译者选定一部作品，认为有必要将它移植到另一种文化土壤中时，该作品的经典价值便已得到初步彰显。由于译者不遗余力地进行再创作，许多原本默默无闻的作品被推上神坛、成为经典。对于那些原本在源语国便享有尊贵地位的作品，翻译能使其生命力进一步增强，从而在异域续写辉煌，经历"再经典化"或"经典重构"（re-canonization）；同时，它们也可能因为翻译质量欠佳或接受国语境的排斥失去经典身份，沦为无名之作，经历"去经典化"。此外，翻译对文学经典建构的推动不仅通过译文文本本身实现，也有赖于与翻译行为相伴相生的一系列附加文本，如因翻译产生的书籍简介、广告、书评、学术研究与教科书等，这些进一步推动作品在译语地区的出版、学术、教育等机构内流通。

另外，文学经典的生成与革新会推动翻译实践的发展；通过经典化机制的运作，翻译重塑民族文学、构筑民族文化的价值也愈加凸显。事实上，文学经典本身的特性决定了它被翻译是一种必然。克默德指出，经典之所以成为经典是因为意义的开放性，这使其在无限变化的情境下永葆生机（Kermode，1975：44）。换句话说，人们对经典的阐释不可穷尽。具有开放性意义的作品能在异域拥有强大的生存空间，适应另一种文化与社会语境对它的解读，这本身便为翻译提供了得天独厚的土壤。

本雅明在《译者的任务》（The Translator's Task）一文中明确地指出了翻译与文学经典的这种互动关系："与其说翻译为作品的荣耀做出了贡献……不如说翻译的存在依赖于作品的荣耀。"他认为原作在其生命的历史中诞生，成型，代代相传，当原作在其持续的生命中获得荣耀时，超越信息传递行为的翻译便由此诞生，在翻译中，原作的生命不断更新，获得了最持久、最全面的发展（Benjamin，1923/2012:76—77）。

我们在研究"企鹅经典"中的翻译文学作品时，也必须承认译文文本的审美与艺术品质是经典化的内因，承认译者主体性、创造性的中心作用。入选译本尽管在翻译风格、方法上各有侧重，但还是体现出某些共通之处。在探讨具体的经典化翻译策略之前，我们将通过梳理"企鹅经典"的历史源流，了解该丛书自创立以来所倡导的翻译理念。

一 "企鹅经典"翻译观的演变

结合企鹅官网提供的介绍信息 ①，我们得以大致了解半个世纪以来，"企鹅经典"丛书翻译理念的变迁。20 世纪 40 年代，里乌完成了荷马史诗《奥德赛》的翻译，它的出版标志着"企鹅经典"丛书的诞生。相比过去的译本，里乌在翻译上以自然流畅的文风著称，采取散文体译诗，力图以"优美的现代英语向普通读者展示不同语种的经典作品"（Rieu，2003：vii）。他表示，翻译"最初的计划，是想让人们从中获得乐趣，而非教育"，"阅读经典应当成为每一个读者的权利，而非少数精英的专属"。因而在创立之初，丛书的翻译理念也与这一愿景相契合，以平民化、通俗化为原则，不提供注释或其他学术参考工具，旨在"向读者提供忠实原文，同时又无损阅读趣味的世界文学佳作"。企鹅在战时积累的读者基础、品牌光环，以及译作本身的精湛文笔，使里乌的《奥德赛》译本一经出版便大获成功。奥德赛历经劫难重归故里的故事，给饱经战

---

① 参见企鹅官网（http://www.penguin.com/static/html/classics/history.php）。除特别注明外，本节引文皆出于此。

乱、渴望回归安宁的英国人民带来了重获幸福的希望。

其后二十年里，里乌一直担任"企鹅经典"丛书主编，由他经手出版的外国文学作品多达 200 多部。早期"企鹅经典"译本的后几页均印有里乌撰写的出版方针："本丛书创立的目的在于为英语读者提供最优秀、最恒久的外国文学经典新译本，包括古典、中古与现代作品。我们认为，因为太多生硬、陈腐或不地道的英文译本盛行书市，那些不熟悉某种外语的读者被剥夺了享受该国文学作品的乐趣。"（Eliot，2018：vi）据此，他亲自为每一部作品挑选译者，希望他们能效仿自己的翻译风格，注重译本的可读性、趣味性。具体来说，译者须"摒弃不必要的阅读障碍、累赘的术语与陈旧的表达方式，避免使用令当代读者反感的外国习语"，"遵循'效果对等'的指导原则，为读者提供与原作同时代读者相同的阅读乐趣"（Eliot，2018：xiii）。最初，他心目中的理想译者是高校教师，但他们大多文笔不佳，还常常为原文语言形式所缚。于是他转而接洽罗伯特·格雷夫斯（Robert Graves）、雷克斯·华尔纳（Rex Warner）、多萝西·塞耶斯（Dorothy L. Sayers）等专业作家，他们的创作有些以博学见长，有些则显示出强烈的个人风格。对里乌而言，这些"作家经验丰富、值得信赖……能以令人愉悦的方式再现原作内容"（Eliot，2018：xiii）。

1968 年，文学期刊《阿里昂》（*Arion*）秋季刊发表了关于"企鹅经典"丛书的一系列书评，其中某些评论家对"企鹅经典"译本提出了批评，认为翻译缺乏创造性。里乌退休后，他的继任者贝蒂·雷迪斯（Betty Radice）作为主编专门撰文回应，阐释了丛书的翻译理念。从这篇文章中，我们可以进一步了解"企鹅经典"鲜明的译本编辑风格。首先，雷迪斯对译者创造性和主体性的边界问题进行了讨论。"一个译者越有创造性，他的翻译手法就越主观，越容易引起争议。庞德的翻译改变了我们对译文与原文关系的理解，但那些令人困扰的问题一直存在：译者能在多大程度上介入原文和读者之间进行干预？庞德对普罗佩提乌斯（Propertius）的创造性英译是不是一种欺骗？"雷迪斯认为，翻译并非完全主观的行为，译者在再创造的过程中必须忠实呈现原文的写作风格，避免读者对原作产生误解。"如果我们直接将卡图卢斯（Catullus）

想象成一个愤怒的罗马青年，将普罗佩提乌斯视为罗马版的庞德，如果我们在翻译中远远偏离希腊古典剧作家的口语风格，用我们当代的句子对原作进行修剪，这很有可能是一种篡改，因为我们遮蔽了原作的本来面目……对那些我们认为当代已不适用的内容进行删减或概述，这也是一种对原文的扭曲。"例如，塞涅卡（Seneca）的悲剧作品以其华丽的文辞闻名。《阿里昂》上发表的译文言辞犀利，极富感染力，但未能捕捉到原文极具个性的风格神韵，那种独属于古罗马作家的深度与厚重感。"企鹅经典"译本虽然行文艰涩，却更忠实于原文风格，这种深奥的风格来自塞涅卡本人，而非译者，尽管它已经不符合我们当代读者的审美口味，但它曾深受伊丽莎白与詹姆斯一世时代剧作家的仰慕。在最后，雷迪斯总结道，"企鹅经典"丛书的目标是"博学而不迂腐，呈现杰出的、具有恒久价值的当代文笔，发掘那些能将古典诗歌传达给大众读者的诗人，与此同时，去启发而又不激怒那些能读懂原作的人"（Radice，1969：130-138）。

随着"企鹅经典"的出版规模与声誉不断扩大，丛书的读者结构也在悄然发生改变。企鹅意识到，该丛书早已成为英语教育界中的一股重要力量，其图书纷纷走进课堂，成为珍贵的文学教材。"如果不了解史诗《伊尼亚德》（The Aeneid）的整体风格，读者能够真正理解《伊尼亚德》第五卷的内容吗？"为了应对这一挑战，丛书越来越重视译本的教学功能，为再版图书添加更完备的专家导言、参考文献和注释，并对已经绝版的译本进行重译或修订，以满足高校对古典文学译本的需求。

过于厚重的学术型翻译难免造成部分图书销量下滑，因而"企鹅经典"在翻译理念上也开始面临艰难困境，既要吸引普通读者，又要满足学术与教育市场的需求。但雷迪斯始终坚信，"在提供翔实、权威学术知识的前提下，依然充满魅力"的翻译作品是存在的。事实上，她本人的译作《小普林尼的书信》（The Letters of the Younger Pliny，1963）便是典范之一。正因为此，丛书编辑对翻译的难度与重要性有充分认识。雷迪斯的同事、另一位联合主编坚持翻译是一项专业性极强的工作，必须确保企鹅的每一位译者获得合理报酬，同时，翻译应当做到"不倍本书"。

1966 年，"企鹅经典"的子系列"企鹅英国文学书库"诞生，以文本的准确性与权威性为至上准则。19 世纪的英语文学出版业一度混乱不堪，大多数出版商只是将现有译本重印了事，逐渐积累了许多印刷错误，因而编辑的第一要务是确定可供出版的权威文本。同时，编辑在出版时还必须提供介绍历史背景的批判性导语，置文本于"历史、作者生平、社会语境"的网络中，并阐释文本对现代社会生活的重要意义。"无论是普通读者、高三学生，还是大学新生，都会发现'企鹅经典'是他们不可或缺的选择。"而这一思想也影响了"企鹅经典"对外国文学图书的翻译导向，即不满足于市场上通行的现有译本，坚持为读者提供完整、权威、符合时代语境的新译本。

通过以上信息，我们不难发现，在"企鹅经典"翻译观中，趣味性、忠实性与学术性"三位一体"、互相制约。正如蓝诗玲在企鹅版鲁迅小说译本中所说的那样，译者追求的是"对原文阅读体验忠实的再创造"（faithful recreation of original reading experience）（Lovell，2009a：xliv）。为使学术圈以外的非专业人士也能读懂外国文学经典，有必要提供评论性的导言和学术知识，但译本的学术性不能损害阅读的趣味性，译本要以出色流畅的文笔为读者保留良好的阅读体验。此外，"企鹅经典"对译本趣味性的强调并不以牺牲翻译的忠实性为代价，"企鹅经典"更不以译者的创造性改变原作的真貌与特有风格。

显而易见的是，"企鹅经典"的翻译策略始终与该丛书的目标读者（英语世界普通读者）密不可分。雷迪斯曾这样总结"企鹅经典"的成功经验：

> "企鹅经典"编辑们努力的目标是为读者提供生动、有趣而又准确的译文。他们了解翻译是一门创造性艺术、一项学术性实践，只有读者从中获得乐趣，这项艰巨的任务才算真正成功……与此同时，我们长期保持翻译修订机制，尤其是对于那些希腊语与拉丁语作品，我们需要不断添加更完整的注释、更新参考资料，邀请专家撰写导

言，以满足读者日益增长的教学需求。正是这种前瞻性与反思性为"企鹅经典"提供了光明的未来。

综上，"准确性"（忠实性）、"学术性"与"趣味性"（平民化）应当是"企鹅经典"丛书翻译理念的几大关键词。那么，人选该丛书的中国现代小说译本是否符合这些翻译标准？如果符合，这些翻译策略又如何创造译本审美价值，推动中国文学作品在英语世界的经典化？本书将从忠实性、学术性与平民化三个方面，探析"企鹅经典"译者采用的经典化翻译策略。

二　忠实性："陌生化"翻译策略

如前文所述，"忠实性"首先指大部分译本严谨、完整、全面，体现出"企鹅经典"丛书对译本权威性与准确性的重视。其次，在涉及中国特色文化表达时，译者通常采用音译、直译、直译加解释或补偿等方法再现源语语言及文化的异质性。无论是古典文学还是现代文学，企鹅都要求其译者尽力保留原作风貌。如企鹅版《浮生六记》的译者白伦（Leonard Pratt）在导言中表示，其翻译目的是确保译文"清晰易懂并最大程度地忠实原著"，为当代英语读者提供作品的全译本（Pratt，1983：14–15）。《倾城之恋》与《半生缘》的译者金凯筠也在导言中提及，自己翻译的目的是再现张爱玲原文带给读者的心理与感官体验（Kingsbury，2007a：xvi）。

忠实翻译能有效营造译文的"陌生化"（defamiliarization）效果，满足译语读者对"他者"文化的兴趣与审美需求，通过新奇的文学意象与语言特征延长读者的感知时间、增强读者的审美快感，从而有力推动翻译文学在异域的经典建构。什克洛夫斯基的"陌生化"理论是俄国形式主义文论的核心概念之一。该理论认为，"陌生化"是艺术加工必不可少的方法，它将本来熟悉的对象变得陌生起来，使读者在欣赏中感受到艺术的新颖别致，增加读者审美感知的难度，延长其审美感知的时间。读者的审美感知时间越长，作品的艺术感染力也就越大。而艺术"陌生化"的前提即语言的"陌生化"（朱立元，2014：33）。

形式主义"陌生化"大体是针对语言层面提出的，是一种突破日常生活语言的艺术创作技巧，"陌生化"的语言形式因颠覆传统与常规而更具文学性。事实上，将陌生感视作审美要素的观点在中西方文论中由来已久，亚里士多德与黑格尔等哲学家均提到惊奇感在审美认知与审美效应中的重要作用（亚里士多德，1962：55；黑格尔，1979：23）。明代文学家徐渭论诗时也说，令人"如冷水浇背，陡然一惊，便是兴观群怨之品"（徐渭，1983：482）。第一个将"陌生化"与文学经典问题相结合的理论家是哈罗德·布鲁姆。布鲁姆认为，"一部文学作品能够赢得经典地位的原创性标志是某种陌生性（strangeness），这种特性要么不可能被我们完全同化，要么有可能成为一种既定的习性而使我们熟视无睹"。无论是《神曲》《失乐园》《浮士德》还是《尤利西斯》，它们都存在一种共有的怪异特征，使读者在熟悉的环境中产生陌生之感（Bloom，1994：3）。在其2011年的著作《影响的解剖：作为生活方式的文学》（*The Anatomy of Influence: Literature as a Way of Life*）中，布鲁姆进一步阐释了"陌生性"的含义："'陌生性'是经典的特性，是崇高文学的标志……'陌生性'就是新奇感（uncanniness）：一种对习以为常、司空见惯事物的疏离。"（Bloom，2011：19）

形式主义"陌生化"与布鲁姆的"陌生性"都强调创作中的推陈出新能增强作品的文学性与原创性。但两者之间不能简单地画上等号。布鲁姆的"陌生性"不是一种在语言形式或戏剧手段上进行颠覆的艺术技巧，而是对前辈"经典"作家的突破与超越。作者在"影响的焦虑"（the anxiety of influence）下，与过去的经典展开诗学竞赛，在对前人文本的误读、修正与超越中创造出强有力的、独具原创性的文本。换言之，经典作家之所以脱颖而出，是因为他们不被这种"影响的焦虑"所左右，能够建立独特而有别于传统的文学模式与形象。布鲁姆以莎士比亚为例阐释这种"陌生性"的含义：早期莎士比亚作品中的反派脱胎于文学先驱马洛笔下的巴拉巴斯，如《威尼斯商人》中的夏洛克是对巴拉巴斯的创造性误释,而《奥赛罗》中的伊阿古则标志着莎士比亚完全摒弃了马洛的反派形象。莎士比亚通过坚持不懈的探索消弭了前人作品的艺术影响力,马洛逐渐成为人们在创作中不必一味遵循的模式(Bloom,1994:9)。相对于形式主义"陌生化",布鲁姆的"陌生性"含义并非局限在陌生语言要素的使用上,而是包括更广泛的创作要素,即布鲁姆所说的"审美的力量",如"娴熟运用的形象语言、原创性、认知能力、知识与丰富的词汇"等(Bloom,1994:29)。

至此,我们对"陌生化"与"陌生性"的讨论都只局限于单一语言内部的文学创作方面。如果说,民族文学中的"陌生化"手法是将人们习以为常的熟悉对象处理为新颖别致、具有陌生感的事物,从而增强审美效果、制造文本的"经典性",那么在翻译文学作品中,译者忠实于原文,通过异质的文学语言形式,再现令译语读者陌生的文化意象与文学主题,也能达到相似的效果,因而这也应当被视为推动翻译文学经典建构的有力手段。民族文学的"陌生化"来自作家的艺术性加工,将"已知"转为"未知";而翻译文学的"陌生化"则来自译者自觉选择的翻译策略,即保留原文语言与文化的异质性,将"未知"再现为"未知"。甚至在某些情况下,译者通过发挥主动性与创造性,能将原文中"非陌生化"的语言形式("已知")转变为"陌生化"的表达("未知"),产生令人耳目一新的审美效果。

由是观之,"陌生化"翻译文本指的是文学主题、手段、意象出现反常规、反传统倾向,给予译语读者意外感、疏异感的目的语文本。在西方译学界,与"陌生化"相似的翻译主张并不少见。例如,在"让读者靠近作者"与"让作者靠近读者"这两种翻译方法中,施莱尔马赫(Schleiermacher)偏向于后者,主张使译语读者能体会到阅读源语原作的感受(Schleiermacher,1813/2012:50)。本雅明认为真正的翻译必须是透明的,能够展现语言的异质性,不遮蔽原作的光芒,这主要可以通过"对句法的逐词译"(conveying the syntax word-for-word)实现(Benjamin,1923/2012:81)。安托瓦纳·贝尔曼(Antoine Berman)指出,"民族中心主义翻译"使原文发生了文本变形,使其为译语语言与文化所同化。翻译的伦理在于"以异为异"（receiving the Foreign as Foreign），以直译法（literal translation）抵抗抹杀原文异质性的归化翻译策略，再现原文的差异性，还原其特有的能指过程（Berman，1985/2012：241、252-253）。韦努蒂倡导的异化翻译或抵抗翻译策略（strategy of resistancy）要求在翻译中彰显他者，打破归化翻译的"民族中心主义暴力"（Venuti，1995：306）。与这些翻译主张不同的是，"陌生化"翻译手法是为了增强翻译文学作品的文学性与读者的审美感受，而非为了使读者获得与源语读者相同的阅读效果，也并非为了实现某种翻译伦理与政治议程。"陌生化"翻译并不要求译者始终遵循直译原则，有时甚至会刻意偏离源语语言结构与句法，以制造陌生感。

国内译学界对"陌生化"翻译的研究大多集中在"还陌生以陌生"的翻译原则上，即面对原文作者挑战源语内部习规的语言手法，译者必须将这种反通顺、反逻辑、反语法现象移植到译文中，因而译文文本也会出现语言形式上的变异（王东风，2005；林萍，2014）。对"陌生化"翻译有过较系统研究的是陈琳（2007）的博士学位论文《陌生化翻译：徐志摩诗歌翻译艺术研究》。该文通过分析徐志摩译诗的形式、措辞与意象，指出实现"陌生化"翻译的两种手段：一是异域化（alienization），即在翻译中保留源语文本的语言文化异域特征；二是杂合化（hybridization），即在翻译中将源语文本的语言文化异域特征与目的语可比文本的语言文化特征相杂合。该文认为，"陌生化"翻译能够增加目的语读者的审美难度与时间，增强其审美快感，使其化习见为新知。

值得注意的是，在翻译中使用"陌生化"手法并非一味求新求异，肆意打破译语诗学传统，而是建立在增强翻译文本艺术感染力、满足译语读者对异域文化的兴趣与好奇心理的基础之上。一旦走向极端，过分追求变异与非常规表达，将削弱文本的可读性，使翻译效果大打折扣。其中的分寸唯有经验丰富、双语功底深厚的译者才能把握。

如前所述，民族文学与翻译文学的"陌生性"由来不尽相同。对于源语读者而言，一部中国文学作品本身的"陌生性"可能源自中国文化内部的时代、地域或语言差异。例如，当代的年轻读者也许很难读懂数百年前的文言作品。这种"陌生性"还可能来自原创作品的文学性，来自作者打破传统创作出的新的文学语言、意象与主题。越是经典的作品，它带给读者的文学性与"陌生性"也就越强。当中国民族文学作品漂洋过海，抵达另一种语言文化的属地后，它的"陌生性"也许能得到进一步凸显。一方面，不同文化间的差异会使作品呈现出特殊的异域风情；另一方面，译者有意识的"陌生化"翻译会使这种异质感进一步加深。在入选"企鹅经典"的中国现代小说译本中，"陌生化"翻译策略推动作品经典化的方式有以下几种：（1）打开阐释空间；（2）再现文学语言；（3）构建中国文化。

（一）打开阐释空间

正如新批评家们将优秀诗歌的"张力"（tension）理解为"诗歌中我们所能发现的所有内涵与外延的有机整体"（Tate，1970：83），小说语言的张力也可以通过扩大语言的内涵与外延来实现。克默德认为，"经典总是复杂的，文本的意义总是不确定的，以便我们能够不断填充多元的阐释"（Kermode，1975：121）。经典作品的内在价值经久不衰，其始终保持一种开放性，这种开放性为不同时代不断变化的评说与解读提供空间。经典之所以成为经典，是因为人们对它的阐释永不枯竭，这已成为"经典论战"中颇具影响力的观点，文本的多义性与开放性也成为衡量经典作品的重要标准。如下文的译例所示，"陌生化"翻译策略通过音译或杂合（hybrid）手段，打开了译文在目的语文化中的阐释空间，为经典建构奠定了基础。

原文：

左右首两个太太都穿着黑呢斗篷，翻领下露出一根沉重的金链条，双行横牵过去扣住领口。（张爱玲，2012c：239）

译文：

The two ladies—taitais—immediately to her left and right were both wearing black wool capes, each held fast at the neck by a heavy double gold chain that snaked out from beneath the cloak's turned down collar. (Chang, 2007b: 3)

据《现代汉语词典》，"太太"为旧时对官吏妻子的称呼，或仆人对女主人的称呼，也可表示对已婚妇女或他人妻子的尊称。语言是文化的载体，作为中文称谓词，"太太"一词蕴含着丰富的文化内涵，它不仅指代妻子的身份，也代表着一种阶级与生活方式。同时，太太文化也是张爱玲小说中的常见素材，太太主要"来自旧式的官宦贵族、新兴资产阶级、少量外来移民等"（伍海燕、刘雪芹，2013：18）。民国时期的"太太"称谓具有阶级、性别、身份上的三层文化内涵（侯艳兴，2011：178）。太太们虽然是拥有较高文化素养与富足物质生活的资产阶级，但仍处于旧式社会性别权利体系中，必须仰仗丈夫生活，并因为缺乏独立人格与国民身份遭到知识分子抨击。在小说《色，戒》中，作者呈现的就是以易太太为主的民国太太生活群像。译者不仅将此处的"太太"称谓做音译处理，更是将"易太太""马太太"统一译为"Yi *taitai*""Ma *taitai*"，而非替代为"Mrs Yi""Mrs Ma"等英文常见称谓。如此一来，译文便成为《色，戒》中女性角色群像的特殊标识，释放出"太太"这一能指丰富的社会文化内涵。

除音译外，杂合也是拓宽文本阐释空间、赋予原文新意义的手段之一。"杂合"是文学研究与后殖民主义研究中的常用概念，其中巴赫金（Bakhtin）与霍米·巴巴（Homi Bhabha）的杂合理论影响最大。简单理解，杂合就是不同语言文化相遇、交流、碰撞，最后形成具有多种语言文化特色的混合体。在翻译的各个环节中，杂合现象都普遍存在，既有原文文本的杂合，如多语文本；也有译文文本的杂合，因为在大多数译文中都有多种语言文化成分共存的现象（韩子满，2002：55）。尽管杂合往往是翻译实践的必然结果，但如下例所示，它有时也是译者为引入新异语言、句法、意象或文体而有意选择的"陌生化"手段，以促成不同语言文化的交织互融，打开阐释空间，为形成翻译文学经典的核心品质

"文学性间性"提供了可能。

原文：

马老先生病好了以后，显得特别的讨好。……嘴里哼唧着有声无字的圣诗，颇有点<u>中古时代修道士</u>的<u>乐天爱神</u>的劲儿。（老舍，2008a：147）

译文：

Since he'd recovered from his illness, Mr Ma had been very keen to please others. ...humming wordless hymns, with the air of some <u>Taoist gentlemen of Chinese antiquity</u> rejoicing in thoughts of <u>paradise and immortality</u>. (Lao, 2013b: 164)

小说中，马老先生是中年受洗的基督徒。"中古时代修道士"原本是西方意象，结合上下文中的"无字的圣诗""乐天爱神"等描述，可见该语境中的"修道士"应指西方基督教修道士。然而，译文"Taoist gentlemen of Chinese antiquity"却将作为喻体的西方修道士转变为中国道士。此外，在"乐天爱神"的翻译中，译者使用了基督教文化的典型意象"paradise"，并以"immortality"呼应中国道教长生不死的理想，实现了中西宗教文化的并置，拓展了译文阐释的空间，也暗示了老马出于功利目的加入基督教，实则内心并不认同基督教信仰的复杂心态。

原文：

"杀人成了一种<u>艺术</u>，"我说。猫语中没有"<u>艺术</u>"，经我解释了半天，他还是不能明白，但是他记住这两个中国字。（老舍，2008b：30）

......

"幸而有那<u>艺术</u>"，他指着我的手枪，似乎有些感激它。后来他把不易形容的东西都叫作"<u>艺术</u>"。（老舍，2008b：32）

……

他似乎不愿意回答，跟我要一根**艺术**，就是将要拿去给皇帝看。（老舍，2008b：32）

……

兵们摘叶的时候，若私藏或偷吃一片，大蝎告诉他们，我便会用张手雷劈了他们。张手雷便是那把"**艺术**"。（老舍，2008b：49）

译文：

"Killing has become a kind of art," I observed. Since there is no word in Felinese for "art", I used our Chinese word, *yishu*. I explained its meaning to him at great length, but he still didn't understand it. However, he did succeed in learning how to say this one Chinese word. (Lao, 2013a: 33)

...

"Fortunately you scared them away with that *yishu*," he said, pointing at my pistol as though he felt especially grateful to it. (After that he began calling anything that was difficult to describe as *yishu*.) (Lao, 2013a: 36)

...

He didn't seem interested in answering my question, but rather asked me if I'd give him a stick of *yishu* so that he might show it to the emperor. (Lao, 2013a: 36)

...

If the soldiers, while harvesting the leaves, were to try to hide any of them away or eat them on the sly, then I, as direct representative of the Great Spirit, would strike that erring soldier with a bolt of lightning from my hand. The source of that "lightning" would be, of course, the *yishu* that I carried tucked inside my belt. (Lao, 2013a: 57)

小说《猫城记》中，猫人因争抢迷叶自相残杀，地主则雇佣外国人迫害百姓，"杀人的方法差不多和作诗一样巧妙了"。"艺术"的词典意义是富有技术、创造性与想象力的方式或方法，此处明显是褒词贬用，以讽刺猫国政治腐败、统治者残暴无道、国民愚昧野蛮。"艺术"在整部小说中屡次出现，猫国地主大蝎不了解"艺术"的用法，他看到"我"开枪吓走了其他猫人，发现手枪可以用来威吓百姓，便将手枪称作"艺术"，因而他口中的"艺术"与该词的本义无关。"艺术"可以指自保的工具、外国人带来的陌生物品，或镇压百姓的武器。译者同时用中英文两种方法翻译"艺术"，首先用 "killing has become a kind of art" 揭露地主大蝎的肆无忌惮，而后用中文音译 *yishu* 表示猫人口中的"艺术"，用以强调这一词语在小说不同语境中的多重含义。译语读者可以对它进行多种阐释，也能更深刻地体会到猫国众生的滑稽与荒唐。

（二）再现文学语言

什克洛夫斯基认为，艺术"陌生化"的前提是语言"陌生化"。日常语言要转化为文学语言，必须经过艺术家的扭曲、变形或陌生化。换言之，文学语言是陌生化的产物（朱立元，2014：35）。布拉格学派的代表人物穆卡洛夫斯基（Mukarovsky）同样认为，文学作品的"前景"或"文学性"是一种语言的变异，这种变异建立在常规语言的基础之上，特点是陌生化、反逻辑、颠覆性，带给读者意外与新奇之感（Mukarovsky，1964：28）。就翻译文学而言，源语中那些中规中矩的惯常表达经过译者的"陌生化"处理，同样会偏离或打破译语规范，挑战译语诗学传统，成为令目的语读者倍感新鲜的文学语言。

在入选"企鹅经典"的中国现代小说译本中，这种"陌生化"翻译大多由直译手段实现，通过直译引入源语中的语言搭配、意象或修辞，但目的语读者理解这些译文的难度较小。

原文：

吃豹子胆（张爱玲，2019：34）

译文：

be brave enough to eat a leopard (Chang, 2007a: 51)

原文：

喝西北风（张爱玲，2019：235）

译文：

nothing to eat or drink except the northwest wind (Chang, 2007a: 197)

原文：

无事不登三宝殿（张爱玲，2019：7）

译文：

no one climbs the jeweled staircase without reason (Chang, 2007a: 16)

原文：

跳到黄河里也洗不清（张爱玲，2019：9）

译文：

There's no way to get clean again, not even if she throws herself into the Yellow River (Chang, 2007a: 17)

原文：

狐群狗党（张爱玲，2019：239）

译文：

pack of foxes and dogs (Chang, 2007a: 203)

原文：

七窍流血（老舍，2008b：127）

译文：

spouting blood from all seven bodily openings (Lao, 2013a: 151)

原文：

千刀万剐（老舍，2008a：13）

译文：

gradual dismemberment and death by ten thousand slices of the sword (Lao, 2013b: 15)

原文：

三下五除二地灌下去了（老舍，2008a：119）

译文：

poured three fifth of the jug of water down his throat (Lao, 2013b: 134)

原文：

皇帝万岁万万岁（鲁迅，2013:28）

译文：

wishing the emperor "Ten thousand thousand thousand thousand thousand years" (Lu, 2009: 112)

"吃豹子胆"与"喝西北风"是中国读者耳熟能详的表达，但在英文中，"eat a leopard"和"eat or drink the wind"是十分新奇怪诞的搭配。其中，"吃豹子胆"的准确含义应为"be as brave as a leopard (as he has eaten the gall of it)"，但"be brave enough to eat a leopard"也能取得相似的语义效果。其他译例则保留了原文中的比喻、夸张、重复、用典等修辞，以及修辞中的具体意象，能给目的语读者带去新鲜感与陌生感，读者依据常识便可顺利理解译文含义。相比意译版本，西方读者能从直译译文中最大限度地了解中文习语的文化背景、美学情感、价值观念与思维方式。这种打破英文惯常表达的语言风格也有助于构成译文文本的"前景"，即文学性。

某些"陌生化"译文会让目的语读者"颇费思量"，需要他们根据上下文语境仔细推敲习语本义背后的深层含义，透过现象看本质。

原文：

他没有这欲望要和任何人谈论曼桢，因为他觉得别人总是说些隔靴搔痒的话。（张爱玲，2012a：90）

译文：

He had no desire to discuss Manzhen with anyone: talking about it would only miss the point, like scratching a shoe to get at an itchy spot underneath the leather. (Chang, 2014: 93)

原文：

四奶奶索性冲着流苏的房间嚷道："我就是指桑骂槐，骂了她了，又怎么着？骂了她了，又怎么着？……"（张爱玲，2019：170）

译文：

Fourth Mistress turned to Liusu's room and shouted, "I may be pointing at the mulberry but I'm cursing the locust tree. And why shouldn't I curse her?..." (Chang, 2007a: 125)

原文：

"好哇！国家，国家，国即是家！你娶了苏小姐，这体面差使不就是你的？""呸！要靠了裙带得意，那人算没有骨气了。"（钱锺书，1980：138）

译文：

"Oh boy! The country, the country belongs to that family! If you'd married Miss Su, wouldn't that prestigious post be yours?" "Phooey! If a man has to hold on to a woman's apron strings to advance himself, then he has no will of his own." (Qian, 2006: 149)

原文：

他所说的"让她三分"，不是"三分流水七分尘"的"三分"，而是"天下只有三分月色"的"三分"。（钱锺书，1980：112）

译文：

The "three parts" referred to in "give in to her three parts" was not the "three parts" of "three parts water, seven parts dust", but rather the "three parts" as in "There are but three parts in the moonlight in all the world", which simply means total surrender. (Qian, 2006: 120)

原文：

两年后到北平进大学，第一次经历男女同学的风味。看人家一对对谈情说爱，好不眼红。（钱锺书，1980：7）

译文：

Two years later he went to Peking to enter a university and had his first taste of co-education. Seeing couple after couple in love, he grew red-eyed with envy. (Qian, 2006: 10)

原文：

辛楣一肚皮的酒，几乎全成酸醋……（钱锺书，1980：98）

译文：

The wine in Hsin-mei's stomach turned into sour vinegar in his jealousy. (Qian, 2006: 106)

"隔靴搔痒"指文章或说话不透彻、不贴切，不能切中要害。"指桑骂槐"指表面骂一个人，实际影射另一人。"裙带"原指女子束裙所用腰带，常被用来指与妻女姐妹的关系，带有讽刺意味。以上译文均采用直译法保留原文意象与句法，将领会习语核心含义的任务留给了目的语读者。例如，第一例采用直译加意译法，将"隔靴搔痒"译为"it would only miss the point, like scratching a shoe to get at an itchy spot underneath the leather"，读者根据译文语境可推断习语含义；第二例中，通过四奶奶冲流苏房间嚷叫的动作、内容，以及上下文中白家众人的反应，读者可推断出"指桑骂槐"的意思；第三例的"hold on to a woman's apron strings"仅传达了"裙带"的字面意思，但读者可依据上文对话中"娶了苏小姐便能获得体面差事"这一关联信息理解"裙带"的真正内涵，即通过妇女姻亲关系获取利益；第四例中，周经理规劝方鸿渐让周太太三分，要传达的信息重点在于，他所说的"三分"不是十分中的三分，而是全部的三分。单看"让她三分"的译文，读者或许难以理解"give in to her three parts"的意思，甚至可能产生误解。但联系前文中周经理对太太的百般迁就，以及上下文中反复出现的"[he] always give in to her three parts of the way""he had always yielded to her every wish""total surrender"等表述，读者也不难领悟这句话的含义。可见，读者在阅读"陌生化"译文时往往需要付出更多的脑力成本，其通过延长读者的审美时间、增加读者的审美难度，使读者感受到语言的新颖别致。"审美感觉的过程越长，文学作品的艺术感染力就越强。"（朱立元，2014：34）

在传达原文语言特色上最为明显的是《围城》译本，译语带有明显的"中式英文"风格，甚至是半中半英的语言混合体（half-breeds）（Hu，1982：133）。例如，在中文中，"眼红"与"吃醋"等表达再平常不过，但英文读者无法建立"red-eyed"与"envy"、"vinegar"与"jealousy"之间的语义联系。根据《牛津英语大词典》的释义，"red-eyed"在英语文化中除用在医学或动植物学术语中外，主要表示由缺乏睡眠引起的眼眶发红现象，而"vinegar"的引申义常与痛苦、悲伤等感受有关。尽管上述译文打破了英文表达规范，也有引起读者误解的风险，但从积极的角度看，其有助于英语读者在颇具挑战性的阅读体验中领会原文生动的文学语言，感受陌生的语言文化与思维方式。

当然，在翻译与中国文化有关的意象时，直译是一着险棋。如若失去分寸，便会适得其反，令读者感觉不伦不类，甚至成为"硬译"或"死译"。但对于想要将中国文学语言原汁原味传达给西方读者的译者而言，直译是首选的"陌生化"手段。此外，"陌生化"翻译也可通过增译、替换等方式实现。

原文：

辛楣道："不管她。这都是汪太太生出来的事，'解铃还须系铃人'。我明天去找她。"（钱锺书，1980：260）

译文：

"Never mind her," said Xin-mei. "Mrs Wang is the one who started it all. 'whoever ties the bell around the tiger's neck must untie it.' I'm going to see her tomorrow." (Qian, 2006: 284)

"解铃还须系铃人"源于南唐时法灯和尚与住持的一段对话。住持询问谁能将系在老虎脖子上的金铃解下来，法灯和尚答道，只有那个把金铃系到老虎脖子上的人才能做到。后人用该成语比喻谁惹的祸事由谁来解决。这句话直译为"whoever ties the bell must untie it"完全可行。但译者追根溯源，揭示了这句话的由来，重现了原文中省略的生动典故。此外，译者通过还原"老虎"意象也能更准确、具体地向读者强调解铃之举颇具难度。

由以上译例可知，"陌生化"翻译策略的常见做法是化源语中的"未知"为译语中的"未知"，还陌生以陌生。原文中令西方读者感到的"未知"往往是两种语言文化之间的差异带来的隔阂与距离，而保留这种隔阂与距离恰恰是增强审美效果与艺术价值、维持作品文学性与经典性的手段。在某些情况下，译者甚至会将原文中的"已知"转为译文中的"未知"，参见下例。

原文：

把总近来很不将举人老爷放在眼里了，拍案打凳说道，"惩一儆百！"（鲁迅，2013：35）

译文：

The captain had of late been showing a distressing want of respect for the esteemed man of letters. "Kill a chicken, and you'll scare the monkeys!" he declared, thumping the table. (Lu, 2009: 121)

这一例中，译者并未将"惩一儆百"直译为"punish one as a warning to others"，或意译为"use somebody to set an example"，而是基于对中国语言文化的了解，将其替换为另一个中文成语"杀鸡儆猴"，并再现成语中的生动意象。与前两种译法相比，这一译法所传达的异质成分最多，读者所体会到的语言陌生感与审美效果也最为强烈。

（三）构建中国文化

译者通过直译或音译加解释的方式，在译文中补充译语读者不了解的中国历史文化背景，构建中国文化图景，确保译文体现出中国文化的深度与底蕴，以满足译语读者对中国文学与文化的好奇心理，这也是推动作品经典化的方法之一。如以下译例所示，对于原文中的人名或历史事件，译者可采用文内隐注法，作为对直译或音译的补偿策略，在译文中提供必要的背景知识。

原文：
> 对于中国事儿，上自伏羲画卦，下至袁世凯做皇上，（他最喜欢听的一件事）他全知道。（老舍，2008a：11）

译文：
> He knew everything there was to know about China, from the ancient sage ruler and demigod Fu-hsi, who invented the divination hexagrams and Chinese characters, right up to President Yüan Shih-k'ai, who'd tried to set himself up as emperor in 1915. The latter endeavor the Reverend Ely greatly approved of. (Lao, 2013b: 13)

除历史信息外，风俗民情也是构建中国文化形象的重要部分。例如，

"男女授受不亲"与"敬而远之"颇能说明中国封建社会中的性别关系，译者通过"陌生化"手段为读者补充了这些俗语的来源与具体含义。

原文：

莫非<u>男女授受不亲</u>，在火星上也通行？（老舍，2008b：23）

译文：

Could it be that <u>the rule set down by our ancient Chinese sages proscribing physical contact between members of the opposite sex when things are given or received</u> was practised here on Mars too? (Lao, 2013a: 26)

原文：

<u>敬而远之是我对女性的态度</u>。因此我不肯得罪了这群女郎。（老舍，2008b：83）

译文：

In sum, <u>my attitude to women, is that of Confucius with regard to ghosts and spirits: respect them, but keep them at a distance</u>. But what was the proper way of respecting this bevy of cat-women? (Lao, 2013a: 94)

前一例中，译者详细阐释了俗语"男女授受不亲"的出处与含义，有助于读者了解儒家思想影响下的中国古代交际礼俗；后一例中，译者通过适当增译，在译文中指出"敬而远之"是孔子对鬼神的态度（《论语·雍也》："务民之义，敬鬼神而远之，可谓知矣。"），在最大程度上保留了与原文相关的文化背景。两例中的补充信息均有助于小说的人物塑造与传达原文的幽默效果。

在下一例中，译文中的补充信息能使读者意识到当时中国社会的等级差异。咸亨酒店可被视为中国社会的一个缩影，酒客中的"短衣帮"大多是劳动人民，而"穿长衫的"往往是读书人。两者代表不同社会阶层，展现出截然不同的社会待遇，这种社会地位与贫富的差距能使读者更深刻地理解《孔乙己》的社会历史语境，也为孔乙己的出场和悲剧命运埋下伏笔。

原文：

　　但这些顾客，多是短衣帮，大抵没有这样阔绰。只有穿长衫的，才踱进店面隔壁的房子里，要酒要菜，慢慢地坐喝。（鲁迅，2013：48）

译文：

　　But such extravagance was generally beyond the means of short-jacketed manual labourers, only those dressed in the long scholar's gowns that distinguished those who worked with their heads from those who worked with their hands made for a more sedate, inner room, to enjoy their wine and food sitting down. (Lu, 2009: 32)

下一例体现的是中国人的美学情怀。正如小说《二马》中描述的那样，中国人在任何地方都能发现美，美来自个人内心，来自情与景的结合，因而一个雨雪中的瘦老头也能散发无尽美感。译者的直译处理在最大程度上保留了"烟雨归舟""踏雪寻梅"的画面与意境，以诗性的语言传达了这种独特的审美取向。

原文：

　　烟雨归舟咧，踏雪寻梅咧，烟雨与雪之中，总有个含笑的瘦老头儿。（老舍，2008a：177）

译文：

　　The homeward boat 'mid the mists and rain! Treading o'er the snow in quest of plum blossoms! And amidst the mists and rain and snow there's always a skinny bloke with a smile on his face. (Lao, 2013b: 200)

总体而言，带有"陌生化"倾向的译本能通过打开文本阐释空间、再现文学语言、构建异域文化等方式增强读者对译文审美价值的感知。同时，它还能在一定程度上保证对原文的忠实。众所周知，受西方国家意识形态、诗学传统与赞助人等因素影响，中国现当代文学在英译过程中常遭遇强有力的改写。"这些改写，跨度之大，断裂之深，歧义之多，在很多地方都超越出了一般中国读者的想象。"（王侃，2014：10）1945年，伊文·金（Evan King）翻译的《骆驼祥子》于美国面世，为迎合战后美国读者的心理，译者不仅杜撰了新人物，还将原文的悲剧结尾改写成皆大欢喜的大团圆结尾。葛浩文对姜戎的《狼图腾》也进行了重大删改，从而保证了它在西方语境中的"政治正确"；而他对余华小说《兄弟》的翻译则进行了"去粗鄙化"处理，以迎合英国"保守、理性、诗意与典雅的美学风貌"（顾彬，2009：73；王侃，2014：7）。这几部作品在海外出版后，都曾位居畅销书榜前列，产生了较大的影响，但也遮蔽了原文的真面目，稀释甚至扭曲了中国文学与文化形象。由此看来，"企鹅经典"的翻译在曲解丛生、肆意删减与改写行为司空见惯的中国小说外译实践中实属难能可贵。

三 学术性：文本学翻译策略

大卫·格里瑟姆（David Greetham）将"文本学"（textual scholarship）定义为"与文本发掘、描述、誊写、编辑、注释与评价有关的一切活动"（Greetham，1994：2）。"企鹅经典"编辑与译者在翻译过程中，对译本进行了大量编辑、注释、评论工作，为读者提供了丰富的背景知识与参考资料，这是在翻译中采用文本学策略的一种表现。

与文本学策略相关的翻译方法是丰厚翻译（thick translation），使用的具体手段是编写副文本。丰厚翻译由克瓦米·阿皮亚（Kwame A. Appiah）提出，这一翻译方法"力求通过注释将文本置于丰富的语言文化语境中"（Appiah，1993：817），是一种文化再现的方式，可用于某种政治或教学目的，使读者对不同民族人民的思维与表达方式产生尊重。中国学者张佩瑶也推荐在中国作品外译中采用丰厚翻译方法，并在其编纂的《中国翻译话语英译选集》（*An Anthology of Chinese Discourse on Translation*）中充分实践了这一方法。运用得宜的丰厚翻译方法能使译文中再现的文化显得厚实绵密，"为中华文化塑造出一种复杂多变且有深度的文化身份"（张佩瑶，2012：53）。这些学者的共通之处是将丰厚翻译方法视为文化再现的工具，用以调节目的语读者对他者文化的认识。译者不仅能有效进行语境构建，而且能大量运用副文本有效传达原文中的异质文化因素，促使译语读者尊重源语文化，了解源语地区人民的思维与表达方式，从而帮助构建文本的经典地位。

文本学翻译策略与副文本的使用高度相关。对副文本的研究最为系统深入的学者非热拉尔·热奈特（Gérard Genette）莫属。在他先后写成的《广义文本之导论》（*Introduction à l'architexte*，1979）、《门槛》（*Seuils*，1987）和《副文本入门》（*Introduction to the Paratext*，1991）等论著中，热奈特对副文本的类型与功能做了全面系统的概述，其对副文本定义、内涵的阐释也在不断更新。正如其书名所示，副文本是读者进入文本的门槛，是"围绕文本的所有边缘与补充材料"（Genette，1988：63），它"围绕在文本周围，使文本延伸，更确切地说，是为了'呈现'文本……确保其在世界中在场，以图书的形式被'接受'及消费"。根据副文本的位置，可将其进一步细分为内文本（peritext）与外文本（epitext）。前者包括书名、副标题、序、章节标题、注释、跋、致谢等，后者包括媒体采访、私人书信、日记、出版社广告等（Genette，1997：1-5）。副文本具有特殊的言外意义，其具体作用由实际交际情形的特征决定。作为调节读者与文本关系的工具，副文本以不同方式提供阅读路径，对读者进行引导、建议、控制。

在翻译活动中，译者并不是隐身的传声筒，而是两种语言文化的调节者，译者本人的生活经历、意识形态、政治立场、审美取向将不可避免地影响其对原文的阐释，继而决定译文的形式特征，影响读者对作品的理解。而撰写导言与后记则是译者通过副文本因素引导读者的最直接、有效的手段，是一种译者发挥主体性进行的积极干预行为。在经典建构过程中，导言、后记等副文本功不可没。"副文本虽处于'边缘'的地位，但它们对'中心'的影响、制约乃至控制作用不可小觑，它们参与文本构成与阐释，助成文本的经典化。"（金宏宇，2014：24）例如，有学者曾探讨过副文本因素在巴斯克语文学外译过程中的作用，指出标题、封面等译本内文本与外文本材料在不同目的语境中表现出不同特点，并且积极参与构建巴斯克语作家在译语文化中的地位（Agirrezabalaga，2012）。

（一）译序、导言与后记

与国内出版业实践不同，海外出版社编辑在译本生产、修订过程中有很大的发言权。美国知名丛书"纽约书评经典"主编埃德温·弗兰克（Edwin Frank）曾在纽约市立大学发表题为"一个译者的自白"（Confessions of a Translator）的演讲，阐述出版社编辑与翻译之间的关系。他认为一部优秀译本诞生后，依然需要大量的编辑工作。编辑必须判断：译者使用的表达是否拥有独立的个性，能赋予整部英译本特有的性格？译本是否能像原文一样以某种方式引起读者的兴趣？译者是否能找到恰当的语气传达原文的意思，使英语读者能理解原文作者看待事物的方式？带着上述问题，编辑逐词逐句地阅读译文，提出一系列问题与修改方案并将之反馈给译者，译者提交修订稿后，编辑将再次审阅全文。例如，金凯筠翻译的《倾城之恋》单篇译文原载于香港《译丛》特刊，在翻译中她曾拘泥于原文句式与表达。该译文被收入"纽约书评经典"丛书的译文合集时，主编建议她避免"只见树木，不见森林"的做法，译者据此对译文进行了修订，增强了译文的可读性（Esposito，2011）。

对于"企鹅经典"的读者而言，某些编辑的大名对于他们所负责的图书起着"护身符"一般的作用（Sanders，2013：114）。这句话清晰地揭示了读者对"企鹅经典"编辑的信任，也体现出编辑能影响读者对图书的第一印象。但与"纽约书评经典"不同，"企鹅经典"对译本的深度编辑更多地体现在撰写导言与后记方面，这些材料属于副文本中的内文本，它们往往被精心设计，"以确保读者以［导言／后记作者］所期待的方式理解文本内容"（Genette，1997：197）。几乎每部"企鹅经典"译本都附有译者序跋和长篇导言，以介绍作者生平、写作背景、作品的主要思想和文学成就等。这些材料有时由译者本人撰写，有时由知名汉学家或学者操刀，具有一定的学术价值。

自 20 世纪 60 年代起，企鹅在出版"企鹅英国文学书库"丛书时，便在不断摸索中形成了专业化、统一化的图书编辑程序，为导言与注释的撰写制定了严格规则。时任该丛书主编的大卫·戴希斯（David Daiches）要求所有编辑在处理每部英文著作时做到以下三点：（1）必须保证文本的权威性、可读性，（2）必须撰写生动的、具有批评性与历史意义的导言，（3）必须提供阐释文本的必要注释。以自己撰写的《呼啸山庄》（*Wuthering Heights*）导言为范本，戴希斯对导言的设计还有其他重要建议：首先必须提供重要的人物及历史背景信息，然后再进行作品艺术价值探讨。导言本身必须是"真正生动有趣"的文章，要以普通读者的需求为重，并且"清晰切题，避免学究气的文笔"（Donaldson，2013：118）。在此基础上，企鹅图书总编托尼·戈德温对编辑们提出了两点新要求。一是"国际化"策略，即编辑的导言必须考虑到图书的销售地语境，在行文中避免使用当地读者所不熟悉的文化意象。二是"当下性"策略，即编辑必须在当代欧洲文化语境中对作品进行解读："寻找与该作品中场景相似的欧洲当代文学作品，并在导言中引用部分章节，不失为一条有效途径。"（Donaldson，2013：119）尽管这两点要求听起来有些自相矛盾——引用欧洲文学作品难免会涉及欧洲以外地区读者更不熟悉的意象，但它们是对企鹅平民化导向的有力回应，也体现了重要的文学经典品质。从阐释学角度看，经典中的某些长存之物能够使其超越变动不居的时代观念与趣味，始终与当前的现实状况紧密关联。因而经典与普通作品的区别是其能克服历史的距离，联系过去与现在，始终存在于当前。一个古老的经典文本不会对当代社会丧失意义与影响力，这就是伽达默尔（Gadamer）所说的经典的"无时间性"（Gadamer，1989：

290）。

尽管大卫·戴希斯的主编生涯非常短暂，但从入选"企鹅经典"的中国文学译本看，导言的撰写依然遵循着他最先提出的一系列要求。入选译本的导言多由海外知名汉学家执笔，并始终着眼于普通读者，是学术专业性、通俗可读性、趣味性的有机融合。"国际化"与"当下性"策略也得到有力贯彻，主要表现为导言、后记将入选译本与西方文化语境结合，频繁进行中西文学作品类比，以及强调译本对现当代社会生活的重要意义。

本书考察了丛书中 9 部中国现代小说（集）译本的导言、后记和译序等，发现这些副文本表现出一系列共同特征，它们通过制定某种阐释规则与阅读路径，干预读者对作品的理解，从而构建原文的"经典性"。

1. 定位作品的经典性与文学价值

在导言或后记中点明作品的经典性，尤其是作品的当下价值，以强调选本的合理性、合法性，也许是推动翻译文学经典建构最直截了当的途径。在这 9 部作品的副文本中，它们无一例外地被渲染为中国文学史上最重要、最突出的作品，就审美价值、艺术技法、社会意义而言，无一不是首屈一指的杰作。

《围城》导言由著名中国史研究专家史景迁（Jonathan Spence）撰写，他指出该作品"富有原创性与精神活力、充满智慧与气节，不仅稳居中国文学经典之位，在世界文学语境中也有一席之地"（Spence，2006：x）。由茅国权撰写的后记首先梳理了西方学界对《围城》的文学批评与研究，并在此基础上分析作品的整体艺术风格，赞赏原著为"中国现代最优秀的两部小说之一""一部带有讽刺性质的学者小说"，作者是"现代中国最杰出的学者小说家"等。在谈及作品的文学性时，茅认为作品的结构设计、喜剧表现、讽刺手法、人物塑造均属上乘，深刻揭露了当时知识分子群体的虚伪、贪婪、迂腐，其艺术成就堪比《西游记》《红楼梦》《儒林外史》《镜花缘》等古典文学巨著（Mao，2006：391-410）。

张爱玲的经典性也在其作品的导言与后记中得到了充分渲染：她

是"中国 20 世纪最有才华与最受尊敬的作家之一"；"尽管她大半人生都默默无闻，张爱玲在现代作家神殿中的地位却非常牢固，如果美国读者对这位明星作家感到陌生，多半是因为她深居简出的性格，以及她创作的那个时代的政治局势"（Kingsbury，2014：vii；Kingsbury，2007a：xiv）。同时，导言与后记也强调入选作品在张爱玲小说中有极大的代表性："《半生缘》是张爱玲最受欢迎，也是影视改编次数最多的作品"；"对于荒诞的情感现实最终如何战胜精明、抽象的政治概念，张爱玲在《色，戒》中有着清晰而又令人不安的表述，这也是该题材上她最杰出的作品之一"（Lovell，2007：157）。在《倾城之恋》导言结尾，译者点明了张氏小说的"当下性"："在现代性与战争的破裂无序中，张爱玲小说为我们唤醒或重塑一种古老的人格观念，即便如今的时代已大不相同，它依然令人同时感受到满足与不安。"（Kingsbury，2007a：xvii）

尽管入选的两部老舍小说是国内官方文学史中较为边缘化的作品，它们在企鹅版译本的副文本中却被构建为老舍的杰作、代表作。《二马》导言称赞该作品"也许是中国第一部直面英国对华种族歧视的作品"，展现出大师般高超的讽刺与对话技巧，集对帝国主义的憎恶、对西方社会的好奇与对国人的批判于一身，刻画出 20 世纪初中国爱国知识分子的两难境地（Lovell，2013：xi）。《猫城记》导言的作者是中国研究专家张彦。他认为虽然老舍最知名的作品是《骆驼祥子》与《茶馆》，但《猫城记》"最为淋漓尽致地展现了老舍的才华，是中国现代最杰出、最复杂、最具预言性的作品"。此外，它不仅是一部科幻小说、一部反乌托邦著作，还具有一种普遍性，"当时，东方与西方国家都纷纷堕落为充斥着暴力与兽性的国度，我们不仅可以从中国历史的语境中去理解这部作品，也可以将其视为对那个时代的一种回应"（Johnson，2013：viii）。

蓝诗玲在鲁迅小说译本的导言中分析，鲁迅相较于同时代作家的独特之处在于其高超的叙事技巧、批判精神，以及即便是最黑暗的章节也无法掩盖的幽默讽刺。她点出鲁迅作品的"无时间性"，强调其是经得起岁月冲刷的经典（Lovell，2009b：xxxvi）。旅美华人作家李翊云撰写的后记则回顾了鲁迅在中国被经典化后，对中国文学发展产生的巨大影响。她提到鲁迅小说作为教材读物，曾影响一代又一代中国学生的写作模式。《一件小事》中的那句"他满身灰尘的后影，刹时高大了，而且愈走愈大，须仰视才见"几乎成为中学生作文的固定套路。尽管她受西方文学标准影响，指出鲁迅在写作技巧上存在某些不足，认为意识形态才是鲁迅被经典化的主要原因，但她也强调了鲁迅小说的"无时间性"：鲁迅描述的种种情形在当今中国社会依然适用，这也是其小说长盛不衰的原因。"也许文学不是用来改变世界的，而是那些未曾改变的事物使文学永存。正因为此，50年后，甚至100年后，鲁迅的小说也值得一读再读。"（Li，2009：412-416）

以上导言和后记体现出丛书编辑、译者对中国现代小说经典价值，尤其是普遍性、"无时间性"或当下性的重视。诚如企鹅中国分部主管周海伦所言，"经典是不变的，它可能只是一部年代久远的书，但读者在变。我们必须不断地更新我们呈现经典的模式，使当代读者认识到它至今仍是一部重要的作品"（Zhang，2015）。

2. 突出作者生平的传记式批评

入选译本的导言与后记对作者的生平都有细致研究，试图在作品与作者之间建立有机联系，挖掘两者的相互印证之处。这种策略以作者为中心，从社会学角度探讨文学文本，颇类似传统西方文论中的实证主义手法或传记式批评，即通过搜集与作者有关的传记材料，考察作者的成长环境、早年教育、情感经历等，以形成对作者的整体印象，并以作者为参照评价作品。这种传记式批评能构建作者经历与文本的互文关系，提供理解作品的捷径。

《围城》导言指出，该小说体现出明显的传记性（autobiographical）。钱锺书与方鸿渐均来自中国中部地区的书香门第，都曾出国深造，而后归国；与方一样，钱锺书在战时曾与一群知识分子同在内地教书；日伪政府成立后，与方一样，钱锺书并未表明政治立场，而是在家中低调读书写作（Spence，2006：viii）。当然，这些分析未必能说明方鸿渐以作者本人为原型。杨绛曾强调，《围城》中的故事、人物、情节均属虚构，只是稍有真人的影子，书中人物取材于作者亲属，而非作者本人化身（杨绛，1991/2016：357）。

张爱玲作品的导言与后记则着重描写作者的早年经历对其文学创作的影响：父母失和、家庭暴力、新旧冲突、政治动荡，共同造成了她的不幸童年。这些经历使得家庭剧成为她最擅长的故事题材，而她笔下传统与现代互相角力的景象，正是开明的母亲与守旧的父亲长期矛盾的缩影。例如，在《半生缘》中，对女主人公曼桢的塑造，就是作者深入挖掘本人精神创伤与家庭冲突的成果。小说中的某些感官刻画与情感细节也同时出现在她的其他传记性作品中（Kingsbury，2014：xii）。导言甚至认为，张爱玲的爱情往事也在其作品中留下了痕迹。《色，戒》的后记写道，小说结尾处"回荡着张爱玲幽灵般的冷笑，不仅在嘲笑笔下那个性格懦弱、自欺欺人的女主人公，也在嘲笑自己曾轻易爱上一个情感上不检点的政治野兽"（Lovell，2007：158）。

《二马》导言也详细回顾了老舍的人生历程：少时家境贫困，险些丧命于八国联军之手；年轻时参加新文化运动，立志以西学救国；赴英国任讲师期间，老舍对帝国主义侵略深恶痛绝，也对国人的愚昧心灰意冷。《二马》与《猫城记》的副文本均指出，小说预示了老舍的悲剧结局，故事中的描述是对旧时代中国社会混乱、黑暗现实的写照。《二马》导言写道，"老舍的生与死，与《二马》中那种悲凉的矛盾心理如出一辙"（Lovell，2013：xvi）。《猫城记》的导言开篇直接以老舍之死吸引读者，营造出一种悲怆而惊悚的气氛（Johnson，2013：vii）。需要说明的是，编辑或译者将老舍的命运轨迹与小说情节挂钩的做法增添了小说的神秘主义色彩，有助于吸引读者。但导言轻率地将小说中虚构的描述完全等同于中国的社会现实，以迎合西方读者对中国的刻板印象，是一种对作品的过度阐释和政治性曲解。

由蓝诗玲撰写的鲁迅小说译本导言长达27页，为读者提供了颇为翔实的背景知识。导言首先结合重要历史事件叙述了鲁迅人生的各个阶段——从学习四书五经的童年期到热衷西学、赴日学医的青年期，从弃医从文、创作第一篇小说《怀旧》到发表著名的"铁屋"论、创作《狂人日记》等一系列白话文小说，再到成为左翼领袖之一。导言指出，鲁迅在创作上经历了迷茫、成熟与左倾的思想历程（Lovell，2009b：xiii-xxxvii）。这篇导言为读者理解鲁迅作品提供了完备的历史、文化与知识语境，从公共、私人、文学等多重领域构建了立体、全面的鲁迅形象。在导言中，鲁迅的创作初衷、其思想演变、他对现实主义文学困境的思考、他对文学功能与作家使命的困惑，以及他在不同救国道路之间的挣扎，乃至与之相关的生活轶事，都得到生动呈现。

3. 加深中西文学互识

过去，受"西方/欧洲中心主义"价值观的驱使，西方汉学界长期以来的一种固定思维模式是：中国古典文学几乎不受任何外来影响，而且有着与西方文学迥然不同的文学传统；而20世纪以来的中国现代文学受到西方文学的深刻影响，甚至是一种西化的汉语文学（王宁，2007：198）。这种偏见在宇文所安（Stephen Owen）的北岛诗评中可见一斑：中国新诗不过是"英美现代主义诗歌的高仿货罢了"（Owen，1990：28）。在入选"企鹅经典"的现代中国文学译本中，导言、后记等副文本同样侧重于强调中国现代文学与西方文学的互文，主要内容包括：（1）西方文学模式、主题、技法对中国作家的影响；（2）小说中的某些内容是对西方经典作品的模仿、致敬；（3）优秀的中国现代小说是民族风格与西方影响的结合。从积极的意义看，这种阐释倾向能够唤起读者对中国文学的认同感，使之以西方文学经典为参照体会中国文学的价值，增强不同民族间的文学共识与中西文本的互文性关联，进而推动作品在英语世界的经典建构。值得一提的是，译者对中国小说与民族文学传统的关系也有所关注，并非一笔带过或闭口不谈。

在《围城》导言中，史景迁指出，《围城》在揭露两性关系时展露的反浪漫悲观主义风格受到英国小说家伊夫林·沃（Evelyn Waugh）、阿道司·赫胥黎（Aldous Huxley）与福楼拜（Flaubert）的影响。作品中多处对胆汁、呕吐物、痰、婴儿口水、唾沫和鼻涕的描写大概是对乔纳森·斯威夫特的刻意模仿。不过，小说中的某些细节也源自独特的中国文学传统（Spence，2006：x）。与之相应和的是《围城》后记对钱锺书留学期间阅读经历的详细描述：从黑格尔（Hegel）、普鲁斯特（Proust）到波德莱尔（Baudelaire）。小说中出现大量西方文学、哲学、文化典故，体现出作者对象征主义、意象主义等西方文学技巧的娴熟运用。"必须强调的是，《围城》在很大程度上得益于钱锺书早年阅读的西方小说"；"也许，正是狄更斯（Dickens）与其他英国小说家的创作锤炼了钱锺书高超的讽刺手法，并让他接触到流浪汉小说这一题材"。可以推测，后记极力渲染作者深厚的中西学养、在两种文化间游刃有余的能力，是为了证明这是一部契合西方文学欣赏标准的佳作："西方读者一定会同中国读者一样感受到《围城》的魅力。"（Mao，2006：392、400）

金凯筠在《半生缘》导言中写道，张爱玲生前迟迟不将该作品译为英文，是为了避免抄袭指控。她在小说中直接模仿了美国作家马宽德作品《普汉先生》（*H. M. Pulham, Esquire*）中的某些元素，两者在人物关系、情节设置、故事与对话细节上均有相似之处（Kingsbury，2014：xi）。张爱玲本人并不避讳她对马宽德的袭仿，因而此番分析并不言过其实。导言同时指出，《半生缘》的写作技巧也脱胎于中国文学传统，小说的情节设置、人物称谓与对话的戏剧感受《红楼梦》影响颇深，小说标题的回忆录风格则与沈复的《浮生六记》异曲同工（Kingsbury，2014：ix-x）。其另一篇小说《倾城之恋》则是"清朝白话文小说与英国爱德华时代小说的交织杂糅，既承袭了前者的文学传统，也融入了后者的讽刺与世俗风格。文中有几处细节是向赫伯特·乔治·威尔斯（H. G. Wells）、威廉·萨默塞特·毛姆（William Somerset Maugham）与斯特拉·本森（Stella Benson）的致敬"，"张爱玲对人物道德与心理困境的洞见，可能以弗洛伊德思想为基础，但在更大程度上根源于中国社会对于人物动机与行为的思考方式"（Kingsbury，2007a：xii-xiii）。

蓝诗玲为《二马》撰写的导言提到，老舍早年是外国小说的热爱者，阅读过大量莎士比亚、斯威夫特、狄更斯和康拉德（Conrad）的作品。《二马》中那种恰到好处的讽刺手法，也许正是受到了狄更斯的影响（Lovell，2013：xii）。《猫城记》导言中也有类似分析，强调老舍初期的文学创作受惠于狄更斯等英国作家。从与西方文学契合的角度出发，导言认为这体现了老舍作品的"世界性"。《猫城记》中，猫人的食物"迷叶"与阿道司·赫胥黎同年出版的小说《美丽新世界》（*Brave New World*）中的食物"唆麻"（soma）十分相似，导言认为，"这说明老舍的作品符合世界文学创作的潮流"（Johnson，2013：xiv）。

同样，据《阿Q正传及其他中国故事：鲁迅小说全集》导言的描述，鲁迅也是博览西学的小说热爱者，早年曾大量阅读狄更斯、哈葛德的作品和赫胥黎的《天演论》（*Evolution and Ethics*）。在鲁迅的创作中，"西方文学的影响比比皆是"：《狂人日记》的灵感萌发于果戈理的同名小说，娴熟的讽刺手法受益于波兰作家显克微支（Sienkiewicz），诡谲的象征主义手法则受益于他所翻译的俄国作家安特列夫（Andreev）的作品（Lovell，2009b：xxi）。这些对鲁迅小说中西方元素的分析与国内学者的观点基本一致，同时也迎合了西方中国现当代小说评论中的"世界性""普遍性"话语，使中国文学作品能够更为顺畅地实现异域旅行，获得国际读者青睐。与此同时，从上述导言与后记中的观点可以看出，这种策略实际并未脱离西方跨文化研究中的"影响/接受"模式，即这种文学间的影响始终是单向的，中国始终以一个受惠者、接受者的身份存在。

4. 操纵叙事方法强化政治阐释

无一例外，政治背景介绍在这几部译本的导言与后记中占相当篇幅，主要表现为描写作者的政治立场、揭示作品中的政治隐喻等。撰写者不遗余力地强调，小说文本和中国社会与政治现实有着千丝万缕的联系。蓝诗玲的《色，戒》后记首先指出张爱玲创作中的日常美学："她写的是男女间的平凡琐事，俗世里有瑕疵的普通人如何在战争与现代化的洪流中颠沛流离"，因为在张爱玲看来，这种题材比某些爱国作品"更能真实再现这个时代的荒凉与无常"；"张爱玲的文学创作在很大程度上是脱离政治的"，这一方面是因为迫于日军在上海的审查制度，一方面是因为她对夸张的革命言论始终抱怀疑态度（Lovell，2007：155）。导言通过构建张爱玲作品在审美品质上的"优越性"，衬托其与中国政治、文化整体环境的格格不入。的确，张氏小说大多在人物心理与情感旋涡上着力，政治事件往往退居二线，沦为小说的布景，但在译本的副文本中，作品的"非政治性"反而成为文本分析的政治注脚，以突出张爱玲在创作过程中所受到的政治审查或限制，这往往也是导言与序跋的阐述要点。《倾城之恋》的导言提到，在危机四伏的日伪时期，为了明哲保身，张爱玲避谈政治，"伪装成一个通俗小说家"（masquerade as a light, unserious writer），以免受牢狱之灾。不过，"不管她采取哪种立场，她的家庭背景也不可能令她免受责难"（innocuous）。不难发现，这种对"非政治性"创作理念的抬高隐含着编辑或译者的意识形态偏见。

鲁迅小说译本导言中的政治性阐述，主要通过选择性叙事实现。叙事中的选择性采用是指突出并削弱叙事中的某些元素，以实现对现实世界的选择性再现，引导读者接受译者的价值取向。导言认为，国内某些对鲁迅作品的曲解与误读将鲁迅的思想简单化，使具有复杂性的作品沦为"充满吸引力的战利品"。与此同时，导言淡化或忽视鲁迅创作中与官方文学主流、革命思想相一致、相契合的部分（Lovell，2009b：xxxiv），通过对叙事素材的选择性运用强化对作品的政治阐释。

如前所述，丛书编辑或译者在导言中操纵叙事手段，构建作者与官方意识形态的对立关系，这是一种对作品的误读、曲解或过度阐释，也是西方意识形态式东方主义观念的具体体现。

（二）注释

在译文中使用大量注释也是入选"企鹅经典"的译本的一大共性，在古典文学翻译中尤为明显。入选的哲学典籍与古典文学译本中，注释均过百条，附录内容无所不包，主要有术语解释、作品分析、概念详解、人名和地名考证、人物生平、发音表、朝代表、度量衡表、地图、延伸阅读书单等类型。

有学者认为，翻译现当代小说时过多使用注释是译者无能的体现。大多数英语读者认为，注释、参考资料与冗余信息常常会妨碍流畅的阅读体验，因而译者更倾向于使用"文内隐注"（stealth gloss）手法，将读者不熟悉的语境与文化信息不留痕迹地添加到正文当中，与其融为一体（Allen，2013：216）。然而，入选"企鹅经典"的中国现代小说译本依然保留着添加注释的翻译传统。注释虽然在规模上远不及同系列中的古典文学译本，但数量也十分可观：《二马》有73条尾注；《阿Q正传及其他中国故事：鲁迅小说全集》有72条尾注、8条脚注；尽管译者强调已极力将"注释数量减至最少"（Lovell，2009a：xliv），《围城》的尾注数量多达203条。按注释功能，可分为"资料型注释"与"评论型注释"。

1. 资料型注释

资料型注释主要对原文中出现的历史、人物、典故、民俗等专有名词进行阐释，扫除英语读者的阅读障碍，弱化某些语言难点与晦涩表达。资料型注释注重客观介绍及说明，用于补充背景资料与语境构建，旨在最大程度地追求知识的真实。与此同时，它们能有效影响读者对文本结构、情节与主旨的理解，从而参与文本意义构建，推动文本意义增值。

以《围城》为例，该译本的资料型注释非常密集。译者在正文中常以音译、直译替代原文，再辅以详细尾注，以此全方位呈现中国文化生活的各个领域，提供了一幅战时中国社会的全息图景，涉及诗词书画、历史风俗、政治民情等。

资料型注释具体有人物、名物、文学典故类等，如"苏小妹"（Su Tung-p'o's little sister）、"旗袍"（Chinese dress）、"怀春"（yearnings of springtime）等词语的注释。对文学典故的注释会追溯词语的文学源流或出处，如"怀春"指"当春怀有思慕之情。语出《诗经》，该书收集了公元前11世纪至前6世纪的诗歌，共305首，相传由孔子编订，被认为是诗歌典范"（Kelly & Mao, 2006a: 412）。

称谓词类。中文称谓词数量庞大，构成了一套极为复杂的中文称谓系统，在中国社会交际中发挥着不可替代的作用。而英文中的称谓词数量要少得多，无法与中文一一对应，为了不损失语义、损害交际效果，译者通常会使用注释作为补偿。称谓词类注释能够真实地反映出中国的宗法制度与伦理道德观念，至今人们依然保留着以亲属称谓来称呼非亲属的传统习俗。原文中的"方伯伯"（Uncle Fang）、"苏老伯"（Uncle

Su）、"赵叔叔"（Uncle Zhao）、"方姑父"（Paternal Uncle Fang）均被译作"uncle"，在称谓属性上却可能是亲属称谓、礼貌称谓、拟亲属称谓或社会称谓，译者需在注释中加以区别。

传统风俗、社会民情类。如"花钱捐个官"（purchasing an official rank）、"招女婿"（adopt a son-in-law into their own）、"衙门里上司的官派"（the bureaucratic tradition of a yamen mandarin）等短语的注释能为读者揭露当时当地的民俗风貌、官场习气、社会情况。

时代性词汇类。某些词语看似是普通词，实际是专有词，因为它们具有强烈的时代性，其具体含义与故事发生的时代语境紧密相连，因而译者有必要在注释中补充相应背景知识。如"铺保"（shop guarantor）、"行政院"（Executive Yüan）、"纪念周"（Weekly Commemoration Assembly）、"国耻日"（National Humiliation Day）等词语均带有强烈的时代烙印。

修辞手法类。善用各类修辞手法以达到幽默或讽刺的文体效果是《围城》等小说的艺术特色，也是翻译的难点所在。此类注释有利于西方读者充分领会中国语言的博大精深，体味作者高超的文学技巧。注释对象包括语形修辞，如"举碗齐眉"对"举案齐眉"的仿拟；有语义修辞，如"头发……深恐为帽子埋没，与之不共戴天"；有语音修辞，如谐音手法"爱新觉罗"与"亲爱保罗"等。

2. 评论型注释

相对于资料型注释，评论型注释展现了译者对原作的分析阐释，因而更具主观性。换言之，它们更容易受到译者知识结构、思维方式、价值取向与意识形态的影响。译者的评论对象、内容与深度，无一不把控着读者的理解思路，对他们产生更直接的引导。当然，译者作为学识丰厚的汉学家，对原文文本的评论也带有一定的学理性与阐释价值，是译者主体性的充分体现，也是分析海外学者中国现代文学研究的珍贵材料。

评论型注释主要有两类。一类是对中国语言或文化传统的评述。例如，译者对《金锁记》译文中"笑道"的注释："读者也许会觉得原文中反复使用'笑道'句式令人厌烦。事实上，这是中国古典文学作品中的常见表达，常用于引出间接引语。张爱玲曾悉心学习这一文体，并将其运用在早期创作中。遗憾的是，英文中并无与之相对应的表达方式。"（Kingsbury, 2007b: 172）《阿Q正传》译者在注释中介绍了"阿"字的用法："一种通用的中文前缀，可用于表示亲密或蔑视，加在人名之前，表示一种昵称。'阿Q'之名的由来，也许是谈话者并不屑说出或者回忆他的全名。"（Lovell, 2009c: 83）

另一类则是针对原作内容的分析。在鲁迅短篇小说《药》的翻译中，译者在脚注中对小说人物的姓名设计进行分析："鲁迅这篇小说具有强烈的历史象征主义色彩。老汉与革命者的姓分别是'华'与'夏'，合二为一便为'中国'。"（Lovell, 2009c: 37）

译者的评论型注释有时还会结合作者创作风格或谱系对作品加以分析，如《倾城之恋》译本对"《聊斋志异》"的注释并不止步于名词解释，还指出作品间的继承关系："张爱玲与蒲松龄的共同点在于，两者均擅于描绘缺乏道德感、性格优柔寡断的人物。在张早期创作的某些女性角色身上，我们能看到《聊斋志异》中狐仙的影子。"（Kingsbury, 2007b: 317）该译本对"《红楼梦》"的注释提到，这是对张爱玲影响最大的作品，"梁太太家的主仆关系显然是基于《红楼梦》中那种半封建社会关系的仿写"（Kingsbury, 2007b: 318）。在对"赛金花"一词的注释中，甚至有对张爱玲日常衣着风格的介绍（Kingsbury, 2007b: 317）。这些内容远远超过了一般资料型注释的内容，深刻地凸显了译者对原文内容与读者理解的干预，也调节着读者、作者与译者三者间的关系。

在《猫城记》中，评论型注释也很常见，主要用于剖析原文与中国社会现实的对应关系。根据注释中的解读，小说中风靡猫国、腐蚀猫国人的食物"迷叶"与鸦片之间画上了等号；猫国里的人类（也就是猫人眼里的外国人）的生活境况，是对19世纪至20世纪初中国境内外国居民的描绘（Lyell, 2013: 222）。

3. 注释的主观性与政治性

译者的知识结构、学术视野、意识形态、情感志趣在很大程度上影响着注释的取材、内容与特点，因而译本的注释具有一定的主观性。首先，这种主观性体现在某些注释的阐释方式上，即援引西方文学典故解读中国习语或事物。如《围城》中对成语"绝世佳人一顾倾城，再顾倾国"的注释："形容女子无与伦比的美貌，类似于西方文学中特洛伊的海伦。"（Kelly & Mao, 2006a: 414）鲁迅小说译本将"胡琴"（huqin）比作中国的小提琴（Lovell, 2009c: 408）。《倾城之恋》中对"扮奶妈"的注释也使用了类比手法："在中国传统戏剧《牡丹亭》中，奶妈协助男女主人公幽会、私订终身，与《罗密欧与朱丽叶》中的奶娘角色十分类似。"（Kingsbury, 2007b: 317）这些注释大大降低了读者理解中国文学、文化典故的门槛。

其次，主观性强化了对原文的政治阐释。译者在《倾城之恋》小说集中对《封锁》一文的注释写道："作者对这段故事的军事背景处理得十分隐晦。张爱玲的特色是从不直截了当地在小说中描述抗日期间上海的军政局势。"（Kingsbury, 2007b: 320）。这条注释颇能表露出译者在张爱玲小说异域化过程中的矛盾心理。一方面，译者认为张爱玲的艺术高度来源于其作品的非政治性，来源于通过脱离政治语境来触及人类心理与情感；另一方面，其再三强调张爱玲写作的政治背景、她所面临的严苛审查。可以说，这种对"非政治性"的抬高本身便是政治性解读的一种体现。

无论是导言、后记还是注释，译本的副文本书写实际上是对正文意义的一种重构，带有明显的干预性与主观性，因而它们难免与原作者意图或国内主流阐释之间存在"裂隙"，有时甚至是一种过度阐释。但必须承认的是，副文本通过为读者提供丰富翔实的历史、文化、文学背景资料，以及通过突出作品的经典性、世界性与社会价值，客观上有效地迎合了西方读者和市场对中国文化的好奇心理与既定想象，从而推动了作品在英语世界的经典化。

四　平民化：可读性翻译策略

尽管丛书中的大部分译本因"陌生化"与文本学翻译策略表现出明

显的异化特征，但依然注重译文的适度归化，某些译文甚至倾向于以流畅性为导向，注重可读性与读者的接受效果。韦努蒂曾指出 17 世纪以来英美翻译文化中的归化倾向，认为归化翻译将外国文本简约为符合目的语地区主导价值观的文本，一方面使译者与译作隐身，一方面满足了文化霸权的需求（Venuti，1995）。我们必须承认归化翻译体现了某种权力关系，但与其说"企鹅经典"丛书中译本的归化倾向源于强势文化的侵略手段，是为抹杀文化差异而采取的政治意图，倒不如说它与企鹅的读者结构与成立理念息息相关。在 20 世纪初的英国，只有价格昂贵的精装版图书才是质量保证，阅读优质的经典文学作品由此成为知识精英的专属特权，普通读者只能购买廉价劣质、粗制滥造的低俗文学作品。在此背景下，企鹅发起的平装书革命震动了国际出版界，使普通读者能以 6 便士的统一价格获取高质量的经典与当代文学佳作。"企鹅经典"丛书对译文可读性与"趣味性"的重视，正是继承了这一平民化图书出版理念，是企鹅"阅读民主化"方针的延续。为确保专业领域外的普通读者获得流畅的阅读体验，使中国文学作品真正走向民间，译文必须通俗易懂，不能深奥晦涩，以避免使译本的学术性凌驾于趣味性之上。

蓝诗玲在《阿 Q 正传及其他中国故事：鲁迅小说全集》的"译者笔记"中写道，"为保证译文的流畅性，我将脚注和尾注的数量减到最少，将中国读者习以为常的背景信息以自然、简洁的语言融入正文中。同时，力求译文语言准确无误，避免因注释过多而干扰读者，为英语读者提供与原文读者相同的阅读体验"；"中文与英文的表达习惯迥异……因为鲁迅频繁和刻意地使用重复手法，这使我的翻译常常受阻。由于中英文学传统存在差异，有时我认为保留这种重复手法会使英语读者感觉不雅或不快，便会进行适当改写"；"自始至终，我的愿望是提供一版鲁迅小说译本，能够向中国研究领域之外的普通读者解释鲁迅在中国的经典地位，并证明他是一名富有创造力的文学家和思想家，他的文学思想足以超越他所生活的政治与社会时代"（Lovell，2009a：xliv-xlv）。正因为此，当她被问及对莱尔译本的看法时，蓝诗玲表示："我非常钦佩莱尔在再现鲁迅独特语言时所做的努力，这也是最难译的部分，但是莱尔富于想象力的译文有时不尽流畅。"（转引自王树槐，2013：70）这些观点充分说明蓝诗玲对译本趣味性与可读性的重视，并且她认为这样的翻译理念能为非专业人士传达鲁迅作品的经典性，促成鲁迅作品在英语世界的经典重构。

《倾城之恋》译者金凯筠也在导言中表示："我的台湾学生经常向我反映，张爱玲的中文让他们读得很吃力。毕竟他们常年浸淫在多媒体盛行的文化中，而张爱玲成长的那个时代却专注于阅读与写作。"她认为，如果对当代中国年轻读者来说，张爱玲的小说尚且是充满魅力但又晦涩难懂的，那么译者应当"不惜犯下'过度翻译'的错误"，竭力以鲜活的英语表达替代中文习语与比喻，不让它们悄然地消解于译文中（Kingsbury，2007a：xvi）。

结合对入选"企鹅经典"的 9 部译本的细读，本书将分析译者如何通过该翻译策略增强译本的"趣味性"，践行该丛书的翻译理念。

（一）以典换典

以典换典指将原文中的中国典故替换为西方文学或文化典故，使西方读者能够获得与源语读者相近的阅读体验。这种翻译手法对译者要求极高，译者必须熟知中西语言文化，在两者之间游刃有余。恰到好处的以典换典可以实现钱锺书所谓的翻译之"化境"：原作在译文中就像"投胎转世"，"躯体换了一个，而精神资致依然故我"（钱锺书，1984：696）。参见以下几例。

原文：

设若污浊与美丽是可以调和的，也许我的判断是错误的，但是我不能想象到阿房宫是被黑泥臭水包着的。（老舍，2008b：66）

译文：

Now it may be possible for beauty to exist in the midst of filth, but I for one don't think so. I can't conceive, for instance, of a Taj

Mahal resplendent beneath a coat of black mud and foul water. (Lao, 2013a: 76)

阿房宫是中国秦朝修建的宫殿，杜牧有《阿房宫赋》，描写其壮丽奢华。泰姬陵是印度宫殿，相传是沙·贾汗皇帝为纪念心爱妃子所建的。阿房宫与泰姬陵均是耗费极大人力与财力建造的宫殿，译者在英文中以"泰姬陵"代替"阿房宫"指代美丽的宫殿，也许是因为阿房宫未能建成，而泰姬陵顺利完工，并成为世界知名古迹，且泰姬陵地处作为英国旧殖民地的印度，是英语读者更熟悉的意象，出于可读性考虑做出了替换。不过，译者并未直接将"阿房宫"替换为西方历史文化中的经典建筑，而是选择在译文中保留一点异域风味，这颇能体现某些学者描述的世界文学阅读体验。例如，卡萨诺瓦曾指出世界文学空间认可机制中的某种怪癖：民族文学想要获得普遍性，必须找到"合适距离"，生产和展现出一种差异性，离读者"不要太近也不要太远"（Casanova，2004：157）。

原文：

他只等机会向她声明并不爱她，恨自己心肠太软，没有*快刀斩乱丝*的勇气。（钱锺书，1980：83）

译文：

He, on the other hand, was waiting for a chance to explain that he did not love her, and wished he weren't so tenderhearted and could be courageous enough to cut the Gordian knot. (Qian, 2006: 90)

成语"快刀斩乱丝"或"快刀斩乱麻"表示做事果断，能采取有效措施解决复杂问题。"to cut the Gordian knot"直译为"斩断戈尔迪之结"，源自西方神话故事。传说国王戈尔迪在车轭与车辕之间系上死结，并宣布能解开此结者便是东方大陆之王。后来，亚历山大大帝用剑砍下了这个结。因此，"to cut the Gordian knot"与"快刀斩乱丝"意思相近，均表示迅速果断地解决难题，因而在翻译中通常可以互换。

原文：

　　辛楣一来，就像阎王派来的勾魂使者，你什么都不管了。（钱锺书，1980：289）

译文：

　　As soon as Hsin-mei got here as though he were a messenger sent by the King of Hades, you became oblivious to everything else. (Qian, 2006: 318)

以典换典的重要前提是译文典故必须与语境相合。不同民族的神话或宗教中都有关于死亡世界的鬼神文化系统，受佛教与印度神话影响，中国民间建立起"阎王"及其勾魂使者牛头马面的形象。西方文化中与之相似的典故是希腊神话中的冥王哈迪斯及其勾魂使者塔纳托斯（Thanatos）。但从原文语境可知，此处的"勾魂"并非夺人性命，而是吸引方鸿渐的注意力。在中文文化中，"勾魂"有夺取异性芳心、使人心神不定之义，但在英文中，该典故没有类似的语义联系，通常与恐惧、忌惮等感受有关，读者只能结合上下文语境做出理解。

（二）语境构建

译者结合文内语境，选用合适的西方惯用语阐释原文信息，以确保译文传神达意，也是增加译文"趣味性"的主要手段之一。参见以下两例对"塞翁失马，安知非福"的不同翻译。

原文：

　　但真所谓"塞翁失马安知非福"罢，阿Q不幸而赢了一回，他倒几乎失败了。（鲁迅，2013：8）

译文：

But every silver lining has its cloud, to paraphrase the proverb, and the one time that Ah-Q was unfortunate enough to win, he lost almost everything. (Lu, 2009: 87)

原文：

塞翁失马，安知非福，使三年前结婚，则此番吾家破费不赀矣。（钱锺书，1980：8）

译文：

This may be a blessing in disguise. If you had married three years earlier, this would have cost us a large sum of money. (Qian, 2006: 11)

在语境差异的影响下，同一则谚语在语义侧重点上会有所区别，因此译者也会采取不同译法。第一例中，"塞翁失马安知非福"是正话反说，结合语境可知，作者的言外之意与这句话的本意恰恰相反，他用此来讽刺阿Q的"精神胜利法"。因而译者巧妙地将英文谚语"every cloud has a silver lining"改写为"every silver lining has its cloud"，不仅贴合原文意图表达的信息，也能使读者立即联想起这句译文的原型，捕捉文中的反讽意味。在第二例中，原文虽然是相同表达，但具体语义变为祸事可能转化为好事，因而在译文中使用英文习语"a blessing in disguise"便足以传达原意。

小说翻译中，以西方习语译中文成语的方法较为常见，但译者必须根据文本的语境、语域、文体等选用合适的译文，以期取得与原文相似的读者反应，甚至达到事半功倍的效果。试看下例。

原文：

那傻小子是"初出茅庐"，我们准可以扫光他！（鲁迅，2013：179）

译文：

The idiot's hardly out of nappies, he'll be a lamb to slaughter. (Lu,

2009: 225)

原文：

男人的心，说声变，就变了，他连三媒六聘的还不认账，何况那<u>不三不四</u>的<u>歪辣货</u>。（张爱玲，2019：255）

译文：

Men's hearts change faster than you can say change. He didn't even acknowledge the one who came with the three matchmakers and six gifts, not to say <u>the hussy that's neither fish nor flesh</u>. (Chang, 2007a: 224)

原文：

"<u>和尚动得，我动不得</u>？"他扭住伊的面颊。（鲁迅，2013：12）

译文：

"<u>Sauce for the goose, sauce for the gander!</u>" he quibbed, now pinching her cheek... (Lu, 2009: 92)

第一例中，说话者以"初出茅庐"讥讽他人实力不堪一击，译者以"hardly out of nappies"译之，传神地表达出对年轻人的轻蔑。译者随即用"a lamb to slaughter"译"扫光他"，加重了说话人的不可一世与狂妄语气，颇具表现力与感染力。第二例中，译文"neither fish nor flesh"使用头韵与辅音韵，能取得与叠词"不三不四"相似的"音趣"。同样，"sauce for the goose, sauce for the gander"不仅传达出原文语义，在句式结构上与"和尚动得，我动不得"也近乎一致。

除了采用西方惯用语外，译者采用英文专有名词替换中文特有词语或意象，也能传达原文的"趣味性"。参见下例。

原文：

她腿一软，坐在门儿里边了，托盘从"<u>四平调</u>"改成"<u>倒板</u>"，

哗啦! 摊鸡子全贴在地毯上, 面包正打在拿破仑的鼻子。(老舍, 2008a: 133)

译文:

Her legs gave way and she fell down in the doorway, while the tray changed from sempre legato to fortissimo in B flat as it crashed to the floor. The fried egg smeared all over the carpet and the bread scored a direct hit on Napoleon's nose. (Lao, 2013b: 147)

小说中, 老舍用两个传统戏剧术语"四平调"与"倒板"来形容托盘翻倒落地时的声音、动作与人物的情绪变化, 堪称绝妙。"四平调"是中国传统地方剧种, 以曲调四平八稳得名。"倒板"则是中国戏曲的一种板式, 作为唱腔的先导, 多表达愤怒、悲痛的强烈情绪。译者将这两个词替换为意大利音乐符号——以"sempre legato"(连贯音)译"四平调", 以"fortissimo in B flat"(极强音)译"倒板", 声音变化同样由持续舒缓平稳到猛烈增强, 两个音乐符号的形状也颇能描绘"平"与"倒"的动作变化, 与原文有异曲同工之妙。

有时, 译文的"趣味性"也能通过直译手法实现。

原文:

顾老太太说:"我说句粗话, 这就是'骑着茅坑不拉屎'。"说着, 她呵呵地笑起来了。(张爱玲, 2012a: 120)

译文:

"To put it crudely," Granny said, "he should either shit, or get off the pot." She crackled with laughter. (Chang, 2014: 128)

"骑着茅坑不拉屎"可替换为英文习语"be a dog in the manger", 这也许更易于英语读者理解。但金凯筠对这句俗语进行了直译处理, 保留了原文意象，更契合对话的具体语境：不仅能体现顾老太太粗俗的语言风格，与上下文中的"说句粗话"（to put it crudely）与"呵呵地笑起来了"（cracked with laughter）形成紧密的语义逻辑，也传达了原文对话的趣味性。

（三）创译

创译是指译者在处理翻译中的难点，如语音、语形、语义修辞时，另辟蹊径，以出人意料的创造性方法解决问题。创译具体涉及的翻译手法多种多样，是译者主体性与想象力的充分体现，致使译文带有强烈的个人风格，创造出旁人常常难以模仿的神来之笔。

原文：

"不吃辣的怎么胡得出辣子？"（张爱玲，2012c：262）

译文：

"Only cold fish won't eat hot chili!" (Chang, 2007b: 37)

"不吃辣的怎么胡得出辣子"是小说《色，戒》中的一句俏皮话。"胡辣子"是麻将用语，辣子是上海麻将的一种打法。几位官太太在麻将桌上谈起各路菜馆，利用"辣"字的双重语义进行打趣，对不吃辣的人表示嘲讽。译者的处理方法是，不执着于复制原句中的双关语，而是将其转化为语义修辞，用"cold fish"与"hot chili"制造对比，在语用功能上亦有怂恿人去尝一口辣的效果。同时，译文保持了原文简短凝练的风格，符合俏皮话的形式特点，颇为巧妙。

原文：

你也许在吃饭，祝你"午饭多吃口，活到九千九百九十九"……（钱锺书，1980：82）

译文：

May be you are having lunch now. May you "Eat a bit more and live till 9994," ... (Qian, 2006: 89)

此例也是一句对语音修辞的翻译。原文这句谚语中的"口"与"九"押韵，尽显幽默谐趣。译文为重现这种辞格，将"九千九百九十九"替换为"9994"，与"more"押韵，与原文相映成趣。

原文：

"姑妈是水晶心肝玻璃人儿，我在你跟前扯谎也是白扯。"（张爱玲，2019：10）

译文：

"Aunt," she said, "you're like a Buddha made of solid crystal, reflecting undisguised reality—lying to you would be pointless." (Chang, 2007a: 19)

"水晶心肝玻璃人"出自《红楼梦》，此句并非指人心地澄澈，而是指人心机深沉、聪明过人、玲珑剔透。杨宪益对此句的翻译是"There's true perspicacity for you"（Cao, 1994: 900），大卫·霍克斯（David Hawkes）的译文为"You are like the original Crystal Man. A heart of crystal in a body of glass. You can see through everything"（Cao, 1997: 385），都表示富有洞察力的意思。杨译舍形取义，而霍译未能解释"a heart of crystal in a body of glass"和"see through everything"的内在语义联系。金凯筠的译文首先将姑妈比作"Buddha"，继而通过"made of solid crystal, reflecting undisguised reality"将"水晶""玻璃"两个意象与聪明敏锐的含义衔接在一起，清晰、具体地展现出原文的语义逻辑，有一定的过人之处。

（四）修辞化

所谓修辞化，是指以修辞手法翻译原文中的非修辞性表达。在译文中使用比喻等修辞格，能够展现译者的文采与个性，也体现出现代英语的语义张力与活力。在以下译例中，原文本是直白利落的描写，但译文以比喻的方式更生动、传神地表达出原文信息。译文通过恰当的比喻，使人物形象更生动具体、更具画面感，在某种意义上增强了阅读的趣味性。参见以下几例。

原文：

"年轻力壮，吃得饱，睡得着！有出息，那孩子！"他自己嘟囔着，慢慢的把眼睛又闭上。（老舍，2008a：39）

译文：

"Young and strong, you can eat like a dog and sleep like a log! He'll do well, that boy of mine," he mumbled to himself, and slowly closed his eyes once more. (Lao, 2013b: 46)

原文：

哦，这也是女人可恶之一节：伊们全都要装"假正经"的。（鲁迅，2013：14）

译文：

Further proof of female perfidy: they were all of them hypocrites, pretending they were pure as the driven snow. (Lu, 2009: 95)

原文：

而且他是不敢见手握经济之权的人物，这种人待到失了权势之后，捧着一本《大乘起信论》讲佛学的时候，固然也很是"蔼然可亲"的了……（鲁迅，2013：94）

译文：

Encounters with financial authorities turned him weak at the best of times. Take their powers over purse strings away, and they become meek as Buddhist mice. (Lu, 2009: 128)

原文:

难得回家一次，母亲也对他客客气气的。（张爱玲，2012a：2）

译文:

He rarely went back to his first wife's home. When he did, he was received like a visiting dignitary. (Chang, 2014: 2)

第一例中，译者以英文习语 "eat like a dog and sleep like a log" 译 "吃得饱，睡得着"，形象地展现了老马语言中的生活气。第二例中，译者有意使用比喻刻画人物的手法更为明确。小说中，阿Q受封建思想毒害，对女性怀有轻蔑态度，但又存在病态的向往。他认为女人如果对他 "不提起关于什么勾当的话"，就是 "假正经"。译者先用 "hypocrite" 一词翻译 "假正经"，接着添加 "pretending they were as pure as the driven snow" 以补充阿Q眼中女性虚伪的具体含义，使译文中的描写更显生动具体。第三例中，原文中的 "蔼然可亲" 是褒词贬用，借以讽刺某些经济官员仗势欺人，一旦失势便假借佛经装腔作势的虚伪嘴脸。译者将原文中的《大乘起信论》删去，将 "蔼然可亲" 译为 "meek as Buddhist mice"，暗指这些人是伪佛教徒，落魄时满口慈悲为怀，一旦得势便无恶不作。"meek" 可表示亲切和蔼或逆来顺受；"meek as a mouse" 比喻极度温和顺从，带有贬义。将老鼠作为喻体，贴合鲁迅笔下假仁假义的人物形象。同样，在最后一例中，明喻的运用使译文有血有肉、更具画面感。译者将原配妻子迎接久不归家的丈夫形容为恭迎一位 "visiting dignitary"，揭示了旧社会性别关系中女性的附属地位，贴切传达了父亲的骄狂嘴脸与母亲的怯懦性格，为原文平淡朴实的表达增添了些许文学光彩。

原文:

他们要索薪吧，皇上不理他们，招急了皇上，皇上便派兵打他

们的脑勺。（老舍，2008b：109）

译文：

If they demand their pay, he simply ignores them; and if they press him too hard, he calls out the troops with clubs to play a tune on the tops of their heads. (Lao, 2013a: 125)

原文：

他拿起手杖来说，这便是他们的话，他们都懂！我因此气愤了好几天，谁知道我竟不知不觉的自己也做了，而且那些人都懂了……（鲁迅，2013：72）

译文：

"This is the only language they understand!" he replied, picking up his stick. The whole thing put me in a fury for days—and then, years later, here I was speaking the same Esperanto. And being understood. (Lu, 2009: 58)

原文：

而今她身为女博士，反觉得崇高的孤独，没有人敢攀上来……（钱锺书，1980：12）

译文：

But now that she was a woman Ph.D., she felt the loneliness of her lofty perch, which was higher than any one dared climb. (Qian, 2006: 17)

原文：

那人听着得意，张太太等他饭毕走了，便说："这种人家排场太小了！只吃那么多钱一天的菜！"（钱锺书，1980：40）

译文：

He was quite pleased at hearing this, but after dinner was over and he had left, Mrs Chang said, "that family lives on peanuts! They spend so little on food a day!" (Qian, 2006: 47)

除明喻外，译者有时候也会使用暗喻手法。第一例中，译者将猫国皇帝派兵攻打索薪人翻译成"call out the troops with clubs to play a tune on the tops of their heads"。"play a tune"的意思是演奏乐曲。对猫国士兵来说，他们手里的兵器"clubs"便是乐器，用大棍打别人的后脑勺仿佛是在他们的脑袋上弹奏乐器。这句妙译再现了原文的荒诞滑稽色彩，也显得幽默风趣。第二例中，鲁迅小说《头发的故事》中，N先生叙述了自己的一段经历：曾有一位日本博士来中国游历，但他不懂得中文。人们问他如何与中国人交流，他举起手杖说，中国人只听得懂这种语言。N先生非常气愤，但在与愚昧无知、骂骂咧咧的国人争执的过程中，他自己竟然也用手杖说话了。这里"我竟不知不觉的自己也做了"的意思是：面对无可救药的人，只能用武力和殴打来与他们对话了，因为他们是只有挨打才会屈服的民族。译者巧妙地将之翻译为"speak the same Esperanto"，将打人这种语言比作世界语，凸显国人不挨打便不清醒的劣根性，也加深了叙述者的愤恨与心痛。第三例中，在《围城》原文中，钱锺书以寥寥数语勾画出苏文纨清高孤傲、落落寡合的形象。"攀上来"可以理解为"攀谈""攀附"。译者选用一个简单的词语"perch"承接下文中的"higher than anyone dared climb"。"perch"的比喻义通常指不可触及的高位，能够形象地描绘出苏文纨的自命清高，巧妙地呼应了原文。最后一例中，译者将"排场太小"形容为"live on peanuts"，使张太太那种目空一切、沾沾自喜的情态愈加生动，译得巧妙自然，增添了原文的趣味。

翻译是戴着镣铐的舞蹈，但许多时候，译者的妙笔能屡屡打破原作设置的桎梏，呈现出不逊于或更胜于原文的演绎。上述章节中所讨论的种种翻译手段，充分体现出译者为传达原文文学与艺术价值，为确保译本的趣味性与阅读效果而付出的努力。当然，对于企鹅版译本的品评是一个见仁见智的问题。由于偏离译语语言规范，译者的"陌生化"翻译策略有时会引来西方评论者的批评。蓝诗玲、胡定邦（Dennis T. Hu）认为《围城》译本中大量直译的中国习语"呆板生硬""令人费解""缺乏对中英两种语言的自如掌控"（Lovell，2005；Hu，1982：134）。蓝诗玲本人对鲁迅小说的翻译也曾招致非议。澳大利亚学者寇志明（J. E. von Kowallis）认为，蓝诗玲"简洁直白"的译文违背了鲁迅原文那种拗涩的文笔，削弱了小说的现代性，并且语言风格不够"全球化"，带有英国地方性的语言习气（Kowallis，2012：199、206）。正如奈达（Nida）所言，"在评价翻译质量时必须考虑一系列因素，以不同的方式权衡这些因素，得出的结论也会千差万别。因而在判断一篇翻译是好是坏时，大家总是会得出不同的答案"（Nida，2003：164）。也就是说，我们在翻译批评中要采取辩证性的眼光，体会译者对不同制约因素的取舍及其背后的缘由。当然，对于副文本的主观性需要有所警惕，对于翻译过程中的误读与曲解也应当重视（见第六章）。总体而言，"企鹅经典"所选译本均表现出较高的翻译水准，竭力通过陌生化、文本学与平民化等翻译策略传达原作的审美品质与文化内蕴。而优秀的译文对经典化的作用不可磨灭，它是翻译文学经典化的内因和先决条件，为后续经典化环节奠下基石，不仅为出版社、媒体、学术界、高校提供可供操控的文本与话语资源，也会相应地影响各经典化主体对文本的阐释，使之共同参与中国文学作品在海外的价值生产。

第四章

"企鹅经典"中国现代小说的外部经典化

本章主要探讨翻译文学经典化过程中的"他律"。经典形成的原因是复杂、多元的，始终体现出文内与文外因素的较量与纠缠。在上一章中，从翻译产品（product）角度看，译文文本的形式特征具有相对稳定的审美价值，从内部影响作品的经典化；但从翻译过程（process）看，体现的是具有社会性的译者对文本的改写与操纵，因而翻译也是一种外部因素。此外，海外出版机构、媒体、学术机构、教育机构与普通读者均构成推动中国文学经典化的社会文化动力。本章将从建构主义角度分析这些经典建构主体所使用的译介策略。

第一节　海外出版机构与市场动力

出版社与编辑在文本经典化中有不可替代之作用，贯通文本选材、翻译、评论各阶段，是连接文学作品外部与内部要素的中介，但在国内文学经典化研究中往往未得到细致考察。在勒菲弗尔的改写理论中，"赞助人"被定义为"有权势的人或机构，能够促进或阻碍文学阅读、创作和改写"（Lefevere，2004：15）。出版社属于文学系统外赞助人的一种，负责调节某一社会、文化中文学系统和其他系统的关系，控制文学作品的流通。某些机构（如文学期刊或著名的严肃文学出版社）已日益承担起过去高等院校的职能，"在决定哪些文学作品能加入经典行列中扮演关键角色"（Lefevere，2004：20）。

韦努蒂也曾提及出版商在翻译文学经典化与去经典化过程中的双面角色：一方面，正是相关出版商愿意将某部译本加入重版书单，或将其重印版权转售出手，才帮助其在英美国家获得经典地位；另一方面，当前欧美出版巨头对翻译作品存在偏见，这种出版实践长期形塑、决定着我们的文化交流，造成英语图书市场上外国文学数量严重稀缺、翻译图书销量堪忧（Venuti，2013：158-160）。

由于欧美商业出版社日益集团化，对经济利益的追求使其不得不降低翻译文学的出版比例。据统计，1991 年，英国出版翻译图书 1689 部，仅占出版总量的 3%；2005 年，这个比例依旧保持在 3% 左右，甚至下滑到接近 2%（Hale，2010：217）。美国每年出版的各国翻译文学总数也只有约 1800 部（Schulte，1990：1）。同时，集团化趋势也促使编辑的职能悄然发生改变，"通常负责某一领域的专业编辑必须频繁访问相关学术机构，以发掘合适的出版对象"（Hale，2010：219）。受制于较大的经济压力，编辑不得不将选择局限于那些业已成名的外国作家，或是译本早已获得认可的作品，以降低商业风险；而发掘新作家、推出创新性作品的责任往往落在某些高校学术出版机构或不知名的小型出版社肩上。

此外，中国与其他第三世界国家作家需要面临的一个挑战是全球化经济催生的世界文学市场动力与出版结构。全球化并未带来一个语言更多元、更平等的国际图书市场，而是加强了英语在世界出版业的统治地位。研究显示，无论是由大型商业出版集团主导的大规模出版领域，还是由青睐翻译文学的小型、学术、独立出版社占据的小规模出版领域，英语都依然是译入与译出图书数量最多的语种。国际图书出版业的一条规律是：一种语言距离中心位置越近，本国市场上翻译图书的比例便越低，反之亦然。由于英语在世界语言中的中心地位，英美图书市场上的翻译图书比例始终最低。但在相对弱势的文化中，翻译图书的影响力甚至能与以本土语言创作的图书一争高下，而在这些翻译作品中，又以译入的英语图书居多（Sapiro，2016：145）。

许宗瑞（2019）对联合国教科文组织"翻译索引"数据库中的出版数据进行了调查，发现在 1949~2006 年，中译外出版主要有以下特点。（1）总体数量较少，增长缓慢，在世界翻译出版中所占的比重保持在 0.44% 左右，在 20 世纪 90 年代末以后被日本拉开差距。（2）文学翻译是中译外出版的重要部分，但主要围绕中国古典文学展开，中国现当代文学翻译尚未打开局面，集中在老舍、鲁迅、莫言等少数现当代作家上；而日本文学外译出版则更多聚焦日本现当代文学。

可以推断，对于中国文学在英语文学市场上遭受的冷遇，海外商业出版社难辞其咎。冷战期间，受意识形态因素影响，美国出版商克诺夫通过精心挑选日本文学译本，打造日本作家忧伤唯美的文学形象，将三岛由纪夫与川端康成的作品顺利送入世界文学经典行列。而同时期的中国现当代文学却一律被划归为枯燥、说教型的"社会主义现实主义作品"。"企鹅经典"中的《围城》译本出版前夕，蓝诗玲为《卫报》撰写的书评为我们回顾了中国现当代文学被英语读者拒之门外的几大肇因。除去翻译水平欠佳、地域差异、历史政治背景等因素，某些海外出版社对中国文学的轻视，以及粗糙的编辑水准也加速着中国文学异域接受的恶性循环："就好似他们已经对中国文学作品低劣的文学质量深信不疑，就算出版商最终愿意冒险出版一部中国作品，也不愿多花心思对译本进行审查与编辑，即便有所编辑，态度也不如对待其他书籍那样严谨。"（Lovell，2005）久而久之，读者们愈发深信中国文学不值一提，对其缺乏兴趣，而注重图书销量的出版商也愈加对中国文学退避三舍。

即便对企鹅版《围城》的翻译水准颇有微词，蓝诗玲依然乐观地认为，《围城》成为第一部入选"企鹅经典"的中国现代文学作品，是中国文学海外接受之路上的一次"大飞跃"（Lovell，2005）。作为一家商业出版社，尽管企鹅的出版实践同样以商业收益为导向，但一向注重承担文化与社会责任，在出版翻译文学方面也堪为表率，其"阅读民主化"（Wotten & Donaldson，2013：xi）、"文化民主化"（Eliot，2013：1）的出版理念已得到普遍认可。"企鹅经典"编辑也清晰地意识到该丛书中英国小说与非西方小说、男性作家与女性作家的比例失衡，因此"企鹅经典"的出版实践也将继续坚持西西弗斯式的艰巨任务，为读者发掘盲点、填补空白（Eliot，2018：ix）。

企鹅创办中国分部后，为图书销售设计了密集而多样的宣传活动，如举办店内促销、发行低价样书、举办文学午餐会、创办消费者反馈网络论坛、与本土出版商进行合作等。其不仅将企鹅丰富和历史悠久的西方经典藏书带入中国，还积极搭建中国文学与世界图书市场的纽带，用心发掘有潜力的中国作家与作品，挑选合适的译本出版。除文本选择外，在具体出版操作中，企鹅还通过其他编辑、出版、宣传或推广策略有力推动中国现代文学在英语文学系统中的经典建构。

一 外副文本设计：求同与求异

本书第三章考察了"企鹅经典"编辑和译者为译本撰写的导言、后记等内副文本。企鹅的深度编辑还体现在为译本设计外副文本，以促成作品的经典化上。外副文本存在、传播于整书成品之外广阔的实体或社会空间，一般由作者或出版商提供（Genette，1997：344-345）。由于出版社的外副文本设计并不直接影响译文文本的审美价值，而侧重于对译本的阐释和评价，本书将其置于外部经典化过程中进行考察。

企鹅为作品编写的宣传信息、广告语等材料，包括编辑对作品内容进行的简单概括、知名媒体或学者受邀为图书撰写的宣传广告（blurbs）等，一般发表在官网及定期发行的宣传目录中。这些材料与中国文学译本的内副文本互相配合，为读者提供文本阐释的门槛（也可能是陷阱），参与文本意义的生成（也可能是遮蔽），与正文本内容形成互文关系，建构文本的释义场。从接受美学或阐释学的角度看，对于那些刚刚入门的中国文学读者，它们能通过预告、暗示等方式，引导海外读者构建对作品的"期待视野"或"前理解"。

受商业利益导向的影响，出版社在图书推介中首先考虑的是海外读者的阅读思维，其宣传手段也注重迎合读者的阅读喜好。通过简单分析入选作品的介绍信息，我们发现出版社推动中国文学作品在海外经典化的主要策略是宣传作品的普遍性与文化认识论价值。

所谓宣传作品的普遍性，是指在图书信息中突出作品所揭示的爱、普遍人性等世界性因素。例如，企鹅官网引用《洛杉矶时报》（*Los Angeles Times*）报道称，"张爱玲的感官描写融合了中国本土与美国元素；一个烟雾弥漫、尊重传统的世界和一个不可抗拒的、灯光刺目的未来"①。在《围城》译本书封的背面，出版社引用了英国作家丽莎·阿璧娜妮西（Lisa Appignanesi）的一句奇特比喻来形容该小说中多种文化的碰撞交融："想象意大利小说家伊塔洛·斯韦沃带上英国作家戴维·洛奇去中国，在那里碰到了刚刚读完巴尔扎克的孔夫子。"两者均是利用中西文学的互证互识，以及中国文学对人类共同问题的探讨，促使英语读者对中国文学产生兴趣。不过，上述普遍性推介话语带有明显的"西方中心主义"倾向。类似策略在古典文学的推广话语中也很常见。例如，企鹅官网指出，编译《大学·中庸》的原因是其"建立了一个联系个体与宇宙的普遍框架，曾对中日韩三国建立教育及政治体制发挥关键作用，将来也会对东西方各国产生深远影响"；《孙子兵法》"不仅是中国文化的基础，也是西方人民获取生存之道与追求成功的标准，可用于指导战争、商业发展及人际关系"。2015 年，企鹅推出了闵福德（John Minford）耗时 12 年创作的新版《易经》（*I Ching*）译本。出版社的推介信息写道，《易经》为东西方人民探究人与世界的根本问题提供了方案，为他们解答精神成长、商业、医学、基因、博弈、战略思考与领导力等问题，甚至赋予鲍勃·迪伦（Bob Dylan）、约翰·凯奇（John Cage）、菲利普·普尔曼（Philip Pullman）等西方文化偶像创作灵感。

此外，出版社还极力强调入选作品的文化认识论价值，将它们打造为理解中国文化的窗口。在《阿 Q 正传及其他中国故事：鲁迅小说全集》的简介中，出版社引用《时代》周刊（*Time*）的评论，指出鲁迅的小说"已经嵌入这个国家的 DNA，为局外人提供解锁该民族文化基因的线索"，同时它揭露了"中国当今知识分子身上依然存在的普遍与独立精神，好

---

① 本节引文除特别注明外，均出自企鹅（英国）官网（https://www.penguin.co.uk/）或企鹅兰登官网（https://www.penguinrandomhouse.com/）。

辩、易怒的品格，以及热切的爱国情怀"。《半生缘》的简介中写道，此书"为了解 20 世纪上半叶的中国生活提供了绝佳窗口"。同理，周海伦在接受采访时大力推介老舍的《猫城记》与《二马》，因为"这两本书是了解现代中国人心理的必读之书"（Bruno，2013）。

企鹅作为一家商业出版社，洞察本土读者的阅读需求是其基本要务，因而在宣传策略上自然要紧扣中国文学在英语语境中的卖点与吸引力。可以推测，以上两种策略呼应的是海外读者两种常见的阅读心理，前者重求同，使他们在异国文学中寻求普遍情怀或与自己文学传统的相似之处，以获得一种熟悉与认同感；后者重求异，即渴望在亲切的事物中寻求一种舒适的民族风味或异域风情。

前文提到，不少学者都曾指出读者在阅读外国文学作品时的心理偏好。如宇文所安认为，读者们想在"一种本质上熟悉、易于理解的"文学作品中，"寻找到一点地方色彩和话题；他们追求的是舒适的民族风味"（Owen，1990：29）。达姆罗什通过分析歌德对中国小说译文的评价，指出读者对于外国文本的完整感受包括三个方面：与我们的世界相似、不似，以及在似与不似之间游移（like-but-unlike）的某种感受（Damrosch，2003：11–12）。卡萨诺瓦也认为，在世界文学空间认可机制的影响下，民族文学作家须找到自己可以被发现的"合适距离"，生产和展现一种差异性，但这种距离又不是一种遥远的、无法被人感知的距离，必须"不要太近也不要太远"（Casanova，2004：157）。简单来说，求同是理解的基础，而求异能激发读者对他者文化的兴趣与热情。因此，求同与求异手段并用，便成为出版社吸引普通读者、推动中国文学作品在海外经典化的有效途径。

近年来，中国文学作品外译经历了由本土到海外的译介转变，过去由政府控制、主导的对外译介局面被逐渐打破，海外出版机构直接加入，甚至主导了整个出版过程（刘江凯，2012：31）。这解决了中国文学作品外译渠道不畅、营销不力等问题，但同时也将对外译介的主动权交给了海外出版机构，使其在译介过程中获得了更大的话语权。应当承认，企鹅对作品普遍性、与西方经验共通之处的挖掘，以及对作品中本土文化特色的重视，体现出世界图书市场对中国文学作品海外影响力因素的理解，对加强中国文化对外传播有一定的积极作用。

二 构建翻译出版文化

事实上，无论是制定统一化的编辑原则，还是精心设计副文本以引导读者，追根究底，出版商与编辑在经典化过程中所发挥的作用都是参与构建目的语社会的出版与翻译文化。文本选材是图书编辑所能行使的最大权力，而英美出版商往往倾向于挑选那些能够轻易被译语环境同化的作品（Venuti，1998：48）。本书第三章提到，企鹅也不例外，它更乐于出版"能顺利在英语中旅行"且"符合既定西方文学传统"的外语文本。另外，相比于英美在版权输出中积极踊跃的表现，英美图书市场中的外国文学译本比例极低，只占总体图书出版数量的 3% 左右。韦努蒂认为，出版商这种厚此薄彼的态度体现了一种狭隘的出版文化："英美国家的出版业日益使我们的读者变得严重单语化，并且在文化上目光狭隘；与此同时，出版商们将本国文化强加给大量国外读者，并从中获取高额利润。"（Venuti，2019：6）必须承认，企鹅在打破这种出版霸权、引入中国文学文化、丰富海外中国文学译本类型上做出了表率。革命对企鹅而言并不陌生，无论是 20 世纪初的平装书革命，还是 20 世纪 60 年代的性别革命，企鹅一直在追求经济收益之余挑战现有的出版实践。对于中国文学翻译，企鹅同样不满足于现有的选择。入选"企鹅经典"的中国现代小说涉及不同作者的多部作品，企鹅出版的《阿 Q 正传及其他中国故事：鲁迅小说全集》和《二马》[1]及《半生缘》为首次在海外正式出版的新译本，《红玫瑰与白玫瑰》和《留情》[2]是企鹅内部以不同经典系列的名义再版的单篇小说译本，《倾城之恋》《色，戒》《猫城记》《围城》是在

---

[1] 《二马》的杜为廉译本是首次（正式）出版。

[2] 这两篇小说首次被企鹅出版时，被收入"企鹅经典"丛书中的《倾城之恋》与《色，戒》译文合集，后来又以单篇形式单独出版了一次，即以"迷你现代经典"丛书的名义再版。

其他出版社译本的基础上推出的重印本或修订本。经典不是往古的残余、旧日的遗迹，而是时时刻刻有益于当前。因而翻译经典的一大特征是在某一段时间内被反复重译、重版。通过不断重译，文本的意义与能指得到丰富，这凸显了作品"无限的可读性"（刘象愚，2006：53）与"当下性"（张隆溪，2014：79），使其与现在的状况与目前的关怀发生对话。通过主动促成中国文学翻译的版本流变，扩大文本的覆盖面与影响力，作为出版机构的企鹅有力地推动了这些作品在西方的经典化。

此外，出版商与编辑的权力还体现为：控制译本的生产过程，引导译者的翻译策略，在很大程度上决定译本最终的风格面貌。在此过程中，出版商负责协调译者与作者的关系，三者的关系可以被理解为一种通力合作，也可以被理解为一种较量与博弈，以致翻译成为相关行动者参与的"权力游戏"（Fawcett，1995：177）。在中国文学外译与出版领域，企鹅的译者培养计划有利于它作为出版商在这场"权力游戏"中掌握主动权，通过经济或事业上的赞助影响译者，从而决定翻译成品的最终呈现方式，这当然也体现了企鹅在中国文学传播项目上的战略眼光。2008 年，企鹅与中国新闻出版总署、英国艺术协会和澳大利亚艺术理事会合作建立了中英文学翻译课程（CELT）项目，旨在培养中国文学英译的年轻人才，帮助他们磨炼技能、建立良好的职业人际网络。著名翻译家葛浩文、蓝诗玲、杜博妮，以及作家毕飞宇、阎连科均曾为该项目的学生授课。2011 年企鹅出版的新书——王晓方的《公务员笔记》（*The Civil Servant's Notebook*）与何家弘的《血之罪》（*Hanging Devils: Hong Jun Investigates*）均出自该项目所培养的译者之手。值得一提的是，这两部作品分别作为中国当代官场文学与罪案文学的代表，尽管颇受读者欢迎，却并未引起国内学术界的重视。在海外，这两部译本首次面世便引起媒体热议，这当中企鹅的赞助与推荐功不可没。

结合第三章的讨论可知，出版商通过影响原作与译本选材、出版数量与译文风格等方面，形塑着海外读者对中国现代文学的视界与价值取向，制约着他们对于中国文学与文化的观感与理解。我们在研究中国文学海外接受时，常常着眼于西方学术界与读者，对于处在文本赞助系统中心、连接读者与文本过渡环节的出版商与编辑却不够重视，对西方出版业规范也缺乏了解和分析。在汇集各个文化参与者观点、内容分工互补的中国文学意见网络中，出版商可积极配合主流观念以确保经济收益，也可出于文化责任，为提升翻译文学地位贡献力量，无论从哪种角度而言，其在中国文学译介中发挥的作用都不可小觑。

第二节　海外主流媒体与书评

西方的文学批评体系分为两部分，一类是贴合大众口味的媒体书评，一类是学者在专业文学期刊上发表的学术批评。在评论的作用、特点与性质上，媒体书评与学术批评存在一定的差异。媒体书评的主要作用在于第一时间发布书讯、介绍图书内容，最终向读者提供该作品是否值得阅读或购买的建议；学术批评的对象则更为广泛，对作品的剖析更细致全面，其读者往往已熟知作品内容，希望对作品的艺术价值获得更深刻、专业的了解（Hale，2010：237）。媒体书评与学术批评的落脚点不同，在特点和性质上也迥然有别。前者具有时效性、话题性，并以此引起读者兴趣，其作者往往深谙图书市场风向与读者阅读心理，了解如何获得图书推介的最好效果；而后者更富学理性、篇幅更长，内容更具公信力，对读者价值取向的引导也更具影响力和持久性。

国内学者在探讨中国文学外译与接受时，往往容易忽略对媒体书评、译评的系统研究，这也许是因为中国文学批评向来以严肃的学术批评为主流。然而在欧美国家，《纽约时报》等主流媒体的书评专栏却是文学批评体系的重要部分，书评作者一般是关心高雅文学的精英分子，反感艰深晦涩的学院派作品，这便促生了为普通读者或非专业人士撰写书评的传统，媒体书评与学术批评体系在不同的语境与脉络中发展并进（王德威、刘江凯，2012：335）。学术批评与媒体书评内容互补，形成中国文学批评的聚合效应，以不同风格、篇幅与功能的批评话语充实着中国文学作品的文本释义场。诚然，具有影响力的海外学人著作、学术期刊论文、博士学位论文在文学经典化过程中扮演着重要角色，但西方主流报刊书评的作用也不容小觑。

例如，美国学者萨拉·波拉克（Sarah Pollack）认为，波拉尼奥（Bolaño）等南美作家能在美国文学圈声名鹊起，确立世界文学作家地位，这离不开《纽约时报》书评专栏与美国媒体偶像奥普拉·温弗瑞（Oprah Winfrey）"奥普拉读书俱乐部"（Oprah's Book Club）对其的大力追捧。前者是美国文学界认可某一作家的"最可靠证明"，后者虽然未能得到学术界专业人士认可，却是图书畅销的"绝对保证"（Pollack，2009：346）。在这两者推出的榜单上，拉美作家的英译作品数量均名列前茅。相比之下，中国文学作品在《纽约时报》年度书单与奥普拉节目书单上基本缺席。

可见，中国文学想顺利进入国际图书市场，扩大在世界文学中的影响力，也需要获得英美读书界具有公信力的意见领袖或书评专栏的关注与积极评价。相较学术批评，媒体书评与普通读者的关系更为紧密，能影响西方读者、译者、出版编辑的阅读取向、价值判断，并与不同层次、平台的评论话语组成互相配合的意见网络，共同构建对中国文学作品的舆论导向。因而"赢得书评舆论"是"中国文学走向世界的前提"（刘亚猛、朱纯深，2015：5）。

在入选"企鹅经典"的中国现代文学作品的经典建构中，海外媒体书评、译评也发挥着类似作用。在英语读书界，开辟书评专栏或设立书评专刊的媒体众多，包括《纽约时报书评》（*The New York Times Book Review*）、《纽约书评》（*The New York Review of Books*）、《伦敦书评》（*London Review of Books*）、《出版家周刊》（*Publishers Weekly*）、《旧金山书评》（*San Francisco Book Review*）等；重要的书评数据库期刊有《科克斯书评》（*Kirkus Reviews*）与《图书评论索引》（*Book Review Index*）等。在海外，媒体书评不仅对读者有引导作用，也能决定图书的市场反应与销量，是"图书馆与书店经理购入图书的重要参考"（Rich，2009）。例如，有"美国书评界霸主"之称的《纽约时报书评》拥有大批固定读者群，发行量高达 170 万份，能够引领出版业热点，将一本书一夜送上畅销榜单。不过，由于媒体的类型不同、瞄准的目标群体有异，不同平台的书评对作品的影响力不尽相同，学者们对于这一问题也见仁见智。相比主流新闻报刊《纽约时报》，葛浩文认为在了解翻译文学的接受情况方面，瞄准中产阶级精英、专业性更强的文化综合类杂志《纽约客》（*The New Yorker*）更有说服力："要想了解中国文学在美国的知名度，只要看看《纽约客》杂志上发表了多少中国作品……在美国读书界，《纽约客》能卖得动书，《纽约时报》什么的不管用。"（赋格、张健，2008）

无论如何，作为出版动态的追踪者，媒体书评能直接影响目标读者，又因其短小精悍、通俗易懂，往往能在第一时间吸引大批普通读者，引导他们对作品价值的初步估断；但由于学术性、专业性不强，也容易误导读者。相比严肃的学术批评而言，媒体书评的关注重点往往并非文本的内部价值，而更接近于文学的外部研究，政治性与话题性也更强。上一章指出，译文中的导言、后记等副文本通过不同的叙事运作方式构建文本意义，以迎合西方读者对中国文学整体质量、社会政治现实的固定认知。这几种叙事策略在媒体书评推介中国文学作品的过程中也很常见。

一 海外媒体书评中的叙事策略

第一，采用人物事件再定位的叙事运作方式，将入选作品"异类"化，强调入选作品比中国官方文学史与主流评论界所认可的五四—左翼文学更具艺术价值、文学魅力，以美学上的褒贬掩饰意识形态上的对立。例如，斯坦福大学汉语与比较文学系教授李海燕（Haiyan Lee）的《倾城之恋》书评认为，张爱玲在《沉香屑·第一炉香》中写女佣陈妈"着了慌"时"在蓝布褂里打旋磨"，她的辫子"扎得杀气腾腾，像武侠小说里的九节钢鞭"，这种人物描写难得一见。五四时期的中国小说家刻画过无数农民与底层阶级人物，但无一做到张爱玲写陈妈那般活灵活现，"也许鲁迅笔下站得像圆规一般的杨二嫂是个例外"（Lee，2007）。除了在人物刻画方面更胜一筹，书评还将张爱玲作品的不朽魅力归功于作者对"社会性诗学"的展现，即对人类存在体验与人际关系的揭示。通过这种诗学展现，张爱玲为我们描述了一群鲜明的女性角色，她们姿色各异，大多通过住房、服饰、艺术品等操纵周边人际关系。书评认为，这种笔法有别于五四时期的革命浪漫主义，摒弃了呆板的受害者或贱民形象，也不执着于对于乌托邦式远大理想的追求，而是对自我世界的艺术性呈现。张爱玲笔下的人物往往屈服于商品经济与社会名流的世俗诱惑，其作品与20世纪三四十年代的激进派作品截然不同。例如，在丁玲的小说中，主人公通常坚定地抵制物质与爱情的影响。正因为不回避资产阶级商业文明对精神世界的冲击，张氏小说才能在后革命与后现代社会依然不失吸引力（Lee，2007）。林培瑞（Perry Link）也曾在《纽约书评》上撰文，指出由于中国现代文学题材受限，作家们只能创造刻板的人物形象，展现僵硬的叙事手法、机械的遣词造句与修辞方式。许多作品沦为粗暴的政治宣传。而张爱玲的魅力在于其创作未受政治思想影响，能够释放文学天性，展现其强大而富有个性的写作功底（Link，2006）。同样，在《围城》与老舍小说的书评中，这种将作品诠释为中国现代文学中"反经典"的观点也很常见。老舍小说与《围城》中展现了作者的幽默与博学，西方学者将其理解为一种文学"世界性"与"现代性"，因为它们在中国同时期作品中实属异数（oddity）："中国现代文学大多是为了激起愤怒或希望，而非愉悦。"（Hegel，1980：694；O'Kane，2013）通过将书评对象塑造为中国现代文学中的"另类"（anomaly），建立作者打破主流文学规范的勇者形象，凸显其作品的独特性，书评完成了对入选作品的重新定位：这些作品的质量、风格与中国现代文学正统相对立，与西方文学、世界文学潮流相契合。此外，虽然书评肯定了入选作品的文学价值，其潜台词却也十分清晰——中国现代文学的整体水准难以令人信服，从而隐晦地表达出西方文学的优越性。《旁观者》（*The Spectator*）上的一篇《围城》书评写道，"如果说《围城》是中国20世纪文学中的一部杰作，这算不上一种美誉，因为20世纪的中国小说充其量只能作为趣味性或信息性文本阅读，只偶有智慧或戏剧性情节的闪现"。但这篇书评也认为，企鹅版译本导言称赞《围城》结尾对婚姻破碎的描写堪称翘楚，其实是一种过誉；乔治·艾略特（George Eliot）的《米德尔马契》（*Middlemarch*）才是真正对灾难性婚姻的精彩刻画（Mirsky，2005）。

第二，运用叙事手段直接从政治角度进行人物事件再定位，主要目的是强调入选作者的"非政治性"，如对官方文学与政治的不创作、不参与等。所谓"不创作"，是指在写作中规避战争、革命等宏大叙事，不以政治事件为小说背景，偏离革命期间的创作潮流。如《围城》书评强调钱锺书的作品"完全没有同时期作家的那种意识形态热情（ideological zeal）"（Hussein，2005），就连主人公方鸿渐远赴三闾大学，也并非由战事或政治局势驱动，而是失恋后的心痛之举（Rea，2010）。确切地说，书评认为推进《围城》故事情节的并非宏大历史事件，而是人物的复杂性格。所谓"不参与"，是指与主流社会思潮或革命理念的疏离、不合。在所有入选作家中，西方书评对老舍作品的政治性阐述最为明确。例如，发表在《洛杉矶书评》（*Los Angeles Review of Books*）上的某书评论述了老舍的"不参与"态度。作者认为，老舍的小说展现了"在一个不公平的社会，个人的挣扎是徒劳的"（French，2013）。表面上看，书评肯定了入选作者进行"非政治性"创作的艺术成就，实质上却是通过褒扬部分作者的独特性，贬抑整体中国现代文学的政治性，这反而凸显了西方媒体对政治性阐释的执着，因而这种"去政治化"实际上是政治化的一种方式。

第三，运用选择性叙事，即通过抑制或加强文本的某些方面，推广该媒体所倡导的政治立场或价值取向。该策略在书评中主要表现为侧重作品的历史背景介绍，强调入选作者的本人经历，在文本内容与作者经历间建立关联。学术批评的读者通常对作品已有基本认知，媒体读者对书评中的外国文学作品却往往不甚了解。因而在海外书评对中国现代小说的推介中，作者生平与历史背景往往占极大比重。例如，某篇发表在《纽约书评》上的书评作者对五四运动的由来和中国知识分子如何引入西学、救亡图存、改造旧中国的历史背景做了相当详尽的阐述。最后，文章的立脚点放在《围城》主人公方鸿渐与钱锺书本人的联系上，并借此引出当代中国知识分子面临的困境："日益缩小的选择空间、个人的失败感，以及被迫妥协的结局，某种意义上说，小说主角的人生便是钱锺书的人生，也是数百万中国人的人生。"该书评认为，方鸿渐的道德困惑并非源于私人缺陷，而是由其所处的社会导致的。当知识分子在传统断层中应对现代性挑战时，在面对西方资本主义与商品经济带来的心理冲突与焦虑感时，《围城》中描写的困境令今日的中国读者依然感同身受（Mishra，2008）。

通过以上分析，我们发现海外媒体所刊发的中国现代文学书评带有较强的政治取向，某些书评作者并非中国文学研究领域学者，而是从事中国研究的记者、政治家、社会学家。当然，我们在分析中国文学海外媒体书评时，不应先入为主，认为西方媒体一律将中国文学作品视为异见作者表达政治意愿的工具。不可否认，对作品审美形式进行分析的媒体书评也不在少数。但相比之下，通过对叙事中人物关系的再定位，以及对文本素材的选择性应用，引起读者对中国文学的兴趣、迎合读者对中国文化的认知，才是海外媒体书评的主体内容。

二 海外媒体书评的翻译观

尽管当代读者对"翻译批评"这一概念已不再陌生，但对翻译作品的评论却始终未能形成一种固定传统（Hale，2010：236）。翻译标准的复杂性、对翻译活动与译者的偏见，致使大部分翻译文学批评往往以民族文学批评的面目出现。在大多数媒体看来，书评与译评之间并没有明显界限。因而在翻译文学的书评中，译者往往仅得到只言片语式的关照，翻译策略与改写的作用也被略过不提。

书评作者在评价中国文学作品时，是否意识到翻译并不是两种语言间的机械转换，译者的主体性与创造性可能会在不同程度上令其改写原文，影响读者对原作的价值判断？更重要的是，书评是否会提醒读者注意他们所阅读的是一篇被翻译过的文本，认识到通顺、流畅的话语很可能遮蔽源语文本的语言及文体差异，造成韦努蒂所说的"透明的错觉"（Venuti，1995：1），使读者在阅读外国文学时忽略原文的在场？从这个角度分析，书评作者可进一步分为三类：第一类为从事中国文学研究的学者或汉学家，如蓝诗玲、林培瑞、寇志明等；第二类是文学专业之外的其他中国研究领域（如中国历史、政治）的专家，如华志坚、张彦、吴芳思（Frances Wood）等；第三类是对中国语言文化缺乏了解、专业领域之外的作家或学者，如美国著名作家、评论家约翰·厄普代克等。

第一类作者通常具有一定的文学翻译经验，在书评中讨论翻译的意识相对较重。由于他们常以批评性眼光看待翻译行为，在对译本质量的评价上常有争论与分歧，其评论并非一边倒的溢美之词。例如，某些书评认为《围城》译者虽然偶有失误，但出色地完成了一项几乎不可能成功的任务，保留了原文的风采与原作者的才华（Hegel，1980：695；Palandri，1980：103-104）。20年后，《围城》由企鹅再版，该译本却被批评为"70年代的遗物"，未能传达原作中鲜活的语言修辞与自成一派的警句（O'Kane，2013）。蓝诗玲对译本的批评极为严厉："对话僵硬而不自然"，某些表达"令人费解"，整体"缺乏神采"，无法复制原作那令人眼花缭乱的机智（Lovell，2005）。另外，如前所述，蓝诗玲本人翻译的鲁迅小说译本自出版后广受好评，但受到澳大利亚汉学家寇志明的批评，后者认为蓝诗玲使用了一些过于英国地方性的词语，"听上去像是维多利亚时代的乡语"（Kowallis，2012：207）。之所以出现这些意见上的差别，有文学理念与品位的原因，也有时代性、地域性的原因。阅读这类书评会使读者清楚地意识到译者的在场，对译文与原作之间的距离产生一定的认知。当然，由于篇幅所限，媒体书评对翻译的讨论通常略显仓促、笼统，主要关注译文是否原汁原味地传达原作风格，或译文语言是否通顺、流畅等问题。由于缺乏具体说明与译例分析，这些讨论未能尽意，对于翻译不尽如人意的缘由、翻译在"文化迁移"中的变异问题，以及译本是否因主流意识形态出现编辑、改写等问题也常语焉不详。

第二类作者由于自身学术背景与历史、政治有关，侧重于对文学作品的社会学、材料学讨论，通常很少在书评中提及翻译问题，或倾向于赞美译本成功反映了原作风采（Wood，2010；Wasserstrom，2009）。阅读这类书评的读者会将译文视为原作的完美再现，往往不会思考两者间的差异。而第三类作者在评价译文时往往从阅读译文成品的感受出发。厄普代克曾在《纽约客》上撰文评论苏童与莫言的小说，他质疑葛浩文的译文中"失去了大量内容"，出现一些诸如"lick his wounds"的陈词滥调，这种英文表达"令人厌倦"（Updike，2005）。对此葛浩文也做出了回应，他认为厄普代克不懂中文，无法了解具体翻译策略的用意，因而对自己的译文做出了不实评价："对他而言，这在英文里是个陈腔滥调，但中文原文就是这么写的，他无法对照苏童原文，以为我用了什么滥套把苏童小说译坏了。"（舒晋瑜，2005）可见，对于不了解中文的西方作家或学者而言，即便意识到自己阅读的是一部翻译作品，也难以切身体会到复杂翻译过程背后的得失，他们对中国文学作品不免隔膜，不着根处，这在一定程度上削弱了评价的可靠性。

总体而言，在海外媒体书评中，翻译的改写功能可能被遮蔽，使读者将译文视为原作的完美复制与如实反映，这便增强了译者与书评作为中国文学权威阐释者的引导作用与公信力，也强化了海外主流媒体书评在推动中国文学经典建构中所扮演的角色。

第三节　海外学术机构与学术研究

在文学经典化问题的讨论中，学术批评是无法规避的重要因素。在一部文学作品几经浮沉的声誉史中，评论有可能是使它跻身经典之列的功臣，亦可能是将它推下神坛的罪首。学术批评对经典的推动作用自古有之。可以说，如果没有儒家的大力提倡，没有孔子的编订和他的评论（如《诗》三百，一言以蔽之，曰'思无邪'"），《诗经》便不可能稳居六经之首，对后世的文学创作、中国的诗性文化乃至生活方式产生深远影响。

翻译文学的经典建构在一定程度上受益于源语语境内部的学术批评，但更离不开译语文化系统中评论者的推荐赏识。中国诗歌外译史上令人津津乐道的例子是在源语文化内籍籍无名的寒山诗一跃成为英译外国文学经典。如前所述，除了因为寒山诗的内容与当时美国青年的精神诉求相契合外，这当中最大的功臣是美国诗人斯奈德。之后，寒山诗又被选入白芝编写的《中国文学选集：从早期至14世纪》，成为美国各大学东亚文学与中国文学课程的常用课本（钟玲，2003：37）。应该说，是先有斯奈德的发掘与推崇，再有美国读者的呼应与认同，最终才使寒山诗在海外主流诗歌体系中占据一席之地。

评论文本与作品经典建构的关系可以从阐释学的角度来解释。佛克马借鉴克默德的观点指出，"阐释是经典形成中整合性的一部分，文本能否被保存下来取决于不变的文本和不断变化着的评论的结合"（Fokkema & Ibsch，2000：15）。评论作为一种阐释方式，总是与经典相伴相生，不断激活、刷新作品的文学价值，这也是造就经典所谓"无时间性""无限可读性"，使之超脱时代与趣味之变迁，不断与现实产生联系的原因。不同层次、平台、形式的评论将翻译文本置于中国文学批评研究的话语网络中，共同参与文本意义的生成与确定。

如果说"世界文学"的概念"不是一系列开放而不可捉摸的作品集合，而是一种流通及阅读模式"（Damrosch，2003：5），那么外国文学作品最终能在西方世界安身立命，便不只归功于翻译，还是因为能在译语文化语境中长期处于流通与阅读状态。文学批评与译评是翻译文本顺利持续性流通、维持一定知名度的有效保证，能够不断激活外国文学作品在译语系统中的艺术价值与生命力，继而影响出版商或读者的文本选择、审美观念与价值取向。而那些拥有极大权威性与公信力的"意见领袖"，更是直接规定着一种文化内部的阅读路径，引导读者对某些外国文学文本的经典价值深信不疑。

在勒菲弗尔的改写理论中，评论家、书评作者与教师、译者是同处于文学系统内部的专业人士，负责"改写文学作品，使其符合特定时期与地点的诗学形态与意识形态"（Lefevere，2004：14）。勒菲弗尔认为，文学作品之所以成为经典并集聚文化资本，并不是因为其自身的文学价值，而是因为改写。评论是主要的改写形式之一，翻译、文学批评与参考文献等多种改写形式的"有效结合、相互补充和相互冲突，能成功塑造某一作家在英语世界的经典地位……也能将其完全排除于经典行列之外"（Lefevere，2001：109）。

然而，勒菲弗尔没有深入阐释的是，这种翻译文学批评的经典化机制与世界文学的权力结构相连，决定着第三世界或弱势民族在"文学世界共和国"中的认可路径。根据卡萨诺瓦、安德鲁·琼斯（Andrew Jones）等人的观点，文化与语言的不平等性催生了世界文学内部的阶层与暴力：汇集文学资本的"文学世界首都"成为文学规则的制定者与维护者；而处于边缘地区的民族文学作品只有在符合这些规则的前提下，才能获得西方主流语言译本，并在其评价体系中得到认可，被"文学化"以及"世界化"（Casanova，2004：128；Jones，1994）。西方评论者往往从自身文学传统、学术背景、诗学形态与意识形态来阐释、分析文本，有时未能对中国文学做出全然公允的评价。在"西方/欧洲/英语中心主义"影响下精心构筑的他者形象，加强了西方读者对中国文学及文化的刻板观念、意象与话语体系。相比中国古典文学，中国现当代文学在海外并未受到应有的重视，古典文学的译介数量与接受状况远胜现当代文学。李欧梵曾指出中国古典与现当代文学在美国的地位差异："由于中国近四五十年历史的影响，中国的学者对于当代特别重视。这与美国正相反，我作学生时根本没有中国现代、当代文学这回事，大家都学古典文学。"（李欧梵，1999：132）

第一个打破僵局并为西方中国现代小说研究做出突破性贡献的是美籍华裔学者夏志清，其代表作《中国现代小说史》使用英美新批评理论，致力于"优美作品之发现与品评"（Hsia，1961：vi），发掘并奠定了张爱玲、钱锺书、沈从文、张天翼等作家在文学史上的经典地位。此后，海外中国现代小说研究得到进一步发展，涌现了一系列专门考察单个作家的学术专著，中国现代文学学术期刊、文学史集与翻译作品数量也不断增长。根据哈佛大学教授王德威《英语世界的现代文学研究之报告》的分析，20世纪90年代，中国现代文学与文化研究领域在三个方面发生了翻天覆地之变化：一是理论作用愈发增强；二是研究范围不断拓宽；三是对历史论述的兴趣复燃，支持"重写历史"（王德威，2007：2）。

中国现当代文学在海外的接受状况也受到了国内文学研究者的重点关注，一些学者认为，海外中国现当代文学批评正逐渐经历从政治到艺术、从单一到多元的转变（刘江凯，2012：24；单昕，2014：4）。尽管西方学者尚未完全摆脱对中国文学阐释的意识形态猎奇与"社会学""材料学"视角，但其关注点已逐步向审美角度回归，并日益多元化。

当然，由于诗学传统与意识形态差异，西方对中国文学的偏见难以被连根拔除，在大多数西方学者或文学批评家看来，中国现当代文学依然被视为"对19、20世纪西方文学模式的低劣模仿与改编"（Jenner，1990：181），"缺乏独特的艺术感"（Duke，1990：200）。宇文所安对北岛诗歌的评价颇具代表性：他认为中国古典诗歌具有高度原创性与民族性，但中国新诗因为过度借鉴西方而失去生命力，"落后于时代"（Owen，1990：30）。对于中国现当代小说，海外研究者常以西方文学标准评说作者的叙事结构、语言与人物塑造。如厄普代克在评论苏童的《我的帝王生涯》与莫言的《丰乳肥臀》时，以西方主流诗学臧否其叙事结构与语言风格，认为：前者头重脚轻，以情节而非人物驱动叙事；后者则在措辞上缺乏维多利亚时期文学的端庄得体（Updike，2005）。在探讨评论中的偏见与误读之前，本节将首先分析海外学术界推动几位入选作家在英语世界经典建构的具体方式。

一 综述："企鹅经典"入选作家的文学通关

达姆罗什曾利用 MLA（Modern Language Association）数据库内的研究数据分析"后经典时代"不同作家经典地位的变迁，并据此提出"超经典"、"反经典"和"影子经典"的三分法（Damrosch，2006：46）。本书使用相似模式统计中国作家在英语学术界的活跃度，并将之与国内官方文学史推崇的其他同时期作家比较，发现入选"企鹅经典"的几位作家在研究数量上优势明显。同时，研究中最受欢迎的作品与入选该丛书的作品也有很大重合。例如，在国内知名度不高的老舍小说《猫城记》《二马》在海外却是重点研究对象，因此我们也就不难理解它们为何成为企鹅错失《骆驼祥子》版权后的第一选择；同样，参照众学者对《阿 Q 正传》的浓厚兴趣，我们便能了解企鹅将其写入鲁迅小说译本名称的原因。由于数据的局限性，表 4-1 并不能完全精确地展示中国作家在海外学术界的接受情况，但作为文学研究领域最全面、权威的数据库之一，MLA 数据库在某种程度上能够反映他们在英语学术系统中的地位、流通程度与影响力。

表 4-1   MLA 数据库中对几位中国作家的英文研究数量

（截至 2023 年 6 月 15 日）

	作家	总研究数量（篇/部）	期刊论文（篇）	书刊论文（篇）	学位论文（篇）	专著（部）	研究数量居前列的作品
入选作家	鲁迅	351	229	83	23	16	《阿 Q 正传》《狂人日记》《野草》
	张爱玲	149	67	50	20	12	《色，戒》《金锁记》
	老舍	87	56	14	12	5	《骆驼祥子》《猫城记》《二马》
	钱锺书	33	16	13	1	3	《围城》
其他同时期作家	茅盾	47	24	14	6	3	《春蚕》《子夜》
	郭沫若	23	12	8	2	1	《屈原》
	巴金	31	16	8	4	3	《家》
	曹禺	31	16	10	4	1	《雷雨》
	丁玲	28	16	7	4	1	《莎菲女士的日记》

达姆罗什在考察世界文学各作家的经典性时，提到了英国浪漫主义诗人"六巨头"（the "Big Six"），即华兹华斯、布莱克（Blake）、济慈（Keats）、柯勒律治（Coleridge）、雪莱（Shelley）和拜伦（Byron）。过去 40 年里，对这"六巨头"的研究数量不仅没有减少，反而较最初 10 年均有所攀升，这巩固了其在英语文学中的"超经典"地位。"正如现在的经济形势一般，最富有的人只会变得更加富有。"（Damrosch，2006：46）

　　事实上，中国现代文学也有自己的"六巨头"。自王瑶的《中国新文学史稿》（1951）确立了"鲁郭茅巴老曹"的排位格局后，几十年来，"鲁郭茅巴老曹"——鲁迅、郭沫若、茅盾、巴金、老舍、曹禺已成为"中国现代文学史的一个神话，一个不容置疑的经典"（程光炜，2004：11）。这六位大多是五四—左翼作家，多年来始终在中国现代文学官方排名中位居前列，也是中国评论家和读者最喜爱的超经典作家。但据图4-1，大多数作家在英语学术界并没有引起广泛关注。鲁迅和张爱玲是英语世界绝对的"超经典"中国现代作家。1960年至2020年，对茅盾、郭沫若、巴金、曹禺的研究数量略有上升；对老舍的研究数量在最后一个10年增长明显，但仍远低于对鲁迅和张爱玲的研究数量，且后者的领先优势还在不断增加。中国现代作家在国内与海外的地位差距，再次体现了民族文学经典化与世界文学经典化的路径有时并不一致。

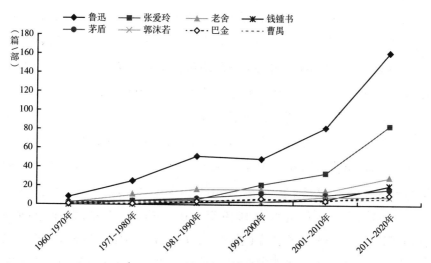

图4-1　1960~2020年MLA数据库中主要中国现代作家研究的数据考察

　　本节将回顾入选"企鹅经典"丛书的几位作家在海外的作品译介与研究历史，了解他们如何一步步打破语言与文化障碍，最终成为英语世界的中国文学经典代表。

（一）启蒙期（1949 年前）

事实上，对中国现代文学的译介首先出现在东亚和以法国为主的欧洲汉学界，然后才是英美国家。1909 年，《日本与日本人》杂志提到了周氏兄弟的翻译作品《域外小说集》，这是海外对中国现代作家的首次介绍。1929 年，敬隐渔翻译的《阿 Q 正传》与《孔乙己》被编入《中国现代短篇小说家作品选》（*Anthologie des Conteurs Chinois Modernes*），其在巴黎出版，这是中国现代文学作品在欧洲的首个译本。英国人 E. H. F. 米尔斯（E. H. F. Mills）根据该法文译本将《阿 Q 正传》《孔乙己》《故乡》三篇小说转译为英文，收入《阿 Q 的悲剧和其他中国现代小说》（*The Tragedy of Ah Qui, and Other Modern Chinese Stories*）中，该书于 1930 年、1931 年分别在英国和美国出版。1934 年，伊罗生（Harold A. Isaacs）编译了中国现代小说集《草鞋脚：中国短篇小说（1918—1933）》（*Straw Sandals: Chinese Short Stories 1918–1933*），但此书 1974 年才出版，收录了 5 篇鲁迅小说译文。此外，美国记者埃德加·斯诺编译的《活的中国：现代中国短篇小说选》（*Living China: Modern Chinese Short Stories*，1936）在英美出版，收录了他和姚克合作翻译的 5 篇鲁迅小说译文。这一时期翻译鲁迅小说最多的译者是华裔学者王际真，他的 15 篇译文分别被收入《阿 Q 及其他：鲁迅小说选》（*Ah Q and Others: Selected Stories of Lusin [Lu Hsün]*，1941）和《当代中国小说选》（*Contemporary Chinese Stories*，1944）等选集中，由美国哥伦比亚大学出版社出版。

海外对老舍的介绍始于 1939 年，由华裔翻译家高克毅（George Kao）撰写的《老舍的小说》（*The Novels of Lao She*）将老舍介绍到美国。真正意义上的作品译介则是在 1944 年，王际真在《当代中国小说选》中编入老舍的 5 篇短篇小说《黑白李》《眼镜》《抱孙》《麻醉师》《柳家大院》。1946 年，袁家骅和罗伯特·佩恩（Robert Payne）编译的《当代中国短篇小说集》（*Contemporary Chinese Short Stories*）收录了《"火"车》译文，在英美出版。长篇小说方面，伊文·金翻译的《骆驼祥子》（*Rickshaw Boy*，1945）和《离婚》（*Divorce*，1948）由纽约雷纳尔和希区柯克出版社（Reynal and Hitchcock）出版。该出版社于1948年还出版了老舍和郭镜秋（Helena Kuo）合译的《离婚》译本 *The Quest for Love of Lao Lee*。这一时期尚未出现专门研究老舍的论文。

20世纪40年代，钱锺书的《围城》与张爱玲的大部分小说刚问世不久，两人的作品在海外尚无人问津。

从清朝末期到新中国成立前，英语学术界对中国现代文学的译介和研究处于启蒙期。对于相关文学作品的论述基本停留在内容介绍上，缺乏深入阐释与论证，但为日后的研究贡献了拓荒性与奠基性的努力。从上述译介情况看，尽管某些译本同时在英美两国出版，但总体来说，由于深受"厚古薄今"的汉学传统影响，英国的译介规模小于美国。一战后美国左翼思潮的发展在某种程度上促进了鲁迅作品在美国的译介和传播。此外，克里斯托弗·杰斯普森（Christopher Jesperson）（2010：5–34）在他颇有影响力的专著《美国的中国形象（1931—1949）》（*American Images of China, 1931–1949*）中分析，20世纪三四十年代美国构建的中国形象是浪漫化的。传教士、作家、政治家和许多普通美国民众都致力于构建一个美好的中国形象。一方面，他们以一种施恩者的眼光看待中国，即美国应该像慈父一样帮助其他未成熟的国家，而中国正是理想的对象；另一方面，赛珍珠的《大地》使美国人感受到了亚洲的异国情调，其笔下的中国农民坚韧、务实、吃苦耐劳，引起了美国读者的共鸣，也使美国甚至整个西方的中国形象朝着友好、积极的方向发展。海外良好的中国形象也为这一时期开拓性的中国现代文学译介提供了一定的支持。

（二）低潮期（1950~1971年）

二战后，美国人看到中国的实际情形与媒体的宣传大相径庭，这引起了其情绪上的强烈反弹（姜智芹，2010：3）。由于文学场受权力场支配，对立的意识形态和冷战政策的确立阻碍了中国现代文学作品的海外译介。1959年，在美国政府和福特基金会的赞助下，当代中国研究联合会（Joint Committee on Contemporary China）成立，专门资助关于中国经济、政治和社会的研究。因此，20 世纪 60 年代，海外汉学成为某些西方国家（尤指美国）情报机构的一部分，因而这一时期的中国现代文学译介主要以了解现代中国社会、文化为主要目的，逐渐形成将中国文学视为社会文献的材料学情结。同时，译介活动局限于专业学术圈内，普通读者对中国现代文学知之甚少。

哈佛大学 1975 年出版的《中国现代文学研究与翻译目录索引（1918—1942）》（*A Bibliography of Studies and Translations of Modern Chinese Literature, 1918-1942*）汇总了海外英语学术界对 1918~1942 年出版的中国现代文学作品在 1974 年以前的译介与研究数据。资料显示，居于研究论文数量前列的作家分别是鲁迅、毛泽东、老舍、茅盾、郭沫若、郁达夫、巴金、曹禺、瞿秋白、丁玲等。从翻译数量看，鲁迅也最受欢迎，其作品的译本数量遥遥领先，共有短篇小说 91 篇，诗歌 10 篇，散文 272 篇，剧本、自传、学术专著、演讲集各 1 部。其次是老舍、茅盾、郭沫若与巴金等作家，徐志摩、戴望舒、闻一多等诗人也颇受译者青睐。值得注意的是，由于这一时期的历史背景，某些政治人物的文学作品受到额外关注。

可见，在这一时期，鲁迅依然是作品译介数量最多的中国现代作家，20 世纪 50 年代，北京外文出版社开始出版杨宪益与戴乃迭夫妇的一系列鲁迅作品译本，如《鲁迅小说选》（*Selected Stories of Lu Hsün*，1954）和四卷本《鲁迅作品选》（*Selected Works of Lu Hsün*，1956-1961）。杨戴夫妇的译本忠实原文、语言优雅，也是当时最完整的鲁迅作品译本，全方位展现了鲁迅作为小说家、散文家与社会政治评论家的文学成就。在美国，莱尔编译的《鲁迅小说集》（*A Lu Hsün Reader*，1967）由耶鲁大学出版社出版，收录 5 篇译文。同时，莱尔完成了博士学位论文《鲁迅短篇小说的戏剧性》（The Short Story Theater of Lu Hsün，1971）。黄颂康（Sung-K'ang Huang）的专著《鲁迅与现代中国新文化运动》（*Lu Hsün and the New Culture Movement of Modern China*，1957）以新文化运动为背景探讨鲁迅的历史地位，对美国鲁迅研究界产生了较大影响。其他重要的鲁迅研究者有夏志清、夏济安（Tsi-an Hsia）兄弟。夏志清在其《中国现代小说史》中毫不避讳他的政治立场（Hsia, 1961：498），他承认了鲁迅早期小说的出色技巧和讽刺性（Hsia, 1961：54），但其评论带有明显的政治偏见。夏济安则重点分析鲁迅文学天才中的"黑暗力量"与"颓废面"（Hsia, 1964：195），这与中国本土塑造的鲁迅形象有所不同。

老舍的译本数量有所减少。1951年，长篇小说《牛天赐传》（*Heavensent*）由伦敦登特父子有限公司（J. M. Dent and Sons Ltd）出版。1952年和1953年，老舍和郭镜秋合译的《鼓书艺人》（*The Drum Singers*）先后在纽约和伦敦出版。《猫城记》的两个译本先后于1964年与1970年出版，第一个译本有扭曲与变形，将小说视为了解中国社会状况的材料，体现了美国权力场对文学场译介行为的规约。① 但也有学者从文学和美学视角对小说的艺术价值进行剖析，老舍的幽默与讽刺手法得到了海外学者的重视，夏志清（Hsia，1961）、白芝（Birch，1961）、杜迈可（Michael S. Duke）（1969）对此均有著述。

二战后，张爱玲与钱锺书作品的译介数量均有一定的增长。杨立宇（Winston L. Y. Yang）与茅国权编撰的《中国现代小说：研究赏析论文与目录向导》（*Modern Chinese Fiction: A Guide to Its Study and Appreciation Essays and Bibliographies*，1981）（以下简称《向导》）整理了1944~1979年中国现代文学翻译与研究中的重要作品。在这一时期，除张爱玲的几篇自译作品外，张爱玲的短篇小说译文只零星散见于某些研究论文与中国小说译文合集中。学术方面，《向导》列出了有关张爱玲的5部研究作品。其中最重要的是夏志清在《中国现代小说史》中设立的张爱玲专章，其详细分析了《金锁记》等多部作品的艺术价值。夏志清首次给予了张爱玲的创作才华高度肯定，认为她是"当今中国最优秀最重要的作家"，成就堪比凯瑟琳·曼斯菲尔德（Katherine Mansfield）、凯瑟琳·安·波特（Katherine Anne Porter）、尤多拉·韦尔蒂（Eudora Welty）、卡森·麦克勒斯（Carson McCullers）等英美现代女文豪

---

① 详见第三章第一节对《猫城记》译本的对比分析。

（Hsia，1961：389）。其他几篇研究论文大多侧重于介绍作者生平经历、小说中的人物与意象，指出张爱玲作品能为读者"提供大量有关中国的信息"（Yang & Mao，1981：156），与真正意义上的严肃研究尚有距离。虽然张爱玲在60年代得到了西方学者的高度推崇，但由于意识形态、译本语言和内容删减等，其小说译本未能进入英语世界主流视野。本书第三章已做分析，在此不再赘述。

这一时期，英语世界翻译的钱锺书作品主要是小说《围城》。研究方面，西方对钱锺书的关注同样肇始于夏志清的大力推荐，夏氏从讽刺、浪游、文体、意象几个角度力证《围城》是"中国现代文学中最有趣和最用心经营的小说，亦可能是最伟大的一部小说"（Hsia，1961：441）。

（三）繁荣期（1972年以后）

1972年尼克松总统访华后，中美关系逐步改善，1979年两国正式建交。同时，改革开放后，中外交流日益增加，中国经济实力与综合国力的发展促使海外"新汉学"兴起。海外中国现代文学译介与研究快速发展，著作林立，并进入更为广阔的视域。这一时期的译介特点是由社会政治性批评转向关注作品的文学性，研究日益全面、系统、综合。

除前文提到的《草鞋脚：中国短篇小说（1918—1933）》于1974年出版外，杨宪益与戴乃迭夫妇的多部译本被海外出版商重印出版：《鲁迅小说选》1972年由纽约黄莺出版社出版，1977年由诺顿出版社出版；《鲁迅小说全集》（*The Complete Stories of Lu Xun*）1981年由印第安纳大学出版社出版。这一时期重要的鲁迅小说译本还有莱尔1990年出版的《狂人日记与其他小说》（*Diary of a Madman and Other Stories*），该书收录了《怀旧》以及《呐喊》《彷徨》中的全部小说篇目，共25篇。2009年企鹅版蓝诗玲译本《阿Q正传及其他中国故事：鲁迅小说全集》收录了鲁迅的《怀旧》和三部小说集的小说，共34篇。对鲁迅的研究著述全面展开，覆盖各个领域，显示了艺术分析与社会分析并重的特点，研究内容包括鲁迅的作品、思想历程、历史与文学史地位和影响、心理面貌等。莱尔的《鲁迅的现实观》（*Lu Hsün's Vision of Reality*，1976）以史无前例的全面性与丰富性，在大量传记材料的基础上，从宏观角度揭示了鲁迅的创作历程，并结合鲁迅所生活的时代确定了其作品的价值，得出了令人信服的结论；夏济安曾经的学生李欧梵出版了专著《铁屋中的呐喊：鲁迅研究》（*Voices from the Iron House: A Study of Lu Xun*，1987），从鲁迅的幼年经历入手解剖其思想中的矛盾性，揭示鲁迅对中国传统文化关系的"抗传统"意识，以及鲁迅与革命的复杂关系。一个立体、多面、复杂的鲁迅形象逐步确立。

新时期海外对鲁迅作品的译介更加全面，逐渐从小说拓展到其他文体。1973年，牛津大学出版社出版的《无声的中国：鲁迅选集》收录了戴乃迭编译的鲁迅小说、散文、诗歌和杂文共35篇。此外还有 W. J. F. 詹纳（W. J. F. Jenner）、陈颖（David Y. Chen）、寇志明等人翻译的鲁迅旧体诗，以及杜博妮翻译的《两地书：鲁迅与许广平往来书信集》（*Letters Between Two: Correspondence Between Lu Xun and Xu Guangping*，2001）。对鲁迅作品的研究范围也出现了相应拓展。1981年8月，美国加州蒙特雷举办了"鲁迅及其遗产"国际学术研讨会，英国学者卜立德（David Pollard）提交的文章以其博士学位论文《周树人的文学价值及其在中国传统中的地位》（The Literary Values of Chou Tso-jen and Their Place in the Chinese Tradition）为基础，重点关注鲁迅的杂文作品，开了从艺术角度而非社会材料学角度分析鲁迅杂文的先河。乐黛云（1990：42）认为，20世纪80年代的国外鲁迅研究出现了两股新潮流，一是以鲁迅为镜内省西方文化得失，二是以鲁迅的历史遗产解决世界面临的共同问题，如存在与虚无的悖论，个人与他人、社会的关系等。进入21世纪后，海外鲁迅研究日益纷繁复杂。2014年，以"世界视野中的鲁迅"为中心议题的国际学术研讨会在山东召开，集中探讨鲁迅对世界文学的影响、鲁迅对当代社会的意义等问题，凸显了鲁迅作品的世界性与当下性。

对老舍作品的译介表现出对译文准确性与完整性的重视。他的《骆驼祥子》有四个译本，伊文·金的1945年译本成为当年的畅销书，曾入选美国每月读书会（Book of the Month Club）推荐书目。然而，译者为迎合战后美国读者的心理预期，对原文进行了大幅度删改，使其成为意识形态操控翻译策略的知名范本。1979 年，琼·詹姆斯重译的《骆驼祥子》译本 *Rickshaw: The Novel Lo-t'o Hsiang Tzu* 在美国出版，力图真实再现中文文本原貌。1980 年詹姆斯又出版了《二马》译本 *Ma and Son: A Novel by Lao She*。1981 年，施晓菁的《骆驼祥子》译本 *Camel Xiangzi* 由北京外文出版社出版。1995 年，《哥伦比亚中国现代文学选集》收录了莱尔的《老字号》（An Old and Established Name）译文。莱尔与陈伟明合译的老舍作品集《草叶集》（*Blades of Grass*）也在 1999 年问世，收录了 11 篇短篇小说和 3 篇随笔。《骆驼祥子》的最新译本 *Rickshaw Boy: A Novel* 由葛浩文执笔，2010 年被收入"哈珀中国现代文学经典"（Harper Perennial Modern Chinese Classics）丛书并出版。研究方面，某些海外老舍研究仍然专注介绍作者的生平经历，对老舍作品的艺术分析不可避免地与对作者的政治命运与身份的分析交杂。在西方学者笔下，老舍是现代中国深陷两难境地的知识分子（Chou，1976），借智慧与幽默生存于夹缝之中（Shih，1972）。高克毅（Gao，1980）、王德威（Wang，1989）、陶普义（Britt Towery）（1999）等人的研究不仅对老舍作品的语言艺术、创作思想进行了深度挖掘，还拓展到老舍与基督教的关系、老舍与西方作家的比较以及老舍作品的全球化等方面。

　　李安导演的电影《色，戒》加速了张爱玲小说在英语世界的译介。其实，早在 2007 年该电影上映前，美国"纽约书评经典"丛书主编便于《牛津文学英译指南》（*The Oxford Guide to Literature in English Translation*）的一则脚注中发掘了张爱玲的小说（Hunnewell，2016），并帮助译者对《倾城之恋》早期香港《译丛》版译文进行了较大修改，修订本于 2006 年出版，一年后被收入"企鹅经典"丛书，于英国再版。《色，戒》《半生缘》《红玫瑰与白玫瑰》等作品紧随其后。海外张爱玲研究新见迭出，发展势头强劲，成为海外汉学界的热点。周蕾（Rey Chow）（1991）的女性主义批评与心理分析、王德威（2004）提出的"鬼魅叙事"、罗鹏（Carlos Rojas）（2008）的视觉艺术分析、李欧梵（2019）的"现代性"与物质文化视角，均展示了新时期张爱玲研究在结合西方最新理论成果后的丰富实绩。

1981 年出版的《中国现代中短篇小说选（1919—1949）》（*Modern Chinese Stories and Novellas，1919-1949*）收录了钱锺书的短篇小说《纪念》的译文 Souvenir。在钱锺书研究方面，英语文学界更重视钱锺书的文学创作，对其学术著述研究不多。在夏志清之后，胡定邦和胡志德也是重要的钱锺书研究者。前者侧重分析《围城》的语言与文体造诣如何成就作者的讽刺功底（Hu，1978）；后者不仅从事对《围城》的分析，还全面介绍了钱锺书在文学批评、散文、短篇小说等方面的成就（Huters，1977）。胡志德 1982 年的著作《钱锺书》（*Qian Zhongshu*）开始将学者与文学家身份的钱锺书作为整体进行讨论，探寻其文学创作与批评间的共性，勾勒出钱锺书的完整形象。1998 年，艾朗诺（Ronald Egan）选译的《管锥编》译本 *Limited Views: Essays on Ideas and Letters* 在美国出版，借西方话语体系介绍钱锺书的学术成就，开创性意义极大。2015 年，雷勤风（Christopher Rea）主编的《中国的文学世界主义者：钱锺书、杨绛和文学世界》（*China's Literary Cosmopolitans: Qian Zhongshu, Yang Jiang, and the World of Letters*）展示了海外"钱学"的最新研究成果。论集将钱氏夫妇定位为"文学世界主义者"/中国现代文学中追求世界主义的代表，研究两者的文学创作与批评成就。

纵观各历史阶段，海外中国现代文学学术批评从肤浅的人物、作品介绍，发展到具有材料学、社会学情结的内容分析，再到政治与审美因素混生的多元视角分析，不断吸收西方理论范式与各学科领域发展的最新成果，构建日益完备、深刻、多元的作家与作品形象。在入选作家中，鲁迅是中国文学中绝对的超经典作家，海外中国现代文学译介由他揭开序幕，对他的译介与研究数量始终远超同时代作家，他也是最早拥有单人作品翻译集与研究专著的作家。经典是历史的，由意识形态变化引起的审美口味与阅读取向变迁会改变人们对经典的定位与选择，只有真正具有"普在意义"的作品才能经受住不同意识形态的考验，才能始终存在于当前。然而，仅文本本身的这种"永恒价值"还不足以使作品在经典的竞争中立于不败之地，真正能巩固超经典地位的是围绕文本、随着时代需求变化不断更新的阐释与评论。与鲁迅研究一样，西方学术界的老舍、张爱玲、钱锺书研究在新时期依旧保持着强劲的发展势头。"企鹅经典"对这些作家的选择，可以说正是基于其作品在海外学术界持久的生命力与活跃度。

下文将以"企鹅经典"为例，分析西方学者在中国文学海外译介过程中采用的具体经典建构手段。

二　文学史集：中国文学的弱势显身

"凡选本，往往能比所选各家的全集或选家自己的文集更流行，更有作用。册数不多，而包罗诸作，固然也是一种原因，但还在近则由选者的名位，远则凭古人之威灵，读者想从一个有名的选家，窥见许多有名作家的作品。……凡是对于文术，自有主张的作家，他所赖以发表和流布自己的主张的手段，倒并不在作文心，文则，诗品，诗话，而在出选本。……如此，则读者虽读古人书，却得了选者之意，意见也就逐渐和选者接近，终于'就范'了。"（鲁迅，1934/2005b：138）鲁迅的这段论述清楚地道出了选本在经典建构上的功能，文学史集之所以影响深远，第一是因为经济便捷、流传度高；第二是因为选者的威望与名人效应；第三是因为选者对文本的阐释潜移默化地影响了读者，最终内化为一种思维定势。

在西方文学经典化研究中，选集也被视为缔造经典的重要方式。因为选集是经典的传播工具，某些关于英语文学经典起源的研究最初便是由对选集的讨论引发的。在某些情况下，"选集"与"经典"甚至可以混用。选集是文学经典"最具体的表现"（Price，2003：5），它是某些文学系统内部专业人士对于杰出作品的系统分析，为经典作品划定边界、指定内容，并建立、传播、维护某种具体的文学经典观。选集的经典化功能可拆解为四个方面：（1）选集通过将同类文学作品系统化、等级化，刺激读者对作品进行比较、排位和价值判断，催生一种对于经典的"文化渴求"；（2）选集推广并普及某种文学批评观点，并就文学品质的判定形成某种文化共识；（3）通过撰写序言和其他编辑工作，认可选集本身的文学、社会价值；（4）不同选集互为补充，为同一作品提供不同阐释语境，强化、巩固经典作品的传播（Benedict，1996：4–17）。

同理，翻译文学史集是外国文学在异域进行经典建构的有效途径。勒菲弗尔就曾明确指出，翻译文学史集的经典化功能不容小觑，却很少得到关注（Lefevere，1996：140）。文选编撰者遵循一定的标准，翻译、编排、整理一系列具有代表性的文本，并将其收录成集，这能够形成一种编排有序的语料库，确立入选作品的经典地位，并在目的语环境中塑造一国文化的形象。这种集成语料库的威力在于，"经过编排与重新组织后，创造的意义与价值要超越单一元素创造的意义与价值总和"（Frank，2004：13）。文学史发挥的功能与之类似，不同之处在于，文学史主要以史为据、以史带论，通过对文本的评论与阐释建构经典，而选集通过直观地向读者呈现具体作品的译文，使用各种翻译策略达到操控文本、建构经典的目的。例如，陈橙（2012）对宇文所安《诺顿中国文选：初始至 1911 年》（*An Anthology of Chinese Literature: Beginnings to 1911*）的系统性研究显示，编译者通过"重塑差异家族""创造互文语境""融合归化异化"等多种方式，在翻译中对中国古典文学经典进行了重构。

结合国内外关于选集经典化功能的观点，翻译文学史集建构经典的方法具体有以下几种。（1）文本选材。在某种"统一"文学准则的基础上，对一国文学进行甄选，在目的语文化语境创造、定义并维护一种"他者"文学传统，并打造此文学传统内部的代表作品或作家。（2）副文本评论。"选集不仅通过对作品的取舍而且也通过对个人作品的阐释来确立经典。"（乐黛云、陈珏，1996：259）翻译文学史集对入选作品的评论或隐或显，通过多种副文本形式实现。"一些选集包含序言、评语、导言、后记等，即使没有这些内容，选集也会提供其他途径，以便有心的读者发掘选集所隐含的阐释与评价。"（Frank，2004：14）（3）译文补充。某些选集为一部作品提供了最早译本，作为一种早期译介，为作品的后续翻译与出版奠定基础。例如，夏志清与刘绍铭合编的《20 世纪中国短篇小说选》中，除一篇外均为首次翻译的作品，其中由张爱玲自译、夏志清修改的《金锁记》后经金凯筠争取，被《倾城之恋》收录出版。选集对扩充外国文学语料、提升外国文学在英语学术与教学中的地位尤为重要，正如《诺顿非裔美国文学选集》（*The Norton Anthology of African American Literature*）编者盖茨（Gates）所言，"从今以后，不会再有人能以［译本稀缺］为借口，拒绝在大学教授我们的文学"（Gates，1989：37）。（4）文本编排。选集以传递信息或美学等为目的对文本进行编排，构建多元语境与全球视角，寻求文学共鸣。

可以说，选集既是一种文化干预，也是文化干预的实际成果。相对于英语世界对其本土文学选集的编撰，翻译文学史集编撰的干预性更为明显。编者的文本选材并非在真空中进行，选材标准也远非超越个人品位的"共识性""一致性"文学准则，而是受知识处境性的影响，处于源语与目的语文化的动态关系中。因而选集编撰、撰史与翻译一样，都是一种受制于社会文化因素的改写。

表4-2列出了目前海外较有代表性的中国现当代文学史集。这些选集的内容篇幅、出版规模、出版社与主编知名度、教学普及度不同，因此其在英语世界的影响力也不一样。某些选集由西方资深学者编撰、知名高校出版社出版。较重要的有白芝的两卷本《中国文学选集》，其曾被联合文教科文组织列入"中国文学译丛系列"（Chinese Literature Translation Series）；刘绍铭与葛浩文的《哥伦比亚中国现代文学选集》则是中西学者合作的典范，也是海外多所高校中国文学课程的必备教材。此外，还有某些商业出版社刊印的普及本选集。在世界文学史集中，诺顿文学选集在大学课堂中被广泛应用，并被认为具有"认可某一文学传统合法性"的权力，因而诺顿不仅仅是出版商，还被视为具有经典化作用的文化机构（Villa，2012：156）。

表4-2　海外出版的主要中国现当代文学史集

书名	编者	出版机构	出版时间
Living China: Modern Chinese Short Stories（《活的中国：现代中国短篇小说选》）	Edgar Snow（埃德加·斯诺）	Reynal and Hitchcock（雷纳尔和希区柯克出版社）	1936
Contemporary Chinese Stories（《当代中国小说选》）	Chi-Chen Wang（王际真）	Columbia University Press（哥伦比亚大学出版社）	1944

续表

书名	编者	出版机构	出版时间
Readings in Contemporary Chinese Literature（《现代中国文学读本》）	Wu-chi Liu, Tien-Yi Li（柳无忌、李田意）	Institute of Far Eastern Languages, Yale University（耶鲁大学远东语言学院）	1953
A History of Modern Chinese Fiction（《中国现代小说史》）	C. T. Hsia（夏志清）	Indiana University Press（印第安纳大学出版社）	1961
A History of Chinese Literature（《中国文学史》）	Lai Ming（赖明）	Cassell（卡塞尔出版社）	1964
Twentieth-Century Chinese Stories（《20世纪中国短篇小说选》）	C. T. Hsia, Joseph S. M. Lau（夏志清、刘绍铭）	Columbia University Press（哥伦比亚大学出版社）	1971
Anthology of Chinese Literature: Volume II: From the Fourteenth Century to the Present Day（《中国文学选集，第二卷：从14世纪至当代》）	Cyril Birch（白芝）	Grove Press（丛树出版社）	1972
Modern Literature from China（《中国现代文学选》）	Walter J. Meserve, Ruth I. Meserve（沃尔特·梅泽夫、鲁思·梅泽夫）	New York University Press（纽约大学出版社）	1974
Chinese Literature: An Anthology from the Earliest Times to the Present Day（《中国文选：从古到今》）	William McNaughton（威廉·麦克诺顿）	Tuttle Publishing（塔特尔出版社）	1974
Modern Chinese Literature in the May Fourth Era（《五四时期的中国现代文学》）	Merle Goldman（谷梅）	Harvard University Press（哈佛大学出版社）	1977
An Advanced Reader in Chinese Literature（《中国文学高级读本》）	Wallace S. Johnson（华莱士·约翰逊）	Center for East Asian Studies, University of Kansas（堪萨斯大学东亚研究中心）	1978
Literature of the People's Republic of China（《中华人民共和国文学选集》）	Kai-yu Hsü（许芥昱）	Indiana University Press（印第安纳大学出版社）	1980
Modern Chinese Stories and Novellas, 1919–1949（《中国现代中短篇小说选（1919—1949）》）	C. T. Hsia, Joseph S. M. Lau, Leo ou-fan Lee（夏志清、刘绍铭、李欧梵）	Columbia University Press（哥伦比亚大学出版社）	1981

续表

书名	编者	出版机构	出版时间
Contemporary Chinese Literature: Anthology of Post-Mao Fiction and Poetry（《中国当代文学：后毛小说与诗歌选集》）	Michael S. Duke（杜迈可）	Routledge（劳特利奇出版社）	1985
A Selective Guide to Chinese Literature 1900–1949, Volume I: The Novel（《中国文学指南（1900—1949），第一卷：小说》）	Milena Doleželová-Velingerová（米列娜·多林热诺娃－维林吉诺娃）	E. J. Brill（博睿学术出版社）	1988
A Selective Guide to Chinese Literature 1900–1949, Volume II: The Short Story（《中国文学指南（1900—1949），第二卷：短篇小说》）	Zbigniew Slupski（史罗甫）	E. J. Brill（博睿学术出版社）	1988
A Selective Guide to Chinese Literature 1900–1949, Volume III: The Poem（《中国文学指南（1900—1949），第三卷：诗歌》）	Lloyd Haft（汉乐逸）	E. J. Brill（博睿学术出版社）	1988
A Selective Guide to Chinese Literature 1900–1949, Volume IV: The Drama（《中国文学指南（1900—1949），第四卷：戏剧》）	Bernd Eberstein（本恩特·艾波施坦因）	E. J. Brill（博睿学术出版社）	1989
The Columbia Anthology of Modern Chinese Literature（《哥伦比亚中国现代文学选集》）	Joseph S. M. Lau, Howard Goldblatt（刘绍铭、葛浩文）	Columbia University Press（哥伦比亚大学出版社）	1995/2007
A Guide to Chinese Literature（《中国文学导读》）	Wilt L. Idema, Lloyd Haft（伊维德、汉乐逸）	Center for Chinese Studies, University of Michigan（密歇根大学中国研究中心）	1997
The Literature of China in the Twentieth Century（《20世纪中国文学》）	Bonnie S. McDougall, Kam Louie（杜博妮、雷金庆）	Hurst & Company（赫斯特出版社有限公司）	1997
The Picador Book of Contemporary Chinese Fiction（《皮卡多中国当代小说选》）	Carolyn Choa, David Su Li-Qun（蔡敏仪、苏立群）	Picador（皮卡多出版社）	1998

续表

书名	编者	出版机构	出版时间
The Vintage Book of Contemporary Chinese Fiction（《中国当代小说精选》）	Carolyn Choa, David Su Li-Qun（蔡敏仪、苏立群）	Vintage（精品出版社）	2001
The Columbia History of Chinese Literature（《哥伦比亚中国文学史》）	Victor H. Mair（梅维恒）	Columbia University Press（哥伦比亚大学出版社）	2002
Advanced Reader of Contemporary Chinese Short Stories: Reflections on Humanity《中国当代短篇小说高级读本：人性的思考》	Ying Wang, Carrie E. Reed（王颖、吴凯瑞）	University of Washington Press（华盛顿大学出版社）	2003
Stories for Saturday: Twentieth-Century Chinese Popular Fiction（《星期六故事：20 世纪中国通俗小说选》）	Timothy C. Wong（黄宗泰）	University of Hawaii Press（夏威夷大学出版社）	2003
A History of Contemporary Chinese Literature（《中国当代文学史》）	Zicheng Hong (translated by Michael M. Day)（洪子诚著，戴迈河译）	Koninklijke Brill NV（博睿学术出版社）	2007
Historical Dictionary of Modern Chinese Literature（《中国现代文学史词典》）	Li-hua Ying（嬴莉华）	Scarecrow Press（稻草人出版社）	2009
The Cambridge History of Chinese Literature, Volume II（《剑桥中国文学史》，第二卷）	Kang-i Sun Chang, Stephen Owen（孙康宜、宇文所安）	Cambridge University Press（剑桥大学出版社）	2010
A Concise History of Chinese Literature（《中国文学简史》）	Yuming Luo（骆玉明）	Koninklijke Brill NV（博睿学术出版社）	2011
A Companion to Modern Chinese Literature（《中国现代文学指南》）	Yingjin Zhang（张英进）	Wiley-Blackwell（威利 – 布莱克威尔出版社）	2015
Contemporary Chinese Fiction Writers: Biography, Bibliography, and Critical Assessment（《中国当代小说家：生平、作品、评价》）	Laifong Leung（梁丽芳）	Routledge（劳特利奇出版社）	2016

续表

书名	编者	出版机构	出版时间
The Oxford Handbook of Modern Chinese Literatures（《牛津中国现代文学手册》）	Carlos Rojas, Andrea Bachner（罗鹏、白安卓）	Oxford University Press（牛津大学出版社）	2016
The Columbia Companion to Modern Chinese Literature（《哥伦比亚中国现代文学指南》）	Kirk Denton（邓腾克）	Columbia University Press（哥伦比亚大学出版社）	2016
A New Literary History of Modern China（《新编中国现代文学史》）	David Der-wei Wang（王德威）	Harvard University Press（哈佛大学出版社）	2017

在这些英语世界出版的文学史集中，海外学者对中国现当代文学的评价基本一致：大多数编者认为中国文学在 1976 年后或 80 年代才成为本体自主的独立存在。在此之前，现代意义上的文学观念尚未完全确立，文学的政治功能与实用性凌驾于审美价值之上，以致某些作品成为艺术上的残次品（Hsia，1971：x；Lau & Goldblatt，2007：xxiv；Mair，2002：736；Denton，2016：3；Su，2001：ix）。因而在早期，译介的目的在于更好地了解中国的社会现实，这才有埃德加·斯诺在《活的中国：现代中国短篇小说选》序言中的那句说明："尽管当代中国并未生产出任何伟大的文学，但出于科学与社会学方面的兴趣，仅从功利角度讲，我们也依然有必要阅读。"（Snow，1936：13）尽管斯诺对当时的中国文学带有偏见，他所采取的翻译与文本阐释策略在客观上却有助于中国文学在英语世界的传播与接受。例如，斯诺认为大部分中国小说篇幅过长，为迎合西方读者的阅读习惯与鉴赏标准，他对某些文本进行了删减，以减少那些"无意义的漫谈"；同时，他在某些作品中添加阐释性文字，以复原那些原文作者"为了规避审查而省略的内容"（Snow，1936：16-17）。其后出版的文学史集在选材标准上依然继承了先行者斯诺的"西方中心主义"导向，如王际真的《当代中国小说选》在编排上优先展示那些"最受西方文学技法影响的小说"（Wang，1944：viii）；白芝的《中国文学选集》表示"我们采取的是现代西方的文学定义，而非中国传统

定义，是狭义的，而非广义的文学定义"（Birch，1965：xxiv）；《中国文学导读》明确表示按照重视独立审美价值的"现代西方文学观念"来研究中国文学文本（Idema & Haft，1997：11）；《中国文选：从古到今》的编者强调"只选择那些能在文学质素上吸引现代西方读者的作品"（McNaughton，1974：26）。

近年来，由于海外中国现当代文学研究发展为独立学科，逐渐脱离与国别、社会政治研究的附属关系，海外中国文学史集也不再带有鲜明的个人取向，而是以选本的学术性、系统性为重，具体表现为大多数选集不再局限于某一特定的时期或流派，开始对中国现代文学进行更为琐细的分期，深度介绍各历史阶段的社会背景，将对创作成果的品评置于特定的历史语境中，以避免对中国文学的"一刀切"评价。选集既指出五四时期、解放初文学创作与政治的联系，也承认新时期中国文学的多样性与文学价值。同时，全面覆盖大陆（内地）与台、港地区的各类文学题材，形成了以小说为主，诗歌、散文、戏剧为辅的系统格局。在代表性作家的选择上，海外编者的偏向与中国国内基本一致，涵盖这一时期在本土业已经典化的人选，包括左翼文学代表、现实主义小说家鲁迅、茅盾，浪漫抒情主义开创者郁达夫，写实主义文学大师叶圣陶、许地山，京派小说家沈从文等。但选集在具体作品的选择上与中国国内有差异。例如，《哥伦比亚中国现代文学选集》收录了巴金的小说《狗》，这并不是该作家在中国国内认知中的代表作。编者认为这篇作品在"艺术上很粗糙"，但有必要作为衡量中国社会变革的一把标尺入选（Lau & Goldblatt，2007：xxii）。虽然海外中国文学史集在中国现代文学译介过程中不时留下意识形态的印记，但大体上还是做到将中国文学作品作为独立的审美个体来评价，有助于纠正西方读者对于中国现代文学的固有偏见与思维定势。鲁迅、老舍、钱锺书与张爱玲是中国现代文学史集中频繁出现的代表性作家，他们的文学史地位与成就也得到充分阐释。

与中国现代文学史集略有区别，海外出版的世界文学史集通常由世界文学研究领域的专家负责编撰（见表4-3），由于某些早期选集的主编缺乏中国现代文学研究背景，其在文本选择上显示出一定的局限性，对文本的评价与阐释也略显粗浅。但朗文、诺顿、贝德福德、哈珀·柯林斯等权威性选集往往拥有庞大的编辑阵容，通常由主编征询中国文学专家的意见或委托后者进行中国文学部分的编写（见表4-4），为阐释中国文学作品提供了"全球性"视角。

20世纪50年代，人们所谓的"世界文学"几乎可以被看作"北约文学"的代名词，确切地说，仅仅局限于英国、法国、德国、西班牙与意大利文学；而世界文学的理论构建也由德、法等国的学术圈掌握（D'haen，2012：152）。《诺顿世界文学选集》（*The Norton Anthology of World Literature*）的前身《诺顿世界文学名著选》（*The Norton Anthology of World Masterpieces*）于1956年首次出版时，其所收录的73名作家均出自西方文学传统（从古代雅典、耶路撒冷至现代欧洲、北美），且无任何女性作家入选。这种在世界文学史集中以欧美文学为中心的选材取向一直持续至90年代。近几十年来，学者们陆续对世界文学的"西方中心主义"观念展开反思。由"大国经典"主宰的世界文学经典局面有所改变，世界文学也在不断地扩容与多元化。但正如达姆罗什所言，在后经典与超经典时代，老牌经典作家的地位不仅没有动摇，反而更为稳固，而以鲁迅为例的世界文学"反经典"作家，尽管在故土声名显赫，在世界文学格局中却依然居于次席（Damrosch，2006：48）。

表4-3　海外出版的主要世界文学史集

书名	编者	出版机构	出版时间
Library of the World's Best Literature, Ancient and Modern[《世界古典与现代文学精华集》（30卷）]	Charles D. Warner（查尔斯·华纳）	R. S. Peale and J. A. Hill（R. S. 皮尔和 J. A. 希尔出版社）	1896–1898
An Anthology of World Literature（《世界文学选集》）	Philo M. Buck（斐洛·巴克）	Macmillan（麦克米伦出版公司）	1934
Adventures in World Literature（《世界文学历险集》）	Rewey B. Inglis, William K. Stewart（雷威·英格利斯、威廉·斯图尔特）	Harcourt, Brace and Company（哈考特 - 布雷斯出版公司）	1936

续表

书名	编者	出版机构	出版时间
Our Heritage of World Literature（《世界文学遗产》）	John Gassner, Stith Thompson（约翰·加斯纳、斯蒂·汤普森）	Cordon Company（科顿出版公司）	1938
An Outline History of World Literature（《世界文学史纲要》）	Walter Blair（沃尔特·布莱尔）	University of knowledge, Inc.（知识大学出版社）	1938
Masterpieces of World Literature in Digest Form（《世界文学名著文摘》）	Frank N. Magill（弗兰克·马吉尔）	Harper & Brothers（哈珀兄弟出版社）	1952
Treasury of World Literature（《世界文学宝库》）	Dagobert D. Runes（达戈伯特·鲁内斯）	Philosophical Library, Inc.（哲学书库出版公司）	1956
The Norton Anthology of World Masterpieces[《诺顿世界文学名著选》（第1—6版）]	Maynard Mack（梅纳德·麦克）	W. W. Norton（诺顿出版公司）	1956/1965 1973/1979 1985/1992
The Concise Encyclopaedia of Modern World Literature（《现代世界文学简明百科全书》）	Geoffrey Grigson（杰弗里·格里格森）	Hawthorn Books（霍桑图书公司）	1963
The Reader's Companion to World Literature（《世界文学读者指南》）	Calvin S. Brown（卡尔文·布朗）	New American Library（新美国图书馆）	1973
Macmillan Guide to Modern World Literature（《麦克米伦现代世界文学指南》）	Martin Seymour-Smith（马丁·西摩－史密斯）	Macmillan（麦克米伦出版公司）	1985
The McGraw-Hill Guide to World Literature（《麦格劳－希尔世界文学指南》）	David Engel, Ruth Hoberman, Frank Palmeri（大卫·恩格尔、露丝·霍伯曼、弗兰克·帕尔梅里）	McGraw-Hill Book Company（麦格劳－希尔图书公司）	1985
Masterpieces of World Literature（《世界文学名著》）	Frank N. Magill（弗兰克·马吉尔）	Harper & Row（哈珀与罗出版社）	1989

续表

书名	编者	出版机构	出版时间
World Literature: An Anthology of Great Short Stories, Drama, and Poetry （《世界文学：伟大的短篇小说、戏剧和诗歌选集》）	Donna Rosenberg （唐娜·罗森伯格）	National Textbook Company （国家教材公司）	1992
The HarperCollins World Reader (Volume I–II) [《哈珀·柯林斯世界文学读本》（第1—2卷）]	Mary A. Caws, Christopher Prendergast （玛丽·考斯、克里斯托弗·彭德加斯特）	HarperCollins College Publishers （哈珀·柯林斯学院出版社）	1994
The HarperCollins World Reader (single volume edition) [《哈珀·柯林斯世界文学读本》（单卷本）]	Mary A. Caws, Christopher Prendergast （玛丽·考斯、克里斯托弗·彭德加斯特）	HarperCollins College Publishers （哈珀·柯林斯学院出版社）	1994
The Norton Anthology of World Masterpieces (expanded edition) [《诺顿世界文学名著选》（扩展版）]	Maynard Mack （梅纳德·麦克）	W. W. Norton （诺顿出版公司）	1995
The Norton Anthology of World Literature (Volume A–F, 2nd & 3rd edition) [《诺顿世界文学选集》（第2、第3版）（第A—F卷）]	Sarah Lawall, Maynard Mack （萨拉·拉沃尔、梅纳德·麦克）	W. W. Norton （诺顿出版公司）	2002/2012
Reference Guide to World Literature (3rd edition) [《世界文学参考指南》（第3版）]	Sarah Pendergast, Tom Pendergast （萨拉·彭德加斯特、汤姆·彭德加斯特）	St. James Press （圣詹姆斯出版社）	2003
The Bedford Anthology of World Literature (Volume 1–6) [《贝德福德世界文学选集》（第1—6卷）]	Paul Davis, Gary Harrison, David M. Johnson, Patricia C. Smith, John F. Crawford （保罗·戴维斯、加里·哈里森、大卫·约翰逊、帕特里夏·史密斯、约翰·克劳福德）	Bedford/St. Martin's （贝德福德/圣马丁出版社）	2003

续表

书名	编者	出版机构	出版时间
The Longman Anthology of World Literature (compact edition) [《朗文世界文学选集》（精简版）]	David Damrosch, David L. Pike （大卫·达姆罗什、大卫·派克）	Longman （朗文出版社）	2008
The Longman Anthology of World Literature (Volume A–F) [《朗文世界文学选集》（第 A—F 卷）]	David Damrosch, David L. Pike （大卫·达姆罗什、大卫·派克）	Longman （朗文出版社）	2009
Gale Contextual Encyclopedia of World Literature （《盖尔世界文学传承百科全书》）	Anne Marie Hacht, Dwayne D. Hayes （安妮·哈克特、德韦恩·海耶斯）	Gale （盖尔出版社）	2009
Gateways to World Literature （《世界文学入门》）	David Damrosch （大卫·达姆罗什）	Pearson （培生集团）	2012
The Routledge Concise History of World Literature （《劳特利奇世界文学简史》）	Theo D'haen （西奥·德汉）	Routledge （劳特利奇出版社）	2012
The Routledge Companion to World Literature （《劳特利奇世界文学指南》）	Theo D'haen, David Damrosch, Djelal Kadir （西奥·德汉、大卫·达姆罗什、杰拉尔·卡迪尔）	Routledge （劳特利奇出版社）	2012
The Norton Anthology of World Literature (Volume A–F, 4th edition) [《诺顿世界文学选集》（第 4 版）（第 A—F 卷）]	Martin Puchner （马丁·普赫纳）	W. W. Norton （诺顿出版公司）	2018
The Cambridge History of World Literature （《剑桥世界文学史》）	Debjani Ganguly （德加妮·甘古丽）	Cambridge University Press （剑桥大学出版社）	2021
A History of World Literature （《世界文学史》）	Theo D'haen （西奥·德汉）	Routledge （劳特利奇出版社）	2024

表 4-4　四大世界文学选集中的中国文学作品

文学时期	《诺顿世界文学选集》（第 4 版）（2018）
古典文学	1.《诗经》 2. 孔子《论语》 3. 老子《道德经》 4. 庄子《庄子》 5. 屈原《楚辞》 6. 司马迁《报任安书》《史记》 7. 卫宏《毛诗序》 8. 韩非子《说难》 9. 阮籍《咏怀》（其一）、《咏怀》（其三十三）、《咏怀》（其六十八） 10. 刘义庆《世说新语》 11. 曹丕《典论》 12. 陆机《文赋》 13. 王羲之《兰亭集序》 14. 陶渊明《桃花源记》《归去来兮辞》《五柳先生传》《形影神三首：形赠影、影答形、神释》《归园田居五首》《乞食》《移居》《戊申岁六月中遇火》《饮酒二十首》《责子》《读〈山海经〉十三首》《拟古九首》《拟挽歌辞三首》 15. 王维《终南别业》《酬张少府》《辋川集》《辋川集·序》《渡河到清河作》《菩提寺禁口号又示裴迪》《过香积寺》《送别》 16. 寒山《凡读我诗者》《茅栋野人居》《玉堂挂珠帘》《少年何所愁》《出生三十年》《可笑寒山道》《时人见寒山》《高高峰顶上》《欲向东岩去》《寒山有裸虫》《人问寒山道》《吾心似秋月》《寒山出此语》《家有寒山诗》 17. 李白《日出入行》《战城南》《北风行》《山中问答》《夏日山中》《月下独酌》《行路难》《黄鹤楼送孟浩然之广陵》《静夜思》《独坐敬亭山》《梦游天姥吟留别》 18. 杜甫《画鹰》、《月夜》、《春望》、《羌村三首》（其一）、《茅屋为秋风所破歌》、《旅夜书怀》、《兵车行》、《秋兴八首》（其四） 19. 白居易《长恨歌》（陈鸿《长恨歌传》）、《盐商妇》、《自题写真》、《续古诗十首》 20. 韩愈《毛颖传》 21. 柳宗元《天说》 22. 元稹《莺莺传》 23. 李清照《金石录》《金石录·后序》《南歌子》《渔家傲》《如梦令》《醉花阴》《武陵春》《声声慢》 24. 孔尚任《桃花扇》 25. 吴承恩《西游记》 26. 冯梦龙《警世通言》 27. 曹雪芹《红楼梦》 28. 刘鹗《老残游记》
现当代文学	1. 鲁迅《狂人日记》《阿 Q 正传》 2. 老舍《老字号》 3. 张爱玲《封锁》 【专题：宣言】陈独秀《文学革命论》 4. 莫言《老枪》 5. 余华《十八岁出门远行》 6. 朱天心《拉曼查志士》

续表

文学时期	《朗文世界文学选集》（2009）
古典文学	1.《诗经》 【共鸣】孔子《论语》、卫宏《诗序》 2. 孔子《论语》 【视角：道家和道】老子《道德经》、列子《列子》、庄子《庄子》、嵇康《与山巨源绝交书》、刘义庆《世说新语》 3. 刘向《列女传》 4. 班昭《女诫》 5. 袁采《袁氏世范》 【视角：女性声音】《月节折杨柳歌》《子夜歌》《孔雀东南飞》《木兰辞》 6. 元稹《莺莺传》 【共鸣】王实甫《西厢记》 7. 陶渊明《五柳先生传》《桃花源记》《归去来兮辞》《归园田居》《读〈山海经〉十三首》《九日闲居》《戊申岁六月中遇火》《乞食》《责子》《饮酒二十首》 【共鸣】王维《桃源行》 8. 寒山《人问寒山道》《碧涧泉水清》《时人见寒山》《登陟寒山道》《可笑寒山道》《寒岩深更好》《时人寻云路》《今日岩前坐》《有身与无身》《吾心似秋月》《家有寒山诗》 【共鸣】闾丘胤《寒山子诗集·序》 9. 王维《辋川集》《鸟鸣涧》《送别》《送元二使安西》《过香积寺》《终南别业》《酬张少府》 10. 李白《月下独酌》《战城南》《蜀道难》《将进酒》《玉阶怨》《长干行》《听蜀僧浚弹琴》《送友人》《静夜思》《独坐敬亭山》《山中问答》 11. 杜甫《兵车行》《月夜》《春望》《旅夜书怀》《秋兴》《江汉》 12. 白居易《长恨歌》 【视角：什么是文学？】曹丕《典论》、陆机《文赋》、刘勰《文心雕龙》、王昌龄《诗格》、司空图《二十四诗品》 13. 吴承恩《西游记》 14. 曹雪芹《红楼梦》 【共鸣】沈复《浮生六记》 15. 仓央嘉措情诗 14 首
现当代文学	【视角：宣言的艺术】胡适《文学改良刍议》 1. 鲁迅《〈呐喊〉自序》《狂人日记》《一件小事》 2. 北岛《他睁开第三只眼睛》《旧雪》 3. 张爱玲《封锁》

续表

文学时期	《贝德福德世界文学选集》（2003）
古典文学	1.《尚书》 2. 老子《道德经》 3. 孟子《孟子》 4.《诗经》 5. 孔子《论语》 6. 孟子《孟子》 7. 庄子《庄子》 8. 陶渊明《五柳先生传》《形影神三首：形赠影、影答形、神释》《归去来兮辞》《和郭主簿》《归园田居》《戊申岁六月中遇火》《读〈山海经〉十三首》《自祭文》 9. 王维《酬张少府》《辋川集》《终南别业》《使至塞上》《送别》 10. 李白《访戴天山道士不遇》《长干行》《月下独酌》《寻雍尊师隐居》《送友人》《戏赠杜甫》《山中与幽人对酌》《寄东鲁二稚子》 11. 杜甫《冬日有怀李白》《彭衙行》《月夜》《梦李白》《倦夜》《逃难》《春夜喜雨》《旅夜书怀》 12. 白居易《卖炭翁》《过天门街》《观刈麦》《买花》《冬夜》《舟中读元九诗》《闲吟》《山中独吟》《秋池》 13. 玄奘《大唐西域记》 14. 张廷玉《明史·郑和传》 15. 朱熹《性理精义》 16. 李贽《童心说》 17. 吴承恩《西游记》 18. 谢清高《海录》 19. 沈复《浮生六记》 20. 曹雪芹《红楼梦》 21. 蒲松龄《聊斋志异》
现当代文学	1. 胡适《胡适文丛》 2. 鲁迅《阿Q正传》 3. 北岛《回答》《宣告》《结局或开始》

续表

文学时期	《哈珀·柯林斯世界文学读本》（1994）
古典文学	1. 孔子《论语》 2. 老子《道德经》 3.《诗经》 4. 庄子《庄子》 5.《战国策》 6. 屈原《离骚》 7. 傅玄《豫章行·苦相篇》 8. 陶渊明《时运四首》《归园田居》《杂诗》《咏贫士》 9. 刘义庆《世说新语》 10. 佚名《怨歌行》 11. 王维《送别》《酬张少府》《鸟鸣涧》《苦热行》 12. 李白《长干行》《自代内赠》《将进酒》《黄鹤楼送孟浩然之广陵》《月下独酌》 13. 杜甫《黄河二首》、《梦李白二首》、《绝句漫兴九首》、《三绝句》（其一）、《三绝句》（其二）、《夜》、《玉华宫》、《倦夜》 14. 白居易《村居苦寒》《新丰折臂翁》《卖炭翁》《除夜寄弟妹》《长恨歌》 15. 李清照《武陵春》《南歌子》《醉花阴》《小重山》《减字木兰花》《念奴娇》《如梦令》《浣溪沙》《丑奴儿》《诉衷情》 16. 李昌祺《剪灯余话》 17. 祝允明《李画史在梦蝶图》 18. 沈周《折花仕女》 19. 蒲松龄《聊斋志异》 20. 王微《舟次江浒》 21. 冯梦龙《古今小说》 22. 曹雪芹《红楼梦》
现当代文学	1. 鲁迅《故乡》 2. 毛泽东《沁园春》《忆秦娥·娄山关》 3. 冰心《解脱》 4. 黄春明《溺死一只老猫》 5. 北岛《和弦》《宣告》《触电》 6. 余光中《当我死时》

由表 4-3、4-4 可见，海外世界文学史集中的中国文学译介有几大特点。

第一，选材方面，世界文学经典的范围逐渐扩展，中国文学整体篇幅不断增加，中国文学作品较其他亚洲国家文学作品有一定的优势。以《朗文世界文学选集》（以下简称《朗选》）为例，编者在序言中指出全球化的发展改变了人们对世界文学的认知，世界文学不再只局限于始自荷马的西方文学传统。《朗选》以时间为线索，覆盖从古代世界（公元前 2 世纪）到 20 世纪各时期的文学成就，在选材标准上"侧重那些能展现各时代、各民族文学间联系的作品"（Damrosch & Pike，2008：xxi）。《诺顿世界文学名著选》自 1995 年扩展版起不断扩充入选作品，其选材标准是"那些不仅在本国语言文化语境中得到承认，在宏观世界领域也受到认可的权威作品"。文选的目的在于提醒读者，"我们之所以有所成长，是因为与他者的碰撞，是因为那些陌生的、挑战我们安全感与成见的事件与思想，也是因为我们能够用习以为常的方式将这些陌生文化吸收同化"（Mack，1995：xxix-xxx）。

同时，世界文学选集对中国文学存在"厚古薄今"倾向，古典文学译介多，现当代文学译介少，且中国古典文学常以独立单元或专题出现。从具体选材看，世界文学选集选择的中国古典文学作品与中国国内文学史中的经典大致重合；在现当代文学方面，各选集表现出与西方中国现当代文学选集的相似倾向，如对黄春明、李昂、朱天心等台湾作家的重视。此外，鲁迅、张爱玲与老舍入选诺顿等知名世界文学选集，成为中国文学现代性的突出代表，进一步凸显他们在世界文学系统中的重要地位。

需要注意的是，各选集的选材倾向与其世界文学理念不可分割。例如，《哈珀·柯林斯世界文学读本》的编写以世界文学的"世界之窗"范式为理念基础，注重体现不同文化语境与艺术标准，展示"边缘与非主流的声音，尤其是女性声音"（Damrosch，2018：103）。因而其选材明显偏离中国本土或英语世界认可的经典作品，表现出对《剪灯余话》以及王微、祝允明、沈周等边缘诗人的浓厚兴趣。而《诺顿世界文学选集》

（以下简称《诺选》）主编认为，世界文学的核心特质是文化交往，因而其在文本选材与编排上均突出了这一主题，重视展现以游记、征服为题材的文学作品（Puchner，2018：xvii）。

第二，编写体例方面，世界文学选集使用序言、章节导言、作者小传、作品分析、教学问题与参考书目等副文本对入选作品进行阐释，并采用丰富的编排设计建构作品的经典价值，如通过文本家族式编排构建一国文学的经典谱系、通过专题式编排凸显各民族经典的共鸣与争鸣、通过多译文并置赋予经典作品多元阐释、通过史集合一还原经典生成的社会文化语境、通过多媒介辅助促进经典的立体阐发等。世界文学选集通过将读者熟知的经典与陌生作品并置，使后者获取重量性的评论与经典价值（Thomsen，2008：57），这充分说明选集编排模式的重要性。目前的世界文学选集主要有两种整体编排模式：一种以时间、地区为线索，分类展示各时代与民族的文学佳作；一种以作品的相似主题与特征为分类标准，将不同民族的文学作品联系起来。前者侧重展现各民族文学传统的独特性，后者则将某一特定文学置于更为广阔的世界文学系统中，彰显各国的文学关系，探寻各地文学的"家族相似性"。两种编排模式各有利弊，能够从不同角度打破世界文学领域的"西方中心论"，树立读者对他者文化的尊重意识。

以朗文与诺顿选集为例，《朗选》额外设置"视角"（perspectives）与"共鸣"（resonances）两个专题，将之穿插在各阶段的作品介绍中。前者通过选录重要的宗教、政治或文学文本，为某一时期的文学创作提供宏观背景信息，揭示某种创作风潮的历史文化语境。例如，选集在介绍中国唐诗时，通过设置相应的"视角"模块引入曹丕《典论》、陆机《文赋》等中国古典文论作品，为读者介绍中国古典诗歌的创作背景与规律。"共鸣"专题则提供与某一文本相关的原始文本或衍生文本，以说明跨时代或跨文化的文学联系。例如，在荷马的《奥德赛》后附上卡夫卡、德里克·沃尔科特（Derek Walcott），以及希腊诗人乔治·塞菲里斯（George Seferis）的作品，以展现《奥德赛》在现代文学中的回响；在陀思妥耶夫斯基的《地下室手记》后添加其他作品作为对照，展现其对尼采与石川啄木的影响。此外，《朗选》认为不同载体的艺术表达也存在共通之处，因此它为读者提供插图与音乐 CD，或呈现某一作品的具体内容，或表现某一文化的审美特点。

1995 年版《诺顿世界文学名著选》（扩展版）［又称《诺顿世界文学选集》（第 1 版）］则以某一文化连续性的创作特点为线索进行编排，勾勒某种文学传统的传承性，同时提供大量导言、批注、脚注，以便读者了解文本的历史、地理背景。有时，编者还将不同民族的作品联结在一起，例如，2018 年版《诺选》将鲁迅、老舍与张爱玲的小说与卡夫卡、普鲁斯特、乔伊斯等西方作家的小说并肩归置在"现代性与现代主义"文学思潮下。1995 年版《诺顿世界文学名著选》（扩展版）主编认为，即便是再荒诞奇异的陌生文学传统"也会反映我们共同的人性、希望、欲望、理想、恐惧，以及在面对时间与变化时的那种脆弱"（Mack，1995：xxxii）。这一编排方式突出中国文学作品的普遍性，也彰显了中国文学与不同民族文学经典的共鸣与亲缘关系，有助于建立读者对这些作家重要性的认识。读者可根据自己的需要制定相应的阅读策略，例如以自身熟悉的创作题材或技法去理解陌生文学作品的独特表现，关注其相对独立的发展规律与沿革路线，或在不同文学传统中寻找相似的文学主题与类型，体会不同文学传统日渐融合的趋势。

第三，翻译方面，选集日益重视翻译对世界文学生成的重要意义，倡导对同一作品的多译文比较阅读。例如，《朗选》在《诗经》选段部分向读者提供了亚瑟·韦利（Arthur Waley）、庞德与高本汉（Bernhard Karlgren）三位译者在不同时期的译文。编者表示，不同译文的差别会让读者意识到"翻译不仅仅是原文意义的重现与直接反映，还是从不同角度对原文含义的折射，为经典作品带来新的亮点与阐释角度"（Damrosch & Pike，2008：xxiii）。

《诺选》对世界文学的翻译问题也十分重视，在单独为 2002 年版撰写的"翻译说明"中，主编梅纳德·麦克指出，世界文学翻译将不可避免地受制于译语语言规范，并反映翻译产品的时代特征与译者的个性化风格（Mack，2002：2-7）。由于译文不能完全复制诗歌原作的语言风格与音乐性，以往的编者甚至决定尽可能减少选集中的抒情短诗作品。不过各版编者都强调，翻译为诗歌在文化迁徙中贡献了第二次生命，使其在异域产生深远影响的同时也打上了目的语文化的烙印。

综上所述，世界文学选集是有力的经典化模式。通过具体编排方式与副文本设计，选集突出各民族独特、各具差异的文学传统，同时构建不同文化中文学作品的相关性，通过译文的比较阅读揭示翻译的作用与经典作品意义的再生性。更进一步说，选集基本传达了一种文学观念，呼应了达姆罗什提出的著名的世界文学三层定义：世界文学是对民族文学的双重折射；是在翻译中有所增益的文学；也是一种阅读模式，一种与读者自身时空之外世界进行超然交往的方式（Damrosch，2003：281）。我们在阅读世界文学时并非以作品的源语文化或接受地文化语境为中心，而是处于不同文化形成张力的聚合场域。当一部文学作品在读者的脑海中与各地区、各时期的文学文本互相对话、互相回响时，世界文学的生命便被激活了。正是在这种阅读与流通模式中，中国文学作品的经典价值得以充分彰显。

三 联想性解读：在共鸣中构建经典

"联系、对应自身文学传统中熟悉的作家作品来解读中国当代文学是西方读者的一大阅读定势。"（姜智芹，2015：188）事实上，这种联想性解读的对象不仅仅局限于中国文学。西方文学传统与标准在极大程度上构成了西方学者研究外国文学时的"先在观念"或"前结构"，成为他们认知中国文学的背景与理论支撑，因此联想性解读也是将外国文学引入西方文学批评框架的有力手段。勒菲弗尔就曾指出西方文学批评界常用的一种类比策略（Lefevere，2004：76-80），即通过类比挖掘某作品与西方本土文学体裁或思想观念的联系。例如，历代译者曾依靠伊斯兰诗学与《旧约》或荷马史诗的相似性，向西方读者介绍伊斯兰文学中一种与欧洲诗学格格不入的诗歌格律：嘎西达（qasidah）。

与西方文学文本建立互文性关联也是构建翻译文学经典的重要方

式。海外评论家通过类比指出外国文学作品与西方文学体裁或相关概念的对应与联系，将异域文学纳入本国文学批评的话语框架，以唤起西方读者的认同与亲切感，这同时能较为直观地传达外国文学作品的地位与重要性。"企鹅经典"中，被西方学者用来进行比较研究／联想性解读的古典文学作品不在少数，如《西游记》与《奥德赛》、西方神话（Ying，1992），《聊斋志异》与西方哥特式小说（Wu，1987），《红楼梦》与西方智慧文学、成长小说（Miller，1981；Berry，1986）等。

对于中国现代文学，这种比较分析一方面探索了西方文学模式对中国作家的影响，如哈南（Patrick Hanan）认为鲁迅的小说融合了斯威夫特的反语技巧，《药》中有"安特列夫式的阴冷"和象征手法，《狂人日记》的叙事方式与文体受到果戈理、尼采、显克微支的影响（Hanan，1974）。老舍的创作手法则得益于狄更斯、亨利·詹姆斯（Henry James）等英国小说家的作品（Leung，1987；Da，2013）。其中，与某些媒体书评的观点不同，何官基认为《猫城记》本质上并不是一部科幻小说，而是仿照西方反乌托邦小说模式创作的作品，与《我们》（We）、《美丽新世界》等小说属于同一谱系，此外还保留了西方乌托邦小说的某些特征（Ho，1987：74）。韦查德则认为康拉德的《黑暗之心》（Heart of Darkness）影响了《二马》的叙事结构（Witchard，2012：116）。另一方面，联想性解读包括发掘中西文学作品类同关系的平行研究，以此揭示不同民族文学发展的共性或一般规律。如探讨鲁迅与詹姆斯·乔伊斯弃医从文的相似经历，以及由此引起的对中国或爱尔兰精神疾患的自然主义刻画（Meng，2011）；揭示老舍与菲茨杰拉德（Fitzgerald）小说的相似叙事结构（Chan，1991）；分析张爱玲与弗吉尼亚·伍尔夫（Virginia Woolf）战时写作的共同特征，以及张爱玲与海明威（Hemingway）作品中荒原意象的相似性等（Hsieh，2005；Zhu，2006）。

从积极意义看，这种类比式分析的基础一方面源自原作本身对西方文学元素的吸收，另一方面源于西方学者对作品世界性元素的充分挖掘与有效利用，这与出版社编辑的普遍性策略相呼应，能使中国文学作品的推介效果更佳，加深中西文化间的互证互识。刘若愚认为，中西文学比较研究的涌现有三大意义：一是为中国文学批评注入新生命；二是将中国文学置于更宽广的视角下，避免文化沙文主义与狭隘主义；三是使许多非专业读者与中国文学研究领域之外的西方学者开始关注中国文学。他认为，正是由于海外中国文学研究者的孜孜努力，罗曼·雅各布森（Roman Jakobson）、克劳迪奥·纪廉（Claudio Guillén）等语言学或比较文学大师才开始对中国文学产生兴趣，《新文学史》（*New Literary History*）、《如是》（*Tel Quel*）等知名学术期刊与先锋杂志才开始发表与中国文学相关的论文（Liu，1975：28）。

　　然而，这种类比式解读的背后也有隐忧，我们需要审慎待之。首先，某些研究中出现一些浅层比附现象，这往往会导致读者忽略本土文学传统对中国文学作品的影响。海外学者惯于以西方文学标准臧否中国文学文本，但需要警醒的是，这可能会遮蔽中国文学传统与理论的贡献，或促使西方读者将中国文学文本泛化为西方文学模式（如叙事手法）与本土材料（故事背景或人物）的简单杂合。事实上，20 世纪中国文学对西方文学元素的吸收是一种艰难而复杂的创造性转化。中国现当代文学常展现出作家对本土传统叙事与民族文学经验的积极承袭。他们在借鉴西方文学模式的过程中并非全然消极被动，而是努力将其与中国文学土壤有机结合。即使是五四时期思想最激进、最离经叛道的中国知识分子，也不曾在接受西方小说影响的同时完全摒弃中国本土文学传统的滋养。鲁迅的文学创作便是中与西、新与旧完美融合的典范。因而弱势地区现代小说的发展史，并不仅仅是西方文学模式如何改变本土文学景观的历史，也包括西方文学体裁在与本土文学传统交融的过程中不断改良的历史（Zhang，2013：246）。

　　更进一步说，若以西方文学尺度取代"普遍性""现代性"标准，沉溺于欧美经验，由此得出的结论也许会流于肤浅与概念化，割裂中国文学与其他民族文学经验的联系。例如，西方学者惯常强调中国现代小说对西方心理现实主义与自然现实主义的借鉴，却忽略了日本忏悔小说才是某些作品的真正模型（McDougall，2003：29）。夏志清对鲁迅作品的评价也受到"英美中心主义"标准的影响，他将鲁迅与海明威、贺拉斯（Horace）、本·琼森（B. Jonson）、赫胥黎等作家挂钩，而佛克马与哈南却认为，与鲁迅创作与思想有着更紧密关联的是果戈理、显克微支、安特列夫、夏目漱石、森欧外等非英美地区的作家（转引自余夏云，2012：37）。

其次，需要注意这种联想性解读的背后可能含有西方文学优越性的潜台词。"拿西方文学来对比中国文学并借此肯定其价值，本身就暗含一种等级次序。似乎西方文学的经典性能不证自明，而中国文学则要经由它们来做筛选。"（余夏云，2012：37）在此基础上，我们不免要反思中国文学批评的标准问题。何官基认为，《猫城记》在中国国内文学界受到批评，是因为某些学者不了解该作品是仿照西方反乌托邦小说模式创作的成果。如果他们熟悉这一西方文学类型的诗学标准，不仅不会质疑该小说的美学价值，还会将其列为世界反乌托邦小说中的佳作。既然《猫城记》是按反乌托邦小说模式创作的，以中国普通小说的批评标准去衡量它的优劣便有失公允（Ho，1987：73）。这段论述令我们意识到，以不同民族、不同文体的创作传统与批评标准去评判某部作品的美学质素，也许会得出截然不同的结论。由此引发类比式分析所必然面临的问题：是否能完全以西方文学标准衡量中国文学作品的艺术价值？是否存在普遍性的文学批评理论与评价标准，能用来评估不同民族的文学作品？中国文学批评概念与标准是否可用，又该如何使用？

再次，若利用译文进行这种类比式研究，评论的真实性与可靠性可能会受到翻译的影响。王侃（2014：3-6）曾提及余华作品海外译介中的一个有趣现象。小说《兄弟》译本于各地出版后，法语评论将余华比附为拉伯雷，而英语评论却将其比附为狄更斯。从美学特征看，这是两种毫不兼容的文学标准。拉伯雷的风格狂放、粗野，更符合《兄弟》的"粗俗美学"，同时也更契合中国本土学者对该作品的评价；而狄更斯的风格以温和与典雅著称，与《兄弟》的艺术面貌大异其趣。如果对《兄弟》原文与译本进行细读，会发现翻译中的改写使英译本获得了与中、法版本截然不同的评价。葛浩文依靠英国诗学典范，对《兄弟》原文进行了"去粗鄙化"的操作，割除了小说中"厕所偷窥"等粗鄙描写或修辞，使英译本更接近于英国正统文学取向，披上了高雅精致的外衣。这一例证充分说明，翻译策略的使用可能令作品的整体风格发生转变，甚至与原作南辕北辙，因而如果缺乏对翻译过程与产品的细致考察，这种类比式分析或联想性解读的可靠性会大打折扣。

四 多元视角：在争鸣中构建经典

评论的多元视角是文本经典建构的必由之路。这种评论的多元视角不仅体现在共时性的开放解读上，还体现在历时性的范式演变上，这两点对于经典的锤炼锻造均至关重要。克默德在讨论《哈姆雷特》（*Hamlet*）的经典性时指出：经典之所以为经典，是因为人们对如何评论该作品无法达成简单、永恒的共识。"无论某一时代或群体拥有何种特定的价值或趣味取向，人们对于经典总是有更多的、不同的话要说"，这也是他所谓的文学经典的"普在意义"（omnisignificance）：它们必须"被认为"拥有"永恒价值"或"永恒的现代性"（Kermode，1985：62）。克默德的这段分析不仅说明在同一时代，人们能根据自身的文学理念对某一作品各抒己见，使经典获得永不枯竭的阐释，也暗示经典有超越意识形态变迁或口味更迭的生命力，即使经历不同时代的评论范式转换，依然是重要的文化资本。后者类似于伽达默尔所说的经典的"无时间性"（Gadamer，1989：290）。如果我们借用达姆罗什的经典三分法（Damrosch，2006：48）来分析，可以推断出文学批评的广度与深度正是"超经典"与后两者（"反经典"和"影子经典"）的区别所在。随着时代口味与诗学标准的更迭，所有经典作品都必须周期性地"回炉"再造，接受新一轮检验。从根本上说，决定文本成为"超经典"的正是其本身价值的多元性，这能够吸引不同时代的评估者一再阐释、反复解读，挖掘意义，不断重构作品的经典性；新研究理论与范式的出现将使这些经典作品的地位坚如磐石。而那些价值相对单一的作品则无法接受新评论范式的检验，其经典性逐渐被质疑、消解，最终沦为"影子经典"。

海外中国文学研究视角开阔、思维开放，在全球化语境中已成为"中国文学研究不可或缺的一部分"（张柠，2013：8）。运用西方前沿理论与研究范式，海外中国文学研究涉及文学作品的内部与外部，其文本、文化以及社会层面，全面激活了中国文学作品在异域的生命力。例如，海外《红楼梦》研究在 20 世纪 60 年代后进入了系统化、多样化发展阶段，积极运用西方文学、社会学理论，对作品中的成长、大观园、女性主义等话题进行阐述（李丽，2014：1）。"企鹅经典"丛书对李白、杜甫诗集的引入与宇文所安等知名汉学家的唐诗研究密切相关。宇文所安指出，我们应当正确认识盛唐诗歌"巅峰说"的本质，不应将某一时代的诗歌简单地与个别天才诗人画上等号。通过研究，他认为从同时代诗歌背景看，李、杜并不是唐诗的代表，但仍以极大篇幅重点介绍了李、杜的作品，从历史与社会环境入手分析李、杜等人的诗歌艺术成就与风格差异（Owen，1981：xii）。

就现当代文学而言，海外学术批评以西方理论范式与研究模型切入对中国文学作品的考察，为本土文学批评提供借鉴与补充，有时甚至得出与本土主流意见截然不同的观点。这种冲突正是作品价值"再生产性"与矛盾性的体现，能为不同文化语境中的评论提供开放而广阔的话语空间，使其按各自的研究意图、学术立场甚至是政治目的收获满意的解读成果。李欧梵在其著作《铁屋中的呐喊：鲁迅研究》中，借鉴西方心理历史学范式，揭示鲁迅的家庭教育与童年经历对其创作的影响，在中国文学传统宏观背景中探究鲁迅的"现代性"与"独特性"及其在个人与社会需求间的挣扎，极大地颠覆了中国本土学者所刻画的革命偶像形象（Lee，1987/1999：1）。对老舍作品的研究融合了西方叙事学、病理学、性别政治理论等视角。例如，雷金庆（Kam Louie）通过研究《二马》分析西方文化如何影响中国知识分子构建典型男性身份，动摇中国性别结构与权力关系（Louie，2000：1062）。另一篇论文则通过借鉴热奈特与巴赫金的"聚焦"（focalization）、"对话性"（dialogism）等概念分析老舍作品的叙事特色与主题设计，指出小说中外部力量与内心世界的冲突正是动荡世界中个人命运的写照（Gu，1995）。海外学者重视刻画老舍的多重身份与文化形象（Vohra，1974：15；Meserve & Meserve，1974；Wang，1992：159），对老舍的"现实主义作家"或"爱国进步作家"身份进行了新的解读，这也与国内文学史中老舍积极参与社会公共事业、以文学改造国民性的形象有所区别。

从共时性角度看，对某一作家或作品的评论不仅可能与本土权威叙事产生冲突，也可能导致西方文学场内部产生争议与分歧，成为不同文化立场与意识形态的话语工具与精神资源。回顾鲁迅近百年来在英语世界的传播与研究史，即各学派异说纷起、学术格局纷繁复杂的历史。20世纪60年代，夏志清与捷克汉学家雅罗斯拉夫·普实克（Jaroslav Průšek）围绕鲁迅与中国现代文学的争论体现了冷战时期意识形态上的针锋相对。在对鲁迅形象与作品风格的定位上，夏济安、李欧梵笔下鲁迅作品的"黑暗面"和"矛盾性"与黄颂康所阐释的光明坚定、乐观积极的无产阶级文学导师形象相对峙（Hsia，1964：195；Lee，1987；Huang，1957）。对于鲁迅创作思路上向杂文的演变，夏志清做出了贬大于褒、"创作力衰竭"（creative sterility）的结论；而威廉·莱尔从时代背景出发，认为鲁迅思想历程与创作方式的改变来源于生活方式变化与对政治影响力的考虑，否定了鲁迅才能枯竭的结论（Hsia，1961：51；Lyell，1976：310）。反对这一观点的还有寇志明（Kowallis，1996：51）。可以说，对鲁迅身份的定位、对鲁迅作品的评说体现了不同学者的政治态度与学术立场。进入21世纪，鲁迅研究走向跨学科、多范式，批评者们由立足于文本，转向关注民族、权力、性别等议题。文学与文化研究的交织，不同学术背景与立场的互补，延续着鲁迅作为异域经典作家的活力。同理，海外学术界对于《猫城记》的评论也褒贬不一，体现出西方文学批评界的内部"争鸣"，某些西方学者认为该作品是老舍的失败之作（Vohra，1974：61；Birch，1961：49），但另有学者认为《猫城记》展现了老舍的描写功力与敏锐洞见，因而"值得一读"（Wilhelm，1971：362）；何官基则从西方反乌托邦小说传统出发，指出《猫城记》展现出的某些技术缺陷，如结构松散、人物扁平等，是该类型作品的固有特质。按乌托邦讽刺作品的评价标准看，该小说可跻身世界文学杰作之列（Ho，1987：73）。这些互相冲突的观点使老舍小说成为韧性十足的文本，吸引着拥有不同美学志趣的学者参与文本意义的生成，不断重塑文本的内涵，构建富有张力的评论场。

从历时性角度看，研究范式与时代思潮的改变一次次冲击固有的学术结构与视域，在破旧立新的过程中，文本的意义被反复开掘，因而能在海外文学场建构某一作家的经典地位，赋予其超越时间的经典性。20世纪60年代，夏志清的《中国现代小说史》扭转了西方对中国文学作品的"材料学"评论视角，确立了海外中国文学研究的新方法论，以英美新批评的细读法解剖张爱玲小说的美学价值，这是张爱玲在西方汉学中的首次显身。继新批评范式后，张爱玲又在女性主义等理论视角下一再被评估。90年代起，周蕾与林幸谦分别通过分析张爱玲作品中感性烦琐的细节和对父权文化的质疑，提出张爱玲的"女性主义"意识（Chow，1991：84；Lim，1996）。也有学者从后现代主义视角将张爱玲解读为具有后现代倾向的作家。王班认为，张爱玲《沉香屑·第一炉香》的诸多细节展现了"自由漂浮的符号"，她的小说与鲁迅的《野草》有共通之处，都"怀疑语言表达现实的能力，对死亡、废墟、荒凉和万物的多变性怀有伤感的痴迷，将历史视为没有目的性结构的荒野，追求充满碎片与悖论的写作模式"（Wang，1997：90、97）。

综上，西方学术研究推动中国现代文学作品经典化的方式主要有：（1）编撰中国现代文学史集与世界文学史集，前者通过甄选中国现代文学代表作构建整体中国文学形象，后者通过为中国文学阐释提供全球视角来构建中国与其他民族文学间的互文联系，突出东西方文学的互证互识；（2）类比阐释，通过联想性解读或比较研究，将陌生遥远的文学传统融入熟悉的批评话语框架与修辞体系，助力中国文学作品跨越语言与文化的樊篱；（3）多元阐释，从共时性与历时性两个角度，在评论共识与争鸣的张力间，激活中国文学作品在英语学术系统中的生命力与"无限可读性"，使其永远符合当下的文学思潮与社会关怀。

第四节 海外高等教育机构与教科书

克默德认为，人们对经典看法的改变，通常源自文学领域外部运动势力对文艺学术阵地的入侵，但"这种改变必须得到大学等教育机构的认可才能真正生效。只有经过这种机制上的批准，文学文本才算得到专业性阐释的认可"（Kermode，2015：179–180）。

纪洛里 1993 年的名作《文化资本：论文学经典的建构》阐释了"经典"与教育机构间的关系。纪洛里认为，当前的"经典论战"已演化为西方文化主义与多元文化主义之争，前者要求重返伟大作品构成的"核心课程"，后者提倡在教学中纳入多元作品，以应对高校中的人口结构变化。如果将此简单地理解为激进与保守的教学法之争，便忽略了决定这场论争的社会条件，以及由此带来的文化资本转变。在这部著作中，纪洛里借鉴布迪厄的象征资本学说与社会学观念，着力披露经典建构过程中错综复杂的社会关系，将"经典论战"的焦点从经典文本包容性与排他性的二元论转移到教育机构这一体制化建构中心上来，提醒人们关注高校文化资本分配问题，而非只考虑经典反映的各集团利益问题，极大地改变了"经典论战"的发展轨迹：

> 当前的"经典论战"谈论的是经典的包容性与排他性，而我想分析的是学校，以及教案、课程设置等体制性工具。我的论点是，对文本的评估与价值判断虽然必不可少，但并非经典建构的充分条件。只有当我们理解学校的社会功能与体制规范，才能明白文学作品是如何在数百年间一代代地保存、复制与传播的。同样，当前的"经典论战"关注的是经典是否成功地代表了某种社会集团利益，我要讨论的却是学校在分配与管理不同形式文化资本上的历史性功能。（Guillory，1993：vii）

可见，纪洛里认为，仅对某一部杰作的单独评判无法确立作品的经典性，只有在高校等体制性语境中做出的决定才可能保留、复制作品，将它介绍给一代又一代的读者。同时，在针对学校这一经典化力量的分析中，纪洛里强调了教学大纲与课程设置的关键作用。大学本科的教学大纲设计使作品的经典身份制度化、合法化，并演化为更高级别的文化资本。教学大纲提供了一个想象性的经典目录。当一名教师认为自己质疑或推翻了某种经典或经典评估准则时，这往往是通过设计或修订教学大纲来实现的，"每一次对大纲的建构就是经典再建构的过程"（Guillory，1993：30）。勒菲弗尔甚至指出，高等教育的扩张是最为明确与强大的经典建构形式。高等教育机构与出版社的密切合作则为经典建构提供最引人注目的盈利果实。例如，出版社推出各种门类的"经典"选集，而高校学者为其撰写序言，展示其中的诗学规范以确保作品顺利被经典化（Lefevere，2004：22）。因此，考察中国现代文学在海外的经典化之路，必须重视高等教育机构的作用，分析其如何通过课本选材与课程设置，强化某些作品的经典地位。

从选材角度看，将某个作家选入课本、教学大纲或阅读书单，无疑是推动其作品经典化的最直接的手段。研究表明，在许多文化中都存在制定固定教学书目的做法。最早是由教会或政府决定，现在则由教师个人选择（Fokkema & Ibsch，2000：42）。就现当代文学而言，海外高校教师的选择更为保守。据数据统计，教师们往往并不热衷阅读现当代文学作品，不论是翻译作品还是英语文学。因而在教学书目上，他们通常倾向于选择那些已经在学术研究中受到认可的作家。那些初出茅庐，或不太知名的作家通常不会被纳入课程设置（Shulte，1990：2）。如前所述，文本选择不仅是文学议题，还是文化论战的一部分。例如对单一性教学书目的质疑就是为了提倡知识多元化，从而实现政治民主。因而在教材的遴选中，某种文学价值甚至文化价值会作为既定的传统保留下来，影响对经典的鉴定标准与阐释方式。

本书考察了英美等地近 30 所高校中国现当代文学课程的必读与推荐书目（因某些高校任课教师要求，在此不一一公开），在单部作品类别中，鲁迅与张爱玲是出现频率最高的作家，体现出其不可动摇的经典地位，这与翻译界、出版界及评论界的偏好基本一致。沈从文、老舍、萧红、郁达夫也是反复出现的人选。同时，某些学校会选用企鹅特别是"企鹅经典"丛书中的图书作为标准译本，如在剑桥大学为中国研究专业本科生提供的中国文学参考书目（见表4-5）中，有4部是入选"企鹅经典"丛书的作品，其中3部直接采用了企鹅出版的译本，说明权威出版社与知名高校在文学经典化过程中能够互相推动、互为补充。

表4-5 剑桥大学中国研究专业中国文学参考书目

书名	作者	译者	出处
Poems of the Late T'ang（《晚唐诗选》）	Tu Fu and other poets（杜甫及其他诗人）	A. C. Graham（葛瑞汉）	Penguin Books（"企鹅文库"）
The Story of the Stone（《红楼梦》）	Cao Xueqin（曹雪芹）	David Hawkes（大卫·霍克斯）	Penguin Books（"企鹅文库"）
Diary of a Madman and Other Stories（《狂人日记与其他小说》）	Lu Xun（鲁迅）	William A. Lyell（威廉·莱尔）	University of Hawaii Press（夏威夷大学出版社）
The Real Story of Ah-Q and Other Tales of China: The Complete Fiction of Lu Xun（《阿Q正传及其他中国故事：鲁迅小说全集》）	Lu Xun（鲁迅）	Julia Lovell（蓝诗玲）	Penguin Classics（"企鹅经典"）
A Dictionary of Maqiao（《马桥词典》）	Han Shaogong（韩少功）	Julia Lovell（蓝诗玲）	Dial Press（戴尔出版公司）
To Live（《活着》）	Yu Hua（余华）	Michael Berry（白睿文）	Anchor Books（"铁锚丛书"）
The Republic of Wine: A Novel（《酒国》）	Mo Yan（莫言）	Howard Goldblatt（葛浩文）	Arcade Publishing（拱廊出版社）

资料来源：剑桥大学官网（https://www.ames.cam.ac.uk/undergraduate/east-asia/chinese-studies/reading）。

　　此外，笔者通过与英美高校中国文学课程教师的通信得知，他们大多选用刘绍铭与葛浩文合编的《哥伦比亚中国现代文学选集》（以下简称《哥选》）作为课程的主要或辅助教材。这部选集以鲁迅的《呐喊》自序、《狂人日记》与《孔乙己》开篇，囊括1918~1949年、1949~1976年、1976年后三个阶段的小说、诗歌与散文作品。

　　以小说类别为例，第一与第三阶段的代表人物分别是：1918~1949年，老舍、茅盾、沈从文、张爱玲、张天翼、巴金、丁玲、萧红等；1976年后，汪曾祺、王蒙、韩少功、残雪、高行健、莫言、余华、朱天文等。基本覆盖中国文学界受到普遍认可的经典作家，入选作品也大多是这些作家公认的代表作。但该选集在某些篇目的选择上与中国国内有所区别，其收录了老舍的《老字号》、巴金的《狗》、丁玲的《我在霞村的时候》等。如前所述，编者认为巴金的《狗》在艺术上很粗糙，但能展示中国由半殖民地半封建社会向政治自治过渡的进程。《老字号》的入选也许同样是由于该作品对中国社会变革与转型的反映。而在丁玲短篇小说的选材上，编者更重视在国内较边缘的作品《我在霞村的时候》，而非官方更青睐的代表作《莎菲女士的日记》，也许是因为前者涉及对解放区某些人封建意识的披露，同时延续了鲁迅对国民劣根性的批判。

　　该选集收录的第二阶段（1949~1976年）的小说共7部，其中5部是港台作家的小说，包括陈映真的《我的弟弟康雄》、白先勇的《冬夜》、黄春明的《鱼》、王祯和的《嫁妆一牛车》与李昂的《有曲线的娃娃》。这一阶段入选的内地（大陆）作品为王若望的《见大人：五分钟的电影》与华彤的《延安的种子》，带有明显的政治性。

　　《哥选》第1版于1995年面世，2007年再版时对某些篇目进行了调整，加入了更多90年代后的作品，在题材上也有所扩充，共选录中国91位作家的130部作品，以体现编者在序言中所声明的新时期中国文学"丰富的文学形式与技巧"（Lau & Goldblatt，2007：xxi）。整体来说，无论从覆盖的地域、时间，还是作品的数量、类型来看，《哥选》都是最全面、系统介绍中国现代文学的理想教材。尽管无法完全摆脱某些固有偏见，但编者多次强调中国现代文学在叙事与文学技法上的潜能与多样性、对中国社会现实不落窠臼的描绘、对个性化表达与语言艺术性的追求，有助于学生了解中国文学各时期的特色、风格与新变化。编者通过选材，以及在序言中对选材标准的阐释——文学必须创造出"另一个世界"（Lau & Goldblatt，2007：xxvii）也有助于学生与专业研究者的基本文学观念形成，加固他们对于中国现当代文学的价值判断。

从课程设置看，海外中国现当代文学课程涉及小说、散文、诗歌、戏剧等不同体裁，强调学生需要掌握中国现当代历史、社会、文化背景，了解影响文学变革的重要社会运动。课程的教学语言包括英语、中文或中英结合三种。以英语教授的文学课程采用翻译文本作为学习对象，是高校人文社科类通识教育的一部分，学生不需要具备任何中文或中国文化知识；以中文教授的课程则要求学生阅读作品原文，是中文专业课程的组成部分，学生的中文水平通常须达到中级以上水平；中英结合类课程则采用一手与二手材料相补充的方式，对于有难度的文学作品，学生可使用翻译文本替代原文。此外，某些高校还设立了与中国现当代文学相关的衍生课程，如约克大学开设的"中国现当代文学中的幽默与讽刺"（Humor and Satire in Modern and Contemporary Chinese Literature）课程、明尼苏达大学开设的"中国文学与文化中的革命与现代性"（Revolution and Modernity in Chinese Literature and Culture）课程、南加州大学开设的"现代中国文学与电影比较"（Modern Chinese Literature and Film in Comparative Perspective）课程等。层次分明且多样化的课程为拥有不同需求、兴趣及中文程度的学生提供了接触中国文学与文化的机会，并且展现出分析中国文学的不同视角与话题。需要指出的是，在教学中使用翻译文本虽然降低了学生了解中国文学作品的门槛，但难免会产生一定的副作用。在译本选择上，教师是否能选用那些较为忠实原文、准确的文本，并清晰地意识到翻译的改写与意识形态操控，决定着学生是否能真正领会中国现当代文学的面貌与多样性。

虽然各校的课程设计略有不同，但还是在整体上表现出某些共同特点。首先，对文学作品的教学以内容分析为主，带有不同程度的材料学情结与政治倾向。与前几章提到的情况类似，海外中国现当代文学课程通常以了解中国历史传统、社会变革为目的，将文学文本与政治事件相互参照，探索文学创作与政治的联系，仅有部分教学大纲提及要分析作品的文本与审美特征。据杜博妮介绍，自 20 世纪 50 年代起，英美等地高校开始设置中国现当代文学课程，主要将之作为语言学习或了解中国文化的工具（McDougall，2003：23）。某些高校的教案显示，这种倾向在当今的教学理念中依然明显。相比之下，海外对中国古典文学的教学更重视对作品本身的细读。例如，美国麻省理工学院 2016 年秋季开设的"现代中国小说与电影"（Modern Chinese Fiction and Cinema）课程将文学与电影作为中国文化产品结合起来共同考察，同时引入电影、传记、纪录片等视听材料辅助学习，通过文本与电影的跨文本性引导学生吸收某些对中国文化的价值判断。该课程明确指出，要将中国短篇小说与电影置于其社会历史背景中考察："本课程重点探讨 1949 年后中国的现当代创作文化，将以'文革'、新浪潮电影、20 世纪 80 年代的寻根文学运动、颠覆传统创造力与素养观念的新兴数字文化为背景，分析中国短篇小说、中篇小说和故事片。代表作品包括来自中国的文学、电影和数字作品。"其教案设计充分展现了文学与政治的互动关系，例如，第二个教学周以"中国的旧社会"为主题，要求学生阅读鲁迅的小说《药》《阿 Q 正传》《狂人日记》和毛泽东的《矛盾论》选段。在课程中，鲁迅的小说并非作为文学文本被分析，更多的是被用作了解旧中国社会现实的材料。在介绍莫言时，课程也不以小说文本为主要教学材料，而是要求学生阅读莫言在科罗拉多大学的演讲文本。演讲词由葛浩文的夫人林丽君译为英文，主要讲述莫言在美国出版的 3 部作品，以及作者童年经历中说书艺术、"讲故事的人"对其创作的影响。这篇译文并不完整，演讲开篇提到的翻译与原文的关系被省略了，也许是因为教学者认为这一段并非演讲的重点内容。为加深学生的理解，课程还要求学生阅读汉学家林培瑞对莫言的点评。林的文章以"我们为什么应当批评莫言"（Why We Should Criticize Mo Yan）为题，他认为莫言以"娴熟的调笑"规避禁忌话题，进行自我审查，掩盖创伤记忆（Link，2012），在对作品的解读角度与价值判断上，其点评显示了明显的政治意识形态偏见。

其次，各校的课程设置展现出对文学作品的跨学科、多元化阐释。例如对张爱玲作品的阐释揭示了作品的丰富主题：在科罗拉多大学的中国现当代文学课程中，《倾城之恋》《金锁记》《色，戒》与钱锺书的小说《灵感》和《纪念》被放在一起，以展现中国社会传统与现代性的冲突；而在南加州大学的课程中，张爱玲则与施蛰存、穆时英等作家共同被阐释为描绘上海"世界主义都市"与跨文化现代性的代表人物。

再次，海外课程以不同文学主题组织课程材料，通过探讨民族性、现代化、性别政治、战争与殖民、城乡差距、中西差异、全球化挑战等问题，要求学生将中国文学作品与中国社会、政治、经济背景联系起来，归纳中国文学发展路径与规律，了解中国文化与政治变革。特殊主题的设置能加深学生对中西文学相似性与差异性的认识，凸显课程的实用性，揭示中国文学有助于西方文化反观自身。例如，美国威廉与玛丽学院教案要求学生将中国文学视为了解中国文化的工具，同时思考其对于西方文化自身的意义，因为中国现当代文学探讨的是"普遍的人类问题、人类经验与超越地理和文化界限的现代世界议题"，加强了学生对于中国文学"普遍价值"的重视。

最后，不同种类文本并置使用，互相参考。海外高校在课程中引入文学批评或同时期政治、社会文本，前者鼓励学生结合批评性著作阅读文学文本，加深对作品的理解，常见作品包括邓腾克的《哥伦比亚中国现代文学指南》及李欧梵、王德威等著名学者的著作；后者有助于揭露文学与政治、社会事件的联系，例如通过阅读1942年延安谈话的文本了解当时的文学创作背景，或通过阅读胡适的《文学改良刍议》和陈独秀的《文学革命论》了解新文化运动的文学主张。

总体而言，海外中国现当代文学课程对文学作品世界性与超民族性的强调与课程设置的多元化、跨学科、多媒体视角有利于促生学生对中国现当代文学的兴趣，推动学生探索中国文学传统的独特性及其与西方文学的联系，树立学生对中国文化的基本认知与尊重意识。

第五节　海外普通读者

童庆炳（2005：77）认为，读者是文学经典建构中的重要力量。确切地说，读者是连接文学内部经典化与外部经典化的重要媒介。因为外部意识形态、诗学理论、批评观点无法以直接命令的方式强迫读者接受某一部作品的经典地位。经典化的外部力量必须与读者商兑，在得到读者的响应和认同之后才能产生作用，只有这样一部经典才能真正地得到长期、广泛的流行，从而真正完成经典化过程。同时，从接受美学的角度看，读者并非文学作品的被动接受者，而是理解作品、创造文学作品历史的能动参与者；阅读也不是被动的感知过程，而是一种积极的创造性活动（王松年，2000：71）。

诚然，从广义的角度来看，声名显赫的学者、批评家是译本读者的重要组成部分，他们在中国文学作品翻译的经典化过程中发挥着"超级读者"和"意见领袖"般的作用。但不可忽视的是，普通读者也同样参与了译本意义和价值的生产，因而在众多经典建构主体中也理应占据一席之地。

"企鹅经典"是以普通大众为目标读者的经典丛书，只有获得普通读者的回应与认可，才意味着中国文学译本的传播与接受并未局限在狭小的专业读者圈内，才能为译本在英语世界的经典化奠定坚实与广泛的群众基础。

本节以英语世界最大的购书网站亚马逊（Amazon）和世界上最大的读书分享型社交网站好读网（Goodreads）为例，考察普通读者对入选"企鹅经典"的中国现代文学译本的接受状况，并探讨他们在这些作品经典化过程中发挥的作用。

从两大网站的评论数据看，入选"企鹅经典"的中国现代文学译本获得了较高评价（见表4-6）。亚马逊官网显示，大部分译本的五星评分率在50%以上，其中鲁迅小说译本的五星评分率最高，达71%。（《二马》评分人数太少，不列入比较。）

表 4-6 入选"企鹅经典"的中国现代文学译本评价情况
（截至 2023 年 6 月 15 日）

书名	Amazon（亚马逊）			Goodreads（好读网）		
	评分人数（五星评分）（人）	评论数量（五星评论）（条）	得分（分）	评分人数（五星评分）（人）	评论数量（条）	得分（分）
Love in a Fallen City（《倾城之恋》）	178（90）	40（24）	4.2	3122（836）	374	3.83
Lust, Caution（《色，戒》）	111（63）	27（10）	4.3	2255（350）	236	3.63
Half a Lifelong Romance（《半生缘》）	160（70）	31（13）	4	1567（573）	241	4.05
Fortress Besieged（《围城》）	47（31）	21（11）	4.5	2283（1213）	220	4.31
The Real Story of Ah-Q and Other Tales of China: The Complete Fiction of Lu Xun（《阿Q正传及其他中国故事：鲁迅小说全集》）	147（105）	39（26）	4.5	1031（333）	88	3.92
Cat Country（《猫城记》）	60（26）	12（7）	3.9	797（167）	112	3.65
Mr Ma and Son（《二马》）	19（7）	3（2）	4.1	271（51）	43	3.86

注：相同译本但不同版本的按平均分计入。《留情》与《红玫瑰与白玫瑰》为再版译本，故不统计。

在好读网上，评分最高的是《围城》译本，为 4.31 分。其次是《半生缘》、鲁迅小说译本和《二马》。

英语读者的评论内容主要有以下特点。

大部分读者购买、阅读中国现代文学译本的原因是通过某种渠道（文学史集、书评等）了解到作家或作品的经典性。这再次说明经典化译介过程是译语地区各经典建构者相互依存、彼此渗透的系统性机制，读者的文本选择深受书评媒体、学术机构、教育机构的影响。这也说明翻译文学经典化是一个漫长而复杂的过程。就中国现代文学译本而言，那些已经在英语世界积累了一定文化资本与"能见度"的作家或作品更容易赢得或继续巩固其经典地位。

令人颇感意外的是，不少读者对翻译问题非常关注，且大部分读者对翻译质量表示认可。例如，读者认为蓝诗玲翻译的鲁迅小说"流畅、清晰、易懂，导言和注释提供了有用信息"。《倾城之恋》译本的文笔也得到了高度赞赏。一位读者说："从英文翻译来看，普通话是非常优美的语言。它是抒情性的，里面包含种种令人眼花缭乱的描述性意象。"另一位读者也表示："翻译非常出色，保留了自然的语言和作者独特的风格——这些故事令读者在情感上筋疲力尽，但并不沉重。人物刻画细腻、语言轻盈，令人体会到爱情的脆弱。"

也有一些读者对某些译本的翻译方法提出了质疑。《围城》的一位读者认为，"《围城》被认为是 20 世纪最伟大的中国小说之一。……如果这句话属实，那么这版翻译辜负了钱锺书的才华。不然就是作者所传达的社会元素对于现代西方读者来说过于陌生，以至于他们丝毫不能理解这些笑点。……我怀疑翻译无法传达书中的双关语、复杂的文字游戏、言辞上的喜剧效果和微妙的荒诞感。钱锺书在书中穿插了一些古老的谚语，如果按字面翻译便意义全失，但译者没有去努力寻找英语中的对等词，而是给我们留下了冗杂难解的文字……"

为保证流畅的阅读体验，蓝诗玲在翻译鲁迅小说时尽量减少注释的使用，但这一翻译策略并未得到所有读者的认同："译者为使阅读体验尽可能流畅，用了最少的脚注或解释。但我不是中国历史学者……我对中国历史／文化／文学几乎一无所知（这也是我最初选择读这本书的原因）……如果经验丰富的译者／编辑能在充分研究的基础上提供背景知识解释，那些好学和有兴趣的读者便可在他们的帮助下缩小理解上的差距。……没有哪位古典学者会只给出一部未经注释的古希腊语或拉丁语作品，并期望读者能奇迹般地理解／欣赏这部作品。"

在少数关于翻译的负面评论中，不乏某些颇有见地的观点。如鲁迅小说译本的一位读者表示："必须说，蓝诗玲是一位杰出的译者，她的译文读来流畅，在传达原文意思方面亦有巧思。只偶尔出现一些不和谐的译笔。但让我很遗憾的是，她没有采用'高语域'文体翻译鲁迅第一篇小说《狂人日记》中的文言文序（莱尔这么做了），因此原文中的讽刺意味丢失了。此外，为了增强译文的可读性，她常常更改鲁迅的句法结构，这导致译文读起来有点学术风味，有点偏离原文的写作风格。在选词方面，译文也有待提高。例如，小说《一件小事》的讽刺意味就体现在它的标题中。这件事表面上看并不重要，但在鲁迅的记忆中显然并非如此。蓝诗玲将之译为'A Minor Incident'，在词典里，'小'的确可以译为'minor'，但这个翻译没抓住问题的关键。"

上述评论充分说明，大部分普通读者并未盲目地在译本和小说原文之间画上等号，而是意识到译者的在场，能对原文与译本的关系进行审慎的思考，正视翻译策略对译本质量的影响。

英语读者青睐一部中国小说的原因有哪些？从评论可以看出，与专业读者相比，普通读者较注重图书内容的趣味性。某位《围城》的读者评论道："这本书让我在飞机上放声大笑。"另一位读者发布了一篇名为《小心克莱登大学文凭！》的书评："我觉得这本书非常好笑，是《憨第德》（*Candide*）式的那种好笑。书中的讽刺干脆利落，人物描写虽然是漫画式的，但都非常生动。书中有一些笑话，调侃文科专业毫无用处，如同克莱登大学文凭一般，使我这名前哲学专业人士捧腹大笑。我很开心看到许多文字游戏通过翻译成功地保留下来。"《猫城记》的读者表示，这本书"非常有趣，在阅读其他中国作家的严肃文学作品后，这是一次美好的放松"。张爱玲小说译本的读者说："我发现《倾城之恋》令人既着迷又上瘾。张爱玲优雅的文笔巧妙地吸引了我的注意力。每一篇小说都扣人心弦，在描写中创造了生动的意象，让读者能清楚地想象故事中的种种情景。"另一位读者说："《色，戒》最让我喜爱之处是故事本身很有趣，它根据真实事件改编，在结尾处设置了一些令人惊讶的情节转折，这为故事增色不少。我不太在意张爱玲的写作风格。在我看来，她在写作中加入了太多与故事无关的细枝末节。"

此外，普通读者也非常关注小说的文化认识论功能。不少读者提到译本对他们了解中国文化、历史、社会和思维帮助极大。例如，鲁迅小说译本"展现了旧时代中国的生活和文化……使我们了解到当时的贫困群体是如何生活的"；《围城》"精彩地呈现了 20 世纪 30 年代的中国家庭生活"；张爱玲的短篇小说使我们能够了解"战争前中国爱情生活中的情感、欢乐和压力"；"任何想要了解中国文学和思想的人都应当阅读《猫城记》这本书"……

小说的普遍性也是评论中反复出现的话题。在普通读者的书评中，"普遍性"通常并不是狭隘的"西方性"的代名词，也不是遮蔽令西方感兴趣的"中国性"的套话，而是切切实实的阅读发现，与读者个体的生命经验紧紧纠缠，是读者与译者、原文作者三者视域融合的结果，使译本衍生出新的意义和价值。张爱玲小说译本的读者评价道："因为个人经历，《倾城之恋》让我很有共鸣，亚洲文化和伊斯兰文化有很多相似之处。我个人不认同仅仅为金钱和地位而结婚的观点，尽管我理解这种做法背后的原因……"另有读者表示，"鲁迅所描写的正是我们今天依旧在困惑与遭遇的问题"，"小说中充满了许多有用的人生智慧"；《围城》对学术圈的批评十分有趣，它所适用的范围超越了 20 世纪 30 年代的中国，作者对社会弊病的批判也是如此。我确确实实地感受到作者的时代与我们的文化有许多共通点，例如把西方文凭当作一种身份象征，留学归国的学生在报纸上刊登照片，还有去西方学习我们自己民族的语言和文学"。在阅读《猫城记》时，英语读者们并未狭隘地将书中描写与中国社会挂钩，而是从更深远的角度思考小说的普遍价值。一位读者写道，在《猫城记》中，"一个民族、国家危在旦夕，让自己堕落到懦弱的幻觉与妄想的控制中，最终被来自西方的外国人所摧毁。这与特朗普（Trump）统治下的美国有非常奇妙的相似之处。在这个可能陷入混乱、愚蠢和自我毁灭的世界中，老舍发出了理性的声音。如果在书中只看到 1932 年的中国，那便与任何开放的文学阅读相去甚远"。

英语读者在阅读中国小说时，难免带有自己的"前见"，西方文学经典是其知识系统中的重要部分，因而他们也常常在评论中提及中国小说和西方经典作品的联系。有趣的是，普通读者阅读中国小说时联想到的作家很多与专业学者联想到的并不相同，也不局限于西方作家。这在某种程度上体现出中国现代小说内涵的丰富性和广阔的言说、阐释空间，即刘象愚（2006：53）所说的经典的"无限可读性"。《倾城之恋》译本的读者写道："这些故事都带着一丝伤感，展现了作者对人性敏锐的观察，让我不禁思考：我每天路过的建筑里生活的各种各样的人，他们的生活是什么样的——他们有什么遗憾，有什么难以忘怀的回忆，他们是否满意自己的生活？我曾读到张爱玲被称为'中国的弗吉尼亚·伍尔夫'，但她让我想起了菲兹杰拉德或西尔维娅·普拉斯（Sylvia Plath）。"还有读者写道，他曾读到过老舍在马克·吐温（Mark Twain）纪念会上的发言。这让他觉得是意料之中、合情合理的事。"尽管老舍和乔治·奥威尔（George Orwell）之间的联系显而易见，但从《猫城记》的字里行间，也能清楚地看到马克·吐温的影子。"鲁迅小说译本的读者表示，"鲁迅的两部小说集《呐喊》和《彷徨》让人想到屠格涅夫（Turgenev），因为两者都对社会弊病进行了批判；也让人想到乔伊斯的《都柏林人》（*Dubliners*），他们都描写了一个保守的社会因为一系列问题和心态陷于瘫痪"；"鲁迅对谎言和虚伪的抨击是沉郁而又诙谐的，特别是《阿 Q 正传》，有时和纳撒尼尔·韦斯特（Nathanael West）1934 年的《百万富翁》（*A Cool Million*）有相通之处，后者讲的是一个愚蠢的美国人惨遭他人利用的故事"。另一位读者提到，"几年前，我在企鹅图书中发现了芥川龙之介的故事。我想要读更多类似的作品。鲁迅与芥川几乎是志同道合。他们生活在同一时代；他们都尝试过现实主义和神话题材。我发现鲁迅和芥川一样文风简洁、才华横溢，是绝妙的阅读搭配，尽管他们的写作目的可能存在某些差异"。这些读者将鲁迅与俄国、爱尔兰、美国、日本作家并置，充分说明了鲁迅小说创作的世界性因素，也生动体现了达姆罗什所说的"世界文学是一种阅读模式，是超然地去接触我们时空之外不同世界的一种模式"（Damrosch，2003：281）。在读者的脑海中，不同民族的文学作品产生共鸣与互动，只有这样世界文学才能被全力激活。

值得一提的是，尽管有读者对作品表示不满，但这很少是由翻译导致的。大部分差评与写作方法或故事情节有关。例如，《猫城记》的读者表示："猫人太无可救药，但叙述者甚至没有试图去拯救他们。他只是根据自己对猫国有限的了解来批评猫人，也几乎没有就如何改进提供任何建议。我讨厌这本书的结局。"《倾城之恋》译本的某读者写道："有几篇小说中的角色发展毫不充分，还有几篇的结局很牵强。"鲁迅小说译本的读者认为，"复杂的词汇和象征技法让我在理解中国历史和文化时感到更加吃力"。但总体来看，差评的数量较少，其中一部分是读者个人较偏激的主观看法，还有部分差评是由中西文学传统、阅读习惯差异或读者对中国文化缺乏了解导致的。

普通读者对中国现代文学译本的经典化是否有重要作用？答案是肯定的。意大利作家伊塔洛·卡尔维诺（Italo Calvino）曾在他的文章《为什么要读经典？》（Why Read the Classics?）中列举了 14 条经典鉴定标准，其中有许多条从个体的阅读行为与经验角度出发，例如，经典是那些"我们越是道听途说，以为我们懂了，当我们实际读它们，我们就越是觉得它们独特、意想不到和新颖"的书（卡尔维诺，2012：1）。刘象愚（2006：50）指出，经典的形成在一定程度上来自集体的意识，而非个体的意识，但集体的阅读经验是无数个人阅读经验的集合体。因此，"个人的阅读经验对于经典的形成也是重要的"。个体的阅读经验虽然具有主观性、多样性，但从千变万化的个体经验中融合、沉淀而成的集体的"无意识"，将是一部作品经典化坚实的群众基础。

此外，普通读者对中国现代文学的理解、评价和传播，与出版、学术和教育机构等主体的经典化策略和话语有相通之处，同时也是对后者的重要补充和修正。普通读者从千差万别的个体经验、文化背景出发，挖掘出中国文学作品描写的共通人性与人类心理结构，发现这些作品与西方以外地区文学传统的联系，从而展现了作品真正的"普遍价值"，充实了它们在英语世界的意见网络和释义场，有力地支持了它们的经典化。

第五章

因果相生：翻译文学经典构因的辩证统一

从理论意义上讲，经典之所以难以定义，是因为它的两面性：经典有规定性的一面（normative side），经典中有经久不衰、稳定不变之物，这使其不畏意识形态变化与兴趣口味更迭，惠及每一代、每一地的读者；经典也有历史性的一面（historical side），其审美价值必然代表某个时代、某个地区的社会文化观念与文学风潮。翻译文学经典化机制中，文内与文外因素相互依存，共同参与作品意义与价值的生产，为"经典"概念中看似矛盾的两面达成和解提供了可能，也为文学内部与外部研究路线的交汇铺设了轨道。一方面，翻译文学经典的形成验证了相对稳定的文学价值在异域时空得到保存的可能性；另一方面，这种文学价值又受到译语语境中各文学行动者调节与协商行为的影响，与社会文化因素较量与纠缠。可以说，经典的形成源于审美价值与社会体制性因素的合力，以及这一动态过程中不确定性与恒定性的辩证关系。

从经典建构实践本身看，翻译文学经典化是因果相生、各部分相互作用的系统性机制。一部翻译作品能成为经典，不仅因为其固有文本价值，也与人为因素有关，因而对翻译文学经典的研究更需置译文于广阔的译语社会文化语境中，考察文本选择、翻译、出版与评论各阶段社会代理人的作用及联系。在前几章中，本书从本质主义与建构主义经典观相结合的研究视角，对翻译文学经典化主体及成因进行了辨识，提出翻译文学经典化研究不应局限于对"赞助人""审美价值""翻译"等概念的孤立解读，而

应充分揭示各主体相互配合、不同环节相互衔接、多种因素彼此影响的系统
过程。在原作审美价值的基础上，译者发挥主体性，赋予一部文学作品新的
艺术价值与诠释空间，使其能在海外图书市场与学术机构中流通，甚至获得
主导地位。文本的审美价值是内因；出版社等赞助人是中介，联结译本与外
部社会文化网络；评论起推动、引导作用，强化翻译作品的影响力；高校等
教育机构则进一步巩固文本的经典地位，使之永久化。在此过程中，译语环
境中的意识形态与诗学传统贯穿始终，各经典建构因素并非孤立存在，而是
互相烘托、彼此依存，例如，出版社与媒体为推介图书共同造势；出版社营
销手段与翻译策略前后策应；高校学者与文学批评家或充当译者，或为译本
撰写导言，或为媒体撰写书评等，共同塑造了作品的经典地位。

　　翻译研究的"社会学转向"为分析翻译文学经典化机制提供了合适
的视角。自20世纪90年代以来，一部分学者认为，翻译研究的"文化转
向"通过引入宏观文化语境拓展了对翻译活动的认识，但忽视了社会语
境的制约作用。以米凯拉·沃尔夫（Michaela Wolf）为代表的学者倡导
翻译学的社会方法，通过借鉴布迪厄、布鲁诺·拉图尔（Bruno Latour）
与尼克拉斯·卢曼（Niklas Luhmann）等人的社会学理论建立研究范
式，强调翻译是一种受社会调节的活动，译者是社会建构的主体与客体
（Wolf，2007：1-36）。基于此，翻译研究的"社会学转向"要求我们研
究翻译过程、产品的社会属性，以及与翻译有关的代理人之间的社会联
系。翻译过程一方面受文化层面的因素制约，一方面受宏观社会语境制
约；这与翻译过程中的代理人有关，他们不断将文化层面的价值体系与
意识形态化为内在的准则，并将之作为各自行动的依据。本章首先探析
入选"企鹅经典"的中国现代小说经典化译介过程中各主体的相互联系，
然后再将这些经典建构主体视为受社会文化因素约束的客体，探讨英语
世界集体文化心理与世界文学权力运作机制对经典建构的影响。

第一节　经典建构主体间的相互联系

　　本书前几章考察了各经典建构主体在不同阶段采取的具体策略，不

难发现它们在一定程度上互相渗透，彼此协作策应，主要表现为：（1）各主体在作品选择上具有很大的一致性，出版社所偏爱的中国现代作家通常也是海外媒体、学者与高校青睐的重点人选；（2）各主体使用的词汇体系表现出一定的相似性，存在许多重复表述或程式化修辞，如作品的"普遍性"、"世界性"与"现代性"，或将作品阐释为了解中国社会文化的"线索""窗口""门户""缩影"等；（3）各主体对中国现代文学的阐释表现出一致的话语逻辑，例如，重视建立作品与西方文学的互文关联，强调作品的普遍价值与现代意义，但难以摆脱对作品的政治解读，且这种政治解读常被对审美趣味的讨论遮蔽。

　　之所以出现这种相对稳定、共同的特征，是因为经典化机制中不同主体的相互配合与协作。因此，本节首先从微观角度梳理文本选材、译本生产、评论与教学等不同层面的社会代理人，并对其关联进行分析。

　　文本选材上的互动首先由出版社编辑与学者的合作体现，前者往往需要征求后者的建议。20世纪七八十年代，英美两国出版业日益集团化，编辑面临较大经济压力，担负为公司增收与提升品牌形象的双重任务。大多数商业出版社编辑不懂外语，因而需要"频繁拜访学术机构以挖掘潜在出版对象"，在文本选材上往往"依赖他人的建议及品位"（Shulte，1990：2）。从这个角度说，"企鹅经典"系列选择的中国文学经典不过是那些在海外学术、教育机构中早已拥有一定文化资本的热门作品，是在英语世界有长期译介基础、被反复评说的对象。当然，译者个人也能参与文本选材，如米欧敏（Olivia Milburn）和庞夔夫（Christopher Payne）因机缘巧合翻译了麦家小说《解密》，该译本经蓝诗玲推荐，最终由企鹅出版。不过，译者出于个人兴趣翻译的文本只有在得到出版商的认可后才能面世。据葛浩文介绍，对于感兴趣的作品，他通常会先译好20~50页，再送给出版商或文学经理过目。如果没有人愿意接收，翻译便会搁置。在他的抽屉里摆着三四份至今无人问津的译稿（Goldblatt，2011：107）。可见，在海外主动译介的过程中，一部中国文学作品的最终入选，其实是译者、出版社编辑、学者的共同决定，他们经过层层筛选，才正式拍板定案。

译本生产阶段往往体现出明显的斡旋特征，出版社编辑、译者、作者在这一阶段就翻译问题不断协调、对话，这才有最终译本定稿。如前所述，与国内行业规范不同，海外编辑有权力对作者的创作方向提供建议，对文本进行删改，以迎合市场口味。在不懂中文的编辑和不懂英文的作者之间，通常由译者充当沟通的中介。莫言的《天堂蒜薹之歌》在美国出版时，编辑认为故事结尾"有些不了了之"。葛浩文将编辑意见传达后，莫言写了一个全新的结尾，终于"皆大欢喜"（李文静，2012：59）。在翻译过程中，作者是否参与斡旋往往受到其在国内及异域文化中地位的影响，但从根本上说，由源语文学在世界文学权力场上的位置决定。由于中国文学在世界文学空间中处于边缘位置，作者往往对翻译过程采取放任态度。虽然海外编辑对读者口味的把握并非完全准确，但一般来说，在三者协商后完成的译本更易于获得市场与普通读者的青睐，取得销售佳绩。同时，某一时期评论界的主流观点或一时风向也会影响译者的翻译策略。在入选"企鹅经典"的译本中，译者对小说的阐释通常是对学术界主流评论观点的附和与回响。《二马》与《猫城记》译本导言与注释中的某些内容与西方学者对老舍作品的解读基本一致。《倾城之恋》译本扉页、导言与《围城》译者序中均有对夏志清的致谢，译本副文本对原作价值的阐释与夏氏的观点也有暗合之处。仔细阅读《围城》译者序后能发现译者、学者与作者在译本生产过程中的紧密联系：刘绍铭与李欧梵为译本的编辑工作提供了专业性帮助，许经田等教授对翻译原稿进行了审读与修改，夏志清提供了关于作者钱锺书的传记与研究资料，作者本人则对译本后记中的生平信息进行了修正（Kelly & Mao，2006b：xii）

在评论阶段，媒体书评作为图书推介的手段，通常与出版社互相应和。首先，在海外，给书评作者寄样书并邀请其为新书撰写书评是出版业的惯例。《猫城记》与《二马》的某些书评作者明确表示，企鹅提前给他们寄送了样书（Lozada，2013；Bruno，2013；Wasserstrom，2014）。此外，翻译与评论在经典建构中也会互相促进。当某译本从竞争中胜出，获得大量象征资本后，便会成为学术研究的唯一指定语料，在影响评论方向的同时也加速了本身的经典化。前文提到，韦查德将杜为廉的《二马》译本作为老舍研究的指定语料。同样，霍克斯的《红楼梦》译本几乎是所有海外《红楼梦》英文论文与专著引述的权威译本，也是海外中国文学与世界文学史集的引文来源（江帆，2014：119）。霍译本在专业读者圈的接受上胜于杨宪益译本以及其他译本，几乎成为海外《红楼梦》的对等物，产生广泛的影响，也许与这一点不无关系。

在教学阶段，大学教师与文学批评者的身份往往互通。中国现当代文学史集的编撰者通常也是在高校任职的知名教授，这些文学史集也成为各高校中文专业的热门教材。就单部作品而言，如前所述，高校教师通常比较保守，在文本选材上更倾向于选择既定的经典篇目，极少将一部不知名的作品引入课堂（Shulte，1990：2）。这说明海外高校课程设置中的文学经典书目必定与学者研究的重点书目有大量重合。而权威学者的文学观与研究偏好，以及对中国文学文本的阐释也会影响教师与学生的价值取向。同时，学术研究中的新方向与新视野会直接反映在文学课程的设计中。例如，海外中国文学与电影研究的融合不仅影响了新的学科建构，也催生了各高校的中国现当代文学与电影综合课程。此外，在教材中选用知名出版社的经典书系，是出版社与高校在经典建构中的合作途径，能帮助该丛书积累文化资本，强化所属作品的经典地位。除此之外，正如勒菲弗尔所言，出版社与高校达成紧密合作，出版文学入门选集，提供代表性经典文本，并附上导言对其中的诗学理念进行阐释，以确保其经典化。这是经典建构"最引人注目，也是最赢利"的表现形式（Lefevere，2004：22）。

在中国文学海外经典化过程中，各主体的话语体制与经典化策略具有内在一致性与连续性，不仅是因为各主体的相互参照与渗透，从更根本的角度讲，还是由于在接受国语境中，参与翻译活动的代理人不仅是构建文本社会意义的主体，也是受社会文化因素约束的客体。经典化机制中各主体的行为方式，是由其在本国文化生产场中所处的位置决定的，也是由中国文学在世界文学生产场中所处的位置决定的，这就要求我们从宏观角度分析翻译文学经典化的制约因素。

第二节　宏观制约：两种东方主义

勒菲弗尔将决定文本生产、改写、消费、流通的行为主体归纳为两大因素：一是文学系统内专业人士（学者、书评作者、教师、译者等），负责改写文学作品，使其符合某一时代与文化的诗学传统与意识形态；二是文学系统外赞助人（有权势的个人或团体，如宗教组织、政党、出版社、媒体等），通过管理文学作品在学术机构、审查机构、教育机构、重要期刊社内部的流通与发行，进一步推动或阻碍文学阅读、创作及改写。专业人士更关注文学诗学问题，而赞助人更关注作品的意识形态，两者维持某一文化内部文学系统的稳定运转，使之与其他社会子系统保持步调一致。此外，专业人士与赞助人之间始终保持着紧密互动：（1）赞助人将权力委托给专业人士，并依靠他们使文学系统始终符合主流意识形态；（2）代表某一时代"最高正统"的专业人士与同时代控制意识形态的赞助人关系密切。例如，权威学术与出版机构控制着经典的文本选择，教育机构通过将其纳入教材，延续经典的生命力（Lefevere，2004：14-20）。

勒菲弗尔的理论不仅指出了不同类别代理人之间的合作关系，更从宏观维度揭示了制约译本生产、流通、接受的社会条件。在翻译过程中，维持各行为主体密切合作的关键因素往往是社会主流意识形态，其根本目的是使翻译文学的意识形态与社会主流意识形态保持一致。

具体到中国现代小说经典建构上，各主体的行为策略也在不同程度上体现出对英语世界主流意识形态、社会文化价值观的附和与回应，呈现出两条清晰的话语脉络。（1）各主体在不同阶段均表现出对中国文学作品民族性与"世界性"元素的向往。例如，行为主体在文本选材阶段侧重那些与西方文学模式相似并继承中国本土特色的作品；在翻译阶段，译者在副文本中对作品受到的西方影响加以强调，并运用"陌生化"翻译策略突出原作的语言与文化的异质性；在出版阶段，编辑通过宣传作品的"普遍性"与文化认识论价值吸引读者；在文学批评中，中西文学的相似性成为中西文学比较研究、影响研究或"翻版论"的话语资源。如前所述，"西方性"与"普遍性"之间有时只是措辞上的差异，在含义上并不泾渭分明。但不可否认，有些阐释也会偏向真正"普遍"的一面，强调中国文学的"人文价值"，以及对人类情感、生存等共同问题的深刻探讨。（2）各主体在选材、翻译、出版、评论、教学中均呈现出对中国现代文学作品的政治偏见，具体表现为强化作品的政治意义，强调作者的政治经历、政治立场及其与中国主流政治理念的疏离或分歧，勾勒中国现代文学整体的政治属性。

中国现代小说经典化译介策略具体体现了英语文化中的何种意识形态？跨文化形象学中的观点也许可以提供某些启示。周宁认为，在西方文化中有两种东方主义，造成两种截然相反的中国形象原型：一种是肯定的、乌托邦式的东方，一种是否定的、意识形态性的东方。从13世纪起，西方文化中出现一系列美化、理想化的中国形象类型，将中国视为幸福智慧的乐土，这种观念在启蒙运动时期走向衰落，但并未消失，从政治领域转入审美领域后复归。此后的主流西方叙事力图构建丑化的中国形象，为其贴上"落后、专制、邪恶、堕落"等标签。跨文化形象学致力于指出这种中国形象叙事并非对中国文化的真实反映，它体现的是对中西文化关系的一种认识与期望，更是"西方文化认同的自我隐喻性表达"。也就是说，西方通过构建他者形象，审视、反观自身，完成自我文化身份认证。一方面，通过将中国打造为拥有优越政体的政治理想国或具有浓厚异国情调的审美乌托邦，西方知识分子获得了社会与美学批判的场地，表现出西方现代性精神中开放谦逊的一面；另一方面，通过构建停滞、专制、野蛮的中国形象确认进步、自由、文明的西方，并建立以西方为中心的世界秩序，表现出西方现代性精神中傲慢狭隘的一面（周宁，2011：39）。这两种相互对立的东方主义交替出现，冲突又互补，构成西方精神结构中的一种张力。作为一种重要的文化社会实践，翻译同样为西方构建这两种中国形象叙事提供了文本空间与话语场所。

可以说，中国文学在海外经典化的过程中，那种对中国本土特色、异域情调的真切追求，以及对中国文学中普遍价值、世界主义意识的挖掘，体现了乌托邦式的东方主义。而在中国现代文学研究中掺杂的政治偏见、对整体文学水平与社会制度的贬抑，以及那些导致曲解与误读的选择性叙事，体现了意识形态性的东方主义。西方这两种中国形象叙事起源于西方古典哲学、政治学，具有深厚的理论基础，历经漫长的话语实践，不断被内化、符号化，演化为西方社会共同的文化心理，参与构成制约中国文学海外接受的"意识形态"。

在这两种东方主义文化心理的影响下，各经典化译介主体紧密协作，使中国文学在接受过程中产生相通的话语逻辑。在对中国现代文学的误读与曲解中，它们也是一脉相承，互相附和，日益巩固经典化过程中的偏见，导致在海外经典化过程中构建的中国文学形象也往往单一片面。即使偶有与主流叙述相冲突的观点，它们也难以激起较大反响。

我们常常责备海外评论对中国现当代文学持有偏见、译者肆意删改文本、读者对中国文学缺乏好感，但这实际是在统一意识形态的影响下因果相生的过程。长久以来，西方读者"普遍认为中国现当代文学是枯燥的政治说教"，不少小说被贴上"社会主义现实主义"标签，被认为是"中国的宣传教育资料"（Lovell，2005）。我们不禁要问，西方读者的观念由何而来、受谁影响？一方面，对于任何对中国文化缺乏了解的普通读者而言，其价值取向与阅读期待可能受到学术界主流评论和意见领袖的引导，也可能是对图书市场长期的译本选材与翻译质量的直观感受。如果海外市场上的中国现当代文学选材雷同、内容单一、翻译水平堪忧，则会进一步印证他们对中国文学的固有印象。另一方面，读者的口味又将加固出版社的选材标准与宣传策略，形成周而复始的恶性循环。

在这一循环机制中，有学者认为中国文学译介的核心层次是海外学术界：先由海外学者形成关于中国现当代文学的基本理论与阐释方式，其在高校得到巩固和强化后，通过媒体书评进一步扩大受众，影响出版商与普通读者的阅读趣味与文本选择。杜博妮在专著《虚构的作者，想象的读者》（*Fictional Authors, Imaginary Audiences*）中指出，中国现当代文学无法吸引英美读者，在很大程度上是文学批评家的责任。她认为自20世纪五六十年代起，西方中国文学研究是在一个扭曲的语料库与错误的概念框架中进行的，存在不少缺陷。英国高校最初普遍采用中国现代文学文本作为现代中文教学的工具。由于当时英国教师对中国现代文学缺乏充分了解，引进的教材多为中国官方出版的译本，许多文学价值不高的作品被当作经典研习，导致部分学生转而学习中国古典文学，英国的中国现代文学研究因而停滞不前；美国等地受冷战思维影响，将中国现当代文学文本当作了解中国社会变革的工具，中国现当代文学研究成为表明自身政治观点的手段，以从历史学与政治学角度的内容分析为主。即便有文学技巧方面的批评，其也大多以西方文学标准责之。最后她总结："如果因为错误的呈现或教学方法，中国现代文学让您或您的学生终生与中文无缘，请责怪这些批评家，不要责怪叙述者或故事本身。"（McDougall，2003：23-39）

　　除文学批评与教学外，出版业的情况也造成了中国文学的冷遇。借助美国罗切斯特大学翻译图书出版数据库"百分之三"，我们可以看到中国文学作品在美国翻译图书市场中所占比重的变化。由于美国出版业日益集团化，商业出版社追求利益最大化，热衷于出版畅销书，极少对鲜为人知的外国文学作品产生兴趣。出版翻译图书、倡导语言多元化的责任通常由学术出版社和小规模独立出版社承担。该数据库之所以如此命名，是因为美国翻译图书数量约占整体出版数量的3%。而在这部分份额中，中国文学作品更如沧海一粟。资料显示，在美国翻译图书市场中占支配地位的语种是法语、西班牙语与德语，每年出版图书60~90部，其次是日语和几种其他欧洲语言。中国文学作品一般在第10名上下浮动，数量在20部左右，大多数情况下不及同属亚洲的日语文学作品。此外，无论是整体翻译图书还是中国文学作品的数量都相对稳定，增长并不显著，甚至在莫言获得诺贝尔文学奖后，中国文学作品出版状况也无明显改善（见表5-1）。

表5-1　2008~2022年中国文学作品在美国翻译图书市场中
所占比重的变化

单位：部，%

年份	数量	比重
2008	15	3.86
2009	9	2.29
2010	14	3.75
2011	16	3.69
2012	26	3.08
2013	22	2.35
2014	31	3.67
2015	24	3.57
2016	25	3.47
2017	39	4.97
2018	33	4.04
2019	28	3.77
2020	22	3.68
2021	23	4.51
2022	17	4.06

注：数据采集时间为2023年6月15日。罗切斯特大学"百分之三"数据库统计自2008年1月1日起在美国出版的首次翻译的外国文学作品，主要分诗歌、小说、非虚构类纪实作品和儿童文学四个类别。新译本与重印、再版的译本不计入内。2018年停止更新，数据库改由《出版家周刊》网站维护。

资料来源：美国罗切斯特大学"百分之三"数据库及《出版家周刊》翻译数据库。

既如此，译者在中国现当代文学海外译介的尴尬处境中扮演何种角色？金介甫（Jeffrey C. Kinkley）曾指出，"熊猫丛书"帮助不少中国作家在英语世界成名，但20世纪90年代初的几部译本只是简单意译，不是文学翻译，"译文质量低劣，有的糟糕之极"。葛浩文重译了刘恒的小说《黑的雪》（*Black Snow*），才拯救了这位作家在海外的声誉（金介甫，2006：74）。可见，作为研究语料的中国现当代文学译本的质量、数量、形态都曾经影响过，也会继续影响中国现当代文学在西方的传播与接受。

译者在受制于社会规范的同时，也是构建社会现实的主体，能够主动建构文本意义，参与译本社会价值生产。然而，如前所述，由于翻译的社会性，在中国现当代文学整体评价偏低、海外翻译图书市场低迷的大环境下，译者无法完全脱离与其他社会行为体及整体意识形态的联系，因而他们的行为与整体社会网络基本保持一致，其本身也是这个社会网络下闭式循环中的一员。

第三节　宏观制约："文学世界共和国"中的中国文学经典化译介

中国文学作品在英语世界的经典化不仅受译语地区宏观社会文化因素的影响，也受到世界文学场文化资本分配与权力运作方式的制约。因此，从宏观视角探讨中国文学在海外的经典化译介，离不开对"文学世界共和国"权力机制的分析。

要讨论这个话题，我们可以从一本中国当代小说的英语译介谈起。

一　《解密》与"企鹅经典"：一个伪经典化案例

2014年3月，麦家小说《解密》英译本在英美同时出版，引发海外媒体热议。一时间，国内媒体竞相报道，《解密》成为首部入选英国"企鹅经典"丛书的中国当代文学作品。如新华社从"浙江省作协获悉"，"企鹅经典""收录了乔伊斯、普鲁斯特、海明威、萨特、加缪、卡尔维诺、弗洛伊德、菲茨杰拉尔德、马尔克斯等诸多大师的作品，其中也包括《红楼梦》、《阿Q正传》、《围城》及《色，戒》四部中文作品。《解密》是迄今唯一被收入该文库的中国当代文学作品"。[①]

然而，《解密》入选"企鹅经典"只是国内媒体的误解。笔者与企鹅

---

① 原文现已删除，参见其他媒体的转载文章：《麦家小说〈解密〉入选英国"企鹅经典文库"》（http://culture.people.com.cn/n/2014/0321/c172318-24704236.html）。

中国分部主管周海伦女士通信后得知："《解密》版权确实是由'企鹅经典'部门收购的，该部门计划搜寻国外被埋没的罪案小说，这是其出版项目的一部分。但《解密》并未在'企鹅经典'品牌下出版。"其称，"我们未能向公众澄清由'企鹅经典'部门收购与被'企鹅经典'文库收录这两者的区别"。

另外，图书装帧设计也可证明《解密》并未入选"企鹅经典"。自1946年创立以来，"企鹅经典"及其子书系"现代经典"的平装本封面统一以黑色或灰色为底，封面印有"Penguin Classics"或"Modern Classics"的品牌标志。《解密》的设计与之均不一致，封面也并无任何"经典"标识。

报道中需指出的另一处错误是，"企鹅经典"收录的中国文学作品远不止四本，而是三十多本。但截至2023年6月，该丛书并未收录过任何中国当代文学作品。莫言、苏童、格非等作家的小说，以及曾打破版权收购纪录的《狼图腾》，均隶属于"企鹅文库"系列，未被收入"企鹅经典"；麦家的作品《解密》及其后来在海外上市的新作《暗算》，亦是如此。

从国内地位看，《解密》属于麦家小说中地位相对边缘、关注度不高的作品；而由于类型文学偏见，谍战小说至今仍处于中国当代文学批评体系中的边缘。[①] 但《解密》被西方"经典化"的消息传开后，国内文学生产场上的各行动者纷纷抓紧时机夺取这一"象征资本"，以在符号斗争中赢取有利地位。2014年4月，《解密》在英美上市仅一月后，北京出版集团便推出小说原文的重印版，并在封套上用醒目大字注明："唯一入选'企鹅经典'的中国当代小说。"同时，《解密》迅速被影视化，由知名明星出演，评论界也掀起麦家研究热潮，有关麦家的研究论文与报道数量

---

① 《解密》在国内受到的关注远不及曾获得茅盾文学奖的《暗算》及因影视改编而名声大噪的《风声》："相对于《暗算》、《风声》等作品，《解密》在国内的名声不大，知者不多。"见麦家《〈解密〉多磨难回忆》（2015）。此外，关于麦家在中国本土文学批评体系中受到的评价，见何平《麦家小说在当代中国文学中的意义》（2012）。何平指出，对类型文学的歧见是五四新文学的遗产之一，"类型文学在当今世界文学格局中地位和成就卓著，拥有许多大师级作家，但在中国文学格局中却常常被所谓的'纯文学'傲慢和偏见着"。麦家表示："我在中国只是个'毁誉参半'的作家，我的《暗算》得茅奖被不少人诟病，他们认为我只会讲故事，离文学远着呢。"见罗皓菱《麦家：我在文学界一直毁誉参半》（2014）。

较之前一年均有显著增长。

国内译学界也纷纷从译介角度探析《解密》在英语世界的传播与接受。大部分研究认为，文本魅力（中西结合的叙事与表现手法）与赞助人（文学经纪人、批评家、出版商、译者）的推介共同促成了海外"《解密》热"现象（吴赟，2016；季进、臧晴，2016；高瑞，2016）。

不过，应该意识到，在海外书评方面得到热议，不能成为《解密》被西方经典化的可靠标准。诚然，一部作品成为世界文学的一大标准是它能"在另一语境下受到批评性的讨论和研究"（王宁，2010：16）。但必须明确的是，一般媒体书评与严肃文学批评的性质、地位与影响力存在差异。据周海伦女士介绍，主动邀请各大媒体撰写书评是"企鹅经典"图书推广的策略之一。尽管某些西方书评赞美小说"对节奏的完美掌控、生动的情节和创新的叙事手法"或"元小说及后现代式的转折"等，但书评的文学性与学术性不高，对作品艺术价值的探讨并不深入，并带有明显的政治阐释倾向，如突出作者的政治出身，或将小说与斯诺登事件相挂钩。① 相较于以时效性和话题性见长的媒体书评，通过权威学术机构发表的研究论文更具公信力、影响力和持久性，能影响读者的价值取向和阅读选择，甚至决定译者与出版社的文本选择。经典之所以是经典，是因为人们对它的阐释与评说不断翻新、不可穷尽（Kermode，1985：62）。评论数量与深度是一部作品是否具有广阔言说空间的重要标志，也是重要的经典指标。但截至目前，尚未有海外学者专门就《解密》发表有一定篇幅的专业学术论文。

此外，经典作品必须"超乎不断变化的时代及其趣味之变迁"（张隆溪，2005：180），"蕴含深厚而多义的意味，经得起意识形态风暴的摧残"

---

① 参见海外媒体对《解密》的书评：Get into Characters[N]. The Economist, 2014-03-22; Evans D. Decoded by Mai Jia[N]. Financial Times, 2014-03-28; Fan Jiayang. China's Dan Brown is a Subtle Subversive[J]. The New Republic, 2014-03-25; Tatlow D K. A Chinese Spy Novelist's World of Dark Secrets[N]. The New York Times, 2014-02-25; Hilton I. An Intriguing Chinese Thriller[N]. The Guardian, 2014-04-05; Chen Pauline. Review: Decoded by Mai Jia[N]. Chicago Tribune, 2014-03-28; Link P. Spy Anxiety: Decoded by Mai Jia[N]. The New York Times, 2014-05-02 等。

（童庆炳，2005：73）。因此，《解密》在图书市场上畅销，也并不能作为其经典化的决定性标准。因为"没有前途的畅销书与经典存在对立关系"，后者必须是长久的畅销书，它们能获得教育系统认可，进入广阔而持久的市场，生产出真正的"信用"（Bourdieu，1996：147）。综上所述，《解密》在英语世界的经典地位还需要漫长的时间检验，需要得到译语地区其他经典建构主体的进一步验证。

虽然《解密》与"企鹅经典"之间的缘分只是一场误会，麦家案例仍为中国现当代文学外译实践留下了诸多启示，因为它揭示了民族文学在世界文学版图中的某种认可路径。

二　"文学世界共和国"中的认可路径

尽管《解密》译本尚未在英语世界真正获得经典地位，但它被"经典化"的信息依然使其在中国文学场域获得了更多的文化资本，从而引起中国学术界、出版界、影视界和读者的重点关注，提高了原作小说在中国文学系统中的地位。在"企鹅经典"的入选作家中，张爱玲和钱锺书的作品也经历过与《解密》相似的命运。有不少学者认为，没有夏志清对张爱玲的推崇，就没有后来的"张派""张学"，张爱玲在今天也不会获得令人瞩目的文学地位（郑树森，2004：5；许子东，2004：376；高旭东，2008：113）。张、钱二人的小说偏重描述个体经验与日常生活，而非历史的大叙述与主旋律，与重视文学作品社会批判功能的五四—左翼文学传统有别，这导致它们在本土文学批评体系中处于较边缘位置。1961年，夏志清的中国现代文学研究表现出与中国官方学界截然不同的视野，表示"不应用作品的意图，而应该用实际表现来评价文学作品，如它的思想、学识、感性和风格"（Hsia，1961：506）。他在《中国现代小说史》中以英美新批评法发现和品评作品，另设中国现代文学经典，肯定了张爱玲、钱锺书、张天翼、沈从文等人作品的文学价值。1979年，夏志清的专著被译为中文并在香港出版，逐渐引起中国学者的关注。与此同时，中国国内20世纪80年代的"重写文学史"浪潮开始对中国20

世纪文学进行修正，也开始关注此前未受重视的作家。在这些因素的影响下，张、钱等人在国内的文学史地位逐渐确立。

前文提过，张爱玲曾在其演讲中指出，由于林纾的翻译，在英语文学史中并不声名显赫的哈葛德成为中国 20 世纪初最有名的西方作家（Chang，2015：491）。巧合的是，近一百年后，张爱玲本人也借助翻译从本国"非经典"作家变身为英语世界的经典作家，并为我们揭示了民族文学经典化与翻译文学经典化的不同路径：某些受本土读者或官方文学史认可的文学经典，在海外却乏人问津；某些在国内籍籍无名之作，却可一跃成为异域经典。诚如张英进所言，"世界文学里的中国（China in world literature）"与"中国读者世界里的文学（literature in the world of Chinese readers）"是两回事，此问题却常为学者们所忽略（Zhang，2015：8）。

此外，更重要的是，中国作家在国内外声誉的沉浮，充分说明了中国现当代文学在世界文学版图中的某种认可路径，而麦家案例则将这一路径演绎得更为彻底，因为它深刻揭示了西方文学审判对民族文学在国内的生存状态有极大影响：无论是否属实，只要国内认定《解密》已被西方文学系统"经典化"，这就能使之在本土获取海外经典化的象征与文化资本。这种世界文学认可政治包含以下两个方面：第一，中国现当代文学要想获得国际认可，必须通过英语翻译获取入场券，并在以西方标准为主导的文学系统内获得正面评价，贴上"普遍性""现代性""世界性"等标签；第二，这种在国际文学界收获的声誉将进一步转化为国内文学资本，因而在西方被经典化的中国现当代文学作品更容易在国内得到关注与好评。

卡萨诺瓦的"文学世界共和国"理论详细阐释了这种民族—中心—民族的认可路径。卡萨诺瓦认为，世界文学的不平等结构造成了一种地理生态，即划分了文学中心与边缘地区。文学中心集聚大量文学资本，是文学标准的制定者与维护者；边缘地区的文学则处于被统治地位，必须努力向文学中心靠拢，以提高文学地位。17~18 世纪，随着法语文学的兴盛，法国巴黎成为"世界文学首都"，向其靠拢也就是所有边缘地区作家被经典化——卡萨诺瓦称为"文学祝圣（consecration of literature）"——的必由之路。巴黎成就了乔伊斯、博尔赫斯、福克纳，他们均是通过法语译本在巴黎评论界获得"普遍性"、被法语文学圈建构为世界经典作家后，才改变了在本国的艰难处境，于故乡获得"文学大师"之美誉（Casanova，2004：128-135）。尽管卡萨诺瓦的立场在某种程度上难以摆脱"法语中心主义"的桎梏，但应该承认的是，处于边缘地区的中国文学（尤其是中国现当代文学）要想在世界文学系统内进行更广泛的传播、获得更广泛的认可，西方主流语言译本及文化体系的评价依然是其中的决定性因素。《解密》的走红，正是基于其英文译本的成功（被权威出版社收入并畅销、获主流媒体力捧）。而"企鹅经典"中的张爱玲、钱锺书从众多中国20世纪作家中脱颖而出，则归功于夏志清、李欧梵、王德威等知名学者对其作品的长期推崇。此外，当代作家莫言和余华获得西方权威的国际文学奖项后，在国内也引起前所未有的重视，相关研究也出现大幅增长。中国文学在西方获得的国际声誉赋予它们独特的艺术价值，最终传播至国内，改写了它们在民族文学空间中的命运。

在这一"认可政治"的影响下，少数民族、边缘国家、第三世界或使用"次要语言"写作的作家自然会面临两难境地。他们要么坚持本民族文学的自主性，通过抵制英美文学规范反抗世界文学霸权；要么迎合西方主流评论体系的期待与尺度。在某些西方学者眼中，中国现当代文学已然呈现出后一种倾向：曾翻译《西游记》的汉学家詹纳尔（W. J. F. Jenner）请求中国作家在创作中保留"民族性"差异："英语世界读者获得的往往并不是比他们本族更为优秀、有所差异的文学，而是对19、20世纪西方文学模式低劣的模仿与改编"，"所以请不要为我们写作……对国外模式的盲目模仿不可能带来认可"（Jenner，1990：181、195）。同样，宇文所安断言，北岛等来自第三世界诗人的作品"是英美或法国现代主义的翻版"，在文化霸权的压力下，这些人往往"梦想着被翻译"，因而其诗歌中"常常镶满具体的事物，特别是因为频繁交流而变得十分易于翻译的事物"（Owen，1990：28-30）。

同时，必须注意到，海外出版商的文本筛选可能会与西方学界一起，进一步"诱导"甚至"固化"中国现当代文学的西化倾向。为确保经济收益，出版商必须考虑西方读者的阅读喜好，而"可译性"和"与西方文学的相似性"正是中国现当代文学被相中的重要标准。前文提到，企鹅之所以出版王晓方的小说《公务员笔记》，而不是该作者更受中国读者欢迎的《驻京办主任》，是因为编辑认为前者更适合翻译与国际发行，作品中的主题、观点和语境能够成功地在英文中旅行。可以说，处于边缘位置的作家作品能否跻身世界文学阵营，首先是由其能否被翻译（translatable）决定的。

　　试想一下，一个对中国语言文化所知甚少的普通西方读者，从权威汉学家处获得了中国现当代文学仅仅是西方文学翻版的印象，继而在权威出版商提供的译本那里得到了印证，自然会对此深信不疑。久而久之，中国文学在海外的地位将难以提升。学界与出版商的互动共谋，在一定程度上操控着中国现当代文学在海外的名声，也影响着西方读者的价值判断。在这种认可政治下，即便有部分中国文学作品跻身世界文学乃至经典之列，这也往往意味着这些作品恰好贴合西方文学标准，难说它们所获得的评价是否切中肯綮，抑或是否反映了中国文学的真貌全局。另一方面，某些无法融入西方诗学的文学意象、模式与传统因为无法被翻译，注定与海外读者无缘。例如，某些汉学家表示，舒婷的朦胧诗受中国古典文化影响极深，所以无法被翻译，"那种气氛和内涵是外人无法传递的"（舒婷，2005：60）。德国翻译家阿克曼（Ackermann）也对阿城小说《棋王》中深厚的道家哲学思想与古汉语文学感望而却步（未冉、李雁刚，2009：185）。

　　宇文所安对北岛诗歌的评价曾招致许多中国学者的批判，但安德鲁·琼斯认为，宇文所安意在揭露翻译在跨国文学资本交换中的媒介作用："如果一位诗人获得了诺贝尔文学奖，那么其作品的成功翻译必然是一个重要的，甚至决定性的因素。"（Jones，1994：178）更重要的是，他还强调了被西方文学标准认可所产生的力量与后果："通过创作极易翻译的诗歌，借助于出色的译者与出版商，他完全可能在西方获得在中国无法获得的声誉。同时，正是西方的广泛认可使他在中国获得声望。如此一来，奇特的现象出现了，一位诗人因为他的作品易于翻译而成为本国

的一流诗人。"（Owen, 1990：32）

事实上，中国电影的国际传播途径也并无二致。一些学者指出，张艺谋等中国第五代导演常优先考虑境外投资人的艺术趣味，因为电影只要能在国外获奖，这便能保证国内票房收入。因而第三世界导演想要进入国际市场，便需要借他者眼光描绘自身（Larson, 1999：183）。

史书美认为，"世界文学的认可政治"目前虽招致猛烈抨击，但长此以往，可能会形成一种"自我实现的预言"，为第三世界作家提供一种捷径，即将自己的作品作为一种"国族寓言"销售给国际市场。例如，在欧美第一代移民中涌现了以"文革"为主题的"创伤文学"，其便是在有意识地迎合西方市场（Shih, 2004：21）。无论是国内还是海外，都传来这样的担忧声音：中国作家与学者正受到诱惑，在现当代文学的阅读、写作、批评上日益迎合西方尺度与喜好，采用西方叙事手段，迎合西方批评话语，出现"投机性写作""汉学心理写作"（熊修雨，2013：137）；作者进行"自我东方化"（周宁，2011：323），将西方标准内化为本能的价值律令（王侃，2014：17）。

三 "文学世界共和国"中的经典化译介话语

中国文学作品的经典化译介受到世界文学场文化资本分配和权力运作的影响。由于英语在世界语言中的主导地位，处于相对边缘位置的中国文学作品想要进入世界文学经典之列，必须首先被译为英文，并在英语文学系统中获得积极评价。

因此，我们不禁要问，所谓的"积极评价"具体包括哪些内容？

对于中国文学译本如何成为"世界文学经典"这一问题，国内学者的看法比较一致。陈思和（2013：B02）指出，莫言获得诺贝尔文学奖使我们进一步思考何为中国文学的世界性："只有当作家以本土文化经验和独特表达方式回答了人类共同的问题并被世界所认同和接受，才真正具有世界性。"张清华（2007：2）认为，在任何时代，一部文学作品想被"国际化"与获得世界性意义，必须靠两种途径："一是作品中所包含的超越种族和地域限制的'人类性'共同价值的含量；二是其包含的民族文化与本土经验的多少。"宋学智（2015：25）认为，翻译文学经典是诠释"同与异"对立统一的典范之作，既能让读者感受到不同民族共通的思维、经验和审美，又能让读者了解到异域民族不同的审美范式、文学传统、文化观念和价值取向。用王宁（2006b：33）的话来说，这是一种中国文学作品的"全球本土化特征"。

由此可见，国内学者认为一部中国文学作品获得世界性意义，或进入世界文学经典行列，依靠的是"同"与"异"的互融。这一观点与某些西方学者的看法有相通之处。达姆罗什指出，由歌德在阅读中国小说译文后的评价可知，当我们阅读一篇外国文学文本时，任何全面的感受应当包括以下三个方面："一是明显的差异性，能让我们获得纯粹的新鲜感；二是令人心满意足的相似性，是我们在文中找到或投射到文本身上的；三是介于两者之间、与我们既相像又不同的某种特质——这是最有可能积极改变我们观念与实践的一种关系。"（Damrosch，2003：11—12）

然而，细察之下，中国文学作品在英语世界经典化译介的话语中，"同"与"异"的含义和中国国内学者的理解并不完全一致。

其一是在对"同"与"异"关系的理解上。金凯筠（2003：215）曾指出，张爱玲文学在20世纪五六十年代的美国无法成为"显学"，因为读者不愿意花钱购买她的小说。金凯筠认为，张爱玲在小说中描写的社会现象和美国作家的描写看起来相似，但这种相似性是流于表面的。张爱玲笔下的社会冲突揭示了对于外来文化爱憎交织的复杂情绪，不同于美国面对欧洲的"孝敬"和"爱慕"情结。她表示，"夏志清教授说得一点儿也没错，这些读者在阅读赛珍珠的作品时，一定会感到比较自在，因为赛珍珠是从他们熟悉、可接受的观点来描述这些迥异的风俗事件的"。

宇文所安在描绘西方读者的世界诗歌阅读心理时也指出，欣赏他者文化的传统诗歌需要付出艰辛努力，读者往往会被吓倒。但是他们也不想看没有任何民族特色的诗，"想在一种本质上熟悉、易于理解的诗歌中，寻找到一点地方色彩和话题；他们追求的是舒适的民族风味"

（Owen，1990：29）。这句话清晰地点明西方读者阅读取向中"同"与"异"的逻辑，即"同"是"异"的前提，"异"必须以"同"为基础。

其二是在"同"的含义上。中国国内学者所谓的"同"或"普遍性"，一般指人类"共享的历史经验和记忆""公认的道德观念和理想""共同的审美情趣和形象"（江宁康，2011：16）。但从前几章的分析看，西方经典化译介话语中的"普遍性"或"世界性"往往与"西方性"密不可分，也体现了"西方中心主义"视角下的文学经典标准。

必须承认，中国文学作品中融入的西方文学元素增强了中国文学译本的内在对话性，使作品不拘囿于单一话语与声调，在文本阐释上拥有无尽潜势，因而往往成为海外经典化的热门作品。一方面，这种话语逻辑是由中国文学作品自身的审美品质决定的，因为 20 世纪中国文学的一大特征便是世界文学与中国传统文学元素的碰撞（陈平原、黄子平等，1989：3-10）。另外，这种"西方性"话语策略也暗示与西方文学模式相近的外国文学作品更有可能获得"普遍性"，进而成为世界文学经典。例如，企鹅版《猫城记》导言认为，猫人的食物"迷叶"与阿道司·赫胥黎同年出版的小说《美丽新世界》中的"唆麻"十分相似，"说明老舍的作品符合世界文学创作的潮流"（Johnson，2013：xiv）。"纽约书评经典"是收录张爱玲小说最多的美国丛书，其官网导读也指出，张爱玲对爱情婚姻、社会阶层的洞察入微，堪比简·奥斯汀（Jane Austen），同时又继承了中国传统诗文的意象主题，因而她在当今日益国际化的世界里是极为重要的作家。[①] 可见，经典化译介过程中常见的"普遍性"话语有时是西方文学模式的代称，是以西方主导的文学标准臧否中国文学作品的手段，不能被简单地理解为中国文学作品对普遍人性、人类共同经验或共通情感的描绘。

其三是在"异"的含义上。中国国内学者所谓的"异"，指的是文学作品中的"中国性"或"本土经验"，一是传统性，即作品所表现的文化经验是具有民族传统意味的；二是地方性或地域性色彩；三是本土的

---

① 参见丛书官网导读（https://cdn.shopify.com/s/files/1/0726/9203/files/love_in_a_fallen_city-rgg.pdf）。

美学神韵，即具有传统色调的结构理念、传统性或者民间性的叙事内核、民族特有的叙事结构与美感（张清华，2007：3）。

然而，海外理解的"异"，往往是程式化、窄化的"中国性"，是一种"扁平的共同体"。如前文所述，这种"异域风情"往往因为符合西方读者的期待而频繁出现在翻译中，译文文本因而化为空洞的"东方主义批量产品"（orientalist exotica）（Lovell，2006：36），缺乏差异与多元性。此外，这种具有"中国特色"的译文文本大多带有政治性，作为西方探究中国社会生活、政治现实的社会学材料，以呼应西方读者对中国的既定想象。因而拥有西方视角下的"政治美德"、在国内遭受政治冷遇的作家和具有政治迫害情节的作品在海外更易受到热捧。前文中，译本副文本与书评对中国"反经典"作家的偏好便是实例。颇具讽刺意义的是，那些含有国内学者所言"本土经验"的真正内容，即作品中独特的地域性色彩、美学神韵等，反而是在经典化过程中难以传递，因而往往被牺牲、过滤掉的部分。

不可否认，海外汉学家为中国现当代文学的重新定位做出了巨大贡献，没有他们的精微论述与精辟阐发，中国文学作品难以在英语世界安身立命。西方文学传统与理论训练构成了海外学者分析中国文学作品时的前理解，使他们惯于以西方文学标准臧否中国文学文本。也许我们无须悲观地将这种类比倾向同那种"西方中心主义"文学等级制度挂钩，认为它含有潜台词——西方文学更为优越，中国文学作品必须借与西方文学互证互识，才能肯定自身价值。但需要警醒的是，以西方主导的"普遍性"观念一方面割除了欧美以外的文学经验，另一方面促使西方读者将中国文学泛化为西方文学模式（"同"）与本土背景或人物（"异"）的简单杂合。以西方文学标准诊断，中国现当代文学被认为"过分关注评论或影响社会现实，忽略艺术形式追求"（Duke，1990：201），"缺乏维多利亚时期文学的端庄得体"（Updike，2005），"过于严肃、庄重、自我意识过剩、极度缺乏中国古典小说的文学价值"（McDougall，2003：38）。即便是那些已然在英语世界获得声誉的作家也难逃被西方文学偏见左右的命运，而在国内，这些偏见往往被作家在海外的盛名所遮蔽。葛浩文在回答为何对中国当代文学文本进行删改时说道："（莫言）的小说里多有重复的地方，出版社经常跟我说要删掉，我们不能让美国读者以为这是个不懂得写作的人写的书。"（赋格、张英，2008）。当我们为莫言斩获诺贝尔文学奖而欢呼雀跃时，更应深度反思，英语文学体制内部的这种认可与嘉许，是基于原文艺术价值本身，还是基于一部被评论者、译者或编辑改写、操控过的翻译文本？

　　有鉴于此，我们不禁要问，西方学者用以经典化中国现当代文学作品的种种评论，有多少是基于对中国现当代文学的客观认识，又有多少是对西方主流价值观与文学权威的逢迎？更进一步地说，有多少中国现当代作家的经典之路，是由翻译或译评中的讹误与曲笔铺就的？

　　综上所述，受"西方中心主义"思想影响，英语世界经典化主体在译介中国现当代文学的过程中形成了独特的话语逻辑。但当我们追溯源头时，便能发现正是"文学世界共和国"的认可路径和入籍制度规约着以西方为主导的文学经典标准。海外经典化机构以"西方性""普遍性""反经典性"话语助力中国文学译本经典化，形成了政治与审美因素混生的经典评判标准，将诸多不符合该标准的中国文学作品拒之门外，遮蔽了中国现当代文学的复杂性与多样性，从而也限定了"中国文学翻译经典"概念的内涵。

　　2006 年，达姆罗什在论文《后经典、超经典时代的世界文学》（World Literature in a Postcanonical, Hypercanonical Age）中，利用 MLA 数据库的研究数据考察非西方作家在世界文学中的地位。数据显示，1964~2003 年，鲁迅甚至在非西方作家中也仅居于次要地位，不及萨尔曼·鲁西迪（Salman Rushdie）、纳丁·戈迪默（Nadine Gordimer）、纳吉布·马哈富兹（Naguib Mahfouz）等作家，其研究数量只有鲁西迪研究的 5%。2016 年，达姆罗什在哈佛大学发表了题为"什么不是世界文学"（What Isn't World Literature?）的演讲，继续考察各国作家的经典性。2005~2016 年，鲁迅的地位有所提升，被 MLA 数据库引用 247 次，已进入"主要作家"的上位圈，张爱玲则被引用 90 次，在世界文学中属于"次要作家"（Damrosch，2016）。

尽管两位作家的作品已入选诺顿、朗文、贝德福德、哈珀·柯林斯等世界文学选集，并被英美权威经典丛书收录和出版，也已进入海外高校世界文学课堂（Damrosch，2018：102），获得了英语世界学术圈、出版市场和教育机构的认可，这意味着其在世界文学空间中已有一席之地，但"文学世界共和国"的认可政治和话语逻辑，将始终阻碍其进入世界文学的"超经典"行列。

然而，在经典化过程中，强势与弱势文化的关系并不是全然对立的。从"经典"的词源学含义看，它本身便代表着文学创作的典范与尺度。在翻译的助力下，跨国文学经典同样具有典范作用，是目的语地区民族文学创作的动力。铁木志科的爱尔兰文学翻译研究揭示，为使爱尔兰早期文学进入西方文学经典，译者对原文独特的形式特质进行了压制、简化与通俗化处理，以迎合西方经典的诗学标准。但长远来看，爱尔兰文学英译也推动了20世纪英语文学的形式创新，最终改变了西方文学经典，从而为后继翻译中异质文化的引入提供了更大空间（Tymoczko，1999：113）。当然，这一翻译—经典—翻译的良性循环离不开爱尔兰译者长达数百年的翻译实践、离不开英语世界爱尔兰文学研究者的长期著述研究，以及乔伊斯、叶芝（Yeats）等爱尔兰作家杰出的英文创作。

中国文学外译史上也出现过翻译与经典的共生互动。据赵毅衡（2013：200）的考察，庞德、韦利等人采用自由诗的形式译经典汉诗，推动了美国新诗与自由诗运动的发展。西方意象派诗歌创作深受中国古典诗歌翻译的启发，在很大程度上借鉴了中国古诗的表现手法，如简洁凝练的叙事、意象的并置和叠加、寓情于景的意境之美等。而这也进一步推动了翻译规范的演变，以自由诗的形式译中国诗成为一种惯例。此后，汉诗英译由19世纪翟理斯（Giles）笔下稍显夸饰的维多利亚式诗风，转为简约有力的自由诗，逐渐显露出中国古典诗歌质朴的真容。更有一批诗人、学者纷纷在译诗中展现独特的汉诗文法与美学。宇文所安于1981年出版的《盛唐诗》（*The Great Age of Chinese Poetry: The High T'ang*）中，不少译诗延续了与庞德相似的处理方法，保留原诗的意象并置，省略连词、介词，以传达"言有尽而意无穷"的汉诗意蕴。中外译者与诗人的百年汉诗英译实践成就了中国古典诗歌在西方的经典地位，最终也为中国文学与文化模式在世界文学中的显身提供了更大的自由。因此，有学者认为，汉诗在英语世界的经典化标志着"中华传统文化在世界人类文明中的'非边缘化'进程，对实现不同文化之间的平等交流具有重大意义"（朱徽，2007：28）。

相较之下，尽管少数中国现当代作家或作品在英语世界颇负盛名，西方学界也日益摆脱对中国现当代文学的材料学情结，重视其独有的审美品质与丰富的表达形式，但在前述"低价值论""翻版论"等偏见的影响下，中国现当代文学作品在译介选材上受到较大限制，尚未形成广泛深入的译介效应，从而难以发挥翻译文学经典的典范作用，实现翻译与经典的共生互动。与古典文学相比，中国现当代文学作品译介时间尚短。这些作品是否能获得持久与稳固的经典地位，还有待时间的检验。

第四节　小结：翻译文学经典化机制

综合前几章的分析，我们可从构成要素、内在联系与外部制约几方面总结"企鹅经典"中国现代小说海外经典化机制的特点。

第一，从构成要素看，经典化过程涉及文本选材、翻译、编辑、评论与教学多个阶段，依靠原文作者、译者、出版商、媒体、学者、高等教育机构、普通读者等经典化主体或赞助人共同完成对翻译文学经典的筛选、生产、传播与巩固。

第二，从内在联系看，经典化机制各主体、各阶段并无明显区隔，而是彼此依存、深度融合、互相渗透，经典建构是多重协商、斡旋的复杂结果。因此，翻译文学经典作品的价值并非原文作者个人灵感与创造力的反映，而是由目的语社会网络中一系列文化协调者共同参与生产的成果。

第三，从外部制约看，经典化过程受制于意识形态、诗学形态、市场动力等宏观社会文化因素，但社会文化制约因素并非直接作用于译文文本，而是通过译语文化生产场的中介作用发挥影响。外部因素对译本审美价值的影响必须借由经典化主体进一步内化，以形成被结构化的具体文学观、行动依据或经典建构策略。此外，翻译文学经典化机制是世界文学生产、传播与消费政治的缩影。世界文学场文化资本分配与权力结构影响着中国文学海外经典化机制的运作方式。中国文学在世界文学空间中的占位决定了它必须遵循由西方宰制的经典标准与鉴定法则，屈从世界文学系统中的"认可政治"。

　　由于经典化机制各主体相互协作，且其共同受译语社会文化因素与世界文学权力运作方式的制约，在经典化过程各阶段中出现一脉相承的话语逻辑、相似的套话与词汇体系。从长远角度看，经典化机制能为译语地区构建、框定中国文学与文化形象。一方面，它为部分中国文学作品进入世界文学经典行列提供准入方式；另一方面，它进一步固化海外中国现当代文学价值判断中的先见与误读。作为经典化机制的组成机件，翻译的双重作用也愈加凸显，它既是边缘地区作品获得国际认可的必由之路，也是在经典化过程中产生误解的原因之一。因而在下一章，本书将对经典化过程各阶段的误读、误译，甚至是曲解现象进行考察。

第六章

福祸相依：中国文学经典化译介中的误译与误读

　　毋庸赘述，在文学经典化之路上，海外译者、出版社、媒体、学者、高校与普通读者从西方视角对中国文学作品进行意义诠释，并在范式的更迭中不断推陈出新，揭示中国文学某些未被发现的新视野、新景观。但在经典化译介过程中，洞见与偏见并存。正如卡萨诺瓦所言，"给文学作品加官晋爵的历史是一系列误解与误读的漫长历史"。例如，她称法国评论界在给卡夫卡祝圣的同时运行着一种去历史化程序，通过这种程序拉近了卡夫卡与法国读者的距离，但去历史化后的卡夫卡和真正的卡夫卡相去甚远（Casanova，2004：154）。海外经典化机制给某些中国文学作品带来了世界性声誉，其有时甚至作为中国文化"走出去"的成功典型被称道不已，但难说其成功的背后有多少是由于作品本身的美学质素，多少是由于西方文学传统与意识形态的宰制。正因为此，对经典化过程各阶段出现的误读、误译进行考察，也成为翻译文学经典化研究的重要内容。

第一节　翻译阶段的误读

　　尽管入选"企鹅经典"的译本以忠实与准确为导向，但由理解不当或背景知识缺乏引起的误译依然存在，文化意象缺失的情况也较常见。本节将对译本中较明显或具有代表性的误译进行简要分析。

第一，望文生义。在大多数情况下，如果译者对中文专有名词或习语理解不充分，可能会拘泥于原文文字，忽略中文表达的真实含义，导致译文与原文南辕北辙。

原文：

　　是这样的，在学校里的时候，礼拜六比礼拜天还要高兴。礼拜天虽然是红颜色的，已经有点夕阳无限好了。（张爱玲，2012a：6）

译文：

When we were in school, Saturday was happier than Sunday. Sunday was printed in red, but that only heightened the image of a beautifully fading sunset. (Chang, 2014: 6)

中文行文讲究意在言外，言有尽而意无穷。"夕阳无限好"并不是对夕阳的讴歌，而是在抒发对黄昏将近的无限惋惜与惆怅之情。正如礼拜天虽好，却已近周末尾声，令人慨叹快乐的时光往往是短暂的。译者将"夕阳无限好"译为"but that only heightened the image of a beautifully fading sunset"，未能清晰、确切地传达出原文的真实含义，译文在语义逻辑上也不够通顺。

原文：

　　那人和梁太太攀交情，原是醉翁之意不在酒，末了总是弄假成真，坠入情网。（张爱玲，2019：20）

译文：

When a youth paid his addresses to Madam Liang, he was like an old drunk who pretends he doesn't want a drink; in the end, he succumbed, and there he'd be, deep in an affair. (Chang, 2007a: 34)

小说中，梁太太将侄女薇龙当幌子吸引追求者，许多青年最终都被她"收服"。显然，这些青年最初只愿与梁太太逢场作戏，希望借与她的交情接近薇龙。因此作者说，那人原是"醉翁之意不在酒"，意思是他与梁太太周旋是别有用心。与"夕阳无限好"一样，理解这句话不能脱离上下文语境，翻译也不能拘泥于文字本身。这里的译文"like an old drunk who pretends he doesn't want a drink"（仿佛一个假装不想喝酒的老酒鬼）虽然在译文语境中也能自圆其说，但和原文的逻辑并不一致，也无法刻画出梁太太的交际手腕与心机。

第二，理解不当。所谓"不当"，可能是错误地理解了某个词句的含义；也可能是没能理顺原文的前因后果，造成逻辑混乱；也可能是措辞不到位，没能掌握恰当的分寸。中文表达有结构简单而意义丰富的特点，许多词语或句子的含义必须结合上下文才能确定。若原作语言造诣高深、妙语频出，译者便更要重视原文的文内语境与社会历史语境，只有这样才能对原文表达的具体含义做出正确理解。

原文：

　　可是平常见了人，他是非常的和蔼；<u>传教士是非有两副面孔办不了事的</u>。（老舍，2008a: 12）

译文：

In general though, he was very exceedingly affable, <u>a missionary who can't be friendly will never get anywhere in this world.</u> (Lao, 2013b: 14)

原文中，作者生动刻画了英国传教士的"两副面孔"：传教时严肃、令人敬畏，平日里却亲切和蔼。不过，作者的这句描写并不为强调传教士须友好待人，而是为后文伊牧师表面为二马劳心劳力，背后却讥讽他们为"破中国人"的虚伪面目埋下伏笔。因而将后半句话译作"a missionary who can't be friendly will never get anywhere in this world"（不待人亲切的牧师将一事无成）不够准确，也削弱了原文那种直接、尖锐的讽刺意味。

原文：

　　鼻子老是皱皱着几个褶儿，为是叫脸上没一处不显着忙的"<u>了不得</u>"的样子。（老舍，2008a: 22）

译文：

　　There are invariably a few wrinkles on their noses, contributing to <u>the overall animation</u> of their faces. (Lao, 2013b: 27)

英文"animation"的意思是"a lively or excited quality"，可理解为"充满活力""活泼热情"。这与原文中"忙的'了不得'"的意思有出入。联系上文，这句话描写的是二马赴英途中遇到的英国海关官员："他们的眼睛总是一只看着人，那一只看着些早已撕破的旧章程本子。铅笔，永远是半截的，在耳朵上插着。鼻子老是皱皱着几个褶儿……"作者描写了这些官员"忙碌的"面部器官，使那副高人一等、盛气凌人的派头跃然纸上。再联系下文，他们面对本国人极为和气，面对外国人却摆出帝国主义神气样，爱答不理，显得十足虚伪。因而原文中的"忙的'了不得'"实际上是在刻画英国官员的懒惰与傲慢，此处译文显得轻描淡写，抹去了老舍的生动反讽。

原文：

　　阿，<u>造物的皮鞭没有到中国的脊梁上时</u>，中国便永远是这一样的中国，决不肯自己改变一支毫毛！（鲁迅，2013：73）

译文：

　　China will never change—never has done. <u>Even Creation didn't change a hair on its head.</u> (Lu, 2009: 59)

落后就要挨打，但挨打的皮鞭还没有落到中国身上，中国便不会主动谋求变革，鲁迅在小说《头发的故事》中借 N 先生之口发出了这样的痛声疾呼。但译文的意思是"连造物主也不能改变中国分毫"。这在逻辑上似说得通，但主人公生动的控诉及那种控诉的力度与痛心疾首的情绪与原文相比被大大削弱了。

原文：

那女人平日就有一种孤芳自赏、落落难合的神情——大宴会上没人敷衍的来宾或喜酒席上<u>过时未嫁</u>的少女所常有的神情——此刻更流露出嫌恶，黑眼镜也遮盖不了。（钱锺书，1980：3）

译文：

Ordinarily the young woman had a rather conceited, aloof expression, much like that of a neglected guest at a large party or <u>an unmarried maiden</u> at a wedding feast. (Qian, 2006: 5)

苏文纨是《围城》中的重要角色。身为女博士，她对与方鸿渐交好的鲍小姐之流既不屑又妒忌，因此只能自诩"崇高的孤独"，这些都与"喜酒席上过时未嫁的少女"的心境十分吻合，显得虚伪做作。在"过时未嫁"这一表达中，重点在"过时"而不在"未嫁"。在英文中，"maiden"一词可指未嫁的年长女性，也可以指青春少女，无法明确地传达"过时"的含义，从而无法体现这一比喻的讽刺意味，也削弱了对苏"孤芳自赏、落落难合"性格的刻画效果。

原文：

李先生本来像冬蛰的冷血动物，给顾先生当众恭维得春气入身，蠕蠕欲活，居然<u>赏脸一笑</u>道："做大事业的人都相信命运的……"（钱锺书，1980：144）

译文：

At first Li seemed like a cold-blooded animal in hibernation, but Ku's praise in front of everyone sent the warmth of spring into his body, and he wriggled with the signs of life. <u>With a smile unexpectedly gracing his features</u>, he said, "People engaged in great enterprises all believe in fate..." (Qian, 2006: 155)

此句十分传神地描写出李梅亭的不可一世与虚伪。"赏脸一笑"是指他赏脸给别人，表达出一种居高临下的态度，而不是说这一笑"意外地美化了他的容貌"。译文可谓与原文风马牛不相及。较为准确的译法可参考孙艺风（1995：31）译文"he even condescended to give a smile"。

第三，语域错位。由于特殊的历史背景，20 世纪初中国小说中常出现文白夹杂的情形。有时，作者会通过对语域的操控，如高低语域的转换，创造文体效果，表达特殊含义。

原文：

某君昆仲，今隐其名，皆余昔日在中学时良友；分隔多年，消息渐阙。日前偶闻其一大病；适归故乡，迂道往访，则仅晤一人，言病者其弟也。劳君远道来视，然已早愈，赴某地候补矣。因大笑，出示日记二册，谓可见当日病状，不妨献诸旧友。持归阅一过，知所患盖"迫害狂"之类。语颇错杂无伦次，又多荒唐之言；亦不著月日，惟墨色字体不一，知非一时所书。间亦有略具联络者，今撮录一篇，以供医家研究。记中语误，一字不易；惟人名虽皆村人，不为世间所知，无关大体，然亦悉易去。至于书名，则本人愈后所题，不复改也。七年四月二日识。（鲁迅，2013：5）

译文：

At school I had been close friends with two brothers whose names I will omit to mention here. As the years went by after we graduated, however, we gradually lost touch. Not long ago, I happened to hear that one of them had been seriously ill and, while on a visit home, I broke my journey to call on them. I found only one of them at home, who told me it was his younger brother who had been afflicted. Thanking me for my concern, he informed me that his brother had long since made a full recovery and had left home to wait for an appropriate official post to fall vacant. Smiling broadly, he showed me two volumes of a diary his brother had written at the time, explaining that they would give me an idea of the sickness that had taken hold of him and that he saw no harm in showing them to an old friend. Reading them back home, I discovered his brother had suffered from what is known as a "persecution complex". The text was fantastically confused, and entirely undated; it was only differences in ink and styles of handwriting that enabled me to surmise parts of the text were written at different times. Below, I have extracted occasional flashes of coherence, in the hope they may be of use to medical research. While I have not altered a single one of the author's errors, I have changed all the local names used in the original, despite the personal obscurity of the individuals involved. Finally, I have made use of the title chosen by the invalid himself following his full recovery.

2 April 1918

(Lu, 2009: 21)

鲁迅以文言为《狂人日记》作序，从叙事者"我"的视角交代"狂人"的遭遇，继而在正文中转为白话，以"狂人"视角自述经历。从文言到白话的转变不仅揭示了"我"与"狂人"这一封建叛道者对立的政治立场，也揭示了封建制度对"狂人"的驯化（"然已早愈，赴某地候补矣"），暗指反封建事业的艰辛。因而文言这一封建制度的产物，是鲁迅政治态度的隐喻性表达，也是鲁迅讽刺艺术的语言载体。然而，蓝诗玲的译文简洁明快、通俗易懂，并未表现出序言与正文的文体差异，作品主题与讽刺意味的表达均被削弱。此外，蓝诗玲将末尾日期"七年四月二日识"译为现代英语中的日期格式"2 April 1918"，这是对可读性翻译策略的妥协，未能传达日期所包含的讽刺意义，即中华民国建立后，弱者的权利依然未得到保护。

原文：

信上说什么："迩来触绪善感，欢寡愁殷，怀抱剧有秋气。每揽镜自照，神寒形削，清癯非寿者相。窃恐我躬不阅，周女士或将贻误终身。尚望大人垂体下情，善为解铃，毋小不忍而成终天之恨。"（钱锺书，1980：7）

译文：

The letter went something like this: "I have of late been very restless and fitful, experiencing little joy and much grief. A feeling of autumnal melancholy has suddenly possessed me, and every time I look into the mirror at my own reflection, so gaunt and dispirited, I feel it is not the face of one destined for longevity. I'm afraid my body can't hold up much longer, and I may be the cause of a lifetime of regret for Miss Chou. I hope you, Father, will extend to me your understanding and sympathy and tactfully sever the ties that bind. Do not get angry and reject my plea and thus help bring me everlasting woe." (Qian, 2006: 10)

因眼红身边男女同学谈情说爱，方鸿渐给举人父亲写了一封文绉绉的信，以自贬为手段、以怜惜女方为由，请求解除婚约。这段装腔作势、颠倒黑白的文言文没能掩盖他的真实意图，被精明的老父亲一眼看破。被训斥之后，方急忙回信讨饶。这段文言文与小说后文中主角态度的转变相映成趣，生动展现了方鸿渐性格中愚钝的一面，揭示了他面对父亲时的软弱无能。译者对这封信的处理却与其余正文并无明显差异，虽然使用了一些较为正式的词语，但译文总体上措辞朴实、浅显易懂，句子结构松散，有些表达偏口语化，未能很好地体现这封信造作、穷酸的文体风格，也未能再现原文中由低语域向高语域的转换所创造的滑稽、讽刺的文体效果。

同理，在方鸿渐写给苏文纨的两封信中也有语域转换，体现了方、苏、唐三人间情感关系的变化。方对苏虽然缺乏好感，但一来他颇享受这逢场作戏的过程，二来又缺乏快刀斩乱麻的勇气，因而他在去信时采用文言，不仅因为词语"简约含混，是文过饰非轻描淡写的好工具"，也是为卖弄才华与风趣，博心上人唐小姐一笑。随着方对唐的感情加深，他决定打破与苏之间的暧昧，因而给苏小姐的回信文体由文言转为白话，以直截了当地拒绝对方的示好。然而这种语域的转换未能在译文中重现，译者将第一封信"昨天承示扇头一诗，适意有所激，见名章隽句，竟出诸伧夫俗吏之手，惊极而恨，遂厚诬以必有蓝本，一时取快，心实未安。叨在知爱，或勿深责"（钱锺书，1980：80）译为"Yesterday when you showed me the poem on the fan, I was vexed at seeing that such a beautiful piece of writing had been composed by none other than a vulgar common official. In my surprise and resentment, I made the unfair accusation that it must have had a model. Though I derived momentary pleasure, I really felt uneasy. I am beholden to you for your kindness. I deserve a stern rebuke"（Qian, 2006:87）；将第二封信"我没有脸再来见你，所以写这封信。从过去直到今夜的事，全是我不好。我没有借口，我无法解释。我不敢求你谅宥，我只希望你快忘记我这个软弱、没有勇气的人。因为我真心敬爱你，我愈不忍糟蹋你的友谊。这几个月来你对我的恩意，我不配受，可是我将来永远作为宝贵的回忆"（钱锺书，1980：101）译为"I can't bring myself to see you again, so I am writing you this letter. Everything that has happened in the past right up until tonight is entirely my fault. I have no excuses and no way to explain. I couldn't ask for your forgiveness. I only hope you will quickly forget this weakling who lacks the courage to be frank. Because I sincerely respect you, I couldn't bear to insult your friendship. I don't deserve the kindness you have shown me in the last few months, but it will forever remain a cherished memory"（Qian, 2006: 109）。在译文中，两封信的词汇与句法风格未有明显差异，英语读者无法体会到两者的文体差异及语用效果，也无法从字里行间体会到人物的性格、情绪与情感变化。

第四，褒贬倒置。某些词语带有强烈的感情色彩，或褒扬，或贬斥。如果译者不理解词义，译文可能会削弱原文试图抒发的情绪，甚至与原文的感情色彩截然相反。

原文：

> 女人原是天生的政治动物。虚虚实实，以退为进，这些政治手腕，女人生下来全有。女人学政治，那真是以后天发展先天，<u>锦上添花</u>了。（钱锺书，1980：50）

译文：

> Women are natural political animals. Political tactics, such as saying yes and meaning no, or retreating in order to advance, are what they know from birth. For a woman to study political science is really developing the innate through the acquired; it is <u>as superfluous as adding flowers to embroidery</u>. (Qian, 2006:58)

这几句是方鸿渐对心上人唐小姐的奉承之辞，意思是女人有做政治家的先天条件，因而学政治的女人更是"锦上添花"。英文"superfluous"的意思是"多余的、不必要的"，因而译义"as superfluous as adding flowers to embroidery"更接近于"画蛇添足"之义，译文表达的不再是带有褒扬与赞许意味的讨好，反倒像是一种戏谑与嘲讽。

原文：

> 从这一天以来，他们便渐渐的都发生了<u>遗老</u>的气味。（鲁迅，

2013：37）

译文：

From this point on, they steadily began to <u>regret the passing of the good old days</u>. (Lu, 2009:123)

“遗老”的翻译不够准确。据《现代汉语词典》，“遗老”指“改朝换代后仍忠于前一朝代的老年人”或“指经历世变的老人”。小说结尾，阿Q被当作革命党砍头后，举人老爷、赵太爷之流也遭到重创，日渐落魄，因此这里的“遗老”应当是第一种含义，指代那种思想陈旧、留恋过去的人，带有清晰的贬义。鲁迅对“遗老遗少”是从不吝于嘲笑的，在小说《风波》中，他描写赵七爷“是邻村茂源酒店的主人，又是这三十里方圆以内的唯一的出色人物兼学问家；因为有学问，所以又有些遗老的臭味”。因而这里的翻译“regret the passing of the good old days”含义偏中性，忽略了原文对顽固守旧之人的批判。

从上文的讨论看，入选“企鹅经典”的译本中的误译大多是由对原文理解失误引起的讹误，不存在严重的有意误译或别有用心的曲解。但从误译的数量看，这一现象仍应引起译者与研究者的重视，以避免对读者的理解造成阻碍，影响读者的阅读效果。

第二节　出版阶段的误读

葛浩文在某次访谈中提到，与中国编辑相比，西方出版社编辑对如何处理文本拥有很大权力，甚至在作者的文学创作中扮演重要角色。他们通常会根据读者的阅读习惯与喜好删改文本、调整小说结构。例如，编辑决定让《狼图腾》删去“三分之一”，调换刘震云小说《手机》的叙事结构，让莫言的小说删去“八分之一、十分之一”，让莫言将仓促的结尾改为皆大欢喜的结局……而中国作者对于编辑的意见十分配合，不少作家对于删改"没有意见"，极为宽容，致使某些中国文学译本与原作的面目截然不同，而不知情的读者往往让译者"背锅"（李文静，2012：59）。

由于中西出版流程与行业规范存在差异，我们往往会忽视海外编辑在文学译介中的重要作用，以及在此过程中出现的误读。编辑对文本的改动能使外国文学作品契合海外读者的口味与市场趋向，保证图书销量。但由于他们大多不懂中文，对中国文学的解读有时未免失当，甚至他们在对于读者阅读取向的理解上，也有可能出现误判。在同一篇采访中，葛浩文夫人林丽君表示，编辑的意见有时也是有待商榷的。例如，对毕飞宇小说《青衣》中的一句情话"如果我们没有女儿，你就是我的女儿"，编辑认为西方读者无法接受类似乱伦的表达，这句话经译者争取才保留原意。译文出版后，读者反馈中至今未出现有关乱伦的观点（李文静，2012：59）。

在入选"企鹅经典"的中国现代小说中，译文本身并未有大幅删改的痕迹。如前所述，这是因为企鹅奉行译文完整、忠实的翻译理念。但在出版过程中，编辑为中国文学作品设计的某些副文本存在误读现象，很可能为国外读者提供错误的阅读视角。企鹅版鲁迅小说译本的封面上，一个留着长辫、手持纸伞、身穿传统马褂的中国人站在古老的石桥上（见图6-1）。寇志明认为，在这样的设计中，鲁迅作品的现代性遗失了。因为它让人想起"一个停滞的中国，一个典型的东方主义形象"，他质疑企鹅是不是觉得现代性不如老套的噱头更有卖点（寇志明，2013：40）。该书封底则用红色字体醒目地标示着"The most hated man in the village had been beaten to death... and some of the villagers had dug out his heart and liver, then fried and eaten them, for courage"。这段话出自《狂人日记》，原文为"[他们村里的一个大恶人，]给大家打死了；几个人便挖出他的心肝来，用油煎炒了吃，可以壮壮胆子"，但封底并未标明这段话的出处。寇志明指出，这段描写很可能会让读者产生不当的联想，也忽视了"人吃人"在字面表达以外所包含的象征意义（寇志明，2013：40）。如此设计企鹅版鲁迅小说译本的封面与封底，正是由于编辑深谙西方读者的阅读期待、猎奇心理，通过迎合读者增加卖点、吸引眼球。

图 6-1　"企鹅经典"中的《阿 Q 正传及其他中国故事：鲁迅小说全集》封面

　　"企鹅经典"中的《半生缘》封面则体现了东方主义视角下的中国女性形象：一个身穿艳红色旗袍的女郎以诱惑的姿态蜷缩于画面一角，娇颜半掩，只露出一双红唇（见图 6-2）。这十分符合一个典型东方女性的特质——性感、诱惑、柔顺、沉默。自然，作为一部由女作家创作、以女性为主角的小说，采用女性人物做封面无可非议。但《半生缘》的封面设计并不符合原作主人公曼祯的形象。曼祯身上确实有中国传统女性软弱迂腐的一面，但作为新时期知识女性，她也独立、坚强，渴望自食其力而不依附男性。原文试图传达的复杂的女性主体意识几乎在封面这带有"性"暗示的、滥俗的东方女性符号中丢失了。梅兆赞（Jonathan Mirsky）曾发表书评指出，充满异国风情的"性"是西方出版商最为热衷的中国题材之一（Mirsky，2002：32）。政治与符号化的东方女性形象相加，构成了中国文学为海外出版商带来滚滚财源的秘方。

张爱玲的小说在美国被收入"纽约书评经典"丛书，《倾城之恋》的封面由丛书主编精心挑选，以北京艺术家阿先制作的白色陶瓷头像为主体，上面刻满红色的明代陶瓷器具图案，其如胎记般遍布瓷身（见图6-2）。编辑认为该封面传达了张氏小说的弦外之音，小说中的女性角色如瓷器般被当作可供交易的值钱物品。这座陶瓷头像能代表张爱玲的特质："脆弱、美丽、性感又可怕，是明显的中国特征，也是人们对于中国性的理解。"（Cregan，2007）不难看出，尽管该译本的封面设计充满艺术格调，却也暗含着对中国女性及"中国性"的东方主义解读。

图6-2 "企鹅经典"中的《半生缘》封面和"纽约书评经典"中的
《倾城之恋》封面

除封面外，企鹅邀请华人女作家李翊云撰写的鲁迅小说译本后记，也存在迎合西方评论界主流叙事的痕迹。她认为在鲁迅的小说中，救国的创作理念压倒了对叙事技巧的追求。例如，《故乡》结尾的说教文字、《社戏》开篇对国民的讽刺"多余且没有意义"；《一件小事》在结尾处描写黄包车夫身影"刹时高大了，而且愈走愈大，须仰视才见"，这样的描写不但频繁出现在中国国内中学生的习作中，更成为"新中国一代平庸作家叙事的标准模式"。可以说，其仅从"叙事技法"角度对鲁迅作品进行解读，脱离了特殊时代的具体语境，同时过分夸大鲁迅对后世作家的负面影响，难以引导西方读者对作品做出合理判断。

出版社编辑对中国文学作品的误读或曲解，虽然表现形式不一，但本质上都是在迎合西方现代性想象中的一套宏大叙事。从跨文化形象学角度分析，后启蒙时代的中国形象表现为一个"停滞、专制、野蛮的帝国"，在对他者形象的想象中，西方完成了自我身份的确认：一个"进步、自由、文明的西方"（周宁，2011：89）。出版社编辑的副文本设计只是其中一个微小的镜面，但它深深根植于西方表述中国形象的观念、意象与话语体系中，并为其他主体的行动提供进一步的佐证。

第三节　评论阶段的误读

近来许多国内学者认为，由于中国现当代文学中"人文主义精神的凸显"，海外中国现当代文学研究已由政治转为政治与审美因素"混生"的分析取向，出现中国文学译介中的"政治美学"（刘江凯，2012：24；熊修雨，2013：133；单昕，2014：6）。这一解读有一定的道理，从海外中国现当代文学选集的"选"与"评"中也可见一斑。前文提到，20世纪30年代，埃德加·斯诺在《活的中国：现代中国短篇小说选》序言中写道："尽管当代中国并未生产出任何伟大的文学，但出于科学与社会学方面的兴趣，仅从功利角度讲，我们也依然有必要阅读。"（Snow，1936：13）这种材料学情结与功利主义心态在20世纪八九十年代稍有缓解，因为西方学者认为，"80年代后的新一代作家逐渐割裂了二三十年代的批判现实主义传统，开始在叙事与创作手法上拥抱更多的可能性，涌现出寓言、喜剧、现代主义、先锋主义、魔幻现实主义等多种文学流派"，如果斯诺以今天的语料去编译中国文学选集，他不再需要那样"委曲求全"（Lau & Goldblatt，2007：xxi）。

对于中国现当代文学中出现的新变化，西方评论家不吝溢美之词，但近年来的海外研究倾向显示，政治性解读与意识形态猎奇始终如影随形，与文学批评相伴相生，并且其表现方式较为隐晦。

如前文所述，英美主流媒体书评通过凸显文本的独特性，对中国20世纪文学整体创作背景与主潮进行迂回的批评，如强调张爱玲、钱锺书小说偏离五四—左翼社会现实主义、革命浪漫主义创作主潮，推重老舍、钱锺书小说中的幽默、科幻元素，认为自由地书写幽默与科幻是中国文学走向世界的表征。

此外，海外媒体对中西文学作品的分析侧重点也不同。葛浩文曾指出，如果我们去读一读西方媒体为一篇美国小说撰写的书评，会发现书评人一定会评价小说人物的内心世界。作者能否使人物跃然纸上，留下深刻印记，这是西方读者判断小说好坏的一个重要标准（Goldblatt，2011：104）。相比之下，海外书评对中国作品的阐释往往显示出一种选择性叙事，即将文本情节与作者生平挂钩，突出作者的政治经历，强化其政治异见，渲染其政治身份。

在学术界，对于中国现当代文学做出的几种常见论调充分说明海外评论难以摆脱那种惯常的"西方中心主义"视角。

一种是"低价值论"，即海外汉学家从审美与艺术角度出发，评点中国现当代文学的技术缺陷，批评重点往往集中在功利主义文学观、人物内心刻画不足、语言风格缺乏个性与自由等问题上（Goldblatt, 2011: 104; Duke, 1990: 201; McDougall, 2003: 17、228）。相关评价所隐含的问题是：第一，文学作品的政治寄托是否必然导致审美质素低下？第二，参照西方文学标准臧否中国文学文本，判断中国文学缺乏艺术价值与技法，是否恰当？换句话说，西方学者对中国文学做出的这些诊断，是否真的如其所言，以纯文学为标准，还是暗藏某种政治或学术立场？

　　另一种常见论调是"翻版论"。与拥有独特民族传统的中国古典文学不同，中国现当代文学常被认为是与传统文学割裂、受西方文学模式影响过度的次等文学（Owen，1990：28、30；Jenner，1990：181）。

　　此外，还有一种"社会材料论"。冷战时期，中国文学研究是西方整体国际与地区问题研究的一部分，这一时期的海外汉学研究带有强烈的功利主义色彩，以争取政府资助。许多中国现当代文学作品被视为解码中国社会现实、民族心理的工具。例如，沃拉（Vohra）认为《猫城记》的文学质量不高，但"为我们提供了大量信息"（Vohra，1974：61-63）。

　　以上各种观点，看似是以现代西方文学观念为尺度，从艺术性与文学审美角度评价中国现当代文学，但本质上共同揭示了中国文学传播中的政治视角，体现出意识形态对峙下，海外学者看待中国文学的政治眼光："在一个高度政治化的国家里，真正的非政治的诗是不存在的；非政治的诗歌本身就是一个高度政治化的声明。"（Owen，1990：31）。

　　有趣的是，在看待中国现当代文学与政治的关系上，海外读书界仿佛形成了一种怪圈。一方面，批评中国现当代文学追求"政治美德"、迎合正统政治意识形态，因而缺乏文学艺术价值；另一方面，热衷于在中国作品中挖掘政治异见，推崇那些讨论政治迫害、政治意味浓厚的作品，并利用这种政治性吸引读者眼球。蓝诗玲精辟地指出西方读书界对待中国现当代文学的矛盾态度："中国文学既因为它的政治性受到苛责，又因为它的政治性受到褒奖"，在一本新书的书套或封面上提及"文革"字眼已成为吸引西方读者的最佳营销手段，即便图书内容与此并无关系（Lovell，2006：34、36）。

　　另一个少有人探讨但至关重要的问题是：翻译与翻译市场在多大程度上影响着评论的视角，并就此框定中国现当代文学在海外的话语体系？当前的英美图书市场分为大规模出版与小规模出版两级，大规模出版受经济场域的市场规律制约，大型商业出版社为确保经济收益，偏爱畅销书，不轻易出版翻译文学；小型独立或学术出版社负责大部分翻译图书出版，但对专业圈外读者的影响有限。此外，国际出版业的集团化趋势还导致商业出版选材日益单一，那些以剧情为主导（plot-dominated）、过滤语言与文化特殊性的外国文学作品受到青睐，如罪案、爱情、科幻小说等（Brouillette，2016：96）。可以说，这种翻译选材倾向——选择那些易于翻译、消费的文学类型，忽略那些在语言与表达风格上相对复杂、带有民族特殊性的作品已经并且将继续影响学术界或读者对中国文学作品的价值判断。

不可否认，中国现当代文学的书写本身便带有不同程度的政治诉求。我们也不能完全无视文学、历史、政治间的纠结夹缠，认为学者的政治身份就一定导致文学研究上的偏见。但由于某些西方学者沉溺于欧美文学经验，其观点中的某些硬伤与过度阐释，也不容回避。王宁认为，少数西方汉学家自视甚高，对中国文学的言说往往基于误解或曲解，掌握的资料也不全面；除政治偏见外，不少西方学者"缺少最基本的理论训练和素质"，本质上不能代表中国研究的真实水平（王宁，2006b：33；2013：9）。例如，国内文学界认为，中国早在20世纪初便已出现文学观念变革。五四时期，陈独秀提出"文学之文"，试图将纯文学与杂文学分开。王国维强调文学"超然于利害之外"，拥有独立的审美价值，与当时文学创造社"文学为人生"的主张互相矫正，构成了完整的现代文学观念（朱栋霖、朱晓进，2014：28；刘勇、邹红，2016：40）。这在海外中国现代文学史著述中却鲜有提及，西方普遍认为中国文学在20世纪80年代才成为本体自主的独立存在。

海外汉学家颠覆中国官方文学史叙事，震动了中国国内文学批评界，推动了20世纪80年代本土学界对中国现代文学史的重写。直至今日，海外中国现当代文学研究依然为本土评论界提供示范、借鉴、补充。在中国文学经典化之路上，学术研究一方面受译语社会网络中的其他主体影响，一方面处于引导地位，为专业领域之外的出版社编辑、普通读者划定阐释规则，决定着某些作家在海外的盛衰荣辱。而其中的某些误读、曲解也继续加深着中国文学整体在世界文学格局中所遭受的冷遇与偏见。

第四节　小结：原因与启示

上述章节揭示了中国现代小说海外经典化过程中的误读、误译或曲解现象，其中部分是译者或其他社会主体的无心之失，某些却是其有心之过，影响着译语读者对中国文学、文化的价值判断，从根本上制约中国文化传播的真实效果。就西方文学系统内的"中国现代文学经典"而言，其知名度、影响力与"经典性"的持久度均十分有限。爱丁堡大学教授克里斯托弗·罗森梅尔（Christopher Rosenmeier）在给笔者的一封回信中表示，他认为西方并不存在所谓的"中国文学经典"。英国读者对英籍华裔作家张戎的作品《鸿：三代中国女人的故事》（*Wild Swans*）有所了解，但他们并不熟悉鲁迅或《红楼梦》。莫言获奖后引起了一些人对中国文学的兴趣，但持久性还有待验证。从传播学角度分析，传播效果在认知、态度、行动三个层面逐层推进，海外中国现当代文学传播效果也许仅仅只触到了"认知"层面的皮毛，远未能影响受众对于中国文学的态度与行动。

此外，这些误读、误译揭示了中国文学在被海外认可的过程中所支付的代价。中国文学作品在被经典建构的同时，有可能被改造为东方主义情调的新奇物品，以脸谱化、程式化的形象出现，反映的是西方文化语境对中国文学的集体想象物，而非其真实面目。在迎合海外读书界阅读取向的同时，它们进一步加深、固化着西方既有的文学偏见与政治视角。因而对于中国文学在海外获得的盛誉，我们必须酌情应对、审慎待之。

中国 20 世纪文学经典化过程中曲解丛生，究其原因，这当中既有中西语言方面的差异，也有文学观念、诗学传统、美学取向上的分歧，甚至有深刻的历史原因与意识形态动力。更进一步讲，这种误读的基础是西方固有的哲学观念、思维结构与民族心理，"西方与东方、文明与野蛮的二元对立思维模式，都根植于现代性的思想根源——启蒙哲学中"，对这种文化—意识形态的批判，也必须追溯到启蒙哲学本身上（周宁，

2011：104）。因此，在经典建构过程中，信息的过滤、删减、改造、变形在所难免，会出现不同层次的语言变异、主题变异、形象变异等现象。

从更宏观的视角看，诚如卡萨诺瓦所言，造成经典化过程中误解的根源是"文学统治者的种族中心主义"，以及"美学、历史、政治、形式等范畴的吞并机制（mechanism of annexation）"。翻译作为此机制的一部分，具有双面性，在为各国作品进入世界文学空间提供准入方式的同时，也将世界文学中心地区的范畴系统性地强加给边缘地区的文学作品，并单方面地确定这些作品的含义（Casanova，2004：154）。简单地说，由于英语及英语文学在世界文学空间中的主导地位，中国现代文学译介与接受通常会屈从于欧美地区的文学法则与价值观。

第七章
他山之石：经典化译介的启示

本章主要探讨海外经典化译介模式与中国本土译介模式在文本选材、翻译、出版、评论几方面的差异及其启示，以期为中国文学对外翻译实践提供某些参考。

第一节　海外经典化译介模式与中国本土译介模式的差异

中国文学外译研究不仅需要从自我视角出发谈对外译介的模式及策略，也需要从他者视角反观自身。经分析，"企鹅经典"的译介模式在文本选材、翻译、出版与评论方面与中国国内译介模式均有一定的差异。面对这种差异，我们如何坚持民族文学的自觉性与"主权意识"？这要求我们对中西经典化译介过程各阶段进行比较，探索效果最佳的译介模式。中西译介模式对比研究能帮助我们更好地认识当前中国文学"走出去"的现状与问题，"在不同的认知中，在与不同观点的接触中，反观自身，丰富自身"（高方、许钧，2010：9）。

一 文本选材

按译介渠道分，中国文学外译有官方型、学术型、商业型与个人型四类。在现阶段，中国文学外译主要是官方型，即主要力量是国家，发起人为政府机构，渠道是官方媒体（刘娜，2011：37；王颖冲，2014：79）。以"熊猫丛书"和《中国文学》杂志为例，国家机构与"企鹅经典"的文本及译本选材均有一定的差异。

"熊猫丛书"由中国外文出版发行事业局（简称"中国外文局"）于1981年创立，由杨宪益任主编，是中国文学走向世界的最早集体、系统性尝试。据耿强（2012：2）的统计，截至2009年底，"熊猫丛书"中出版的英文图书有149种。除去一些介绍中国历史、文化背景的纪实、传记文学外，以中国现当代文学为主。作为中国最大的对外出版机构，中国外文局以"服务国家发展、促进中外交流"为核心理念，但其本质为党中央直属机构，负责承担党的宣传任务，在文本选材上必须遵循官方主流意识形态与政治政策，以塑造国家官方所指定的文学、文化形象。因此，"熊猫丛书"中的中国现当代文学大多为"紧扣时代主旋律"，"表现重大历史事件"，展现中国人民艰苦卓绝、奋斗进取的作品。但是，"对现实主义题材的偏重从某种程度上限制了丛书对其他题材的选择"（耿强，2012：5）。在出版的具体篇目中，出现频次较高的20世纪中国作家包括鲁迅（《阿Q正传》《呐喊》《彷徨》）、沈从文（《湘西散记》《边城》）、老舍（《正红旗下》《骆驼祥子》《茶馆》）、巴金（《春天里的秋天》）、张贤亮（《绿化树》）等。钱锺书与张爱玲的小说、老舍的《猫城记》《二马》均未入选，在古典文学篇目中也没有"企鹅经典"中的《浮生六记》《玉台新咏》等作品。

20世纪五六十年代及"文革"时期，受"政治第一、文艺第二"和"以阶级斗争为纲"等政策引导，译介小说的题材主要是革命斗争和社会主义建设（如袁静、孔厥《新儿女英雄传》）、政治理念（如郭先红《征途》）等。《中国文学》主要依据政治身份挑选作家，在对"五四作家"的选择上则偏向鲁迅、茅盾、丁玲、郭沫若等"进步的左翼作家"。进入 80 年代，现当代小说译介题材日益多元化，包括"伤痕文学"或"反思文学"（如刘心武《班主任》）、"寻根文学"（如阿城《棋王》）、"先锋小说"或"新写实小说"（如莫言《民间音乐》）。1988 年提出"重写文学史"口号后，许多"十七年"期间被主流政治意识形态排除在外的作家也开始成为《中国文学》的译介对象（郑晔，2012：63-93），但大部分入选"企鹅经典"的中国现代小说篇目依然不在其列。

在西方，负责文本选材的是出版商、文学经理或译者，而在中国官方文学译介模式中，文本选材往往由中文编辑主导。据杨宪益回忆，决定选材的"往往是对中国文学所知不多的几位年轻的中国编辑，中选的作品又必须适应当时的政治气候和一时的口味"（杨宪益，2001：190）。杜博妮指出，中国外文局的翻译选材是一种自上而下的政治任务，由不懂外文的编辑决定，而中国作家协会（简称"中国作协"）为赞助人，中国作协的建议以及作者在中国作协中的地位起关键作用（McDougall，2011：70）。

2000 年底，《中国文学》与"熊猫丛书"在经历销量下滑、长期亏损后，先后停刊与中止。在某种程度上，这与其未能充分考虑海外读者与市场需求的文本选材倾向不无关系。此外，官方选材标准对西方的中国文学研究与教学造成了深远影响。杜博妮与蓝诗玲先后指出，20 世纪 50 年代，英美学界的中国现当代文学研究刚刚起步，由于文学研究附属于国别、政治研究，以及学界对中国现代文学了解有限，西方学者使用的是中国官方译介的"正统"文学作品。这些作品紧扣中国主流政治意识形态，翻译水平偏低，致使不少西方学者认为中国现当代文学追求政治正确，忽略艺术表达（McDougall，2003：23；Lovell，2006：33）。

可见，以国家机构为主导的文学译介作为一种文化干预与宣传手段，大体上侧重于选择符合官方文学叙事的经典作品。近年来，除官方译介外，国内某些出版商或个人也会根据销售前景或个人兴趣进行外译实践，但尚未形成气候，产生的影响也比较有限。

二　翻译主体与策略

目前，中国文学对外译介主体大多是国内译者，国内媒体对土生土长的中国译者寄予厚望，希望他们在中国文学"走出去"中充当关键角色（黄友义，2010：16；胡安江，2010：11）。在译本／译者选择上，中国外文局译者分为国内与外国译者，前者主要是中国外文局专职翻译；后者为其长期聘用的外国专家，如戴乃迭、沙博理（Sidney Shapiro）、关大卫（David Kwan）等，或临时聘请的海外译者，如葛浩文、杜博妮等。据杜博妮的介绍，具体翻译过程十分复杂：首先由编辑下达翻译任务，年轻译者翻译初稿，再由外国专家对译文进行修改、润色。因为大多数外国专家不懂中文，译文需要外国译者对照原文进行进一步审读、校对，经过反复修改和审核后刊印出版。杜博妮认为，尽管部分出版作品有一定的审美与学术价值，但整体翻译质量不高，翻译水平参差不齐（McDougall，2011：67-83）。这种翻译模式的缺点无庸赘述：一是年轻译者水平参差不齐，缺乏认证；二是翻译由国内译者主笔，国外专家参与度低，语言表达是否过关值得质疑；三是译者、作者、编辑零交流、零配合；四是缺乏读者反馈。金介甫（2006：73-74）在评述20世纪八九十年代中国外文局的翻译实践时指出，尽管"熊猫丛书"为古华、高晓声等作家赢得了世界性声誉，但某些译本压抑、磨损了原作的精华与讽刺的机锋，负责翻译出版的官员跟不上文学创作上的复杂变化，这些译本不及同时期的外国译本。例如，葛浩文翻译的贾平凹小说凸显了原作的情节线索与地方色彩，要有趣得多。

在中国翻译史上不乏语言功底深厚的翻译大家，为我们留下了无数翻译经典，其精湛译笔已得到国内读者的广泛认可。但即便是这样的大家译本，其在海外的实际接受效果有时也会与我们的预想有一定的差距。本书无意评判中外译本的高下优劣，但必须指出，海外译本在感知西方读者的阅读心理与期待方面有先天优势。通过比较中国外文局出版的杨宪益和戴乃迭的鲁迅小说译本与企鹅版蓝诗玲译本，可以发现后者在处理文化词语时能比中国本土译者更为敏锐地意识到西方读者的阅读需求。如在小说《孔乙己》中，咸亨酒店的顾客分为"穿长衫的"和"短衣帮"。杨宪益和戴乃迭将之分别译为"the long-gowned customers"与"the short-coated customers"（Lu, 1980:52）。蓝诗玲则采用直译加阐释的方法，将其译为"those dressed in the long scholar's gowns that distinguished those who worked with their heads from those who worked with their hands"和"short-jacketed manual labourers"（Lu, 2009:32）。由此，蓝译本将鲁镇等级分明的社会结构与阶级关系更为直白地呈现给西方读者。除此之外，部分国内译者的英文表达能力不及想象中出色。企鹅版《倾城之恋》收录的《金锁记》译文为夏志清提供的张爱玲自译稿，但夏志清对原稿进行了一定的改动。通过比较两者可以发现，张爱玲自译原稿中有几处表达并不明晰，带有"秀才式"英语的一板一眼风格，例如，将"两人并排在公园里走……眼角里带着一点对方的衣服与移动着的脚"译为"The two of them walked side by side... each with a bit of the other's clothes and moving feet at the corner of the eyes"，虽然在句式上对应原文，但意思不甚明晰。夏志清将之改为"The two of them walked side by side... each content with a partial view of the other's clothes and moving feet"，明确表达了原文的意思（葛校琴，2013：76）。如果说，以双语创作闻名、出版过多部英文小说与译作的张爱玲在自译时也难免为母语所桎梏，普通国内译者在英文表达上可能更有局限性，难以将原文风采准确、顺畅地传达给海外读者。

因此，海外书评作者与文学研究者也明显更倾向于由外国译者完成的译本，这在客观上增强了海外译本的公信力，推动了其在英语世界的经典化。《二马》译本的某篇书评写道，"孔子学院提供的译本过于直译，企鹅版译本相比更为出色，充分展现了老舍原作丰富的文采"（Lozada, 2013）。

三 出版机制

首先，就出版过程而言，中西翻译文学出版的差异在于是否建立成熟的海外推广代理机制。这要求我们努力与国际出版操作规范接轨，尤其要重视专业版权代理人的培养，促进海外推广机制的市场化运作。版权代理机制发源于英国，如今在欧美日臻成熟，欧美大众市场90%以上的图书由版权代理人经手（刘丹，2016：49）。目前，国内并未重视建立版权代理制度，许多作家对此所知甚少，甚至"一无所知"，即使有心想将作品送出国门，也没有门路（陈熙涵，2016）。版权代理人对内可调整作家的写作策略，帮助其熟悉海外市场行情与销售环境；对外可与出版商洽谈，出售版权，协助图书出版与宣传，维持海外出版社、编辑与作家间的密切联系。同时，版权代理人可为海外出版商发掘国内优秀作品，充当中学西传的有力中介，有利于双方结合优势经验与资源，促使更多优秀中国文学作品走向世界。

其次，中西差异在于图书编辑水平与行业规范的差异，包括编者是否对图书各种内文本（封面、序言、导言、注释、后记）和外文本（出版社官网图书简介、媒体报道、作者访谈）进行设计、加工，以影响读者对作品主题、基调、风格的理解，甚至引导读者的阅读视角。以图书封面为例，精心设计的封面能引导读者对作品的第一印象，直接影响销售成绩。自成立以来，企鹅便力邀最优秀的艺术家加盟，其创新与富有想象力的封面设计与图书装帧艺术成为英国设计史的一大标志。英国学者桑德斯认为，企鹅图书能畅销，不仅得益于图书整体质量（优质的文本、注释与评论导语），震撼人心的封面设计也功不可没。最令他印象深刻的是"企鹅经典"中的莱蒙托夫与果戈理等俄作家的小说封面均配以俄现代主义绘画作品，与文本的内在精神互相烘托（Sanders，2013：111）。企鹅图书中与中国文化有关的作品封面也具有极高的艺术性、视觉魅力与冲击力。例如，《狼图腾》封面融中国书法、剪纸艺术于一体，兼具内蒙古草原风光与民族风情，蕴含设计师对作品内容的独特理解。相比之下，《中国文学》的装帧设计紧跟源语国家意识形态，封面与插图以展示工农兵生活、社会主义建设为主，"文革"期间以红色为主色，改用工农兵与少数民族人物作为封面，"封面和内封的设计太拘谨"，"不适合外国读者的口味"（戴延年、陈日浓，1999：69；郑晔，2012：95）。1995年，中国大型中英翻译项目"大中华文库"丛书立项，旗下图书一律以奔腾的黄河水为封面（见图7-1），虽然突出了中华文化源远流长的主题，却缺乏艺术性与视觉魅力，也无法传达每部作品的特殊性。

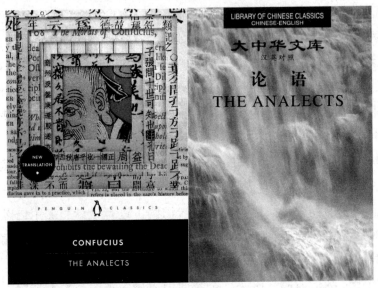

图7-1　"企鹅经典"与"大中华文库"中的《论语》译本封面

最后，中西差异还在于是否拥有国际化的出版与发行渠道。企鹅入驻中国后与国内多家出版社展开了积极合作，以突破国内出版行规的限制，使其大量引入企鹅旗下的外国文学作品，并以中文译本的形式出版。这提醒我们也必须加强与海外出版机构的合作，发掘联合出版模式，实现译介渠道的多样化、全球化。事实上，在海外影响力较大的中国作家大多经由商业出版渠道走出国门（王颖冲，2014：82）。随着改革开放力度的加大与经济全球化的逐渐推进，过去由官方主导的译介局面逐渐被打破，海外出版机构的直接介入将促进译介渠道从本土到海外的转变，这将为中国文学外译实践带来无穷机遇。

四 评论话语

由于英语作为世界通用语的统治地位，以及中国文学在文学世界版图与权力格局中的位置，当前中国学者在关于中国文学的海外学术话语中的参与度明显不足。中国相关作者、媒体及学界在关涉中国文学作品翻译在海外命运的国际读书舆论中几乎处于完全失语的地位（刘亚猛、朱纯深，2015：11）；同时，在人文学科的许多领域，只有极少数中国学者能在国际主要学术期刊上发表论文，与国际同行交流时缺乏问题意识与话语权（王宁，2013：9）。

一方面，国内未能形成独立的书评传统，未能介入海外书评舆论。中国作者对其作品的海外译介大多采取放任态度，基本不能提出建设性意见，更无法就海外相关译评中的某些观点做出解释或修正。海外媒体书评以强大的读者导向与广告效应直接影响读者的阅读取向，国内学术界却对其缺乏重视，对书评的操作规范、兴趣品位缺乏系统研究，对出版流程、编辑操作的关注不够。例如，企鹅版鲁迅小说译本封面对鲁迅作品现代性的忽视，是由澳大利亚学者寇志明首先提出的。对于译文的质量，他的评价也比国内学者更为严苛。他认为蓝诗玲出于可读性的考虑，以简洁直白的译笔偏离了原作拗涩的语言风格，损害了作品的现代性，并指出她对鲁迅所生活的历史时期与社会了解不足（Kowallis，2012：199、207）。

另一方面，对于某些对中国文学创作的固有成见，国内未能与某些海外汉学家进行深度对话。1988年，尼日利亚小说家钦努阿·阿契贝（Chinua Achebe）以犀利言辞反抗查尔斯·拉森（Charles Larson）等西方学者对非洲文学的普遍性建构，他要求"禁止对非洲文学普遍性一词的探讨，直到人们不再将之视为狭隘的、能吸引欧洲兴趣的特殊性的同义词"（Achebe，1988：52）。而在中国学者、作者与西方学术界的互动中，却缺少类似激烈的抗议与交锋。在上一章中，我们提到西方汉学界在中国现代文学评价方面的"低价值论"、"翻版论"与"社会材料论"，使得西方的中国文学选材与阐释有时与本土大相径庭。因而中国国内学者需要找到某种媒介，在国际学术界发出自己的声音，以中国视角展示中国文学的现代性与世界性。这种通过发表英文著述进行双向文化阐释、从本土视角分析中国现代文学的干预行为是中学外传事业中必不可少的助力。王宁认为，对国内学者而言，用英文撰写国际论文也是一种广义上的翻译活动，但"不少中国学者……还在拘泥于所谓'翻译的外部研究'和'翻译的本体研究'之争，很少介入国际翻译理论的讨论"（王宁，2013：8）。相比在国际自然科学领域的中国著述，海外中国文学研究中甚少出现大陆学者的身影，大多是西方学者、台港学者或海外华裔学者。例如，对宇文所安所谓中国新诗是"英美诗歌翻版"的结论，与之交锋的主力是以周蕾、奚密为代表的海外华裔学者（Chow，1993；奚密，1993），国内学术界较少对此进行具有理论深度的探讨。

第二节　海外经典化模式对中学外传的启示

首先，对比"企鹅经典"丛书以西方文学传统与诗学形态为导向的选材，我们不得不思考的问题有两个。第一，由谁来选？中西选材主体与标准的差异说明我们必须鼓励了解西方读者口味、文学审美与图书市场的海外译者、出版社参与到文本选材中来。提升译者地位，给予其一定的话语权，支付其合理报酬，而非将译者视作廉价的传声筒。葛浩文就曾建议"译者要能够参与选择要翻译的作品，而不仅仅由官方决定想把什么作品推给欧美读者"（李文静，2012：60）。第二，选什么？在文本选材上，我们应当继续一厢情愿地介绍中国主流批评体系中的经典，还是迎合西方读者与评论家的期待与喜好？面对中西文学观念与传统上的差异，我们又如何通过选材向海外展示中国现当代文学的全貌与多元性？在世界文学经济体系与西方叙事约等于全球叙事的学术格局下，那种认为选择带有普遍价值、描写普遍人性的作品便能得到西方认可的观点显得过于乐观。文化资本的不平等分配暗示我们在文学技巧、主题上必须适当考虑西方标准，以引起海外读者的文学共鸣与文化共振，进而使中国文学跻身世界文学经典之列。但这是否意味着我们要放弃选材自主权，规避那些带有独特民族性的作品？事实上，这在某种程度上是一个伪命题。一方面，在中国现当代文学中，中西文化经验早已水乳难分，"世界性因素"本就是 20 世纪中国文学的基本特点（陈思和，2006：10）。但在西方读者如何理解中国文学作品"世界性"的具体内涵上，我们可以通过阐释的方式进行干预，以展现中国文学作品的"世界性"与西方狭隘的"世界性"所不同的含义。另一方面，无论选择什么类型的文本，我们都需要通过相应的翻译与评论手段，将原文转化为可接受的文本，引导目的语读者消解成见，使其阅读视角朝我们所期待的方向转变。换句话说，这并不是一个纯粹的文本选材问题，而是翻译策略与评论阐释的问题。这不仅要求我们更系统地考察海外主动译介的出版社和译者的选材特点，深刻领会其中的品位与期待，也需要我们实现翻译、出版、评论等主体的积极干预、配合与协作，唯如此，我们才能在选材上获得更大空间，在坚守中华文化立场的基础上考虑外国读者的需求，全面、如实地向海外展现中国文学的实绩与创作水平。

其次，从翻译主体与策略看，如前所述，企鹅版译本将陌生化、学术性与平民化导向合为一体，力图为海外读者提供全面、准确但又不失可读性的译文，但海外译者在译介过程中也难以避免对中国文学的偏见和误识。国内译者在对外翻译时力争原汁原味地传达中国文化，但由于文化背景的局限，往往无法敏感地捕捉到西方读者的需求，译文实际接受效果与预想也许并不一致。面对这种差异，我们可考虑中西学者合作的译介模式，例如，由西方汉学家主笔，国内本土译者进行辅助翻译或参与审校润色，以避免过分误译与曲解。此外，应进行翻译家研究、多元译者模式研究，探索以不同模式开展翻译实践的有效性。

在这一领域能够发挥重要作用的是国际传播中的民间力量：国内外民间组织、研究机构、艺术团体、海外留学生、学术精英、外国记者等。鼓励或培育中国对外译介中的民间机构，有助于构建国家政府与民间力量并重的文学外译新格局。当前，以纸托邦（Paper Republic）为代表的民间翻译团体正在中学外传中发挥重要作用。纸托邦由美国翻译家陶建（Eric

Abrahamsen）于 2007 年创立，旗下汇聚近两百位中国文学资深译者。该团体利用网络平台优势，定期发布中国文学翻译信息、图书市场资讯，搭建译者、作者与出版社之间沟通的桥梁。《人民文学》英文版 *Pathlight* 即中国官方力量与海外民间力量合作的典范，利用对西方读者与图书市场的了解，传达中国当代文学的新声新貌。当前中国文学外译过程中，国内民间力量尚未产生较大影响。与官方机构相比，民间团体范围广泛，更能获得国外普通民众的认可，拉近与其的心理距离，因而在国际传播中大有可为。中译外事业需要所有类型译者的合力，只有这样才可以立体、全面、准确地传达"中国声音"（许方、许钧，2014：74）。

再次，必须努力消除中西在出版操作规范上的行业差距，具体内容如下。（1）建立并完善中国文学海外推广代理机制，培养专业文学代理人、经纪人。2014 年，麦家《解密》改变多年冷遇困境，在英美市场上热销并受西方媒体热捧，得益于专业版权代理人谭光磊的帮助。同样，正是依靠对中美市场的透彻了解、独到的国际视野、良好的人际关系网，中国作家海外版权代理的"开拓者"王久安才得以将余华、卫慧、徐小斌等作家的作品顺利带入美国市场。（2）重视图书的深度编辑、副文本编写与图书设计的艺术性，并将其视为多维度传播中国美术、书法等文化艺术形态的重要载体。（3）加强与海外出版商的交流合作，建立国际化的出版与发行渠道。一方面，通过加深与海外出版商的合作，国内出版机构可根据市场与读者反馈探索更有效的文本选材与翻译策略，打破官方在译介中对于选材与翻译模式的"一言堂"。另一方面，通过与海外出版商的交流合作，国内出版机构可试图改善出版、营销过程中活动少、发行渠道不顺的问题。例如，增加海外电子书销售平台，组织图书朗诵会、交流会等图书推介活动，创造中国文学海外接受的"小环境"（许多、许钧，2015：16），增加海外读者接受中国文化的机会。（4）出版界应重视对外翻译的效果研究。在中国文学"走出去"方面，相关主体不能在将版权卖给海外经纪人后便高枕无忧，而须关注海外读者需求，建立反馈机制，调查文本的译介效果及影响译介效果的因素。对文本译介效果的研究可以从海外获奖情况、图书馆藏书量、图书销量、读者反馈、学术批评与媒体评论几方面综合展开，有助于我们选择合适的译介内容、主体、途径与受众。

最后，从当前翻译研究的学术格局看，必须争取学术话语权，在中西交流中反观自身、找准定位。海外译者、出版社与评论界在中国文学走向世界的过程中发挥着积极作用，但在海外主动译介过程的各阶段均未完全摆脱对中国文学的误读与政治审美。目前，无论在海外译评还是在学术研究中，中国作者、译者、研究者都处于几近失语的状态，这一短板需要我们通过有效的交流与互动进行弥补。在中译外事业上应加强中西学术界的协同合作与交流，通过加强中西文学、翻译学界的平等对话改变中国人文学科在西方的失语地位，将我们的学术成果推向世界，推动海外读者正确认识中国文学与文化，为中国文学外传提供良好的条件。

在围绕中国现代文学的学术互动中，往往是由西方学者先提出新的研究范式，以此震动国内学术界，继而改变中国学者的研究视角与思路。国内80年代轰轰烈烈的"重写文学史"运动正是受到夏志清《中国现代小说史》的启发，使原有官方文学叙事中遗落的线索恢复，颠覆了许多现代作家的命运。数十年后的今天，世界文学版图上的认可政治依然存在，以至于大部分中国现代文学要想成为世界文学经典，必须先得到西方知识界的认可，并在西方学术语境中得到充分剖解。在此过程中，唯有我们敢于发声、敢于对话，以中国本土批评为主体，并就西方学者感兴趣的话题与之进行有效沟通，才能使东西方文化间的单向阐释演化为双向阐释，减少偏见与误读，使中国现代文学真正走向世界。正如杜博妮所言，"没有中国语言学、人类学和建筑学的相关知识，世界语言学、人类学和建筑学的理论基础便是不完整的……原则上，中国现代文学研究一定能够为世界文学研究提供新的方法论"（McDougall，2003：36）。

在这一方面有所突破、做出典范的是张佩瑶提出的"推手路向"，即不反抗西方主流、强势叙述方式与研究路径，而是借力打力，巧妙消解学术中的"西方中心主义"倾向。例如，在中国翻译史研究中，不重写中国翻译史，直接抵抗西方论述，而是采用选集编撰、丰厚翻译、以"话语"替代"理论"等途径与西方学术界展开互动（张佩瑶，2012：

12）。这种对话模式要求研究者对中西学科理论与研究范式有深刻了解，其重要性毋庸置疑。由于中国文学经典化是一个各主体互相配合的系统机制，中国学者在海外学术界的失语必定引发连锁效应，辐射翻译、编辑、出版等其他经典化阶段，加深中国现代文学所遭遇的偏见与误读。

　　在全球化语境下，面对中国现代文学的"全球本土化"特征，我们该如何处理中国文学与世界文学的关系，并在世界文学版图上找准自己的定位，这已成为文学研究中越来越重要的议题。通过探索国外文学空间对于中国文学作品的认同方式，我们可以反思甚至质疑"西方中心主义"经典观，在他者视角的观照下对民族文化身份产生新的理解，进而规划整个民族文学的格局和发展趋向，重新塑造中国文学与文化的异域形象，这是中国对外学术交流的重要使命，也是经典化译介研究、翻译文学经典化研究真正的现实意义与价值所在。

本书以本质主义与建构主义相结合的经典观为基础，介绍入选"企鹅经典"丛书的中国现代小说在英语世界的经典化历程，涉及文本选材、翻译、出版、评论、教学等一系列经典化阶段。本章主要阐述研究发现，指出研究存在的问题与不足，并揭示可进一步探索的研究领域，以期对后续经典化译介研究提供一定的借鉴。

第一节　研究发现

第一，翻译文学经典不仅源于文学的审美自律，也是经典建构者在译语地区文化气候土壤中合力造就的。翻译是经典化机制的核心，因为它是连接经典永恒性与相对性的重要纽带，凸显了经典化过程中本质主义与建构主义因素、文学审美价值的稳定性与政治意识形态的可变性之间的辩证张力。一方面，翻译使作品在异邦获得持续生命或来世生命，彰显并巩固了经典作品审美价值的超时空性、超民族性和永恒性，是经典化的重要基础；另一方面，译者对原文审美价值的再现，以及对译文审美价值的创造与阐释，通常是顺应译语地区主流诗学与意识形态的结果，因而也体现了对作品"经典性"的人为建构。在经典化过程中，不存在纯粹的本质主义和建构主义因素，两者互相渗透、彼此依存，翻译文学作品的经典价值并非作者或译者个人灵感与创造力的反映，而是译语社会网络中一系列文化协调者共同参与生产和多重协商、斡旋的复杂结果。

第二，英语世界出版商、译者、编辑、评论家、学者、高校与普通读者参与中国文学作品审美与社会价值生产，共同完成对翻译文学经典的筛选、生产、传播与强化，使部分中国作家与作品在异域收获认可、赞誉，体现了翻译文学经典化的"积极面"，以及"世界文学"概念本身所具有的开放性与灵活性，为边缘地区作品进入世界文学经典行列提供了可能。一方面，丛书译者和编辑对中国现代小说进行原文选材，推重以个体经验与日常书写为特色、中国经验与"普遍性"结合的文本，以及中国官方文学中的"反经典"作品；注重译本的完整性、忠实性，强调译本须再现原文的核心美学特质，并使用"陌生化"、"学术性"与"平民化"三者相互制衡的翻译策略，实现了译本的内部经典化。另一方面，出版机构的深度编辑、副文本设计和出版文化策略，主流媒体书评的叙事学策略与翻译观，学术批评中的文学史集编纂、联想性解读策略与多元视角，教育机构的教材选择与课程设置，普通读者对文本的阐释与评价均有力地推动了经典建构，实现了对译本的外部经典化。

第三，翻译文学经典化过程"因果相生"。各经典建构主体间相互联系、彼此渗透，其经典化译介策略呈现出一定的规律与连续性，具体表现为选材倾向高度一致、出现重复的套话与修辞、话语逻辑相似等。译语地区意识形态、诗学形态、出版市场结构等社会文化因素催生了对于中国文学、文化与社会的集体性共识，其通过漫长的话语实践不断符号化，演化为西方社会共同的文化心理与既定观念，为各主体在微观层面实施相应经典化策略提供引导与意见资源，形成"因果相生"的中国文学翻译经典化系统机制。

第四，经典化译介过程不仅受译语地区宏观社会文化因素制约，也受制于世界文学的权力运作。经典建构者的译介策略由其在本国文化生产场中占据的位置决定，同时也由本国文学在世界文学生产场或"文学世界共和国"中所处的位置决定。英语与英语文学的象征资本使其能垄断经典的阐释权，宰制"普遍性""现代性"等文学标准，产生中国文学海外接受的"入籍制度"，以及"民族—中心—民族"的认可路径。在这种"英语/西方/欧洲中心主义"观念的影响下，"世界文学经典"概念本身的相对性愈加凸显。在世界文学经济、政治版图中，国内学者与作家要克服偏见，改变中国文学在西方的处境与地位，真正具有多元化与世界性的文学眼光，无疑要经历漫长而艰辛的旅途。然而，在经典化过程中，强势文化与弱势文化的关系不应被机械地理解为一种对立关系。弱势文学文本在被强势文学经典标准同化的同时，由于翻译文学经典的典范性作用，也能逐渐改变强势文学系统的文学规范，影响其后世的创作，继而推动当地翻译规范的改变。为实现翻译与经典的双向互动、"翻译—经典—翻译"的良性循环，中国译者、出版商、学术界须不懈努力与通力协作，这将有助于打破"西方中心主义"的局限，形成开放多元的世界文学景观。

第五，翻译文学经典化之路"福祸相依"。经典化过程能为解读某些中国文学作品提供未被发现的新视野、新景观，但由于语言文化的隔膜、出版业规范差异，以及西方固有的思维模式与哲学观念，经典化过程各阶段呈现出，甚至进一步固化着对中国文学的偏见和误识，主要包括翻译阶段的误读与误译、出版商对东方主义形象的利用，以及学术批评中的"低价值论"、"翻版论"与"社会材料论"等。尽管文学审美价值在经典化过程中发挥着越来越大的作用，但政治性解读与意识形态猎奇始终如影随形，并且表现方式更为隐晦，常被遮蔽在审美趣味讨论的表象之下。作为经典化机制的组成机件，翻译的双重作用也愈加凸显，它既是边缘地区作品获得国际认可的必由之路，也是经典化过程中产生误解的原因之一，译者与其他经典建构者共同重新界定了英语世界的"中国现代文学经典"的内涵。

第六，中西译介模式在文本选材、翻译主体与策略、出版机制与评论话语各层面均有明显差异。本书对中国文学外译实践的启示如下：（1）应加强译者在选材决策中发挥的作用，在坚持民族文学"主权意识"的前提下考虑英语读者的期待和需求，依靠经典化主体间的协作争取更大的选材空间；（2）应重视翻译家研究，探索多元译者主体模式，培养对外传播中的民间力量；（3）应建立健全海外推广代理制度，重视副文本设计，拓宽国际化出版和发行渠道，与国际出版实践接轨；（4）应警惕中国文学海外接受过程中的"入籍制度"及"认可政治"，反思"西方中心主义"经典观，在世界文学格局中找准自身定位。同时，增强翻译研究中的问题意识，争取学术话语权，促进中国翻译研究国际化、全球化，推动本土翻译话语体系构建。

在这里，必须再一次强调，对于"企鹅经典"中的中国文学作品的"经典性"必须在特定地域、时期与社会体制等具体语境内加以理解，其经典化过程并不等同于海外所有中国文学作品的译介与接受情况。只有进一步扩大研究对象范围，增强研究对象的多样性与全面性，探求不同文体、时期、地域的经典化过程的差异，才能从整体上把握经典化过程的共性，揭示中国文学海外经典化译介规律，进而实现世界范围内的视野融合，探析世界文学经典化的复杂机制。

第二节　研究的不足

首先，由于受条件所限，笔者仅通过网络、海外学者著述，以及与出版社编辑、高校学者通信收集资料，未能获取更多中国现代文学译介的一手信息。尤其遗憾的是，无法前往英国布里斯托大学"企鹅档案馆"进一步调查企鹅编辑的笔记与通信记录，以了解文本选材、翻译及出版过程中的协商、斡旋，因而本书在材料的丰富性与完整性上有所缺失。

其次，在具体研究方法上，本书以定性分析为主，具有内省式研究的特性，难免体现出一定的主观性。尤其是对经典化过程翻译阶段的考察主要依靠例证分析，缺少数据支持，未能使用量化方法对译文语言特征、翻译策略进行深度挖掘，研究结论的客观性与可靠性有待提高。

此外，"企鹅经典"中文学作品的"经典性"必须在特定地域、时期与社会体制等具体语境内被理解，其文本选材与编辑策略并不适用于海外所有中国文学的译介与接受情况。由于篇幅限制，本书未能探索中国文学海外经典化路径的地域与文体差异。在西方甚至英语世界，不同地区对中国文学的阐释方式与价值判断并不一致，甚至迥然有别；中国古典文学与 20 世纪文学在海外的境遇也大相径庭，对经典化译介机制的讨论也应当考虑这些差异对具体经典建构方式的影响。

第三节　研究展望

首先，通过比较不同语境、文化传统的案例研究，可进一步探索经典化译介或翻译文学经典化过程的普遍性与一般规律，从理论上予以把握、总结，构建中国文学翻译经典化机制理论。该理论的主要内容应包括：（1）经典化过程的各阶段、参与各阶段的社会文化行动者，以及各行动者的相互关系；（2）经典化过程的微观与宏观、文内与文外制约因素；（3）经典化机制与世界文学场、权力场的关系，即世界文学等级制度与权力结构对经典化过程的影响；（4）经典化译介对中国文学海外传播与接受、中国文学与文化形象建构的影响。在中国视角的经典化研究基础上，可进一步勾勒更广泛范围内的世界翻译文学经典化机制，揭示不同地区、民族文化经典化过程的普遍规律与特征，实现世界范围内的视野融合，亦可为国际翻译理论创新贡献中国经验与中国特色。

其次，通过引入语料库研究方法，可对大量被经典化的翻译文本进行数据分析与定量研究，提高论证的严谨性、结论的可靠与精确程度。在对译文审美特性的分析过程中，使用双语或翻译语料库，可揭示被经典化译本的普遍特征，归纳其语言风格和词汇、句法与语篇结构，了解译者的翻译策略等。同时，语料库的建设与应用有助于结合语言学范式与文化范式，进一步探讨经典化翻译事实的内在成因，提高论证的客观性和科学性。另外，对大量翻译文本的观察与分析能为翻译文学经典化机制的理论构建提供必要数据支撑。

再次，在理论视角的选择上，需要加强对本土理论资源的挖掘运用。

西方文学、文化批评与翻译理论对国内翻译文学经典化研究颇具影响力，但国内研究在理论借鉴上有一定的单调性与重复性，并过多依赖于西方文学与文化批评话语。对经典的评注与阐释包含一个民族文化最基本的伦理观念、哲学思想与价值标准，从孔子的"兴观群怨"到刘勰的"经也，恒久之至道，不刊之鸿论也"，再到袁宏道的"性灵独抒""本色独造"，中国传统文论中关于文学经典的理论与观点并不少见，并与中国传统文化实践息息相关。我们应当从本土民族文化资源中寻求新的视角，加强与西方的文论沟通交流，因为"回到自己文化的立场点，是学理原创上的关键"（杨义，2007：1）。

最后，不同文本的经典化过程除存在一定的共性与普遍性外，也会体现出个性特征。经典建构机制的差异性主要体现在三个方面。一是地域差异。无须赘述，各地意识形态、文化习俗、文学传统可能大不相同，在世界文学场域所拥有的资本与占位不同，各文化系统间的实力对比与互动形式不一，这些都可能影响翻译文学经典化的具体路径。二是文体差异。例如，在中国文学海外经典建构中，由于西方汉学界"厚古薄今"的思维定势，中国古典与现当代文学的经典化途径也不尽相同，在后续研究中可考虑探析两者经典化过程的差异性；三是文学流派、题材、类型等方面的差异。据韦努蒂的考察，在意大利被经典化的美国小说在题材上十分类似，大多数是描写美国"垮掉的一代"、社会边缘异类的作品，或是硬汉派侦探小说（Venuti，2013：201）。另有学者发现，以大屠杀、人为或自然灾难为主题的创伤文学在世界文学经典化中占据重要地位（Thomsen，2008：103）。可见，不同文学风格、题材作品的经典化译介过程也有具体差异，某些主题的文学创作更易成为经典化译介的目标，后续经典化研究可以此为切入点，系统考察文本类型与经典建构的关系。

参考文献

一 中文文献

艾朗诺，季进，余夏云，钱锺书，2010.《剑桥中国文学史》与海外汉学研究 [J]. 上海文化 (6): 112–119.

布小继，2013. 日常生活审美范式的确立、发展与匡正 [J]. 成都大学学报 (社会科学版)(2): 84–87.

曹培会，滕梅，2016.《中国文学》(英文版) 对鲁迅形象的经典化重构 [J]. 绍兴文理学院学报（哲学社会科学）(4): 40–45.

曹顺庆，齐思原，2017. 争议中的"世界文学"——对"世界文学"概念的反思 [J]. 文艺争鸣 (6): 147–154.

陈橙，2012. 文选编译与经典重构——宇文所安的《诺顿中国文选》研究 [M]. 上海：上海外语教育出版社 .

陈吉荣，2007. 谈本位论观照之下的《金锁记》自译 [J]. 北京第二外国语学院学报 (10): 1–6.

陈琳，2007. 陌生化翻译：徐志摩诗歌翻译艺术研究 [D]. 上海：华东师范大学 .

陈平原，黄子平，钱理群，1989."二十世纪中国文学"三人谈·缘起 [J]. 读书 (10): 3–11.

陈水平，2014. 翻译研究全球化与中国学界的崛起——记墨尔本 – 清华亚太地区翻译与跨文化论坛 [J]. 外语与外语教学 (3): 83–87.

陈思和, 2006. 我对 20 世纪中国文学的世界性因素的思考与探索 [J]. 中国比较文学 (2): 9–15.

陈思和, 2013–11–04. 从莫言获奖看中国当代文学的世界性 [N]. 中国社会科学报（2）.

陈熙涵, 2016–09–02. 版权经纪人：赋予图书"二次生命"的幕后推手 [N]. 文汇报.

程光炜, 2004. "鲁郭茅巴老曹"是如何成为"经典"的 [J]. 南方文坛 (4): 10–11.

程章灿, 2007. 东方古典与西方经典——魏理英译汉诗在欧美的传播及其经典化 [J]. 中国比较文学 (1): 31–45.

迟蕊, 2016. 老舍对"国民性"书写的思考及与鲁迅的差异 [J]. 中国现代文学研究丛刊 (7): 126–137.

戴延年, 陈日浓, 1999. 中国外文局五十年大事记（二）[M]. 北京：新星出版社.

杜卫·佛克马, 2007. 所有的经典都是平等的, 但有一些比其他更平等. 李会芳, 译. [C]// 童庆炳, 陶东风编. 文学经典的建构、解构和重构. 北京：北京大学出版社：17–24.

樊星, 2014. 当代文学经典：如何认定, 怎样判别 [J]. 小说评论 (4): 59–63.

方汉文, 2014. 艺文挥尘 [M]. 北京：中央编译出版社.

赋格, 张健, 2008–04–01. 葛浩文：首席且惟一的"接生婆" [N]. 南方周末.

赋格, 张英, 2008–03–26. 葛浩文谈中国文学 [N]. 南方周末.

傅守祥等, 2019. 外国文学经典生成与传播研究 [M]. 北京：北京大学出版社.

高方, 许钧, 2010. 现状、问题与建议——关于中国文学走出去的思考 [J]. 中国翻译 (6): 5–9.

高瑞, 2016.《解密》在英美国家的译介研究 [D]. 合肥：安徽大学.

高旭东, 2008. 鲁迅小说不如张爱玲小说吗 ?[J]. 理论导刊 (3): 113–117.

戈玲玲，何元建，2012. 从言语幽默概论视角探讨汉语言语幽默的翻译——以《围城》原著及英译本为例 [J]. 中国翻译 (4): 108–112.

葛文峰，2018. 香港《译丛》与杨绛作品的对外译介传播 [J]. 中华文化论坛 (9): 137–144.

葛校琴，2013. "信"有余而"达"未及——从夏志清改张爱玲英译说起 [J]. 中国翻译 (1): 76–79.

耿强，2010. 文学译介与中国文学"走向世界"——"熊猫丛书"英译中国文学研究 [D]. 上海：上海外国语大学.

耿强，2012. 国家机构对外翻译规范研究——以"熊猫丛书"英译中国文学为例 [J]. 上海翻译 (1): 1–7.

顾彬，2009. 从语言的角度看中国当代文学 [J]. 南京大学学报（哲学·人文科学·社会科学）(2): 69–76.

韩子满，2002. 文学翻译与杂合 [J]. 中国翻译 (2):54–58.

何平，2012–11–09. 麦家小说在当代中国文学中的意义 [N]. 文艺报.

何杏枫，2018. 重探张爱玲 [M]. 香港：中华书局（香港）有限公司.

黑格尔，1979. 美学（第二卷）[M]. 朱光潜，译. 北京：商务印书馆.

洪子诚，2003. 中国当代的"文学经典"问题 [J]. 中国比较文学 (3): 32–43.

侯艳兴，2011. 阶级、性别与身份：民国时期"太太"的文化建构 [J]. 兰州学刊 (3): 178–182.

胡安江，2008. 翻译文本的经典建构研究 [J]. 外语学刊 (5): 93–96.

胡安江，2010. 中国文学"走出去"之译者模式及翻译策略——以美国汉学家葛浩文为例 [J]. 中国翻译 (6): 10–16.

胡安江，2021. 寒山诗：文本旅行与经典建构（修订版）[M]. 北京：清华大学出版社.

黄友义，2010. 汉学家和中国文学的翻译——中外文化沟通的桥梁 [J]. 中国翻译 (6): 16–17.

季进，臧晴，2016. 论海外《解密》热"现象 [J]. 南方文坛 (4): 82–85.

江帆, 2011. 经典化过程对译者的筛选——从柳无忌《中国文学概论》对《红楼梦》英译本的选择谈起 [J]. 中国比较文学 (2): 20–35.

江帆, 2014. 他乡的石头记 [M]. 天津：南开大学出版社.

江宁康, 2011. 世界文学：经典与超民族认同 [J]. 中国比较文学 (2): 11–19.

姜智芹, 2010. 译者的话 [M]//T. 克里斯托弗·杰斯普森. 美国的中国形象（1931–1949）. 姜智芹, 译. 南京：江苏人民出版社：1–6.

姜智芹, 2015. 中国当代文学海外接受中的解读偏好 [J]. 中国比较文学 (3): 187–194.

金宏宇, 2014. 文本周边：中国现代文学副文本研究 [M]. 武汉：武汉大学出版社.

金介甫, 2006. 中国文学（一九四九——一九九九）的英译本出版情况述评 [J]. 查明建, 译. 当代作家评论 (3): 67–76.

金凯筠, 2003. 张爱玲的"参差的对照"与欧亚文化的呈现 [C]// 杨泽编. 阅读张爱玲. 蔡淑惠, 张逸帆, 译. 桂林：广西师范大学出版社：211–224.

克里斯托弗·杰斯普森, 2010. 美国的中国形象（1931–1949）[M]. 姜智芹, 译. 南京：江苏人民出版社.

寇志明, 2013. "因为鲁迅的书还是好卖"：关于鲁迅小说的英文翻译 [J]. 罗海智, 译. 鲁迅研究月刊 (2): 38–50.

老舍, 1935/1990. 我怎样写《二马》[C]// 老舍全集（第 15 卷）. 北京：人民文学出版社：173–177.

老舍, 1935/2013. 我怎样写《猫城记》[C]// 老舍全集（第 16 卷）. 北京：人民文学出版社：184–187.

老舍, 2008a. 二马 [M]. 上海：文汇出版社.

老舍, 2008b. 猫城记·新韩穆烈德 [M]. 上海：文汇出版社.

老舍, 2014. 文学概论讲义 [M]. 北京：北京出版社.

李长之, 1934-01-01.《猫城记》[N]. 国闻周报.

李丽, 2014. 英语世界的《红楼梦》研究——以成长、大观园、女性

话题为例 [D]. 北京：北京外国语大学 .

李欧梵，1999. 当代中国文化的现代性和后现代性 [J]. 文学评论 (5): 129–139.

李欧梵，2019. 苍凉与世故：张爱玲的启示 [M]. 杭州：浙江大学出版社 .

李庆本，2014. 跨文化阐释的多维模式 [M]. 北京：北京大学出版社 .

李文静，2012. 中国文学英译的合作、协商与文化传播——汉英翻译家葛浩文与林丽君访谈录 [J]. 中国翻译 (1): 57–60.

李悦，2005. 汉语成语英译商榷——从《围城》英译本谈起 [J]. 外语教学 (5): 76–78.

廖七一，2004. 胡适译诗与经典构建 [J]. 中国比较文学 (2): 103–115.

林萍，2014. 还"陌生"以陌生："陌生化"诗学对文学翻译的启示 [J]. 外国语文 (5): 139–142.

刘大先，2006. 论老舍的幻寓小说《猫城记》[J]. 满族研究 (3): 111–119.

刘丹，2016. 版权代理人与"中国文学走出去"——以《解密》英译本版权输出为例 [J]. 中国版权 (6): 48–52.

刘江凯，2012. 认同与延异——中国当代文学的海外接受 [M]. 北京：北京大学出版社 .

刘军平，2002. 翻译经典与文学翻译 [J]. 中国翻译 (4): 38–41.

刘娜，2011. 国际传播中的民间力量及其培育 [J]. 新闻界 (6): 36–39.

刘绍铭，2007. 到底是张爱玲 [M]. 香港：三联书店（香港）有限公司 .

刘象愚，2006. 经典、经典性与关于"经典"的论争 [J]. 中国比较文学 (2): 44–58.

刘勰，1981. 文心雕龙注释 [M]. 周振甫注 . 北京：人民文学出版社 .

刘亚猛，朱纯深，2015. 国际译评与中国文学在域外的"活跃存在"[J]. 中国翻译 (1): 5–12.

刘勇，邹红，2016. 中国现代文学史（第 3 版）[M]. 北京：北京师范

大学出版社 .

路斯琪，高方，2020. 儒莲法译《道德经》的经典生成路径及呈现 [J].
中国翻译 (1): 54-61.

鲁迅，2005a. 鲁迅全集 (第 6 卷)[M]. 北京：人民文学出版社 .

鲁迅，2005b. 鲁迅全集 (第 7 卷)[M]. 北京：人民文学出版社 .

鲁迅，2013. 阿 Q 正传：鲁迅小说全集 [M]. 北京：中国华侨出版社 .

卢玉玲，2005. 不只是一种文化政治行为——也谈《牛虻》的经典之
路 [J]. 中国比较文学 (3): 181-193.

罗皓菱，2014-03-03. 麦家：我在文学界一直毁誉参半 [N]. 北京青
年报 .

罗选民，2019. 大翻译与文化记忆：国家形象的建构与传播 [J]. 中国
外语 (5): 95-102.

罗选民，张健，2003. 新世纪翻译观念的嬗变与理论研究 [J]. 中国翻
译 (2): 45-47.

罗屿，葛浩文，2008. 美国人喜欢唱反调的作品 [J]. 新世纪周刊 (10):
120-121.

麦家 .2015-02-04.《解密 》多磨难回忆 [EB/OL]. http://blog.sina.
com.cn/s/blog_5555b48c0102vsls.html?tj=1.

米亚宁，2020. 鲁迅短篇小说翻译中的社会性特征——评莱尔译《阿
Q 正传》主体间视域融合 [J]. 中国翻译 (6): 99-106.

莫言，1997. 我与译文 [C]// 王蒙等著 . 作家谈译文 . 上海：上海译文
出版社 : 234-241.

区鉷，胡安江，2008. 文本旅行与经典建构——寒山诗在美国翻译文
学中的经典化 [J]. 中国翻译 (3): 20-25.

钱锺书，1980. 围城 [M]. 北京：人民文学出版社 .

钱锺书，1984. 林纾的翻译 [C]// 罗新璋编 . 翻译论集 . 北京：商务印
书馆 : 696-725.

覃江华，2020. 马悦然与中国文学在海外的译介和经典化 [J]. 中国翻
译 (1): 70-78.

单昕, 2014. 先锋小说与中国当代文学海外传播之转型 [J]. 小说评论 (4): 4–10.

申丹, 2002. 论文学文体学在翻译学科建设中的重要性 [J]. 中国翻译 (1): 10–14.

沈庆利, 1999. 中西文化的聚光镜——老舍《二马》论 [J]. 中国现代文学研究丛刊 (1): 112–125.

舒晋瑜, 2005-08-31. 十问葛浩文 [N]. 中华读书报.

舒婷, 2005. 汉语的魅力值得一生体味 [C]// 朱竞编. 汉语的危机. 北京: 文化艺术出版社: 59–62.

宋炳辉, 2008. 试论跨文化语境下的文学经典 [J]. 兰州大学学报（社会科学版）(5): 59–64.

宋学智, 2006. 翻译文学经典的影响与接受 [M]. 上海: 上海译文出版社.

宋学智, 2015. 何谓翻译文学经典 [J]. 中国翻译 (1): 24–28.

苏源熙, 生安锋, 2011. 世界文学的维度性 [J]. 学习与探索 (2): 210–214.

孙艺风, 1995.《围城》英译本的一些问题 [J]. 中国翻译 (1): 31–36.

童庆炳, 2005. 文学经典建构诸因素及其关系 [J]. 北京大学学报（哲学社会科学版）(5): 71–77.

童庆炳, 陶东风, 2007. 导言 [C]// 童庆炳, 陶东风编. 文学经典的建构、解构和重构. 北京: 北京大学出版社: 1–14.

汪宝荣, 2013. 鲁迅小说英译面面观: 蓝诗玲访谈录 [J]. 编译论丛 (1): 147–167.

汪宝荣, 2022. 中国文学译介与传播模式研究: 以英译现当代小说为中心 [M]. 杭州: 浙江大学出版社.

王德威, 1998. 想像中国的方法: 历史·小说·叙事 [M]. 北京: 生活·读书·新知三联书店.

王德威, 2004. 落地的麦子不死: 张爱玲与"张派"传人 [M]. 济南: 山东画报出版社.

王德威，2007. 英语世界的现代文学研究之报告 [J]. 张清芳，译. 海南师范大学学报（社会科学版）(3):1–5.

王德威，刘江凯，2012. 中国当代文学的海外接受——与王德威教授访谈 [M]// 刘江凯. 认同与"延异"——中国当代文学的海外接受. 北京：北京大学出版社：332–350.

王东风，2005. 反思"通顺"——从诗学的角度看"通顺"在文学翻译中的副作用 [J]. 中国翻译 (6): 10–14.

王恩科，2011. 翻译文学经典的独特品格 [J]. 长安大学学报（社会科学版）(4): 115–120.

王洪涛，王海珠，2018. 布迪厄社会学理论视角下蓝诗玲的译者惯习研究——以《鲁迅小说全集》的英译为例 [J]. 外语教学 (2): 74–78.

王建开，2020. 中国当代文学作品英译的出版与传播 [M]. 上海：复旦大学出版社.

王侃，2014. 翻译和阅读的政治 [M]. 上海：复旦大学出版社.

王磊，2007. 隐喻与翻译：一项关于《围城》英译本的个案调查 [J]. 中国翻译 (3): 75–79.

王宁，2002. 现代性、翻译文学与中国现代文学经典重构 [J]. 文艺研究 (6): 32–40.

王宁，2006a. 文化翻译与经典阐释 [M]. 北京：中华书局.

王宁，2006b. 经典化、非经典化与经典的重构 [J]. 南方文坛 (5): 30–34.

王宁，2007. 文学经典的形成与文化阐释 [C]// 童庆炳，陶东风编. 文学经典的建构、解构和重构. 北京：北京大学出版社：192–203.

王宁，2009. "世界文学"与翻译 [J]. 文艺研究 (3): 23–31.

王宁，2010. 世界文学与中国 [J]. 中国比较文学 (4): 15–27.

王宁，2013. 翻译与文化的重新定位 [J]. 中国翻译 (2): 5–11.

王宁，2014. 世界文学语境中的中国当代文学 [J]. 当代作家评论 (6): 4–16.

王宁，2022. 世界文学中的西方中心主义与文化相对主义 [J]. 人民论坛・学术前沿 (2): 32–39.

　　王树槐，2013. 译者介入、译者调节与译者克制——鲁迅小说莱尔、蓝诗玲、杨宪益三个英译本的文体学比较 [J]. 外语研究 (2): 64–71.

　　王松年，2000. 翻译：向接受美学求助什么 ?[J]. 外语学刊 (4): 71–74.

　　王晓莺，2009. 张爱玲的中英自译：一个后殖民理论的视点 [J]. 外国语文 (2): 125–129.

　　王逊佳，2019. 文学评论与经典重构——西方书评人眼中的鲁迅小说英译本 [J]. 东岳论丛 (10): 149–156.

　　王颖冲，2014. 中文小说译介渠道探析 [J]. 外语与外语教学 (2): 79–85.

　　王志弘，2001. 翻译的自我与他者问题 [J]. 翻译学研究集刊（第六辑）: 1–25.

　　王锺陵，2021. 老舍的文学观及其小说创作 [J]. 江苏社会科学 (3): 201–215.

　　未冉，李雁刚，2009. 阿克曼：情迷中国文学 [J]. 明日风尚 (12): 182–187.

　　伍海燕，刘雪芹，2013. 张爱玲小说中的"太太"文化探究 [J]. 安徽文学（下半月）(9): 18–19.

　　吴耀武，花萌，2014. 中国文化对外翻译国内研究综述 (1980-2013)——基于国内学术期刊的数据分析 [J]. 外语教学 (6): 104–109.

　　吴赟，2016. 译出之路与文本魅力——解读《解密》的英语文本传播 [J]. 小说评论 (6): 114–120.

　　奚密，1993. 差异的忧虑——一个回响 [J]. 今天 (2): 94–96.

　　夏天，2012.《猫城记》1964 年英译本研究 [J]. 外语教学理论与实践 (2): 82–88.

　　夏志清，2013. 张爱玲给我的信件 [M]. 台湾：联合文学 .

　　谢天振，2016-02-02. 翻译文学：经典是如何炼成的 [N]. 文汇报 (11).

　　熊修雨，2013. 中国当代文学的海外影响力因素分析 [J]. 文学评论 (1): 131–138.

许多，许钧，2015. 中华文化典籍的对外译介与传播——关于《大中华文库》的评价与思考 [J]. 外语教学理论与实践 (3): 13–17.

许方，许钧，2014. 关于加强中译外研究的几点思考——许钧教授访谈录 [J]. 中国翻译 (1): 71–75.

许钧，1991. 文学翻译与世界文学——歌德对翻译的思考及论述 [J]. 中国翻译 (4): 22–25.

许钧，2021. 关于深化中国文学外译研究的几点意见 [J]. 外语与外语教学 (6): 68–72.

许慎，1963. 说文解字 [M]. 北京：中华书局 .

徐渭，1983. 徐渭集（第二册）[M]. 北京：中华书局 .

许子东，2001. 物化苍凉——张爱玲意象技巧初探 [J]. 华东师范大学学报（哲学社会科学版）(5): 169–175.

许子东，2004. "张爱玲与现代中文文学国际研讨会"侧记 [M]// 刘绍铭、梁秉均、许子东编 . 再读张爱玲 . 济南：山东画报出版社：376–381.

许宗瑞，2019. 中译外海外出版对中国文化"走出去"的启示——基于联合国教科文组织"翻译索引"数据库的研究 [J]. 上海翻译 (3): 61–67.

亚里士多德，1962. 诗学诗艺 [M]. 杨周翰，译 . 北京：人民文学出版社 .

杨绛，2016. 记钱钟书与《围城》[M]// 钱锺书 . 围城 . 北京：人民文学出版社：353–377.

杨宪益，2001. 漏船载酒忆当年 [M]. 薛鸿时，译 . 北京：北京十月文艺出版社 .

杨义，2007. 经典的发明与血脉的会通 [J]. 文艺争鸣 (1): 1–3.

伊塔洛·卡尔维诺，2012. 为什么读经典 [M]. 黄灿然，李桂蜜，译 . 南京：译林出版社 .

殷丽，2017. 中国经典丛书的出版思考——以《大中华文库》和《企鹅经典》系列丛书为例 [J]. 出版广角 (16): 55–57.

游晟，朱健平，2011. 美国文学场中张爱玲《金锁记》的自我改写 [J]. 中国翻译 (3): 45–50.

于辉，宋学智，2014. 翻译经典的互文性解读 [J]. 外国语文 (5): 133–138.

余夏云，2012. 作为"方法"的海外汉学 [D]. 苏州：苏州大学 .

袁良骏，1997. 讽刺杰作《猫城记》[J]. 齐鲁学刊 (5): 24–33.

乐黛云，1990. 鲁迅研究：一种世界文化现象 [J]. 读书 (9): 42–46.

乐黛云，陈珏，1996. 北美中国古典文学研究名家十年文选 [C]. 南京：江苏人民出版社 .

曾洪伟，2015. 版本流变与西方文论著作经典化 [J]. 学术研究 (9): 137–142.

查明建，2004. 文化操纵与利用：意识形态与翻译文学经典的建构——以 20 世纪五六十年代中国的翻译文学为研究中心 [J]. 中国比较文学 (2): 86–102.

查明建，2011. 论世界文学与比较文学的关系 [J]. 中国比较文学 (1): 1–9.

张爱玲，2012a. 半生缘 [M]. 北京：北京出版集团公司 .

张爱玲，2012b. 红玫瑰与白玫瑰 [M]. 北京：北京出版集团公司 .

张爱玲，2012c. 怨女 [M]. 北京：北京出版集团公司 .

张爱玲，2019. 倾城之恋 [M]. 北京：北京出版集团公司 .

张丹丹，2021. 英语世界《红楼梦》经典化历程多维研究 [M]. 郑州：河南大学出版社 .

张丹丹，刘泽权，2020.《倾城之恋》英译修改及其经典化过程 [J]. 河南大学学报 (社会科学版)(5): 102–108.

张隆溪，2005. 中西文化研究十论 [M]. 上海：复旦大学出版社 .

张隆溪，2014. 阐释学与跨文化研究 [M]. 北京：三联书店 .

张隆溪，刘泰然，2020. 中国与世界：从比较文学到世界文学——张隆溪先生访谈录 [J]. 吉首大学学报（社会科学版）(1): 15–27.

张柠，2013. 海外学者的研究方法和风度 [C] // 张柠，董外平编 . 思想的时差：海外学者论中国当代文学 . 北京：北京大学出版社：1–11.

张佩瑶，2012. 传统与现代之间 [M]. 长沙：湖南人民出版社 .

张清华，2007. 关于文学性与中国经验的问题——从德国汉学教授顾彬的讲话说开去 [J]. 文艺争鸣 (10): 1–3.

赵毅衡，2013. 诗神远游 [M]. 成都：四川文艺出版社 .

郑树森，2004. 夏公与"张学"[M]. 济南：山东画报出版社 .

郑晔，2012. 国家机构赞助下中国文学的对外译介 [D]. 上海：上海外国语大学 .

郑云菲，孟庆升，2013. 浅析汉语小说英译的质量标准——以《围城》（汉英对照）为蓝本 [J]. 山西师大学报（社会科学版）(S1): 103–105.

钟玲，2003. 美国诗与中国梦 [M]. 桂林：广西师范大学出版社 .

周国平，2021. 善良丰富高贵 [M]. 杭州：浙江人民出版社 .

周宁，2011. 跨文化研究：以中国形象为方法 [M]. 北京：商务印书馆 .

周晓琳，2019. 中国古代文学经典化机制研究 [M]. 北京：九州出版社 .

朱栋霖，朱晓进，等，2014. 中国现代文学史：1917–2013（第 3 版）上册 [M]. 北京高等教育出版社 .

朱国华，2006. 文学"经典化"的可能性 [J]. 文艺理论研究 (2): 44–51.

朱徽，2007. 英译汉诗经典化 [J]. 中国比较文学 (4): 21–28.

朱立元，2014. 当代西方文艺理论（第 3 版）[M]. 上海：华东师范大学出版社 .

二　英文文献

Abrams M H, Harpham G G, 2014. A Glossary of Literary Terms[M]. Beijing: Peking University Press.

Achebe C, 1988. Hopes and Impediments: Selected Essays[M]. New York: Anchor Books.

Adkins C P, 1972. The Short Stories of Chang Ailing: A Literary

Analysis[D]. Berkeley:University of California.

Agirrezabalaga E M, 2012. What Kind of Translation Is It? Paratextual Analysis of the Work by Bernardo Atxaga[C]//Bardaji A G, Orero P, Rovira-Esteva S. eds.Translation Peripheries: Paratextual Elements in Translation. Bern: Peter Lang: 83–100.

Allen E, 2013. Footnotes sans Frontières: Translation and Textual Scholarship[C]//Nelson B, Maher B. eds. Perspectives on Literature and Translation: Creation, Circulation, Reception. New York and London: Routledge: 210–220.

Appiah K A, 1993. Thick Translation[J]. Callaloo(4): 808–819.

Apter E, 2013. Against World Literature: on the Politics of Untranslatability[M]. London: Verso.

Arnold M, 1896. Essays in Criticism[M]. Boston and Chicago: Allyn and Bacon.

Atkinson W, 2006. The Perils of World Literature[J]. World Literature Today(5): 43–47.

Baker M, 2006. Translation and Conflict: A Narrative Account[M]. London and New York: Routledge.

Bassnett S, 2001. The Translation Turn in Cultural Studies[C]//Bassnett S, Lefevere A. eds. Constructing Cultures: Essays on Literary Translation. Shanghai: Shanghai Foreign Language Education Press:123–140.

Bassnett S, 2019. Translation and World Literature[C]. London and New York: Routledge.

Benedict B, 1996. Making the Modern Reader: Cultural Mediation in Early Modern Literary Anthologies[M]. Princeton: Princeton University Press.

Benjamin W, 2012. The Task of the Translator. Rendall S. trans.[C]// Venuti L. ed. Translation Studies Reader.3rd ed. London & New York: Routledge: 75–83.

Berman A, 2012. Translation and the Trials of the Foreign. Venuti L. trans.

[C]// Venuti L. ed. Translation Studies Reader. 3rd ed.London & New York: Routledge: 240–253.

Berry M, 1986. The Apprenticeship Novel in China: HUNG-LOU MENG[J]. Proceedings of the Eighth International Symposium on Asian Studies(1): 11–21.

Birch C, 1961. Lao She: The Humourist in His Humour[J]. The China Quarterly(8): 45–62.

Birch C, 1965. ed. Anthology of Chinese Literature: Volume II: From the Fourteenth Century to the Present Day[M]. New York: Grove Press.

Blanchot M, 1990. Translating[J]. Sieburth R. trans. Sulfur(1): 82–86.

Bloom H, 1994. The Western Canon[M]. New York: Harcourt Brace & Company.

Bloom H, 2011. The Anatomy of Influence: Literature as a Way of Life[M]. New Haven and London: Yale University Press.

Bourdieu P, 1996. The Rules of Art: Genesis and Structure of the Literary Field[M]. Stanford: Stanford University Press.

Bozovic M, 2018. Nabokov's Translations and Transnational Canon Formation[J]. Translation Studies(2): 172–184.

Brems E, 2019. Canonization[C]// Baker M，Saldanha G. eds. Routledge Encyclopedia of Translation Studies. 3rd ed. London and New York: Routledge: 52–56.

Brouillette S, 2016. World Literature and Market Dynamics[C]//Helgesson S，Vermeulen P. eds. Institutions of World Literature: Writing, Translation, Markets. London and New York: Routledge: 93–108.

Brown C T, 1978. Eileen Chang's "Red Rose and White Rose"：A Translation and Afterword[D]. The American University.

Bruno D, 2013-08-09. New Release of Lao She Books Revisits a Dark History[N]. The Wall Street Journal.

Buruma I, 1994-05-23. Getting to Know Zhou[J]. The New Yorker.

Cannadine D, 2013. Growing up with Penguin Books[C]//Wootten W, Donaldson G. eds. Reading Penguin: A Critical Anthology. Newcastle: Cambridge Scholars Publishing: 91–110.

Cao X, Gao E, 1977. The Story of the Stone (Volume II) [M]. Hawkes D. trans. Middlesex: Penguin Books.

Cao X, Gao E, 1994. A Dream of Red Mansions (Volume II) [M]. Yang X, Yang G. trans. Beijing: Foreign Language Press.

Casanova P, 2004. The World Republic of Letters[M]. Debevoise M B. trans. Cambridge: Harvard University Press.

Chan K, 1991. Molecular Story Structures: Lao She's "Rickshaw" and F. Scott Fitzgerald's "The Great Gatsby" [J]. Style(2): 240–250.

Chang E, 1978. Red Rose and White Rose. Brown C T. trans.[D]// Brown C T. Eileen Chang's "Red Rose and White Rose": A Translation and Afterword. The American University: 1–77.

Chang E, 1985. Love in the Fallen City. Sciban S. trans.[D]//Sciban S. Eileen Chang's "Love in the Fallen City": Translation and Analysis. The University of Alberta: 73–156.

Chang E, 2007a. Love in a Fallen City[M]. Kingsbury K. trans. London: Penguin Classics.

Chang E, 2007b. Lust, Caution[M]. Lovell J, Kingsbury K, Janet Ng (with Janice Wickeri) et al. trans. London: Penguin Classics.

Chang E, 2014. Half a Lifelong Romance[M]. Kingsbury K. trans. London: Penguin Classics.

Chang E, 2015. Chinese Translation: A Vehicle of Cultural Influence[J]. Lee C. ed. PMLA(2): 488–498.

Choa C, Su Li-Qun D, 2001. The Vintage Book of Contemporary Chinese Fiction[M]. New York: Vintage.

Chou S P, 1976. Lao She: An Intellectual's Role and Dilemma in Modern China[D]. Berkeley: University of California.

Chow R, 1991. Woman and Chinese Modernity: The Politics of Reading Between West and East[M]. Minneapolis: University of Minnesota Press.

Chow R, 1993. Writing Diaspora: Tactics of Intervention in Contemporary Cultural Studies[M]. Bloomington: Indiana University Press.

Cregan M, 2007-09-15. Love in a Fallen City[N]. Financial Times.

Da N Z, 2013. Lao She, James, and Reading Time[J]. The Henry James Review(3): 285-293.

Damrosch D, 2003. What Is World Literature[M]. Princeton: Princeton University Press.

Damrosch D, 2006. World Literature in a Postcanonical, Hypercanonical Age[C]// Saussy H. ed. Comparative Literature in an Age of Globalization. Baltimore: Johns Hopkins University Press: 43-53.

Damrosch D, 2016-08-07. IWL Lecture: What Isn't World Literature? Problems of Language, Context, and Politics [EB/OL]. https://www.youtube.com/watch?v=jfOuOJ6b-qY&t=2565s.

Damrosch D, 2018. Frames for World Literature[C]// Fang W. ed. Tensions in World Literature. Singapore: Palgrave Macmillan: 93-112.

Damrosch D, Pike D, 2008. The Longman Anthology of World Literature (compact edition)[M]. New York: Pearson Longman.

Denton K, 1993. Review: Diary of a Madman and Other Stories by Lu Xun[J]. Chinese Literature: Essays, Articles, Reviews(15): 174-176.

Denton K, 2016. The Columbia Companion to Modern Chinese Literature [M]. New York: Columbia University Press.

Dew J E, 1964. Introduction[M]// Lao She. City of Cats. Dew J E. trans. Ann Arbor: Center for Chinese Studies, University of Michigan: vii-viii.

D' haen T, 2012. The Routledge Concise History of World Literature[M]. London and New York: Routledge.

Doleželová-Velingerová M, 1988. A Selective Guide to Chinese Literature, 1900-1949: The Novel[M]. Leiden and New York: E. J. Brill.

Donaldson G, 2013. Penguin English Library: A Really Good Start for the General Reader[C]// Wootten W, Donaldson G. eds. Reading Penguin: A Critical Anthology. Newcastle: Cambridge Scholars Publishing: 111–116.

Duke M, 1969. A Social and Literary Analysis of the Short Stories of Lao She[D]. Berkeley: University of California.

Duke M, 1990. The Problematic Nature of Modern and Contemporary Chinese Fiction in Translation[C]//Goldblatt H. ed. Worlds Apart: Recent Chinese Writing and its Audiences.New York: M. E. Sharpe:198–230.

Eliot H, 2018. The Penguin Classics Book[M]. London: Penguin.

Eliot H, 2021. The Penguin Modern Classics Book[M]. London: Penguin.

Eliot S, 2013. A Prehistory for Penguins[C]//Wootten W, Donaldson G. eds. Reading Penguin: A Critical Anthology. Newcastle: Cambridge Scholars Publishing: 1–26.

Eliot T S, 2009.On Poetry and Poets[M]. New York: Farrar, Straus and Giroux.

Emmerich M, 2013. The Tale of Genji: Translation, Canonization, and World Literature[M]. New York: Columbia University Press.

Esposito S, 2011-06-14. Reading the World: Karen S. Kingsbury Interview[EB/OL]. http://blog.sina.com.cn/s/blog_4a9f19cd0100sc5q.html.

Even-Zohar I, 1990a. Polysystem Theory[J]. Polysystem Studies, Poetics Today(11):9–26.

Even-Zohar I, 1990b. The Position of Translated Literature within the Literary Polysystem[J]. Polysystem Studies, Poetics Today(11): 45–51.

Fawcett P, 1995. Translation and Power Play[J]. The Translator(2): 177–192.

Fokkema D, Ibsch E, 2000. Knowledge and Commitment[M]. Amsterdam/ Philadelphia: John Benjamings Publishing Company.

Fowler A, 1979. Genre and the Literary Canon[J]. New Literary History(1): 97–119.

Frank A P, 2004. Anthologies of Translation[C]// Baker M. ed. Routledge Encyclopedia of Translation Studies. London and New York: Routledge:13–16.

French P, 2013-10-13. Untidy Endings: On Lao She[J]. Los Angeles Review of Books.

Friederich W P, 1960. On the Integrity of Our Planning[C]// Block H M. ed. The Teaching of World Literature: Proceedings of the Conference at the University of Wisconsin. Chapel Hill: University of North Carolina: 9–22.

Gadamer H-G, 1989. Truth and Method[M]. Weinsheimer J, Marshall D G. trans. New York: Crossroad.

Gao G, 1980. The Two Writers and Cultural Revolution: Lao She and Chen Jo-hsi[M]. Seattle and London: The University of Washington Press.

Gates H L, Jr, 1989. Canon Formation, Literary History and the Afro-African Tradition: From the Seen to the Told[C]// Baker H Jr, Redmond P. eds. African American Literary Studies in the 1990s. Chicago and London: The University of Chicago Press.

Genette G, 1988. The Proustian Paratexte[J]. McIntosh A. trans. SubStance(2): 63–77.

Genette G, 1997. Paratexts: Thresholds of Interpretation[M]. Lewin J E. trans. Cambridge: Cambridge University Press.

George J, Huynh K, 2009. The Culture Wars: Australian and American Politics in the 21st Century[M]. South Yarra: Palgrave Macmillan.

Gibbs D A, Li Y, Rand C, 1975. A Bibliography of Studies and Translations of Modern Chinese Literature, 1918–1942[M]. Cambridge and London: Harvard University Asia Center.

Gillespie S, 2005. Translation and Canon-Formation[C]//Gillespie S, Hopkins D. eds. The Oxford History of Literary Translation in English: 1660–1790 (Volume 3). Oxford: Oxford University Press: 7–20.

Gillespie S, Wilson P, 2005. The Publishing and Readership of Translation[C]// Gillespie S, Hopkins D. eds. The Oxford History of Literary

Translation in English: 1660–1790 (Volume 3). Oxford: Oxford University Press: 38–54.

Goethe J W v, 2014. Conversation with Eckermann on Weltliteratur (1827) [C]//Damrosch D. ed. World Literature in Theory. Chichester: John Wiley & Sons, Ltd.: 15–21.

Goldblatt H, 2011. A Mi Manera[J]. Chinese Literature Today(1): 97–104.

Gomes M R, 2017. Introduction[C]//Gomes M R. ed. Translation, the Canon and its Discontents: Version and Subversion. Newcastle upon Tyne: Cambridge Scholars Publishing: 1–10.

Greetham D, 1994. Textual Scholarship[M]. New York and London: Garland Publishing.

Gu J, 1995. Individual Destinies in a Turbulent World: Voice and Vision in Two of Lao She's Novels[D]. Ann Arbor: The University of Texas at Austin.

Guillory J, 1993. Cultural Capital: The Problem of Literary Canon Formation[M]. Chicago and London: The University of Chicago Press.

Hajdu P, 2004. Translation and Canon Formation: The Canonisation of Greek and Roman Classics in Hungarian Culture[J]. Neohelicon(4): 35–42.

Hale T, 2010. Publishing Strategies[C]//Baker M，Saldanha G. eds. Routledge Encyclopedia of Translation Studies. Shanghai: Shanghai Foreign Language Education Press: 217–221.

Hanan P, 1974. The Technique of Lu Hsün's Fiction[J]. Harvard Journal of Asiatic Studies(34): 53–96.

Hegel R E, 1980. Book Review: Ch'ien Chung-shu. *Fortress Besieged*[J]. World Literature Today(4): 694–695.

Hegel R E, 1983. Review: *The Complete Stories of Lu Xun: Call to Arms; Wandering* by Lu Xun, Yang Xianyi, Gladys Yang[J]. World Literature Today(1): 170–171.

Helgesson S，Vermeulen P, 2016. Introduction: World Literature in the Making[C]// Helgesson S,Vermeulen P. eds. Institutions of World Literature:

Writing, Translation, Markets. London and New York: Routledge: 1–21.

Ho K-K T, 1987. Cat Country: A Dystopian Satire[J]. Modern Chinese Literature(1/2): 71–89.

Hsia C T, 1961. A History of Modern Chinese Fiction[M]. New Haven: Yale University Press.

Hsia C T, 1963. On the "Scientific" Study of Modern Chinese Literature, a Reply to Professor Prusek[J]. T'oung Pao(4/5): 428–474.

Hsia C T, 1971. Preface[C]//Hsia C T, Lau S M. eds.Twentieth-Century Chinese Stories. New York: Columbia University Press:ix-xii.

Hsia C T, 1999. A History of Modern Chinese Fiction.3rd ed.[M]. Bloomington: Indiana University Press.

Hsia T A, 1964. Aspects of the Power of Darkness in Lu Hsün[J]. The Journal of Asian Studies(2): 195–207.

Hsieh L, 2005. The Politics of Affect: Anger, Melancholy, and Transnational Feminism in Virginia Woolf and Eileen Chang[D]. Duke University.

Hu D T, 1978. A Linguistic-Literary Approach to Ch'ien Chung-shu's Novel *Wei-ch'eng*[J]. The Journal of Asian Studies(3): 427–443.

Hu D T, 1982. Fortress Besieged[J]. Chinese Literature: Essays, Articles, Reviews (CLEAR)(1): 127–134.

Huang S-K, 1957. Lu Hsün and the New Culture Movement of Modern China[M]. Amsterdam: Djambatan.

Hunnewell S, 2016–04–07. What a Good Book Can Be: An Interview with Edwin Frank[J]. The Paris Review.

Hussein A, 2005–05–19. Fortress Besieged: China's Cracked Classic[N]. The Independent.

Huters T D, 1977. Traditional Innovation: Qian Zhongshu and Modern Chinese Letters[D]. Stanford: Stanford University.

Huters T D, 2010. The Cosmopolitan Imperative: Qian Zhongshu and "World Literature" [C]//Rea C. ed.China's Literary Cosmopolitans: Qian

Zhongshu, Yang Jiang, and the World of Letters. Leiden/Boston: Brill: 210–226.

Idema W, Haft L, 1997. A Guide to Chinese Literature[M]. Ann Arbor: University of Michigan Press.

Jenner W, 1990. Insuperable Barriers? Some Thoughts on the Reception of Chinese Writing in Translation[C]//Goldblatt H. ed.Worlds Apart: Recent Chinese Writing and its Audience. New York: M. E. Sharpe: 177–197.

Johnson I, 2013. Introduction[M]//Lao She. Cat Country. Lyell W A.trans. Melbourne: Penguin Classics: vii-xiv.

Johnson R, 1993. Editor's Introduction: Pierre Bourdieu on Art, Literature and Culture[M] // Bourdieu P. Field of Cultural Production. New York: Polity Press: 1–25.

Johnson S, 2009. Preface to the Plays of William Shakespeare[C]//Selected Writings of Samuel Johnson. Cambridge: The Belknap Press of Harvard University Press: 353–396.

Jones A, 1994. Chinese Literature in the "World's Literary Economy" [J]. Modern Chinese Literature(1/2):171–190.

Kelly J, Mao N K, 2006a. Notes [M]// Qian Z. Fortress Besieged. Kelly J, Mao N K. trans. London: Penguin Classics: 411–426.

Kelly J, Mao N K, 2006b. Translators' Preface [M]// Qian Z. Fortress Besieged. Kelly J, Mao N K. trans. London: Penguin Classics: xii.

Kermode F, 1975. The Classic: Literary Images of Permanence and Change[M]. Cambridge: Harvard University Press.

Kermode F, 1979. The Genesis of Secrecy: On the Interpretation of Narrative[M]. Cambridge: Harvard University Press.

Kermode F, 1985. Forms of Attention[M]. Chicago: The University of Chicago Press.

Kermode F, 2015. Essays on Fiction 1971–82[M]. London, Melbourne & Henley: Routledge & Kegan Paul.

Kingsbury K, 2007a. Introduction[M]// Chang E. Love in a Fallen City.

Kingsbury K. trans. London: Penguin Classics: ix-xvii.

Kingsbury K, 2007b. Notes [M]// Chang E. Love in a Fallen City. Kingsbury K. trans. London: Penguin Classics: 172, 315–321.

Kingsbury K, 2014. Introduction[M]//Chang E. Half a Lifelong Romance. Kingsbury K. trans. London: Penguin Classics: vii-xii.

Kowallis J, 1994. Book Reviews[J]. The China Quarterly(137): 283–284.

Kowallis J,1996. The Lyrical Lu Xun: a Study of His Classical-style Verse[M]. Honolulu: University of Hawaii Press.

Kowallis J, 2012. On Translating Lu Xun's Fiction[J]. Studia Orientalia Slovaca II(2): 193–213.

Lao She, 1964. City of Cats [M]. Dew J E. trans. Ann Arbor: Center for Chinese Studies, University of Michigan.

Lao She, 1991. Mr Ma & Son: A Sojourn in London [M]. Jimmerson J. trans. Beijing: Foreign Languages Press.

Lao She, 2013a. Cat Country[M]. Lynell W. trans.Melbourne: Penguin Classics.

Lao She, 2013b. Mr Ma and Son[M]. Dolby W. trans. Melbourne: Penguin Classics.

Larson W, 1999. Displacing the Political Zhang Yimou's *To Live* and the Field of Film[C]// Hockx M. ed. The Literary Field of Twentieth-Century China, Honolulu: University of Hawaii Press:178–197.

Lau J S M, Goldblatt H, 2007. The Columbia Anthology of Modern Chinese Literature[M]. New York: Columbia University Press.

Lee H，2007. Eileen Chang's Poetics of the Social: Review of *Love in a Fallen City*[EB/OL]. MCLC Resource Center Publication (May 2007). http:// u.osu.edu/mclc/book-reviews/review-of-love-in-a-fallen-city.

Lee L O-F, 1987. Voices from the Iron House: A Study of Lu Xun[M]. Bloomington: Indiana University Press.

Lefevere A, 1996. Translation and Canon Formation: Nine Decades of

Drama in the United States[C]//Álvarez R, Vidal M. eds.Translation, Power, Subversion. Clevedon/Philadelphia/Adelaide: Multilingual Matters Ltd: 138–155.

Lefevere A, 2001. Acculturating Bertolt Brecht[C]//Bassnett S，Lefevere A. eds. Constructing Cultures. Shanghai: Shanghai Foreign Language Education Press:109–122.

Lefevere A, 2004. Translation, Rewriting and the Manipulation of Literary Fame[M]. Shanghai: Shanghai Foreign Language Education Press.

Leung Y, 1987. Charles Dickens and Lao She: A Study of Literary Influence and Parallels[D]. University of Illinois at Urbana-Champaign.

Lewis J，2005. Penguin Special: The Life and Times of Allen Lane[M]. New York: Penguin Books.

Li Y, 2009. Afterword[M]//Lu Xun. The Real Story of Ah-Q and Other Tales of China: The Complete Fiction of Lu Xun . Lovell J. trans. London: Penguin Classics:412–416.

Lianeri A, Zajko V, 2008. eds. Translation and the Classic: Identity as Change in the History of Culture[C]. New York: Oxford University Press.

Lim C, 1996. Reading "The Golden Cangue": Iron Boudoirs and Symbols of Oppressed Confucian Women[J]. Renditions (45): 141–149.

Link P, 2006-11-16. Chinese Shadows[J]. The New York Review of Books.

Link P, 2012-12-24. Why We Should Criticize Mo Yan[J]. The New York Review of Books.

Liu J J Y, 1975. The Study of Chinese Literature in the West: Recent Developments, Current Trends, Future Prospects[J]. The Journal of Asian Studies(1): 21–30.

Liu L H, 1989. Review[J]. Modern Chinese Literature(5): 351–353.

Lloyd G A, 2000. The Two-Storied Teahouse: Art and Politics in Lao She's Plays[D]. Berkeley: University of California.

Louie K, 2000. Constructing Chinese Masculinity for the Modern World: With Particular Reference to Lao She's *The Two Mas*[J]. The China Quarterly(4): 1062–1078.

Lovell J, 2005-06-10. The Great Leap Forward[N]. The Guardian.

Lovell J, 2006. The Politics of Cultural Capital: China's Quest for a Nobel Prize in Literature[M]. Honolulu: University of Hawaii Press.

Lovell J, 2007. Editor's Afterword[M]//Chang E. Lust, Caution. Lovell J., Kingsbury K, et al. trans. London: Penguin Classics:153–159.

Lovell J, 2009a. A Note on the Translation[M]//Lu Xun. The Real Story of Ah-Q and Other Tales of China: The Complete Fiction of Lu Xun. Lovell J.trans. London: Penguin Classics: xliv-xlv.

Lovell J, 2009b. Introduction [M]// Lu Xun. The Real Story of Ah-Q and Other Tales of China: The Complete Fiction of Lu Xun. Lovell J. trans. London: Penguin Classics: xiii-xxxix.

Lovell J, 2009c. Notes [M]// Lu Xun. The Real Story of Ah-Q and Other Tales of China: The Complete Fiction of Lu Xun. Lovell J. trans. London: Penguin Classics: 37,83, 403–410.

Lovell J, 2010-06-12. China's Conscience[N]. The Guardian.

Lovell J, 2013. Introduction[M]//Lao She. Mr Ma and Son. Dolby W. trans. Melbourne: Penguin Classics:ix-xvi.

Lozada P, 2013-08-27. Review: Lao She's "Mr. Ma & Son" and "Cat Country" [N]. Shanghaiist/Gothamist.

Lu Xun, 1972. Selected Stories of Lu Hsun[M]. Yang H, Yang G. trans. New York: Oriole Editions.

Lu Xun, 1980. Selected Works of Lu Xun[M]. Yang H, Yang G. trans. Beijing: Foreign Language Press.

Lu Xun, 1990. Diary of a Madman and Other Stories[M]. Lyell W A. trans. Honolulu: University of Hawaii Press.

Lu Xun, 2009. The Real Story of Ah-Q and Other Tales of China: The

Complete Fiction of Lu Xun[M]. Lovell J. trans. London: Penguin Classics.

Lyell W, 1970. Translator's Introduction[M]//Lao She. Cat Country: A Satirical Novel of China in the 1930's by Lao She. Lyell W. trans. Columbus: Ohio State University Press: ix-xliii.

Lyell W, 1976. Lu Hsün's Vision of Reality[M]. Berkeley: University of California Press.

Lyell W, 1999. The Translator's Postsript[M]// Blades of Grass: the Stories of Lao She. Chen S W, Lyell W. trans. Honolulu: University of Hawaii Press:273-307.

Lyell W, 2013. Notes [M]//Lao She. Cat Country. Lyell W. trans. Melbourne: Penguin Classics: 220-222.

Mack M, 1995. ed. The Norton Anthology of World Masterpieces (expanded edition)[C]. New York: W. W. Norton & Company.

Mack M, 2002. A Note on Translation[M]// Lawall S, Mack M. eds. The Norton Anthology of World Literature. New York: W. W. Norton & Company: 1-12.

Maier C, 2010. Reviewing and Criticism[M]// Baker M, Saldanha G. eds. Routledge Encyclopedia of Translation Studies. London and New York: Routledge: 236-241.

Mair V H, 2002. The Columbia History of Chinese Literature[M]. New York: Columbia University Press.

Mao N K, 2006. Afterword[M]// Qian Z. Fortress Besieged. Kelly J, Mao N K. trans. London: Penguin Classics: 391-408.

Mather J, 2014. Laughter and the Cosmopolitan Aesthetic in Lao She's 二马 (Mr. Ma and Son)[J]. CLCWeb: Comparative Literature and Culture(1). https://doi.org/10.7771/1481-4374.2115.

McDougall B S, 2003. Fictional Authors, Imaginary Audiences: Modern Chinese Literature in the Twentieth Century[M]. Hong Kong: Chinese University Press.

McDougall B S, 2011. Translation Zones in Modern China: Authoritarian

Command Versus Gift Exchange[M]. New York: Cambria Press.

McNaughton W, 1974. ed. Chinese Literature: An Anthology from the Earliest Times to the Present Day[M]. Rutland: Tuttle Publishing.

Meng L, 2011. Sickness of the Spirit: A Comparative Study of Lu Xun and James Joyce[D]. Ann Arbor: The University of South Carolina.

Meserve W J, Meserve R I, 1974 . Lao Sheh: From People's Artist to "An Enemy of the People" [J]. Comparative Drama(2):143–156.

Miller L, 1981. Naming the Whirlwind: Cao Xueqin and Heidegger[J]. Tamkang Review(2): 143–164.

Mirsky J, 2002–06–07. The China-Sex-Bloomsbury Formula for Success[J]. The Spectator.

Mirsky J, 2005–05–14. A Low Opinion of Human Nature[J]. The Spectator.

Mishra P, 2008–06–12. Sentimental Education in Shanghai[J]. The New York Review of Books.

Mukarovsky J, 1964. Standard Language and Poetic Language[C]// Garvin P. ed. A Prague School Reader on Esthetics, Literary Structure, and Style. Washington: Georgetown: 17–30.

Nida E A, 2003. Toward A Science of Translating[M]. Leiden: E. J. Brill.

O'Kane B, 2013–10–13. A Monument to What Might Have Been: Qian Zhongshu's "Fortress Besieged" [J]. Los Angeles Review of Books.

Owen S, 1981. The Great Age of Chinese Poetry: The High T'ang[M]. New Haven and London: Yale University Press.

Owen S, 1990. The Anxiety of Global Influence: What Is World Poetry?[J] New Republic(19 November): 28–32.

Palandri A J, 1966. "The Stone is Alive in MY Hand" – Ezra Pound's Chinese Translations[J]. Literature East & West(10): 278–291.

Palandri A J, 1980. Book Review: Fortress Besieged[J]. The Journal of Asian Studies(1): 102–104.

Pollack S, 2009. Latin America Translated (Again): Roberto Bolano's The

Savage Detectives in the United States[J]. Comparative Literature(3):346–365.

Pratt L, 1983. Introduction[M]// Shen F. Six Records of a Floating Life. Pratt L，Chiang Su-Hui. trans. London: Penguin Classics:9–15.

Price L, 2003. The Anthology and the Rise of the Novel: From Richardson to George Eliot[M]. Cambridge and New York: Cambridge University Press.

Puchner M, 2018. ed.The Norton Anthology of World Literature. 4th ed.[M]. New York: W. W. Norton & Company.

Qian Z, 2006. Fortress Besieged[M]. Mao N K, Kelly J. trans. London: Penguin Classics.

Radice B, 1969. The Penguin Classics: A Reply[J]. Arion(1):130–138.

Rea C, 2010–11–21. "Life, It's Been Said, Is One Big Book…"：One Hundred Years of Qian Zhongshu[EB/OL]. The China Beat. https://digitalcommons.unl.edu/chinabeatarchive/838.

Rich M, 2009–12–11. End of Kirkus Reviews Brings Anguish and Relief[N]. The New York Times.

Rieu D C H, 2003. Preface[M]//Homer. The Odyssey. Rieu E V. trans. London: Penguin: vii-x.

Rojas C, 2008. The Naked Gaze: Reflections on Chinese Modernity[M]. Cambridge and London: Harvard University Asian Center.

Sanders A, 2013. Hatching Classics[C]//Wootten W，Donaldson G. eds. Reading Penguin: A Critical Anthology. Newcastle: Cambridge Scholars Publishing: 111–116.

Sapiro G, 2016. Strategies of Importation of Foreign Literature in France in the Twentieth Century: The Case of Gallimard, or the Making of an International Publisher[C]// Helgesson S，Vermeulen P. eds. Institutions of World Literature: Writing, Translation, Markets. London and New York: Routledge: 142–159.

Schleiermacher F, 2012. On the Different Methods of Translating. Bernofsky S. trans.[C]// Venuti L. ed. Translation Studies Reader. 3rd ed. London & New York: Routledge: 43–63.

Schulte R, 1990. Translation and the Publishing World[J]. Translation Review (1):1–2.

Sciban S, 1985. Eileen Chang's "Love in the Fallen City"：Translation and Analysis[D]. The University of Alberta.

Semenenko A, 2007. Hamlet the Sign: Russian Translations of Hamlet and Literary Canon Formation [D]. Stockholm Universitet.

Shih S-M, 2004. Global Literature and the Technologies of Recognition[J]. PMLA(1): 16–30.

Shih V Y C, 1972. Lao She, A Conformist? An Anatomy of a Wit under Constraint[C]// Buxbaum D C, Mote F W. eds. Transition and Permanence: Chinese History and Culture. Hong Kong: Cathy Press: 307–319.

Smith B H, 1988. Contingencies of Value: Alternative Perspectives for Critical Theory [M]. Cambridge and London: Harvard University Press.

Snow E, 1936. Living China: Modern Chinese Short Stories[M]. New York: Reynal and Hitchcock.

Spence J, 2006. Foreword[M]//Qian Z. Fortress Besieged. Kelly J, Mao N K. trans. New York: Penguin Classics: vii-x.

Su D, 2001. Some Information[M]// Su D, Choa C. eds. The Vintage Book of Contemporary Chinese Fiction. New York: Vintage Books.

Tate A, 1970. On the Limits of Poetry, Selected Essays: 1928–1948[M]. New York: Books for Libraries Press.

Thomsen M R, 2008. Mapping World Literature[M]. New York and London: Continuum International Publishing Group.

Tötösy de Zepetnek S, 1988. Canonization and Translation in Canada: A Case Study[J]. TTR(1): 93–102.

Toury G, 2012. Descriptive Translation Studies – and beyond (revised edition)[M]. Amsterdam/ Philadelphia: John Benjamins Publishing Company.

Towery B, 1999. Lao She, China's Master Storyteller[M]. Waco: Tao Foundation.

Tymoczko M, 1999. Translation in A Postcolonial Context: Early Irish Literature in English Translation[M]. Manchester: St. Jerome Publishing.

Updike J, 2005–05–09. Bitter Bamboo[J]. The New Yorker.

Venuti L, 1995. The Translator's Invisibility: A History of Translation[M]. London and New York: Routledge.

Venuti L, 1998. The Scandals of Translation: Towards an Ethics of Difference[M]. London and New York: Routledge.

Venuti L, 2008.Translation, Interpretation, Canon Formation[C]//Lianeri A, Zajko V. eds.Translation and the Classic: Identity as Change in the History of Culture. New York: Oxford University Press: 27–51.

Venuti L, 2013. Translation Changes Everything[M]. London and New York: Routledge.

Venuti L, 2016. Hijacking Translation: How Comp Lit Continues to Suppress Translated Texts[J]. Boundary 2(2): 179–204.

Venuti L, 2019. ed. Rethinking Translation: Discourse, Subjectivity, Ideology[C]. London and New York: Routledge.

Villa S M T, 2012. The Concept of Canon in Literary Studies: Critical Debates 1970–2000[D]. The University of Edinburgh.

Vohra R, 1974. Lao She and the Chinese Revolution[M]. Cambridge: Harvard University Press.

Wang B, 1997. The Sublime Figure of History: Aesthetics and Politics in Twentieth-Century China[M]. Stanford: Stanford University Press.

Wang C-C, 1944. ed. Contemporary Chinese Stories[M]. New York: Columbia University Press.

Wang D D, 1989. Lao She's Wartime Fiction[J]. Modern Chinese Literature(2): 197–218.

Wang D D, 1992. Fictional Realism in Twentieth-Century China: Mao Dun, Lao She, Shen Congwen[M]. New York: Columbia University Press.

Wasserstrom J, 2009–12–07. China's Orwell[N]. Time.

Wasserstrom J, 2014-02-04. Fu Manchu and Lao She[N]. The Margins.

Wilhelm H, 1971. Cat Country: A Satirical Novel of China in the 1930s by Lao She[J]. Books Abroad(2): 361–362.

Witchard A, 2008. Limehouse, Bloomsbury and Piccadilly: A Chinese Sojourn in the Twenties[C]// Rastogi P, Stitt J F. eds.Before Windrush: Recovering an Asian and Black Literary Heritage within Britain. Newcastle: Cambridge Scholars Publishing: 141–178.

Witchard A, 2012. Lao She in London[M]. Hong Kong: Hong Kong University Press.

Witchard A, 2014. Lao She: Mr Ma and Son (1929)[EB/OL]. The Literary London Society. http://literarylondon.org/london-fictions/lao-she-mr-ma-and-son-1929.

Wolf M, 2007. Introduction: The Emergence of a Sociology of Translation [M]// Wolf M, Fukari A. eds. Constructing a Sociology of Translation. Amsterdam and Philadelphia: John Benjamins B.V.:1–38.

Wood F, 2010-01-22. Silent China[N]. The Times Literary Supplement.

Wootten W, 2013. Penguin Poetry and the Group[C]// Wootten W, Donaldson G. eds. Reading Penguin: A Critical Anthology. Newcastle: Cambridge Scholars Publishing: 141–153.

Wootten W, Donaldson G, 2013. eds. Reading Penguin: A Critical Anthology[C]. Newcastle: Cambridge Scholars Publishing.

Wu F Y, 1987. The Gothic World of Foxes, Ghosts, Demons and Monsters: A Study of Liaozhai Zhiyi[D]. University of Southern California.

Wu L, 1961. ed. trans. New Chinese Stories: Twelve Short Stories by Contemporary Chinese Writers[M]. Taipei: Heritage Press.

Yang W L Y, Mao N K, 1981. Modern Chinese Fiction: A Guide to Its Study and Appreciation: Essays and Bibliography[M]. Boston: G. K. Hall.

Ying F-H, 1992. A Comparative Study of Homer's Odyssey and Wu-Cheng-en's Journey to the West[D]. San Francisco State University.

Zhang K, 2015-08-29. Penguin's Classics a Big Hit with the Crowd[N]. China Daily.

Zhang L, 2011-9-5. Six Years of Penguin Books in China[N]. Global Times.

Zhang L, 2013. The Relevance of Weltliteratur[J]. Poetica(3/4): 241-247.

Zhang Y, 2015. Mapping Chinese Literature as World Literature[J]. CLCWeb: Comparative Literature and Culture(1). http://dx.doi.org/10.7771/1481-4374.2714.

Zhu M, 2006. Our World, the Waste Land: American and Chinese Modernist Fiction in the Early Twentieth Century[D]. Purdue University.

附录："企鹅经典"丛书中的中国文学作品

书名	作者	译者 / 编者	出版时间	所属系列
Monkey (《西游记》)	Wu Ch'eng-en （吴承恩）	Arthur Waley （亚瑟·韦利）	1961/2005	Penguin Classics （"企鹅经典"）
Tao Te Ching (《道德经》)	Lao Tzu （老子）	D. C. Lau （刘殿爵）	1963/2003	Penguin Classics （"企鹅经典"）
Poems of the Late T'ang (《晚唐诗》)	Various authors （不同作者）	A. C. Graham （葛瑞汉）	1965/1977	Penguin Classics （"企鹅经典"）
The Golden Casket: Chinese Novellas of Two Millennia (《金匮——二千年中国短篇小说选》)	Various authors （不同作者）	Wolfgang Bauer, Herbert Franke （鲍吾刚、傅海波）	1967	Penguin Classics （"企鹅经典"）
Anthology of Chinese Literature: From Earliest Times to the Fourteenth Century (《中国文学选集：从早期至14世纪》)	Various authors （不同作者）	Cyril Birch （白芝）	1967	Penguin Classics （"企鹅经典"）
Mencius (《孟子》)	Mencius （孟子）	D. C. Lau （刘殿爵）	1970/2004	Penguin Classics （"企鹅经典"）
Six Yuan Plays (《元杂剧六部》)	Various authors （不同作者）	Liu Jung-en （刘荣恩）	1972	Penguin Classics （"企鹅经典"）
Poems (《李白、杜甫诗集》)	Li Po, Tu Fu （李白、杜甫）	Arthur Cooper （亚瑟·库珀）	1973/2006	Penguin Classics （"企鹅经典"）

续表

书名	作者	译者 / 编者	出版时间	所属系列
Poems （《王维诗集》）	Wang Wei （王维）	G. W. Robinson （罗宾逊）	1973/2015	Penguin Classics （"企鹅经典"）
The Story of the Stone （《红楼梦》）	Cao Xueqin （曹雪芹）	David Hawkes （大卫·霍克斯）	1973~1986	Penguin Classics （"企鹅经典"）
The Analects （《论语》）	Confucius （孔子）	D. C. Lau （刘殿爵）	1979/2003	Penguin Classics （"企鹅经典"）
Six Records of a Floating Life （《浮生六记》）	Shen Fu （沈复）	Leonard Pratt, Chiang Su–Hui （白伦、江素惠）	1983	Penguin Classics （"企鹅经典"）
The Songs of the South: An Ancient Chinese Anthology of Poems by Qu Yuan and Other Poets （《楚辞》）	Qu Yuan and various poets （屈原及其他诗人）	David Hawkes （大卫·霍克斯）	1985/2012	Penguin Classics （"企鹅经典"）
New Songs from a Jade Terrace: An Anthology of Early Chinese Love Poetry （《玉台新咏》）	Various authors （不同作者）	Anne Birrell （白安妮）	1987	Penguin Classics （"企鹅经典"）
The Classic of Mountains and Seas （《山海经》）	Anonymous （佚名）	Anne Birrell （白安妮）	2000	Penguin Classics （"企鹅经典"）
Ta Hsüeh and Chung Yung: The Highest Order of Cultivation and On the Practice of the Mean （《大学·中庸》）	Confucian Classic （儒家经典）	Andrew Plaks （浦安迪）	2003	Penguin Classics （"企鹅经典"）
The Art of War （《孙子兵法》）	Sun-tzu （孙子）	John Minford （闵福德）	2003/2009	Penguin Classics Deluxe Edition/ Penguin Classics （"企鹅经典豪华版" / "企鹅经典"）
Fortress Besieged （《围城》）	Qian Zhongshu （钱锺书）	Jeanne Kelly, Nathan K. Mao （珍妮·凯利、茅国权）	2006	Modern Classics （"现代经典"）

续表

书名	作者	译者/编者	出版时间	所属系列
Strange Tales from a Chinese Studio（《聊斋志异》）	Pu Songling（蒲松龄）	John Minford（闵福德）	2006	Penguin Classics（"企鹅经典"）
The Book of Chuang Tzu（《庄子》）	Chuang Tzu（庄子）	Martin Palmer（彭马田）	2006	Penguin Classics（"企鹅经典"）
Love in a Fallen City（《倾城之恋》）	Eileen Chang（张爱玲）	Karen S. Kingsbury（金凯筠）	2007	Penguin Classics（"现代经典"）
Lust, Caution（《色，戒》）	Eileen Chang（张爱玲）	Julia Lovell, Karen S. Kingsbury, Janet Ng, Janice Wickeri, Simon Patton, Eva Hung（蓝诗玲、金凯筠、伍梅芳、魏贞恺、西敏、孔慧怡）	2007/2016	Modern Classics（"现代经典"）
The Real Story of Ah-Q and Other Tales of China: The Complete Fiction of Lu Xun（《阿Q正传及其他中国故事：鲁迅小说全集》）	Lu Xun（鲁迅）	Julia Lovell（蓝诗玲）	2009	Penguin Classics（"企鹅经典"）
Red Rose, White Rose（《红玫瑰与白玫瑰》）	Eileen Chang（张爱玲）	Karen S. Kingsbury（金凯筠）	2011	Mini Modern Classics（"迷你现代经典"）
Mr Ma and Son（《二马》）	Lao She（老舍）	William Dolby（杜为廉）	2013/2022	Modern Classics（"现代经典"）
Cat Country（《猫城记》）	Lao She（老舍）	William A. Lyell（威廉·莱尔）	2013	Modern Classics（"现代经典"）
The Book of Master Mo（《墨子》）	Mo Zi（墨子）	Ian Johnston（艾乔恩）	2013	Penguin Classics（"企鹅经典"）
Traces of Love（《留情》）	Eileen Chang（张爱玲）	Eva Hung（孔慧怡）	2014	Mini Modern Classics（"迷你现代经典"）

续表

书名	作者	译者 / 编者	出版时间	所属系列
The Most Venerable Book (《尚书》)	Confucian Classic (儒家经典)	Martin Palmer (彭马田)	2014	Penguin Classics ("企鹅经典")
The Analects (《论语》)	Confucius (孔子)	Annping Chin (金安平)	2014	Penguin Classics ("企鹅经典")
Half a Lifelong Romance (《半生缘》)	Eileen Chang (张爱玲)	Karen S. Kingsbury (金凯筠)	2014	Modern Classics ("现代经典")
The Old Man of the Moon (《浮生六记选段》)	Shen Fu (沈复)	Leonard Pratt, Chiang Su-Hui (白伦、江素惠)	2015	Little Black Classics ("小黑书经典")
Three Tang Dynasty Poets (《王维、李白与杜甫诗集》)	Wang Wei, Li Po and Tu Fu (王维、李白、杜甫)	G. W. Robinson, Arthur Cooper (罗宾逊、亚瑟·库珀)	2015	Little Black Classics ("小黑书经典")
Wailing Ghosts (《聊斋志异:鬼哭》)	Pu Songling (蒲松龄)	John Minford (闵福德)	2015	Little Black Classics ("小黑书经典")
I Ching: The Essential Translation of the Ancient Chinese Oracle and Book of Wisdom (《易经》)	Confucian Classic (儒家经典)	John Minford (闵福德)	2015	Penguin Classics Deluxe Edition ("企鹅经典豪华版")
The Romance of the Three Kingdoms (《三国演义》)	Luo Guanzhong (罗贯中)	Martin Palmer (彭马田)	2018	Penguin Classics ("企鹅经典")
Monkey King: Journey to the West (《西游记》)	Wu Ch'eng-en (吴承恩)	Julia Lovell (蓝诗玲)	2021	Penguin Classics Deluxe Edition ("企鹅经典豪华版")
The Secret History of the Mongols (《蒙古秘史》)	Anonymous (佚名)	Christopher P. Atwood (艾骛德)	2023	Penguin Classics ("企鹅经典")

续表

书名	作者	译者/编者	出版时间	所属系列
Thoughts From the Ice-Drinker's Studio: Essays on China and the World（《饮冰室文集》）	Liang Qichao（梁启超）	Peter Zarrow（沙培德）	2023	Penguin Classics（"企鹅经典"）

注：1. 统计时间为 2023 年 6 月 15 日。

2. 包括"企鹅经典"子系列"现代经典"、"迷你现代经典"与"小黑书经典"丛书中的再版作品。不包括莫言、麦家、苏童小说等"企鹅文库"收入的作品。

3. 华裔作家以英文撰写的作品不计入内。

资料来源：根据《企鹅经典出版书目及注释全集》（*Penguin Classics: A Complete Annotated Listing*，2012）、《企鹅现代经典：完整书目》（*Penguin Modern Classics: The Complete List*，2013)、《企鹅经典文学指南》（*The Penguin Classics Book*，2018）、《企鹅现代经典文学指南》（*The Penguin Modern Classics Book*，2021）、"企鹅经典"官网信息等资料收集整理。

后　记

本书在我的博士学位论文的基础上修改而成，它的出版得到了"北京第二外国语学院著作成果出版基金"的资助，在此深表谢意。

在写作的过程中，我得到过许多专家教授、前辈学者的帮助。在书稿付梓之际，我想向他们表达我的感谢之情。

感谢我的博导张威教授。老师的厚德人品、开阔眼界、深湛的学术功底与严谨的治学风范，常予我启发与助益。博士学位论文的选题、设计、写作与修改，每一步都离不开老师的悉心指导。在我自信心不足之时，他常鼓励我"坚持己见"，不卑不亢地表达自己的观点。在我踌躇不定之时，他的提点无不一语中的、令人豁然。无论是为学还是为人，老师都将始终是我追随的榜样、努力的方向。

感谢我的硕导徐英教授，她的支持使我坚定了继续求学深造的决心。她对我的信任与鼓励，令我至今感佩于心。

感谢翻译文学经典研究专家宋学智教授常为我指点迷津，他的耐心点拨令我对经典化问题有了更深透的认识。在博士学位论文的开题、模拟答辩和正式答辩过程中，张政教授、文军教授、马士奎教授、谢天振教授、王东风教授、孙艺风教授、朱源教授、封宗信教授提出了重要建议，使我能够预知研究的难点，规避研究中可能出现的陷阱，并找到后续研究的方向，在此向各位专家教授表示衷心的感谢。在北语读博期间，我还与高明乐教授、宁一中教授、王雅华教授有过难忘的交流经历，他们的指导令我受益极深，对此我也深怀感激。

　　感谢企鹅中国分部主管周海伦女士在百忙之中解答我的困惑，为我分析"企鹅经典"的选材、出版与翻译实践提供了宝贵资料。

　　感谢《翻译与文学》期刊主编 Stuart Gillespie 教授对本研究的指导，提醒我注意避免言语与论点上的偏激。此外，Cosima Bruno、Rosenmeier Christopher、Andrew Stuckey、Tie Xiao、Jessica Li、Andrew Jones、Enhua Zhang、Thomas Jansen、Thomas Noel 等海外高校的中国文学课程任课教师耐心回复我的邮件、与我分享他们的课程大纲或教材书单，感谢他们对我的研究提供支持与帮助。

　　感谢我的师弟、师妹——于德伟、李鹏辉、蒋雨衡，在无数次互倒苦水的交流中我们体会着读博之艰辛、品尝着求学之苦乐。

　　感谢我的父母和先生，他们毫无保留的支持使我能够多年来"任性"地追求理想中的生活。因为有他们的理解，我才能坚持完成书稿，并在一次次同无知、惰性角力的过程中，更深刻地认识了我自己。

　　我还想特别感谢社会科学文献出版社的编辑老师们，他们对书稿做了大量细致的检查、校对工作，使此书能够顺利出版。

　　由于本人水平有限，本书难免存在某些疏漏或不足，敬请各位专家学者与读者批评指正。

钱梦涵

2024 年 5 月于北京

图书在版编目 (CIP) 数据

中国现代小说在英语世界的经典化译介：以"企鹅
经典"丛书为例 / 钱梦涵著. -- 北京：社会科学文献
出版社，2024.6
ISBN 978-7-5228-3720-8

Ⅰ. ①中… Ⅱ. ①钱… Ⅲ. ①中国文学 - 现代文学 -
文学翻译 - 研究 Ⅳ. ①I046

中国国家版本馆CIP数据核字（2024）第110880号

中国现代小说在英语世界的经典化译介：以"企鹅经典"丛书为例

著　　者 / 钱梦涵

出 版 人 / 冀祥德
责任编辑 / 李延玲　王晓毅
文稿编辑 / 邹丹妮
责任印制 / 王京美

出　　版 / 社会科学文献出版社（010）59367226
　　　　　　地址：北京市北三环中路甲29号院华龙大厦　邮编：100029
　　　　　　网址：www.ssap.com.cn
发　　行 / 社会科学文献出版社（010）59367028
印　　装 / 三河市尚艺印装有限公司

规　　格 / 开　本：787mm×1092mm　1/16
　　　　　　印　张：21.75　字　数：325 千字
版　　次 / 2024年6月第1版　2024年6月第1次印刷
书　　号 / ISBN 978-7-5228-3720-8
定　　价 / 138.00元

读者服务电话：4008918866